Pasiones romanas

Esta novela obtuvo el Premio Planeta 2005,
concedido por el siguiente jurado:
Alberto Blecua, Pere Gimferrer, Juan Marsé,
Carmen Posadas, Antonio Prieto,
Carlos Pujol y Rosa Regàs

Maria de la Pau Janer

Pasiones romanas

Círculo de Lectores

A mis padres

Buscas en Roma a Roma, ¡oh, peregrino!,
y en Roma misma a Roma no la hallas...

«A Roma sepultada en sus ruinas»,
FRANCISCO DE QUEVEDO

PRIMERA PARTE

I

Aunque ha llegado al aeropuerto con tiempo suficiente, este hombre no subirá al avión. Nunca le han gustado las prisas. Prefiere tomarse la vida con calma. Hace tiempo, descubrió que vivía una serie de situaciones relativas: una estabilidad que a veces pende de un hilo, un equilibrio que nunca le ha inspirado demasiada confianza. Al fin y al cabo, un conjunto de incertidumbres que intenta apuntalar.

Al bajar del taxi ha mirado el cielo; un movimiento instintivo de la barbilla, de las cejas que dibujan un arco. En su rostro se refleja la curiosidad. Podría extrañar tanto interés por unas nubes que rompen la nitidez del atardecer: una forma de ocultar la prisa por marcharse, la urgencia de sustituir trazos de niebla por una línea más firme; un azul por otro azul. Toma el maletín, que es su único equipaje. No le gusta llevar demasiados enseres cuando viaja. Va hasta el mostrador de facturación, donde no tiene que hacer mucha cola. Todo está calculado: el tiempo justo que le garantiza el asiento que quiere, una ventanilla para apoyar la cabeza, medio adormecido. La parada en el quiosco donde comprará la prensa, un café en la barra del bar, los pasos por la cinta que le conduce al módulo tres. No dedicará atención a las tiendas que hay en el ancho pasillo que recorre como un autómata. Hace años que no lleva regalos de sus viajes a nadie. Se sienta en una silla cerca de la puerta de embarque, dispuesto a partir.

En el aeropuerto, hay un mundo que transcurre a su alrededor a pesar del gesto de indiferencia con que él lo observa. Existe paralelo a la vida real, pero no se confunde con ella, porque tiene ritmos propios. Es un universo de idas y venidas, de rostros que se cruzan un instante, sin que nadie se esfuerce por retener los rasgos de los demás. Alguien que no tiene nombre ni historia, que desaparecerá hacia destinos que no importan. Hay una sensación de provisionalidad. Cualquier impresión resulta efímera, como un soplo de aire que se lleva los recuerdos, las imágenes, aquel deseo incipiente. Todos están de paso, con el pensamiento en un lugar distinto, con la certeza de que habitan un paréntesis momentáneo, una parada forzosa antes de continuar la vida. Hay muchas historias que empiezan o acaban. Los reencuentros y las despedidas se suceden, como secuencias robadas de una película. Aquella pareja que se dice adiós mientras los dos intuyen que no volverán a verse. Otra pareja se abraza con la percepción de que el mundo se para. Mujeres y hombres que cruzan sus caminos sin mirarse. El azar les da la oportunidad de un encuentro que desaprovechan. Tal vez hacen lo correcto; quizá se equivocan.

Se llama Ignacio y observa el mundo desde una distancia que le permite la contemplación de las cosas. Alejarse le sirve para protegerse de cualquier atisbo de emoción, de una proximidad excesiva. Tiene los cabellos oscuros, con mechones grises. Lleva un traje azul, que le acentúa la línea de los hombros, una corbata discreta, la camisa con los puños impecables. Es una imagen convencional que se ha construido durante años de existencia dócil, sin riesgos. Tiene el gesto adusto, la palabra amable: un contraste que provoca efectos positivos en quienes viven cerca de él. Nadie duda de su palabra. Es fácil fiarse de la cordialidad dosificada, del gesto contenido. Sentado, con el periódico en la mano, ve frente a sí, en un ángulo perfecto, la puerta donde ya está anunciada la salida de su vuelo. Dentro de veinte minutos, se levantará de la silla y cruzará la puerta que le conducirá al avión. Apoya la cabeza en el respaldo, mientras le suena el móvil. Sin alterar el gesto, contesta:

–Dime, amor.

Dice «amor» como si la palabra viniera desde muy lejos, empujada por una inercia que la ha despojado de cualquier significado; como si fuera una prenda innecesaria, que no acaba de encajar con el resto del atuendo; unos gemelos de brillantes con la camisa de cuadros que utilizamos para hacer deporte los domingos por la mañana. Dice «amor» y parece que acaba de confundir una palabra con otra. Sería mejor sustituirla por alguna más opaca, aun cuando la opacidad ya se encuentra en la entonación, en la desidia que se percibe. Mantiene el gesto atento, hojea el periódico.

–Claro que me acuerdo. Esta noche tenemos una cena en casa de tu hermana. Sí, la cena de su cumpleaños. Llegaré a tiempo. Una ducha rápida y salimos enseguida. No te preocupes.

Se imagina el agua recorriéndole el cuerpo. La sensación de la ducha del hotel se desdibuja, sustituida por las ganas de refrescarse de nuevo. Los aeropuertos agobian en cualquier época del año. Todo se convierte en una pátina de sudor. El matiz de su voz no ha transmitido la pereza que le da la cena. Ha mantenido el tono en los límites de una estricta amabilidad, para que ella no pueda reaccionar con extrañeza.

–Estaba seguro de que te habrías ocupado del regalo. Me parece una magnífica idea. He dicho que le mandasen un ramo de flores.

Ni se pregunta cuántos años hace que no compra flores. Antes, en un tiempo que ocupa un lugar recóndito en su memoria, le gustaba elegir el color, la forma. No se limitaba a marcar un número de teléfono y a encargar a la secretaria que mandara un ramo. Han establecido una complicidad que le facilita la vida. Sus pensamientos no suelen perderse por paisajes de mares ni cielos con gaviotas. Le gustan las cosas concretas, que tienen una utilidad que le hace sentirse seguro, dispuesto a no cuestionarse la vida. Cuando se complacía en la observación de una nube, compraba ramos de flores en las Ramblas. Se paraba las mañanas de sol, decidido a celebrar la vida. Le gustaba tocar los tallos húmedos, en los que adivinaba rastros de agua. Entonces empezaba la selección de aromas. Pero ahora todo eso forma parte de un pasado remoto que ha arrinconado entre sombras de olvido.

Cuando cuelga el móvil, no puede evitar que aparezca un rictus en su rostro. Es un gesto que no controla, un punto amargo, que se aproxima a la desilusión. Si se para a reflexionar, no se siente decepcionado por tantas cosas. No tiene motivos. Aun así, el rostro se le descompone durante un instante, el tiempo justo para descubrir una chispa de incertidumbre. La conversación ha sido breve, pero le deja mal sabor de boca. Esa sensación que es difícil de explicar, cuando tras expresiones inocuas, incluso cordiales, intuimos que se ocultan todos los silencios, las frases que tendríamos que decir y no decimos, los sentimientos que resultaría absurdo contar desde un aeropuerto, cuando lo único que importa es volver deprisa a casa, cumplir los compromisos sociales, adormecerse con la voluntad de no pensar.

En ese espacio conocido no hay lugar para las sorpresas. Están escritas todas las pautas del guión y no tiene intención de salirse de él. Tendrá que esperar, porque no puede hacer otra cosa. Como máximo, dejar que la mirada se le pierda en el rostro de alguien. Hace tiempo que no se fija en la gente. Todos los que le rodean forman parte de una masa indiferente que no le interesa. Son presencias poco sólidas que se desvanecerán cuando sea capaz de leer el periódico. Le resulta difícil concentrarse en un punto determinado. Las noticias saltan del papel, y se le escapan. Pasa de una información a otra. La contundencia de una imagen le distrae, pero el efecto no dura demasiado.

Justo enfrente está sentado un hombre. Esos ojos que vagan, distraídos, por el aeropuerto, se han fijado en unos zapatos que no tienen nada especial. Se parecen a los que él lleva. Son zapatos de buena calidad, de marca, casi recién estrenados. Incluso tienen un color semejante: dos tonalidades de marrón parecidas a la avellana. Instintivamente, levanta los ojos. Entonces ve su rostro: un rostro de expresión seria y cabello rizado, oscuro, desordenado. El pelo transforma el conjunto, rompe la apariencia estereotipada, la sustituye por un aire informal. Es como si un soplo de viento lo hubiera golpeado. Lo piensa, con una sensación de sorpresa. Ese hombre, poco más o menos de su misma edad, conserva algo que él perdió. La idea surge con la intensidad de los pensamientos que nos invaden, que se instalan en nosotros y no nos abandonan.

Es alto, más bien delgado. Tiene el rostro enjuto y una sombra de barba le endurece las facciones. La frente queda medio oculta por sus cabellos, pero destaca la mirada penetrante. Ignacio le observa con disimulo, hasta que vuelve a sonarle el móvil en el bolsillo. Con un gesto de impaciencia, comprueba que se repite la llamada anterior. Mientras su mujer le recuerda que irán con el tiempo justo, que no quiere llegar tarde, que ha tenido un día agotador, que ha discutido con los hijos, que ha llamado el vecino del primero, que todavía no ha decidido qué vestido se pondrá, él se siente irremediablemente desgraciado. No es una sensación que haya pasado por su mente, ni que quiera analizar. Es como si navegara a la deriva. La gente desaparece de pronto, y sólo tiene frente a sí la visión del mármol con sus vetas minúsculas.

Se pregunta hacia dónde debe de viajar el hombre que tiene enfrente. Se sorprende a sí mismo. Es inusual que se lo plantee. Nunca se interesa por los desconocidos. Tiene facilidad para hacer tabla rasa, para borrar las cosas que considera poco importantes. En esta ocasión es distinto. La curiosidad le vence, aunque no entienda la causa. Tal vez también regresa a casa, aunque no parece compartir su desconcierto. Tiene una apariencia relajada, de persona que no vive en conflicto, que no experimenta tensiones. Por el contrario, él oculta los nervios tras un aspecto inaccesible. Embarcarán por puertas diferentes. Ignacio espera que anuncien el avión hacia Palma. El otro mira, de vez en cuando, la puerta que indica la salida de un vuelo a Roma.

Ve la silueta del avión que le llevará a Mallorca. Casi al mismo tiempo, los altavoces anuncian la salida del vuelo del hombre. Observa cómo se levanta sin prisa. Por un instante, espera que sus miradas se crucen. Es un sentimiento absurdo que se desvanece enseguida, cuando se da cuenta de la indiferencia lógica del viajero. Camina hacia un destino que no tiene nada que ver con el suyo. Le espera una ciudad de piedra; a él, una ciudad cercada de mar.

El desconocido ocupa un lugar en la cola que va acortándose. Este acto, repetitivo y aburrido, le provoca una sensación de pereza. Se imagina que no falta demasiado para que él mismo se ponga en fila. Todo serán rostros extraños que se encuentran compartiendo la misma impaciencia. Se trata de recorrer un espacio de tránsito que separa ciudades. Hace un gesto de nerviosismo contenido; respira profundamente. Le impacienta la inmovilidad, la sensación de no hacer nada, el peligro de que el pensamiento vuele hacia caminos poco oportunos. Una voz anuncia el embarque hacia Palma. Se levanta rápido para ahuyentar imágenes que no busca. Procura reprimir un desasosiego que no sabría explicar, mientras se dirige a la puerta. Tiene la mirada perdida, casi extraviada por el suelo del aeropuerto, por el mármol que le recuerda el agua en movimiento.

Justo debajo del asiento que ocupaba el desconocido, hay un objeto. Si no hubiera sido por su mirada inquieta, no se habría dado cuenta. Habría pasado de largo y habría dejado atrás ese rectángulo de piel que está en el suelo y que, aunque lo ignore, le va a transformar la vida. La existencia, que puede cambiar de repente, a menudo no gira impulsada por grandes causas, sino por hechos pequeños, insignificantes. Quizá una cartera que alguien ha perdido. Se acerca para recogerla. Es un gesto involuntario: esa reacción rápida, el impulso que nos lleva a devolver un objeto a quien acaba de perderlo. No tiene tiempo de procesar la información. No se para a pensar que un billetero es una pista que nos conduce hacia otro. El interés que ha sentido por el desconocido ha sido momentáneo. Cuando está a punto de incorporarse al grupo que parte hacia Mallorca, el hallazgo resulta inoportuno. Es el incidente que todavía le vincula al aeropuerto, cuando en realidad ya se está alejando. Aun así, se impone la idea de que tiene que devolverle la cartera al hombre que estaba sentado frente a él. Da unos pasos rápidos hacia la puerta que todavía anuncia la salida a Roma.

En el aeropuerto, todo el mundo se va. Cuando lo piensa, tiene una sensación de huida. ¿Hacia dónde podría huir él? ¿Qué destino elegiría? Piensa que la inmovilidad propicia ideas absurdas. Reconoce que nunca ha tenido un espíritu aventurero; o quizá sí, hace mucho, mucho tiempo; tantos años que, con sólo pensarlo, se le encoge el corazón. Da unos pasos más y de pronto se para. Aquella larga cola, real, que existía hace pocos minutos, se ha transformado en un espacio vacío. Debajo del panel que lleva escrito el nombre de la ciudad, hay dos azafatas que se ocupan de recoger los últimos papeles. Actúan con la indiferencia de quien repite un trámite, con rapidez por acabar un trabajo nada interesante.

Ignacio se acerca. Lleva la cartera en la mano y la ofrece como si quisiera desprenderse de un estorbo. El objeto es una molestia, y la situación le resulta incómoda. Les dice que la ha encontrado en el suelo, que pertenece a uno de los pasajeros que acaban de embarcar. Debe de habérsele caído, les cuenta, y querría devolvérsela, antes de que el avión despegue y él se quede ahí, con un objeto que no le pertenece. Ellas le hablan sin sonreír, porque cuesta sonreír cuando aparece un imprevisto que rompe la rutina, que incluye un elemento nuevo en un episodio que considerábamos terminado. Le dicen que no puede ser, que el avión ya rueda por las pistas. Le cuentan que tiene que ponerse en contacto con la compañía, dirigirse a la oficina de objetos perdidos, dejarlas trabajar, que deben dedicarse a otros pasajeros, que el aeropuerto es una cadena de vuelos y no se puede parar porque alguien haya perdido una cartera. Naturalmente, contesta Ignacio, y se siente ridículo con aquello que querría tirar en cualquier papelera, antes de que todo se complique todavía más, porque a menudo la vida nos lía sin que lo busquemos, y nos joroba. Lo piensa, mientras da la espalda a las azafatas, que no sabría decir si son rubias o morenas, quizá tienen la piel pecosa, llevan un uniforme feo y tienen cara de insatisfechas.

Casi por inercia abre la cartera. Ve algunas tarjetas de crédito, un documento de identidad del hombre que ya está lejos, un papel doblado. Piensa que siempre hay lo mismo: minucias repetidas que narran un fragmento de la historia de alguien. Ocupa uno de los últimos lugares en la cola que le corresponde. Hará que su secretaria la envíe por correo. Justo cuando se propone arrinconar la anécdota en el olvido, como un episodio que podría no haber pasado, ve una fotografía que reconoce, y que le transforma la expresión y la vida entera. La observa sin acabar de creerlo. Con los ojos, devora la imagen, y tiene la sensación de que el mundo es un caos. La mira de nuevo y se da cuenta de que no puede contener el temblor de los dedos. Se imagina su propio rostro convertido en una máscara. «No puede ser cierto –se dice–. No lo es», se repite, mientras fija los ojos en el rostro que vuelve a ver, tras mucho tiempo. Ha pasado una década desde la última vez que la vio. Eran diez años más jóvenes, con toda una vida por delante, que se abría como la palma de la mano con la que acaricia el rostro de papel.

No ha vuelto a encontrarla. Durante un tiempo, se esforzó: convirtió el deseo de volver atrás en el centro de su vida, en la única meta posible. Habría querido reescribir la historia. Fueron meses de añoranza. Le costó resignarse, aceptar los hechos. Ni los dioses pueden hacer que lo que ha sido no haya sucedido. Aunque los pensamientos se empecinen en borrar los propios actos, nos queda el recuerdo de las palabras que dijimos. La realidad nunca resulta ser como nos gustaba dibujarla en unos cristales empañados. Respira hondo cuando sabe que es ella, aparecida en la vida de un desconocido, en la cartera de un hombre con quien ha coincidido en un aeropuerto. Sabe también que no cogerá el avión que sale hacia Palma, porque todos los cielos del mundo son ahora más azules.

II

El piso es una suma de objetos curiosos que le hacen compañía. Sabe convivir con ellos, sin que sean un estorbo para un presente hecho de idas y venidas. En el suelo, las baldosas se disponen como un tablero de ajedrez; los techos altos, las paredes de estuco. Cuando sonríe, el rostro entero se transforma en unos labios. Cuando mira, los ojos son de fuego. Se llama Dana. Pronuncia su nombre alargando las aes, como si quisiera arrastrarlas, fijarlas en la atención de los demás. Lo hace sin darse cuenta, con una inercia que convierte la palabra en un juego.

Tumbada en el sofá, con los párpados medio cerrados, desafiando la claridad que entra por las cortinas entreabiertas, observa el ángulo que forma la pierna con el sofá, el empeine. Cuando se hunde entre los cojines que huelen de una forma difícil de describir, que es el rastro que ella deja en las sábanas y en las camisas, se olvida del mundo. En ese piso, decorado sin urgencias, no hay relojes. Nunca le ha gustado que le recuerden el paso del tiempo. En la calle, tiene que aceptar el ritmo frenético; en su intimidad, procura esquivarlo. Le gusta imaginarse que las horas no transcurren entre esas paredes. Hubo una época que fue una víctima del tiempo. Procura no pensar en el pasado, como si nunca hubiera existido. Lo oculta entre los pliegues de la falda, en la sombra del escote, en el ramo de margaritas que hay en la ventana. Lo ha convertido en un pañuelo que puede doblar hasta volverlo pequeño, casi inexistente. Ahora está y después ya no está. Tiene los cabellos del color de las castañas asadas a fuego lento, para que nos quemen en la boca. A través del patio, oye la voz de las vecinas. Discuten por cualquier tontería. No entiende el significado de las frases. El piso, que es soleado, da a una plaza. Siempre lo había deseado así.

Hoy regresa. En cualquier momento, oirá la llave en la cerradura y la puerta que se abre. Verá cómo se adapta al espacio con una naturalidad que no deja de sorprenderla. Todavía no ha llegado a acostumbrarse al gesto amable, a la palabra tranquila. Pese a los años de vida en común, no puede evitar una cierta extrañeza cuando él llega de un viaje. Tras cada paréntesis, necesita mirarle de cerca. No le cuenta esa sensación de calma, de presencia, que ha acabado imponiéndose a todos los miedos. ¿Cómo podría decirle que, cuando se conocieron, ella era una mujer extraviada? Sin revivir el pasado, cuesta explicar los antiguos sentimientos. No está dispuesta al retorno. Ni tan siquiera por los caminos de la memoria. En un momento de distracción, algún hecho casi olvidado aparece con cierta insistencia. Nunca es un gran episodio, sino un detalle pequeño que, inoportuno, se filtra en el presente. Si fuera un momento clave de su vida, tendría la suficiente habilidad para ahuyentarlo. La costumbre de borrar capítulos es un arma contra el dolor; lo aprendió hace tiempo. En cambio, no puede controlar las insignificancias: esos instantes que nunca se han ido por completo, que vuelven como una vieja canción que se nos escapa de los labios.

Las voces de las vecinas empiezan a tomar protagonismo. Es bueno refugiarse en la inmediatez. Le gusta discernir el sentido de sus palabras, como quien deshace los nudos de una cuerda. No le resulta difícil identificarlas, darles rostro y nombre. Son la del tercero y la del cuarto. Cada una de ellas con su mundo de mezquindades minúsculas sobre sus espaldas, acompañadas por una historia que nunca nadie se interesará en contar. Dos mujeres vulgares que tienen sueños y deseos del mismo color que las baldosas de la entrada. Hace diez años, cuando se instaló en ese edificio, ya vivían allí. Pasaron a formar parte del horizonte sin rendijas que era la vida. Había envidiado sus existencias quietas, sin estremecimientos. Lo pensaba todas las mañanas al despertarse. Lo repetía bajito, cuando el sol se ponía. Habría querido ser como ellas, vivir sin pensar en la vida, lejos de las preguntas y de la añoranza. Eran afortunadas porque podían ocuparse de cosas concretas. Podían impacientarse porque había una mancha de humedad en la pared, porque el marido llegaba tarde, porque llovía demasiado. «Siempre llueve demasiado en las ciudades», se decía.

La lluvia acentúa la percepción de las cosas que nos rodean. Lo piensa mientras observa el arco que dibuja la rodilla. Ocurre como en un coche: por el parabrisas caen gotas de agua que difuminan los contornos de los objetos. Hay que concentrar la mirada para que nada pase de largo, ni una señal de tráfico, ni un semáforo, ni la autopista. Ahora se contempla a sí misma. Lleva una falda que tiene movimiento propio. Se asemeja al agua que se desliza por la ventanilla, que traza caminos. De golpe, desaparece la lluvia. Así también se borran los pliegues de la ropa, cuando la mano los mueve. Con determinación, adentra los dedos en su propio cuerpo. Se acaricia. Los dedos se humedecen. Tiene la sensación de sacar la mano por la ventanilla del coche.

Hace diez años, una mañana de enero llegó a la ciudad. Llevaba un abrigo con los bajos manchados de barro; no había resistido su paso por las calles llenas de charcos. Era una sombra de la mujer que es hoy, una burda copia. En las orejas, unos pendientes que tenían la forma de una concha; las manos temblorosas. Las facciones desencajadas marcaban un rostro triste. Hacía un frío que le recordaba aquel otro frío que había dejado atrás. Se instaló en una pensión pequeña: barandilla de hierro, baldosas oscuras, habitación con un armario. Nadie le hizo preguntas ni manifestó extrañeza. Pasaba las horas en la cama, sin interesarse por las calles ni por la gente que las recorría. Las voces que subían por la fachada hasta la ventana eran el único contacto que establecía con el mundo. Entonces tampoco se entretenía en descifrarlas, pero diferenciaba las tonalidades. Todas las noches se dormía diciéndose: «Mañana empezaré a buscar un piso». Todas las mañanas se despertaba con una única palabra en el pensamiento: «Mañana». Arrinconaba la vida en un futuro que no se atrevía a convertir en presente. Fue una época gris, que procuraba no recordar muy a menudo.

La pensión tenía un comedor soleado. Era la única parte del piso por donde entraba directamente la claridad. El resto se reducía a un juego de luces y de sombras, donde predominaban siempre las sombras. Los huéspedes se reunían a la hora de la comida, cuando la calidez animaba las conversaciones y la somnolencia. Se resistió a ir durante semanas. Primero, pedía que le llevaran la comida a la habitación: una bandeja con un plato de sopa, algo de carne o de pasta, un vaso de agua. Lo engullía de prisa, sin apenas darse cuenta, con el deseo de volver a ocultar la cabeza entre las sábanas. Compraba el periódico en un quiosco de la esquina. Alguna mañana se entretenía andando sin rumbo por la ciudad, lejos. Eran pasos que tenían aires de fuga, que no ocultaban las ganas de desaparecer. No se relacionaba con la gente. Sólo algunas frases de compromiso cuando se cruzaba con alguien por los pasillos de la pensión. Era arisca y salvaje, como las cabras que trepan por los montes.

Algunas noches oía murmullos de conversaciones o el chirriar de una puerta. No se preguntaba quién llegaba a esas horas. Nada la animaba a acercarse a quienes vivían a su alrededor. Se limitaba a sobrevivir, a salir adelante con una sensación de derrota que no habría querido contar. A menudo le costaba dormirse. El agotamiento podía vencerla cuando el mundo empezaba a iluminarse. Se refugiaba en el sueño, que era otra forma de huir. Le habría gustado dormir mucho tiempo, hasta que la vida fuera distinta, y ella se transformara en otra mujer. Cuánto deseo de sueño, de inconsciencia absoluta, de dejarse llevar sin nombre ni memoria, sin historia vivida. Todas las mañanas se despertaba con un sentimiento de pérdida. Le costaba retornar al mundo porque el regreso constituía un ejercicio de voluntad que no tenía fuerzas para llevar a cabo. Miraba la ventana y volvía a recordar. Entonces, pensar era una cosa mala.

El comedor tenía una vidriera que se inundaba de luz. Las mesas estaban distribuidas para que la gente no tuviera dificultad a la hora de conversar. Había soperas con los bordes desconchados y servilletas algo amarillentas por la lejía. Sucedió una mañana como cualquier otra. Ningún indicio anunciaba un cambio en su vida. Todo transcurría con la misma fatigosa rutina de las semanas anteriores. Los hábitos que formaban la cotidianidad se repetían. Tenía la sensación de que la existencia era un círculo: el mundo siempre regresaba al mismo punto. Lo entendía como una victoria de la calma. Había conseguido prescindir de las sorpresas, de aquellos inesperados elementos que interfieren en el mundo más cercano. Era una falsa tranquilidad, estaba convencida. Durante un paréntesis, conseguía creer que no había nada más que una habitación desordenada, las páginas de los periódicos que le hablaban de un universo prescindible, las sábanas que la acogían con la tibieza de su propio cuerpo.

Una nimiedad puede alterar lo que hemos construido con esfuerzo. Lo comprendió aquella mañana de sol, cuando abrió la puerta y se asomó al pasillo. Justo enfrente de ella vio a una mujer. Era menuda, aunque llevara zapatos de tacón. Tenía los cabellos teñidos de un rubio que no ocultaba las raíces oscuras. Movía las manos, nerviosas, dotadas de un movimiento que transmitía una sensación de energía que desbordaba. Las uñas, pintadas de rosa, destacaban en un conjunto hecho de estridencias. Chocaron de golpe. Una que salía sin prisa; la otra que pasaba como un torbellino. Se miraron como se miran dos personas desconocidas. Una con la misma indiferencia con que contemplaba la vida; la otra con curiosidad. Era un encuentro de opuestos: el desinterés con las ganas de saber, la desidia y la voluntad. Podrían haber pasado de largo; ésa era la intención de Dana. Agachó la cabeza y murmuró una excusa ininteligible. En cambio, Matilde no tenía la más mínima intención de borrar el episodio. Hacía días que la observaba desde lejos, que se preguntaba quién era la chica de expresión triste, la recién llegada que parecía no estar ahí, sino haberse quedado en otro lugar, retenidos el pensamiento y el deseo. Había conocido a otros fugitivos. Ella misma lo fue. Se acordaba con una sonrisa guasona, como si se burlara de la vida. Le dijo:

–Buenos días, princesa. ¿Éstas son horas de levantarse de la cama?

El tono, entre la ironía y la gracia, la sorprendió. Por vez primera en muchos días, levantó los ojos del suelo y miró la cara de alguien. Vio un rostro que desaparecía tras una sonrisa, surcado por diminutas arrugas alrededor de los ojos. Sin saber por qué, una parte del muro de contención que la alejaba de la realidad cayó. Aquella mujer le inspiraba una confianza que no habría sabido justificar. Perdió el miedo.

–¿Es muy tarde? –Hizo la pregunta con expresión sorprendida, como si, al regresar de pronto a la realidad, quisiera pedir excusas de una ausencia.

–Casi mediodía. ¿No tienes que ir a trabajar como hacen la mayoría de los mortales en esta ciudad? ¿O tu trabajo consiste en descansar entre sábanas?

Podría haber parecido impertinente, pero la sonrisa comunicaba calidez a las palabras.

–No tengo trabajo. La verdad es que, desde que llegué, no he hecho nada para buscar uno. –Se ruborizó, inexplicablemente avergonzada como una adolescente.

–Parece que no te des cuenta, pero no lo podemos ocultar: las dos venimos de la misma isla. ¿Cuáles son esas cosas que tienes pendientes?

–Puedes imaginártelo: buscar un piso y encontrar trabajo. Pronto mis ahorros se agotarán. Sé que no podré continuar aplazándolo, pero me da mucha pereza. Todo se me hace una montaña.

Tenía la sensación de que se conocían desde hacía tiempo. No le resultaba incómodo salir del mutismo que había sido su forma de relacionarse con el mundo. La consigna del silencio no había sido una elección premeditada, sino que se había convertido en un refugio. Si no se habla, no hay que dar explicaciones. Por eso callaba. La presencia de una mujer desconocida debilitaba las reservas. No las destruía por completo, pero suavizaba las aristas.

Esbozó una sonrisa. Era una situación peculiar: Matilde –entonces todavía no sabía su nombre–, con aquella apariencia que no reunía ninguno de los requisitos que habría considerado normales, había destruido las barreras que la alejaban de la vida. Se preguntó qué era lo normal, cuándo se habían invertido los esquemas que la orientaban. Debían de formar una extraña pareja: una mujer joven vestida con un albornoz de rayas, los cabellos en desorden; otra mujer más mayor, de edad indefinida, que era un estallido de colores y de buenas intenciones. Estaban de pie en el pasillo de una pensión con poco trasiego, a aquella hora. El ademán y los gestos nos delatan. Dana tenía la actitud de quien está a la expectativa; Matilde hacía preguntas con naturalidad:

–¿Buscas piso? No es una tarea fácil. Tendrás que espabilarte. Quizá podría ayudarte. ¿Cómo quieres que sea?

–No lo sé. –Se encogió de hombros con expresión perpleja, como si pidiera disculpas a la otra por su propia confusión–. No lo he pensado demasiado. Sólo sé que tiene que dar a una plaza.

–¿A una plaza cualquiera?

–A una plaza que me guste. Siempre he vivido en lugares que daban a calles estrechas. ¿Tú vives aquí?

–Sí, desde hace años. La pensión es un buen sitio, si te acostumbras. Nunca te falta compañía. Eso es impagable.

Le sorprendió la respuesta. No había pensado que la compañía de los demás mejorara la vida. Más bien habría afirmado lo contrario: hay presencias que incomodan, que impiden que se pueda respirar. Miró de nuevo a aquella mujer y, sabiendo que decía una inconveniencia, le espetó:

–¿Has pensado alguna vez en cambiarte el color del pelo? –La otra no cambió de expresión.

–¿Y tú?

Pensó que no tendría que haberle dicho nada, que era una estúpida. Las palabras surgieron tímidas, balbuceantes:

–No. La verdad es que no.

–Haces muy bien. Tus cabellos tienen un color magnífico.

Sonrieron, aligerado el ambiente, el aire del pasillo, el cielo que no veían, pero que era azul y sin nubes. Fue el inicio de una amistad que duró mucho tiempo.

Compartían mesa en el comedor. Se sentaban donde la luz no las molestaba en los ojos, sino que las acariciaba. Se acostumbraron a una amistad basada en pequeños gestos. La compañía de Matilde transformó a Dana. Aunque nunca se lo confesó, su vida fue distinta desde que se conocieron. Ella había sido el puente que le servía de regreso a la realidad. Aquella contundencia en las frases, las preguntas directas, sin tapujos, la firmeza en el ademán no le servían para complicarle la vida, sino para enfrentarse a ella. Sin saberlo, Matilde le enseñó que las cosas vistas de cerca nunca son tan terribles, que las palabras se tienen que pronunciar, aunque hagan daño, que no hay nada que pueda provocar el miedo a ser dicho, porque los pensamientos se atenúan si los transformamos en palabras. Es como si los hiciéramos más concretos, menos terribles.

El mantel se llenaba de trocitos de pan que Matilde, con el gesto distraído, desmenuzaba con los dedos. Se iba formando una procesión de hormigas blancas, inmóviles. Eran las migas que ella redondeaba con suavidad, hasta convertir en bolitas de pasta. Aquel sencillo gesto le gustaba. Se pasaban un largo rato entretenidas en la conversación. De vez en cuando, se sumían en el silencio, la mirada perdida en un punto indefinido. La clave de su entendimiento consistía en respetarse. No tenían que esforzarse demasiado, porque ambas podían captar un momento de tristeza o de añoranza. Cada una de ellas tenía una historia que evocar. Había días soleados en que parecía lejana, pero la lluvia les traía de nuevo el recuerdo. Matilde no dejó de teñirse el pelo. Tampoco prescindió de las uñas pintadas de coral. Se reía de ella con afecto, convencida de que era una mujer fuerte. Dana agradecía la calidez de sus conversaciones; constituían la única presencia real que le llenaba la vida.

Tumbada en el sofá de la sala, con las ventanas que dan a la plaza abiertas, estira el cuerpo. Querría liberarse de esa sensación de somnolencia. Espera que él regrese. Cuando oiga el ruido de la llave en la puerta, se alegrará. Tal vez se levante de un brinco y se deje caer en sus brazos. Quizá le espere sin agitarse, inmóvil entre los cojines, la sonrisa juguetona en los labios. Las voces de las vecinas del tercero y del cuarto han subido de volumen. Son como culebritas que saltan, hacia delante y hacia atrás, mientras invaden la escalera. Hay muchas maneras de apropiarse de un espacio: hay quien lo ocupa con el cuerpo; hay quien lo ocupa con la estridencia de las palabras. Hace mucho tiempo que no las envidia. Ha olvidado aquel sentimiento que queda lejos del presente. Si alguien intentara recordárselo, se asombraría. No tiene un recuerdo demasiado preciso de las ganas de vivir sus existencias, de recluirse en vidas ajenas para salvarse de la propia. Dana se acaricia. Los dedos tienen la suavidad de la música. Conoce su cuerpo con exactitud. Sabe dónde introducir la mano, la presión de la piel sobre la piel. Los pensamientos desaparecen. Todo se difumina. La luz es menos intensa, las voces de las vecinas se han convertido en un eco que no tiene intención de rescatar. Mira al techo y ve una mancha de humedad que tiene forma de nube. Ahuyenta la imagen: lo único que cuenta es el cuerpo que vibra, el deseo de aquel otro cuerpo en la mente, la capacidad de revivir el tacto, aunque no esté. A veces, cuesta capturar el placer. Cualquier minucia hace que, cuando estaba a punto de atraparnos, se nos escape. Está hecho de una materia volátil.

–¿Me amarás siempre? –preguntaba a un hombre lejano, hacía muchos años.

–Siempre. –La respuesta era rotunda, como si no admitiera ni una fisura por donde pudiera filtrarse la duda.

–¿A pesar de todo? ¿A pesar de lo que nos toca vivir? –No podía resistir la incertidumbre.

–Tu futuro sólo será conmigo.

Reían, inconscientes, felices.

«El futuro», repite. Lo pronuncia con todos los matices del desencanto. Aquel que nunca tiene que venir, pero que siempre llega. Lo habíamos inventado pero vuelve a sorprendernos. No es como lo soñamos. Las piezas no coinciden. Debe de ser que el futuro imaginado nunca tiene nada que ver con el futuro hecho presente. «No importa, no importa», piensa. Tiene las piernas esbeltas, los pies finos, ganas de besar. A través de la ventana se oyen los ruidos de la mañana. Niños que juegan, gente que sale, el viento entre los árboles. Balancea su cuerpo hacia delante para abandonar el sofá. Tiembla. Después del amor, aunque sea un amor solitario, siempre tiene frío. Se acurruca, en un esfuerzo por vencer la tentación de volver a los cojines. No hay relojes en el piso, pero intuye que no puede tardar demasiado. Ha aprendido a calcular el paso del tiempo mirando la luz. Está en la ducha, con el cuerpo enjabonado, cuando ve su rostro reflejado en la puerta. El vaho del agua difumina las facciones. Intenta sonreír. Durante un instante, breve como un pensamiento inoportuno, se pregunta cuál de los dos hombres que ha amado acude a su encuentro.

III

Matilde había tenido tres maridos. Cantaba aquella canción que habla de una mujer que había tenido tres hombres a los que mató con veneno. Cuando era sincera, directa como una flecha al corazón, aseguraba que la envenenada había sido ella. Hay ponzoñas que actúan lentamente, que matan poco a poco. Sus efectos son casi imperceptibles. No nos damos cuenta hasta que es demasiado tarde, cuando el egoísmo del otro, su pereza de vivir, la indiferencia o la mala leche nos han dejado exhaustas. Lo contaba con la voz cansada, mientras las manos subrayaban la intensidad de las frases. Hay historias que son difíciles de vivir. Desde que se hospedaba en la pensión, estaba contenta. Antes nunca había tenido la sensación de pertenecer a algún lugar. Entre las paredes del pasillo, en el comedor, en la habitación que había convertido en un decorado de opereta, se sentía cómoda. Las conversaciones con los demás huéspedes entretenían las horas muertas del día. Con los que estaban de paso, mantenía diálogos circunstanciales, divertidos. Con los que pasaban temporadas, había llegado a establecer lazos de afecto, pequeñas complicidades. Jugaba a leer el destino en las manos de los demás:

–Todo está escrito en las estrellas –afirmaba, convencida.

Muchos atardeceres, cuando la luz caía oblicua sobre las butacas de la sala, se instalaba allí, dispuesta a hacer predicciones sobre historias que todavía nadie había vivido.

–Las cosas que no han pasado son las mejores –decía a Dana, que la escuchaba sin evitar una sonrisa burlona.

–¿Qué dices? No te entiendo. Lo que tiene que venir puede ser bueno o puede ser terrible.

–Nunca nos parece más terrible que lo que ya hemos vivido. Si lo es, no lo percibimos con la misma dureza de antes.

–Eres una bruja extraña, Matilde. Yo no quiero saber lo que tiene que venir. La vida tranquila me gusta.

–El mundo siempre rueda. Todo se mueve, aunque no lo quieras. ¿Te digo lo que veo en las líneas de tu mano?

–Ni pensarlo. –Apretaba el puño y cerraba los ojos como si quisiera ahuyentar pesadillas.

–Es malo no querer saber.

–Es bueno huir de los sobresaltos.

Se reían las dos: Matilde con una risa feliz; Dana con una risa apenas recuperada, que le parecía aprender de nuevo, como si fuera un niño que tiene que empezar los ciclos de la vida.

La luz se desvanecía y la ventana mostraba un panorama de sepias y grises. Las butacas tenían fundas con un estampado de flores. Como las habían lavado muchas veces, habían ido diluyéndose. Primero los pétalos, después las hojas, finalmente los tallos. Tenían la apariencia de querer huir, de escaparse de los cojines y de las telas. Una voluntad alada que nunca se haría realidad. Lo pensaba alguna vez. Las flores estaban condenadas a desaparecer lentamente, hasta hacerse invisibles. Le recordaban su propia vida. Tantas veces había deseado confundirse con la nada, que tenía la impresión de que también ella se convertía en un ser traslúcido, a punto de esfumarse. Los muebles eran de madera, con alguna carcoma insistente. Nadie prestaba demasiada atención. En el suelo, una alfombra desgastada por muchos pasos. La mesita de la televisión donde alguna señora miraba la telenovela de la tarde. Un ramo de flores en la ventana. Cuando hacía frío, encendían una estufa de butano que caldeaba el ambiente. Matilde, que era muy friolera, se acurrucaba debajo de una manta. Pasaron los días y las semanas. Fue un tiempo especial, mientras ella se esforzaba por detener el curso de una vida que continuaba rodando.

Matilde mató al primer marido muchas veces. Lo pensaba de noche, en la placidez del sueño. Se le dibujaba una dulce sonrisa que nadie le había visto antes. Se perdía en un paraíso de sensaciones inexplicables que, en la vida, tenía que ahogar, pero que surgían como un torrente impetuoso cuando cerraba los ojos. Eran el sentimiento de rabia, el deseo de venganza, las ganas de hacer desaparecer al otro por siempre jamás. Los sueños actuaban como una pantalla de cine que multiplica las imágenes. Del mismo modo permitían enfocar sus percepciones con precisión, agrandarlas, dotarlas de fuerza y de relieve; aumentadas, exageradas por el poder de la mente, incluso ella misma era capaz de relativizarlas.

–¿Qué importancia tiene, en el fondo, que nunca se ocupe de lo que a mí me gusta, que no se interese por lo que yo pueda desear? En realidad, no me gustaría en absoluto tener que contárselo.

Se repetía que los sueños son el consuelo de las mujeres desventuradas, y deseaba de nuevo que llegara la noche.

Matilde movía la melena y sonreía con frecuencia. Era menuda, ágil, con el cuerpo acostumbrado al trabajo. Se dedicaba a servir bocadillos en un bar de mala muerte, donde los clientes eran hombres cansados de vivir; hombres que se parecían al suyo. Se le dibujaban varices de un azul incipiente en las piernas. Había pasado demasiadas horas de pie tras la barra y la sangre trazaba senderos por sus piernas, capricho de una vida poco fácil. El propietario del bar le decía obscenidades. Si tenía ocasión, intentaba manosearle las nalgas con su mano de oso. Ella lo consentía, sin oponer demasiada resistencia. Era como si no estuviera allí, en aquel diminuto antro que le recortaba el pensamiento. El mostrador no dejaba espacio para demasiadas posibilidades de salvación. En distancias tan cortas, la única opción era imaginarse que otra mujer ocupaba su lugar, que otro culo recibía los pellizcos, que unos oídos distintos escuchaban palabras que no quería oír.

Cuando llegaba a casa, estaba agotada. Le dolían las piernas, pero también el corazón, un punto que hay entre el pecho izquierdo y las costillas, que late con vida propia. Se duchaba con mucho jabón, porque quería quitarse los olores del bar: la fetidez de aceite refrito, de tabaco, de posos de café en el fondo de las tazas. Quería liberarse del tufo que desprendían las axilas del patrono, del aliento amargo. Hay olores que cuesta hacer desaparecer. Quedan fijados en la piel durante muchas horas, hasta que el agua, el jabón y la paciencia hacen que pierdan intensidad.

Aun entonces perduran en el pensamiento. En realidad, sustituía un olor por otro. En casa, encontraba el rastro del marido. Estaba en el sofá, en la cocina, en las sábanas. «No hay remedio –pensaba–, vivo prisionera.»

Durante el sueño, agarraba un estilete de punta fina. Lo compró en el rastrillo y le aseguraron que había causado la muerte a un conde que tenía el alma negra. En el último momento de su vida lo elevaba de categoría. Como estaba convencida de que su marido no tenía alma, pensaba que, en el fondo, le hacía un favor asesinándole con aquel instrumento especial, en una inmerecida manifestación de respeto. Al fin y al cabo, no le mataba como a un cerdo, sino como a un conde de alma oscura. Tendría que agradecérselo. El secreto consistía en mantener el pulso firme. Tenía que apretar el arma en el puño y calcular con precisión el golpe justo. Ni la incertidumbre, la debilidad o la duda tenían que interferir. Concentraba los sentidos en la acción. Presionaba con todas sus fuerzas, porque aquel hombre tenía un cuerpo como un armario de tres puertas. La sangre le mojaba la mano. Casi como un hilo, porque la herida era profunda y afilada. Sentía que la liberación la invadía. En el momento en que el olor a sangre se adueñaba de la habitación, los demás olores desaparecían. Matilde se dormía con una sonrisa de adolescente ilusionada, como si tuviera quince años y hubiera asistido a una fiesta. Era la expresión de una mujer que estrena vestido para ir al baile, cuando todavía no sabe que pasarán los años y querrá matar al hombre que la invita a bailar, que la abraza en mitad de la pista. Se dormía feliz, mientras el marido se preguntaba en quién estaría pensando, acostada a su lado pero tan lejana en realidad. Ella se revolvía entre los brazos del adolescente que él había sido en otra vida. Mucho tiempo después, acariciaba la hoja de un estilete con el dedo.

En el mercado se sentía la reina del mundo. Iba todas las semanas, con la cesta vacía. Regresaba de forma distinta a como había llegado: cargada con frutas, verduras y pescado, y con las rodillas que le flaqueaban. Le gustaba porque era un universo de colores, un paréntesis que rompía la monotonía de la existencia diaria, aquel reducto de grises que era vivir con el marido, soportar el peso de su indiferencia. «Lo único que le interesa de mí es mi entrepierna», pensaba con aquella capacidad de sorna que la había caracterizado desde siempre. Antes de pararse en el puesto de venta de María, observaba el panorama del mercado. Era una visión espléndida de tonalidades definidas, rotundas. Tenía aquella precisión de colores y formas que no admiten vacilaciones. Respiraba hondo. Así le habría gustado la vida: como un día luminoso. Avanzaba entre las vendedoras, saludándolas por su nombre, mientras intercambiaba un comentario o una sonrisa. Se paraba frente a un cesto de tomates o de melones. Los husmeaba, manoseaba las formas generosas, los sopesaba. Le gustaba imaginarse la pulpa de las fresas deshaciéndose en la boca, el sabor de la alcachofa, oler el aroma de las setas, que era una mezcla de hierba y tierra. Se arremangaba la blusa y sentía el calor del sol, cuando le quemaba los brazos. Echaba la cabeza hacia atrás, para que la frente captara la intensidad de aquel ardor.

El puesto de venta de María no era diferente de todos los demás. Tenía la perfección de los bodegones, pero también el desorden de los barcos que van a la deriva. Se mezclaban las sandías, las peras, las ciruelas, las uvas. Hacía años que eran amigas. Compartían una complicidad que invita a entenderse con un gesto casi imperceptible. María estaba casada y amaba a su marido. Era un afecto sencillo, sin grandes complicaciones, nada grandilocuente, que sólo era capaz de expresar en los fogones de la cocina cuando le hacía un buen arroz, cuando escuchaba sus quejas, cuando se abría de piernas y acogía el cuerpo dentro de su cuerpo, con una sensación de ternura que no habría sabido describir. María no entendía a Matilde; Matilde tampoco entendía a María. Le costaba aceptar la resignación, la calma constante, la felicidad hecha de pequeñeces a pesar del otro. Habían crecido juntas en un pequeño barrio de la misma ciudad. La gente tendía la ropa en los balcones y en las azoteas. El aire siempre olía a jabón. Cuando soplaba la brisa, el aroma de la comida recién hecha salía por las ventanas de las casas. Se juntaban fragancias conocidas. Era una mezcla extraña. Quienes vivían allí se acostumbraron. Cuando María se casó con un hombre que era labrador, se marchó del barrio. Dejó atrás las voces de siempre, los rincones de la niñez, aquellos horizontes minúsculos que habían compartido. Se encontraban en el mercado, donde ella acudía a vender. Una tenía el pelo castaño, deseos que no concordaban con la vida que le tocaba vivir. La otra era alta, sonreía con cada sonrisa del marido, le hablaba de preocupaciones poco importantes, hasta que se daba cuenta de que se había dormido. Matilde le decía:

–He vuelto a soñar que le mataba.

–¡Jesús, María y José, me aterroriza escucharte!

–¿Qué puedo hacer? Debe de ser el maldito estilete que me vendió aquel hombre cojo. Quién sabe si lo encantó.

–No vuelvas a hacerlo. ¿Me oyes? Eso no puede ser bueno. ¿Cómo puedes tener esos sueños?

–¿Desde cuándo se eligen los sueños, María? No se eligen ni la vida ni los sueños. Tendrías que saberlo.

–La vida viene como viene, pero siempre tiene cosas buenas. Sólo hace falta abrir los ojos. Los sueños... los sueños, si es preciso, no se cuentan.

–Gracias, mujer. ¿Prefieres que no te hable de ello?

–No. Quiero decir que, quizá, si vives como si no lo soñases, si no piensas en ello constantemente, llegarás a liberarte.

–No sé acallar los pensamientos. Tampoco sé transformar los sueños. Por cierto, ¿son buenos estos melones?

–Son dulces. Se deshacen en la boca.

–¿Por qué te lo pregunto? Siempre me contestas lo mismo.

–Es la verdad.

No querían empezar discusiones inútiles. María, que era menos impulsiva, procuraba cambiar de tema cuando los ojos de la otra se apagaban. Se conocían demasiado como para perderse en un entresijo de palabras que no las llevaba a ninguna parte. María le hablaba del mundo del mercado. En aquel espacio se sucedían historias de intriga, de lejanías y de reconciliaciones. Entre el morado de las berenjenas, el amarillo de los limones y el anaranjado de las calabazas, surgían otros colores todavía más intensos: el negro de antiguas rivalidades, el verde envidia, el grana del odio. Sabía que la enamoraban aquellas tonalidades reales que saltaban ante los ojos para ser capturadas.

Pasaron los años. Matilde intentó trasladar toda aquella gama de colores a la habitación de la pensión. Del mercado a las paredes que no le pertenecían, aunque las sintiera muy próximas. Los espacios que más había querido no fueron suyos. Los ocupaba tranquila. Como siempre había vivido en casas invadidas por el gris, transformó un lugar de dimensiones reducidas en un arco iris. Puso cortinas celestes, colocó una alfombra estampada con ramos de rosas blancas. Encima de la mesita había una lámpara dorada. La butaca estaba forrada con una tela de un azul intenso. Estaba satisfecha de un espacio que había sabido construir a su medida. Invitaba a poca gente a visitarla. Acudía Dana, con quien estableció una complicidad hecha de sobreentendidos.

El primer marido de Matilde se llamaba Joaquín. Era alto y gordo. Por la noche ocupaba casi toda la cama. A la mujer le dejaba un espacio muy pequeño en el que tuvo que aprender a acurrucarse. Durante años, cuando ya dormía sola, continuó en la misma postura, como si no se atreviera a invadir un territorio extraño. Los hábitos son difíciles de vencer; se había acostumbrado a un espacio exiguo, y a él adaptó el cuerpo. Era un hombre desordenado. Ella dedicaba tiempo en recoger calcetines, calzoncillos, camisetas. Se preguntaba cuántos minutos había perdido. Si hubiera sido capaz de sumarlos, seguro que el resultado sería de incontables horas; horas que podría haber ganado contemplando el mar, o los colores del mercado, o la vida.

Joaquín se levantaba temprano. Era hombre de pocas palabras, porque solía despertarse de mal humor. Desayunaba y se iba sin despedirse. Un gruñido desde el umbral de la puerta. Al principio, ella se esforzaba en atribuirles un significado. Pensaba: «Debe de querer decir "adiós, querida", "volveré tarde, no te preocupes", "que tengas un buen día"». Imaginarlo la ponía de buen humor. Pronto descubrió que no querían decir nada, que eran sonidos guturales que existían al margen de ella, muy lejanos. Él trabajaba en una empresa de construcción y llegaba con la ropa manchada, las uñas ennegrecidas. Volvía hambriento; podría haberse comido una docena de bueyes y siete bandejas de lechuga. Devoraba la cena que encontraba en la mesa puesta con servilletas blancas. Comía con deleite, sin preguntas, sin decirle qué había hecho ni qué había pensado. Sólo bostezaba. Cuando regresaba a casa, era un hombre sin palabras. «Como no tiene demasiadas –pensaba ella–, debe de haberlas perdido por el café.»

Los vecinos decían de él que era una buena persona, siempre dispuesto a hacerles un favor. Ella nunca los contradecía, pero se preguntaba qué había hecho para merecer tantos silencios. No hablaba; no preguntaba. Se limitaba a respirar a su lado, a roncar en la cama, a llenar el suelo del baño de agua que ella recogía con una fregona. El agua era de color marrón; un proceso de transformación que seguía atenta: de la transparencia a la opacidad. A medida que el suelo quedaba limpio, el agua se enturbiaba. Matilde miraba aquel fondo oscuro y pensaba que le gustaría servirle una copa a Joaquín, durante la cena.

Organizaban un baile en el barrio donde había nacido. En un campo, detrás de la iglesia, donde los hombres jugaban a la petanca. Lo celebraban todos los años en San Juan, la noche más larga, cuando se huele el verano. María y Matilde tenían quince años. Se habían pintado los labios, llevaban la melena suelta. Cuando se miraban, se reían sin motivo alguno, porque sí, porque les apetecía. Eran carcajadas transparentes, que el aire del atardecer hacía volar. Veían la fiesta con unos ojos distintos. Hacía semanas que se habían dado cuenta del cambio: los chicos que conocían ya no eran los mismos. Actuaban de forma diferente. Cuando cruzaban la calle, cuando se sentaban en un banco de la plaza, cuando se asomaban a la ventana, se sentían observadas. Las miradas tenían poderes transformadores, eran un filtro mágico que les cambiaba la vida. Desde que se sabían contempladas, sus cuerpos habían adquirido protagonismo. Matilde se estiraba el jersey, para que le marcara la forma de los pechos. Caminaba con la espalda erguida, la sonrisa provocadora. María, a pesar de su timidez, se dejaba contagiar por el entusiasmo. Cuando se sentaba, los pliegues de la falda se recogían en el inicio de los muslos. Se asomaba la redondez de las rodillas adolescentes, que eran una mezcla de huesos y de luna. Resultaba increíble el poder de unos ojos. Las miradas de los jóvenes renovaban las actitudes de ellas. Despertaban la conciencia del cuerpo, las ganas de vivir. Estimulaban un instinto muy esencial que no habrían sabido describir, pero que se concretaba en desazones. Se movían con cierta agitación nerviosa, respiraban deprisa, hablaban mucho. Los días eran largos; la luz permitía estar en la calle. Cuando regresaban a casa, se observaban como quien mira a alguien desconocido.

En el baile de San Juan, Matilde conoció a Joaquín. Ella llevaba un vestido que le marcaba la cintura. Él era rubio, con los ojos de un verde que parecía irreal. Sonaba una música de orquestina. Las parejas se abrazaban entre un corro de mujeres que andaban, perdidas. Estaban las madres, las abuelas, las vecinas. Los hombres permanecían sentados al mostrador de un improvisado bar donde se servían cervezas. Se abrazaron. Primero con miedo: la poca habilidad de los brazos que toman el cuerpo del otro sin saber. Las manos que ciñen la cintura de ella, mientras la aproximan; los brazos que rodean, indecisos, el cuello de él. Olían a colonia barata. Matilde quizá demasiado. Pese a aquellos perfumes inadecuados, se imponía la curva del cuello, el inicio de la espalda. Giraban con la música: una vuelta y otra; otra más. El mundo entero detenido, para que bailaran.

Compró el estilete en un mercadillo veinte años después. Se lo vendió un hombre cojo, que escupía en el suelo y decía palabras malsonantes. Fueron al grano. Le preguntó cuánto quería, le dio el dinero. No regateó ni por una de las monedas que fueron a parar al bolsillo de él, a la chaqueta deshilachada. Colgaba de ella un botón. Si no hubiera tenido tanta prisa por marcharse, se habría ofrecido para cosérselo. Se fue con paso firme, sin mirar atrás. Se sentía aliviada. El puñal en la cesta, las manos apretando con fuerza el asa, el ánimo recobrado. No fue un acto de locura, ni un mal momento. Estaba segura. Lo había pensado mucho, hasta que se decidió.

La pista de baile no existía para aquellos dos adolescentes que fueron. No había gente, ni casas. Tan sólo una necesidad inmensa del otro: ganas de olerle, de tocarle la piel. Se hablaban al oído. Él le preguntó cómo se llamaba; ella quiso saber dónde vivía. Joaquín había ido al baile en una moto pintada de rojo. Con un gesto, señaló el lugar donde la había aparcado. Matilde se sintió absurdamente orgullosa; satisfecha de él y de la moto, como si fueran dos conquistas que llegan a la vez. Giraban abrazados con el sonido de la música. Los brazos se apretaron sin disimulo a la cintura; las manos se perdieron entre sus cabellos. No se atrevieron a besarse, pero lo desearon tanto que fue el mejor beso.

Soñaba que le mataba. El arma en la mano, toda la fuerza para asestar el golpe. Por la mañana, nunca tenía el ánimo apesadumbrado. Acaso sentía algo que, remotamente, se parecía a la tristeza. En el baile del barrio, también hubo un punto de dolor; aquel que nace del deseo que no se puede calmar, la sensación de que se asomaban a un abismo. Daban vueltas en un espacio adornado con guirnaldas de papel. Años después, Matilde se revolvía entre las sábanas, la frente sudorosa por la pesadez del sueño. Hay sueños que son como un cuerpo muerto que se nos cae encima. En el abrazo de la fiesta, ella le sonrió con el corazón en los labios. Por la noche, en la cama de matrimonio, su boca se endulzaba con el sabor de la sangre.

IV

El agua de la ducha se desliza por su cuerpo. El peso de los cabellos mojados hace que incline la cabeza hacia atrás, en una curva que se prolonga hasta la cintura. El espejo cubre toda la pared, el vaho lo empaña poco a poco. La puerta, que ha dejado entreabierta, da a un pasillo. El ambiente es una mezcla de calor y de humedad. Le gusta que el agua casi le queme la piel, inventarse la sensación artificiosa de haber robado el sol.

Un pequeño ruido, casi imperceptible, le delata. Sabe que ha llegado: la llave en la cerradura, los pasos de quien recorre un camino conocido. Tiene una sonrisa en los labios, mientras la espía. Sentirse observada la transforma. Tensa el cuerpo con gracia, separa los cabellos del rostro, e intenta verle también. A través de los ojos medio ocultos bajo restos de jabón, puede intuirle. Vislumbra una presencia en el espacio que, hasta hace pocos minutos, sólo le pertenecía a ella. Primero, le ve a través del espejo. Se dibujan las formas casi diluidas de un cuerpo. Por un instante, la imaginación se dispara. Surge el inoportuno interrogante: «¿Y si no es él, y si fuera el otro?». El otro que regresa como lo hacen los viejos fantasmas, entre una opacidad de nubes bajas, de tierras mojadas, de cuerpos. Se difumina el contorno del rostro, las facciones pierden precisión, los ojos tan sólo se adivinan. Del mismo modo que permite que el agua le limpie el cuerpo, querría que le ahuyentara los pensamientos. Las ideas pueden ser como sábanas colgadas en una cuerda en la azotea: si sopla el aire, adoptan formas que se alejan.

Gabriele regresa con la sonrisa que ella ha aprendido a querer. Está hecho de certezas. Los ojos se le entornan cuando la mira. Son rayas minúsculas llenas de luz. Inevitablemente, Dana sonríe también. Es un contagio espontáneo, que se produce cuando se encuentran. Sin decir palabra, se quita los zapatos, los pantalones, la camisa. Ella le hace un gesto con la mano, una invitación para compartir la ducha. Su piel, empapada, parece hecha de otra materia: húmeda como las serpientes, cálida por la sangre que corre por las venas, por el chorro que desprende espirales de vapor. Ella descubre que tiene los dedos rugosos, como si el contacto prolongado con el agua los hubiera envejecido de pronto. Cada dedo recorre la espalda de él. Le cubre con un gel que huele a verano. Resulta algo irreal, ahora que se imaginan la lluvia en las calles. Llueve fuera, mientras el agua cae sobre sus cuerpos. Con la mano abierta dibuja círculos en su espalda, en las nalgas. Se abrazan. Cuando se besan, tienen los labios turgentes. No saben si por la lluvia o por el deseo.

Dana le da la espalda. Apoya las manos en las baldosas de la pared. Tiene que abrirlas, mientras dobla la cintura. No resulta fácil mantener el equilibrio entre el plato de la ducha y el cuerpo del hombre. Nota el peso y se inclina todavía más, transformada en un animal que espera el ataque del sexo del otro. Cuando la penetra, siente una punzada de dolor. Es un dolor grato, una sensación contradictoria en la que se mezcla el placer y la dureza. Ella se retuerce como si intentara abandonar la naturaleza humana y transformarse en un animal que vibra en cada embestida, que palpita en cada abrazo. Siente que la toman todos los vientos, que se la lleva la lluvia.

Gabriele la envuelve en una toalla. Tiene un tacto áspero y una calidez que invita a arroparse en ella. Los cabellos le cubren medio rostro y tiembla ligeramente, después del amor. Acurrucados en el sofá, uno frente al otro, toman una taza de café. Como en ese piso no hay relojes, ignoran qué hora es. Han perdido la noción del tiempo. Los invade un sentimiento de reencuentro que siempre es grato. Ella querría decirle que le ha echado de menos, que deseaba que estuviera en casa, que se ha sentido sola. Pero no se lo dice. Nunca le describe las sensaciones que él le transmite. Calla, como si le diera vergüenza confesar que le ama, manifestar una dependencia que no sabría explicar. «Lo sabe», se dice. Sobran las palabras. Le mira con ternura, mientras Gabriele la contempla en silencio, esperando esas palabras que calla. «Las frases que no se pronuncian siempre quedan escritas en algún lugar –piensa–. Aunque sea en la memoria de aquel que no se atrevió a pronunciarlas.»

Suena el timbre de la puerta. Es un sonido prolongado, sin intermitencias, que hace que ella salte del sofá y se ciña un albornoz a la cintura, mientras con una mano se aparta el pelo todavía húmedo de la cara. Gabriele actúa sin precipitarse: se pone unos pantalones anchos y una camisa de lino. Va descalzo, porque le gusta la sensación del suelo en los pies desnudos. Se mueve entre el pasillo y la habitación, mientras Dana abre. Los dos saben a quién encontrarán en el umbral. No han manifestado ninguna sorpresa, hecho que evidencia la complicidad que los une; aquel saber entenderse en la cotidianidad, la intuición compartida, las mismas reacciones de quienes se han acostumbrado a vivir cerca. Se han mirado de reojo, han hecho un gesto de desidia o de sonrisa que se adivina sólo en el fondo de los ojos. Cada uno intuye que el otro nunca es completamente sincero, que, en cualquier manifestación espontánea, hay un poco de disimulo, de artificio. No querrían que fuera de otro modo, precisamente porque han aprendido a respetarse todos los silencios.

Él se sirve un whisky sin hielo en un vaso ancho. Prepara la bebida, mientras le llegan voces desde el recibidor, que ella pintó de verde manzana, un día que estaba triste, cuando todavía no se habían encontrado, cuando no existían el uno para el otro, ni ellos ni sus nombres, ni sus historias, cuando sólo existía el recuerdo de la pensión, las conversaciones con Matilde. La voz de Dana avanza como en un eco. Él adivina una pizca de forzada jovialidad, un tono demasiado estridente, que se eleva como si se multiplicara por una caja de resonancia. Quiere parecer contenta, piensa. Pero no lo está demasiado. No debe de haber tenido un buen día.

Todavía lleva el cansancio del aeropuerto reflejado en el rostro. Debe de haberse pasado allí muchas horas, porque el vuelo llevaba retraso. Se ha acostumbrado a esas largas permanencias en las salas de espera en un espacio entre dos ciudades. Con un gesto, aleja los ruidos, las presencias. Cuando vuelve, siempre se propone dejar de lado esa sensación de ida y vuelta que forma parte de su vida, que le da aires de permanente provisionalidad, que le

43

provoca un cierto rechazo y que a la vez le atrae, porque no sabría prescindir de ella. Mira los muebles de la habitación, objetos concretos que recuerda perfectamente de memoria, y suspira.

Marcos y Antonia irrumpen en la sala como si quisieran llenarla de palabras. Son dos presencias contundentes, acostumbradas a captar la atención de los demás. Hay personas que tienen la solidez de los edificios construidos deprisa. Parecen torres de adobe, que se llevaría cualquier vendaval. Entran con la naturalidad de quienes conocen el terreno que pisan, sin distraerse en observar los objetos. Han dibujado una sonrisa que les cambia la expresión. Las sonrisas modifican los rostros de distinta forma. Marcos quiere ser pícaro, pero resulta simpático. Antonia intenta tener un aire dulce, pero el resultado no es exactamente el que ella querría. La suavidad no encuentra lugar en el rostro de marcadas facciones, de pómulos prominentes, de labios finos. Hablan en voz alta, como si se dirigieran a un numeroso auditorio, mientras Gabriele les ofrece una copa.

Entre Antonia y Marcos se establece un combate de palabras. Cada uno intenta vencer al otro en agilidad en las frases, rapidez en la respuesta, ingenio y gracia. Es una curiosa pareja, que basa la relación en una extraña carrera que nunca acaba. ¿Quién será más ocurrente, quién dejará al otro boquiabierto? Dana está convencida de que, en el fondo, se trata de un agotador juego de seducción. Como pretenden sorprenderse mutuamente, siempre están al acecho. No conocen la tregua. Gabriele cree que son estúpidos. No le inspiran una clara antipatía, pero tampoco se fía de ellos por completo. Hace tanto que se conocen, que sería inútil intentar cambiarlos. «Cambiar a los demás nunca ha sido un buen invento», piensa, mientras observa cómo gesticulan. De pronto, se ríe.

–Podríamos escribir un diccionario de gestos sólo con entretenernos en miraros –dice.

–Siempre hemos sido gente expresiva –salta Antonia–. ¿No será un defecto? ¿O piensas que gesticular me puede hacer parecer demasiado... ordinaria?

–De ninguna manera, querida. –Gabriele la mira a los ojos–. Tú nunca serás ordinaria.

–Dana nos comentó que volvías hoy –interviene Marcos, incapaz de quedar demasiado tiempo fuera de la escena–. Insistió en que viniéramos a cenar con vosotros.

–«¡Anda!», le dije yo –replica Antonia con voz de simulada indignación–, «ya llevaremos nosotros algo». He traído queso y vino francés, pensando que os apetecería.

–No tenías que haberte tomado la molestia. He preparado unas ensaladas.

–¡Magnífico! Buen vino, buena comida, y mejor compañía.

Marcos parece encantado de la vida, de haberse conocido, de encontrarse en aquel salón con sus amigos. Sonríe a diestra y siniestra, como si fuera el único actor en un escenario, en una sala llena de focos que centran en él la atención del público. Es un hombre atractivo, que conoce la seducción que esconde su sonrisa, la forma de mirar con los párpados entornados, ocultando a medias los ojos; unos ojos que Dana conoce sin todos los disfraces que ha adquirido con los años, con lo que le ha dado la vida.

Cuando se instaló en la casa, él vivía en el piso de enfrente: puerta con puerta, un hombre y una mujer solos. Sin embargo, no hubo ni una de aquellas largas noches de invierno, cuando él leía un libro junto a la chimenea, en que se le ocurriera llamar a su puerta para pedirle algo de sal. En aquella época, Marcos devoraba antiguas películas de vídeo en blanco y negro, secuencias llenas de sombras que entonaban con los claroscuros de la escalera. Nunca habría pensado visitar a la vecina con una excusa. ¿Podría haberle dicho, por ejemplo, que era un experto en bricolaje, que podía ayudarla a colgar un cuadro, a clavar las estanterías o a ajustar el grifo del lavabo? En realidad, no era cierto: los tópicos no funcionarían. El hombre tenía serias dificultades para utilizar un martillo y nunca se decidía a colgar las cortinas del comedor.

Cuando se encontraban por la escalera, se saludaban con una sonrisa que no significaba casi nada. Quería decir que tenían prisa, un deseo de huida inexplicable, pocas palabras para compartir, secretos que se callan. Decían algunas frases sobre el tiempo, si el cielo estaba nublado, o si el sol resplandecía. Él le cedía el paso con un gesto de la mano, ella se despedía con otro gesto, a menudo ligero como un soplo de aire. Pasaron meses sin saber sus nombres. Cada uno de ellos ocupaba un lugar minúsculo, casi inexistente, en el pensamiento del otro. Habían hecho las respectivas mudanzas con pocas semanas de diferencia. Ella llegó cargada de paquetes, de cajas que se apresuraba a abrir, decidida a restablecer el orden en las cosas. Era escrupulosa para colocar cada objeto en su lugar: los extremos de las toallas tenían que estar doblados con exactitud, los zapatos ordenados en línea recta, los jerséis apilados en los cajones. Como no era capaz de dominar el caos en que se había convertido su vida, se esforzaba por mantener pulcra la apariencia del piso. Si no podía controlar el universo, por lo menos controlaría los armarios. Una decisión ridícula, si se paraba a pensarla en frío, pero tranquilizadora. ¿Qué importaba –se decía– si el modo en que encontraba ella la calma era una estupidez? No le importaba en absoluto, sobre todo porque no pensaba contárselo a nadie. Matilde, que intuía su casi desesperado afán de armonía, la ayudaba a desembalar cajas, a deshacer paquetes, a abrir maletas.

Al mismo tiempo, como en un juego de contrastes que se producía a pocos metros de distancia, sin que sus protagonistas lo sospecharan, Marcos acumulaba cofres, arquetas y estuches. Le daba una pereza infinita tener que recuperar todo un arsenal de objetos que, inevitablemente, le recordarían tiempos que quería borrar. Sabía que el pasado puede aparecer en cualquier bagatela. Las horas vividas se materializan en los objetos insignificantes, en aquellas cosas pequeñas que llevan el lastre de una historia. Se habituó a utilizar las cajas como sillas, a sacar la ropa estrictamente necesaria, a estar rodeado de libros que se amontonaban en formas diversas según sus necesidades: podían hacer las veces de la mesa del comedor, ocultos bajo un tapete azul; o transformarse en un taburete desde donde él se situaba en posición estratégica para mirar las estrellas o las farolas de la calle, tras los cristales de la ventana; o convertirse en una improvisada escalera que le servía para ajustar la bombilla del salón, siempre de luminosidad oscilante. Durante meses, vivieron existencias paralelas y opuestas. Cada uno intentaba adaptarse al nuevo espacio, hacerse un rincón. Ella abría los armarios y observaba, satisfecha, la distribución milimétrica de la ropa. Marcos no podía dar dos pasos sin tropezar con un bulto inoportuno. Intentaban reconstruir la vida, como quien llega a puerto después de un naufragio.

El tiempo transcurría lentamente. Cuando en la vida hay un cambio de espacio o de intenciones, el ritmo del mundo se para. Acostumbrarse a nuevos hábitos, aprender a crearlos, exige un esmero especial que absorbe la atención. También es una forma de canalizar los esfuerzos, de dirigir los pensamientos y alejar los fantasmas que todavía pululan, sumergiéndonos en el reino de la insensatez. Dana tuvo que aprender cosas sencillas, como el recorrido guiado por la inercia desde la calle hasta su piso. Aspectos aparentemente nada importantes de la cotidianidad: «¿Dónde están los enchufes en esta casa?» o «¿Qué pinta una columna justo en medio del comedor?». Adaptarse suponía actuar de una forma diferente de la de la pensión, donde todo tenía un aire de provisionalidad. Ahora, un mundo real, aún por construir, sustituía la falta de concreción que había sido su refugio. Mientras pensamos que una situación es transitoria, no se necesitan esfuerzos. Es suficiente dejarse llevar por el presente: ¿qué importa, si no nos gusta el papel de las paredes o sabemos que, entre aquellas sábanas, han dormido otros muchos cuerpos? Estamos, pero no por completo, medio perdidos en un lugar extraño.

Para Marcos, el proceso de reconciliación con la nueva casa fue más rápido. No consideraba necesario entretenerse demasiado ni gastar un exceso de energía. Él no había vivido aquel paréntesis que había supuesto la pensión: pasaba de vivir una historia a iniciar otra, casi sin haberlo elegido. Se trasladaba de un piso donde había sido feliz a otro piso que no buscó con interés, que le encontraron unos amigos en un intento de ayudarle a poner tierra por medio, a recorrer aquella distancia que es un bálsamo, cuando la herida no tiene remedio porque es muy profunda; un ungüento que no cura, pero calma.

Los dos padecían mal de amores, pero no lo vivían del mismo modo. Cada historia es un largo camino que sólo conoce quien ha tenido que recorrerlo. Debía de ser la única coincidencia en aquellas dos vidas tan distintas, que transcurrían próximas sólo por casualidad.

Antonia cruza las piernas con la expresa lentitud de quien hace un gesto a conciencia. Con el movimiento, la falda sube unos centímetros, la medida justa para que el inicio de los muslos quede desnudo. Lleva un jersey de lana que le deja al descubierto los hombros, los cabellos cortos, la expresión provocativa en los ojos. Es una mujer que nunca se relaja por completo, como si viviera en un permanente estado de alerta. Dana cree que debe de ser incómodo vivir así, siempre temiendo el ataque de algún ser irreal, de una aparición inoportuna, de quien se siente a su lado. Gabriele ni la mira. Marcos la contempla de reojo, con una expresión que es una mezcla de impotencia y de desazón. Mientras Gabriele les sirve las bebidas, Dana ha sustituido el albornoz por un vestido de punto negro que se ciñe a su cuerpo. Se ha recogido la melena deprisa y el resultado es un desorden de cabellos que caen con gracia, mientras le enmarcan el óvalo del rostro. Bebe Bombay con tónica. Gabriele y Antonia se han apuntado al whisky. El ambiente es distendido.

La escena, representada mil veces, esa noche es diferente. Ninguno de ellos sabría decir por qué. Es como si una función de éxito, que ha llenado el teatro, noche tras noche, que aparece en todas las carteleras con magníficas críticas, de pronto fuese distinta. Diferente de golpe, sin avisos, para sorpresa del público y de los mismos actores. Esta noche, la representación no seguirá los cánones establecidos: se saltará las pausas, incorporará fragmentos inéditos en la voz de quienes la representan, aparecerán inesperados silencios. Dana lo intuye y se pregunta qué pasa. Tiene una sensación que no se atreve a expresar, porque compartirla con los demás significaría concretarla. Gabriele está demasiado cansado para hacerse preguntas. El aeropuerto tiene el efecto de adormecer los pensamientos; es una especie de sedante que actúa con eficacia. Marcos no se da cuenta de nada, demasiado ocupado en encender un pitillo, para inhalar rarezas. Una sutil tensión flota en la sala, a pesar de los quesos franceses, la falda de Antonia, la buena voluntad de Marcos o de Gabriele. Dana se da cuenta pero calla, decidida a intentar reconducir la función por los caminos conocidos.

Un día, por casualidad, él pensó que aquella chica tenía una mirada líquida, unos ojos que eran una mezcla de miel y de amarillo, que podían parecer inquietos, porque nunca se paraban demasiado tiempo en un punto, huidizos. Se escapaban siempre, apresurados. En otra ocasión, ella se fijó en su aspecto de hombre desaliñado. Desde que vivía solo, Marcos llevaba barba de tres días y ropa gastada: chaquetas anchas que el uso había deformado, pantalones de pana. Los dos empezaron a descubrirse poco a poco, con aquella lentitud de encontrarse con alguien y pararse a reconocerle. La tristeza pone vendas en los ojos y nos impide ver lo que nos rodea; nos aísla del mundo. Por eso regresar resulta tan difícil.

Las frases iniciales se hicieron tímidamente más largas; de la misma forma que toma fuerza un cuerpo demasiado débil todavía, como el niño que no ha aprendido a levantar la cabeza del pecho de la madre, sus conversaciones eran indecisas, temerosas. Un atardecer, ella le preguntó la hora. Al día siguiente, él le ofreció un trozo de pizza que había comprado para cenar. Pocos días después le recomendó una película que acababa de ver, en un cine del barrio. Eran conversaciones balbuceantes, fragmentadas, hechas de paréntesis, porque las penas vividas no sólo se graban en los rostros, sino que nos marcan el tono de la voz.

Una noche de enjuta luna, Marcos volvía a casa. La oscuridad había ganado terreno a la luz, que retrocedía, indecisa. Otra luz se imponía a las sombras: la de las farolas de la calle, que se filtraba a través de la claraboya. Subía los peldaños con la calma de los que no tienen a nadie que los espere. Estaba tranquilo, adormecidos los sentimientos por el frío. En el pasillo, algunos metros más allá de la puerta de su casa, descubrió un bulto que le costó identificar. Era un cuerpo sentado en el suelo, acurrucado sobre sí mismo, con las rodillas dobladas, los brazos cruzados entre los cuales escondía la cabeza, la espalda arqueada. Era la vecina que tenía la mirada líquida como un diminuto río, amarilla como el sol del otoño. Estaba inmóvil. Sólo un leve temblor en la espalda indicaba su presencia. Él también se quedó quieto, indeciso entre la opción de pasar de largo o decirle algunas palabras que le ayudaran a regresar de donde estaba. El dolor de los demás siempre nos da algo de vergüenza. Estamos demasiado acostumbrados a enmascarar las emociones, a vivir en entornos donde todo el mundo las disfraza. Marcos se arrodilló hasta situarse a su altura, mientras cogía su mano entre las suyas. Dana levantó los ojos que estaban hechos de agua y de amarillo. Él se atrevió a decirle:

–Ése no es un buen lugar para sentarse... ¿Te puedo ayudar?

Vio que hacía un gesto de impotencia, mientras señalaba el contenido del bolso, desperdigado por el suelo.

–No encuentro las llaves. Creo que he perdido las llaves de casa.

Articuló la frase como si quisiera expresar otra. Hablaba de las llaves, pero no lloraba por unas llaves perdidas, sino por todas aquellas cosas que se le habían escapado y que no podía contar, por la sensación de derrota.

–El portero debe de tener un duplicado. No te preocupes. ¿Te encuentras bien? ¿Quieres que te acompañe?

–¿Adónde? No sé adónde ir, ni qué tengo que hacer. No sé nada.

–¿Qué te pasa?

–Me dejó. Él decía que me quería. Me lo dijo hasta el último día, hasta la última hora, pero se fue. Y ahora, yo...

–¿Tú, qué?

–Estoy muerta.

Se hizo un silencio. Ninguno de los dos pronunció ninguna palabra, hasta que ella, de pronto, retomó la conversación:

–No sé por qué te lo cuento. Apenas nos conocemos...

–Quizá has descubierto un alma gemela.

–¿Qué quieres decir?

–Mi mujer también se fue.

–¿Adónde?

–A ninguna parte. Se murió. Yo también me siento muerto; ella y yo. Los dos estamos muertos desde entonces. Por eso me lo cuentas, porque lo has adivinado. Las tristezas se respiran.

V

Ignacio sabe que la vida le ha sorprendido de nuevo. Tendrá que pasar la noche en el aeropuerto: largas horas por delante que verá transcurrir despacio, con la lentitud de la impaciencia. Lo ha intuido desde el primer instante, cuando la visión de la fotografía le impactó. Hay recuerdos incómodos. Tan sólo basta un gesto para ahuyentarlos. El movimiento contundente, preciso, del que aleja un mosquito que revolotea sobre su rostro. Cuando los recuerdos son dolorosos, nuestra capacidad de reacción es más limitada. ¿A quién le gusta restregarse entre ortigas, o mojar las heridas con el agua de mar? Siempre ha intentado ver la cara amable de las cosas, adaptar las situaciones de la vida a sus necesidades, a lo que, en cada momento, le resultaba más sencillo. Ha sabido construirse paraísos de felicidad artificial que no le han durado demasiado, pero que le servían para ir tirando. Ver el prisma coloreado de las situaciones, cuando nada es como querríamos. Creerse una mentira es una manera de llegar a hacerla realidad.

La fotografía de la mujer que amó en la cartera de un desconocido ha transformado el mundo. ¿Cómo puede ser tan fácil destruir una obra que hemos erigido durante años, aquella máscara de olvido y de reconciliación con el presente que nos protege de la memoria? El efecto ha sido decidir que no regresaría a Palma. Sin inmutarse, ha visto cómo la cola de los pasajeros se acortaba. Se ha hecho cada vez más pequeña, hasta que las azafatas han cerrado el vuelo. Impasible, ha observado que los demás marchaban hacia un destino que, hasta hace pocos minutos, también era el suyo. Así cambian las cosas, cuando un giro casi imperceptible del universo crea situaciones que no habríamos podido prever.

La certeza que nos acompaña cuando todo está decidido ha desaparecido. Creía que la existencia se ordenaba en una serie de secuencias lógicas, el regreso, la cena, la tertulia. De pronto, voluntariamente, ha cortado el hilo conductor que guiaba ese orden. Lo único que puede percibir es la duda. No sabe qué sucederá mañana, ni qué pasará dentro de unas horas, cuando tome el avión hacia Roma, su nuevo destino. Tras la sorpresa, ha tenido la intuición de que no volverá esa noche a la isla; de pronto, una prisa inusual se apodera de una persona de apariencia tranquila, de ademán serio. Es una desazón que no puede razonar, que no justifica nada. Ha vivido diez años en una especie de somnolencia que desaparece ante una imagen en un papel.

Contempla de nuevo el rostro de Dana. Observa el óvalo, la forma de los ojos, los labios que sonríen. ¿Por qué sonríe? Le da rabia la sonrisa que significa una vida lejos de él. Es una reacción visceral que no sabría describir, pero que siente en el estómago. Está celoso del hombre que ha visto, de ese Gabriele que estaba sentado no hace mucho frente a él. Ha leído el nombre en el documento de identidad y lo repite bajito, entre la impotencia y la sorpresa. ¿Cómo se puede odiar a alguien a quien sólo hemos visto unos minutos, con quien no hemos cruzado ni una palabra? «Hay sensaciones que no pueden describirse –piensa–, aun cuando se materializan con absoluta nitidez.» El sentimiento de posesión que nos inspiró otra persona puede reavivarse como un fuego soterrado. Contempla el rostro de ella. ¿Dónde están las huellas que ha dejado el paso del tiempo? Cuesta percibirlas: las ojeras que rodean los párpados, algunas líneas que marcan la expresión de los labios, una mirada más profunda.

En noches insomnes se ha preguntado dónde estaría. Lo que se ignora despierta interrogantes, pero no crea angustia. Hay que sentirse muy cerca de alguien para llevar una fotografía suya en la cartera; imaginarlo le hace daño. Es como si se hubiera metido en el fondo de un bolsillo que ha significado un descenso al infierno. Él no lleva ninguna fotografía de su mujer o de sus hijos; le resultaría incómodo.

El aeropuerto ha ido vaciándose de pasajeros. Embarcan los últimos, mientras está sentado en una silla con un papel entre las manos. El primer vuelo hacia Roma sale a las seis treinta de la mañana. No quiere buscar refugio en un hotel, aun cuando sería la solución más lógica. Ha tardado una década en perder la cordura, pero lo inesperado llega siempre. No quiere marcharse de un espacio que no pertenece a nadie para recluirse en una habitación impersonal donde los antiguos fantasmas desfilarán ante sus ojos. En el aeropuerto, las propias incertidumbres se mezclan con las de los demás. Aquellas que son reales (rostros de hombres y mujeres que han perdido un vuelo, que han padecido retrasos imprevistos, que han recibido una noticia que no esperaban) con aquellas que son igualmente ciertas pero que resultan ambiguas (miradas temerosas, gestos que delatan la inseguridad, sentimientos intangibles de pérdida).

Le ha hecho reaccionar el sonido del móvil en la cartera. Con un gesto decidido, como si quisiera hacer acopio de fuerza, descuelga el aparato. La voz de Marta es impaciente, pero Ignacio la percibe lejana:

–¿Estás en Palma?

–No.

–¡Oh, ya me lo imaginaba! ¿Hay retraso en la salida del avión?

–No.

–¿Qué pasa? ¿Dónde estás? Hace casi una hora que deberías haber llegado. De hecho, mi hermana ya me ha llamado.

–¿Tu hermana?

–Pero... ¿qué te pasa? Es su cumpleaños. ¿Lo has olvidado?

–Marta... –pronuncia las palabras marcando las sílabas–, no iré esta noche a casa.

–¿No vendrás? ¿Hay algún problema? Te noto extraño.

–Me ha surgido un imprevisto. No puedo hablar, cuestiones de trabajo. He tenido que cancelar el vuelo. Me quedaré unos días más en Barcelona. Lo siento.

–No entiendo nada. ¿De qué no puedes hablar? Dame una explicación. Me parece que es lo mínimo que te puedo pedir.

–Te lo contaré mañana. Ahora no puedo decirte nada. Adiós.

–Ignacio...

Corta la llamada sin valorar la opción de improvisar una excusa razonable. No está para inventos. Su capacidad para pensar se ha concentrado en un rostro que recupera. Desconecta el móvil, antes de que vuelva a sonar. No quiere hablar con Marta. Se imagina que esa actitud le costará cara, pero ya ha pagado precios muy altos. No escuchará persuasivas voces que le recuerden deberes, obligaciones que cumplió hace diez años, cuando dejó que Dana se marchara muy lejos, hasta el bolsillo de un hombre que tiene el cabello rizado y nombre de arcángel.

Por la noche, el aeropuerto es un curioso desierto. La agitación de la jornada es sustituida por una quietud con intermitencias. Le recuerda un faro: el juego de silencios y de pasos que interrumpen ese mismo silencio. Es como la luz que dibuja círculos sobre el mar, pero que se apaga en un instante de absoluta oscuridad. Mira a su alrededor, mientras observa un nuevo paisaje. En ese lugar, sólo queda esperar a que pasen las horas. El movimiento se aquieta y todo experimenta una metamorfosis. No hay demasiada gente cerca. Son figuras inciertas que ve pasar por su lado, o que intuye hundidas en un asiento. Alguien se ha echado en un banco, estiradas las piernas y oculto el rostro. Es una situación de *impasse* que calma el remolino de sus pensamientos. No consigue adormecerlos por completo, porque el desasosiego le vence. Sabe que tiene que dejarse llevar por la espera, refugiarse en la sensación de que todavía no puede hacer nada, hasta que la noche sea como la luz de un faro que regresa, y se haga de día.

Han pasado las horas. Entre la lucidez y la somnolencia, permite que el espacio se llene de imágenes recuperadas. Aparecen con la precisión que tienen los viejos recuerdos cuando se los deja en libertad. Dana con su risa que era para él, cuando la vida les sonreía. Cada uno de los gestos perdidos vuelve a través de la memoria, rescata las formas del cuerpo, las palabras, el rostro. Las imágenes de la ausencia esa noche le rodean. No tiene que hacer nada para ahuyentarlas, puede dejar que le invadan por completo, abandonarse a una sensación que tiene algo de reencuentro. No hay testigos de esa reconciliación con los recuerdos. Puede permitirse la impudicia más real, olvidar las actitudes que le han permitido sobrevivir. Nunca se ha considerado un hombre que se deje llevar por la nostalgia. Tenía recursos suficientes para superar un momento de debilidad. Tras mucho tiempo, se rompen las barreras de contención; le colma el pasado.

En el baño, se lava la cara. Rectifica el nudo de la corbata, se ajusta la chaqueta y se mira al espejo. Los altavoces anuncian la salida del vuelo que le llevará a Roma. No piensa entretenerse. Ha calculado cada uno de los pasos que tiene que dar: desde el aeropuerto, un taxi que le conduzca a la dirección que ha encontrado en la cartera. Se imagina que es el domicilio del hombre que busca; tal vez también ella vive allí. El objetivo es encontrarla. Lo que suceda después forma parte de una historia que no se ha escrito todavía. No quiere entretenerse en imaginar los posibles argumentos. Predomina la necesidad de moverse, el deseo de una acción rápida que le lleve hacia Dana. Ha tenido bastante tiempo para reflexionar, años enteros para dar vueltas a un único tema: el sentimiento de haberla perdido. Se imponen las ganas de saltar escollos, de escalar montañas, de hacer proezas. Se siente un hombre distinto. «Es curioso –piensa– el poder que llega a tener un pedazo de papel encontrado por azar.»

Antes de subir al avión, ha acumulado los últimos restos de sensatez que le quedaban. Con la mente fría –inusualmente despejado tras la noche insomne–, llama a Marta. El único objetivo es ahorrarse problemas, aplazar el momento de decir la verdad. Como es un experto en el arte de la simulación, mantiene la voz firme:

–¿Marta?

–¿Sí? Ignacio, ¿eres tú? Creo que merezco una explicación.

–Antes que nada, tranquilízate. No tienes ningún motivo para preocuparte. Simplemente, tengo un trabajo complicado entre manos.

–¿Un trabajo complicado? No te entiendo. Dime dónde estás. Iré hoy mismo.

–No. Te telefonearé todos los días, pero no puedo darte demasiadas explicaciones. Todo está todavía algo confuso. Ha surgido un buen proyecto y he de evitar que alguien se lo lleve.

–¿Un proyecto? ¿Realmente es un problema de trabajo?

–¿Qué pensabas? Sabes que a menudo tengo que cambiar los planes.

–Sí, pero todo me parece muy raro. ¿Por qué desconectaste el móvil?

–Necesitaba dormir. Se trata de un proyecto complicado. Tendré que dedicarle toda mi energía. De verdad, me molesta esta actitud tuya. Eres incomprensible, Marta, y me lo pones muy difícil –añadió un punto de dureza al tono de voz.

–Quizá tengas razón. No sé qué decirte.

–No tienes que decir nada más. Ya hablaremos. Un beso.

–Un beso.

La reacción de Marta le resulta molesta. Hace diez años que viven un pacto de recuperada felicidad. Una felicidad entre comillas, con todos los interrogantes del mundo. Nunca hablan de lo que sucedió. No lo mencionan, ni buscan reconstruir la historia pasada. Es como si hubieran abierto una brecha en la vida. Hay un período de existencia que han borrado del mapa: algún diablillo se ha entretenido en recortar el rostro de una persona en todos los álbumes familiares. Pero, en este caso, no hay ningún álbum, sólo la sensación de una presencia que aparece para interrumpirles la cotidianidad. Viene de vez en cuando; es volátil y huidiza. En el avión, intenta descansar un poco. Apoya la cabeza en la ventanilla, que sólo es un paisaje de niebla blanca, mientras cierra los ojos. Los párpados le pesan y, por un instante, le vence la sensación de agotamiento. La fatiga física gana a la sorpresa que todavía persiste. La búsqueda de reposo no dura demasiado. Se mueve en la butaca, cambia de posición, trata de respirar pausadamente, pero es imposible.

El mundo se ha ido empequeñeciendo, hasta que la tierra ha desaparecido. Se pregunta a quién busca. Diez años pueden ser una eternidad en la vida de alguien. Pueden servir para retomar el ritmo de una existencia diferente. Por primera vez desde que encontró la fotografía, se cuestiona qué hace, hacia dónde va. Ignora si encontrará a la mujer que persigue con la desesperación de aquel que corre tras un recuerdo, quién sabe si tras un fantasma. ¿Sabrán reconocerse si se produce el encuentro? Él ha acumulado disfraces, máscaras. Ella quizá también. Ignora si vuela persiguiendo un espejismo. Son dos desconocidos que han trazado rutas diferentes por espacios remotos. Cuando la azafata le ofrece una bebida, le observa el rostro. Tiene unas facciones correctas, poco interesantes, que intuye olvidará pronto. Hay caras que actúan como un imán, que nos atraen hacia un abismo, porque son imposibles de olvidar. Sabemos que irrumpen en nuestra vida definitivamente. Le ocurrió con los ojos de Dana. Aquella mirada se conserva en la fotografía: la misma profundidad, una expresión idéntica. Lo ha comprendido y ha sabido que nada detendrá las ganas de verla. No permitirá de nuevo que la vida le pase de largo.

Roma le recibe con una vorágine matinal. El tráfico es caótico, ruidoso, circunstancia que tendría que hacerle reaccionar. Actúa con la decisión de un autómata. Todos los pasos están medidos, aunque los dé con una sensación de irrealidad. La claridad del cielo le deslumbra, pero percibe el frío; una frialdad en el aire que invita a despertarse de golpe, a moverse. En el avión, antes del aterrizaje, cuando el mundo adquiría formas precisas, ha decidido su destino. El registro de la cartera, hecho con minuciosidad, le ha dado pistas concretas. Hay un diminuto papel, arrugado, que lleva escrita una dirección. No lo había visto en una primera ojeada, pero decide que puede ser el inicio de su búsqueda. No se dirigirá directamente a la calle que figura en el carnet de identidad del hombre del aeropuerto. No se ve con ánimos de ir a su casa sin tener alguna información previa; sería como lanzarse desprotegido a las zarpas del lobo. ¿Qué le dirá, si le ve aparecer tras una puerta? ¿Le hará un gesto amable, mientras le da la cartera, contándole con una sonrisa que ha cogido un avión para ir a devolvérsela? Se burla de sí mismo, con una risa que se le hace extraña. Existe, además, la posibilidad de que en esa calle no encuentre a nadie. El documento está a punto de caducar. Tiene exactamente diez años, curiosa coincidencia. En la otra dirección, en cambio, no hay nada concreto que la identifique con nadie. Puede significar un primer intento de aproximación, la posibilidad de hacer preguntas, de saber. Tal vez no le sirva de nada. ¿Quizá es la dirección de ella? Todo es posible, en ese laberinto en que se ha convertido la vida.

El taxista no tiene nada que ver con los taxistas italianos de las películas. No gesticula en exceso, ni saca la cabeza por la ventanilla para imponerse al desorden de la ciudad. Tampoco hace preguntas ni inicia ninguna conversación. Ese hecho, que tendría que tranquilizarle, le pone nervioso. Habría preferido un torrente de palabras que le aturdieran, ideas surgidas de un mundo distinto que pudieran distraerle. El silencio sólo sirve para acentuar la confusión. El recorrido es largo, dividido entre la carrera acelerada y la lentitud que propician los otros vehículos. Piensa que debe tener paciencia. El taxista adelanta sin nerviosismos, como si adivinara su desazón y quisiera contrarrestarlo con inesperadas dosis de aplomo.

Para Ignacio, Roma no existe. Sólo es real su impaciencia. Las calles crecen, mientras recorre la ciudad. Tiene la impresión de que todas las distancias se multiplican. A través del cristal, le llegan los sonidos de unas vidas en movimiento que no le inspiran curiosidad. Cuando los semáforos le obligan a pararse, mira a los demás sin verlos. El taxi deja las principales vías y se adentra en un entramado de calles casi idénticas. Las casas son fachadas sin color. El coche se para: enfrente, el rótulo de una pensión. No se lo acaba de creer. ¿Es la dirección que tiene en la cartera? Lo comprueba mientras paga al conductor el importe del viaje. De pie en la calle, midiendo con la vista la altura del edificio, no sabe qué tiene que hacer. Se trata de un viejo hostal, con un cierto encanto que cuesta describir. En las ventanas bajas hay cortinas. No se percibe ninguna presencia ni hay indicios de movimiento. Cuando se decide a entrar, sale a recibirle una patrona con aspecto triste. Quiere saber si busca alojamiento, y él improvisa un gesto con la cabeza que no sabe muy bien qué significa, pero que ella interpreta a su favor. Escribe el nombre de Ignacio en un registro de entradas. Entonces le acompaña por un pasillo hasta una habitación que tiene el techo alto.

Justo cuando le ha abierto la puerta, mientras se vuelve para marcharse, abandonado el cuerpo a la inercia de un gesto repetido, él reacciona. Le dice que busca a alguien. Lo comenta en voz baja, mientras pronuncia el nombre del desconocido:

—No sé si le conoce —le dice—. Quizá hace tiempo que se hospedó aquí.

La mujer levanta la cabeza, cuando le mira a los ojos. Intuye en su interior un rastro de estupidez. Comprende que no sabe de qué le habla, que tiene prisa. Observa cómo se encoge de hombros, juntando las cejas.

–¿Por qué le busca? –le pregunta.

–Somos amigos –improvisa con voz extraña.

–Yo no sé nada –responde ella.

Lo dice como si tuviera que justificarle que es cierto, que sabe pocas cosas, pero que no lo siente, porque a menudo es mejor no saber. Ignacio está a punto de darle la razón. Querría decirle que él preferiría ignorar ciertas historias, que querría vivir como ella, con los ojos medio cerrados, para que la luz de la calle no nos haga daño. Se produce un instante de silencio, indecisos los dos. Sin pensarlo, saca la fotografía de Dana.

–¿La conoce?

–No, ¿quién es?

–Una amiga. ¿De verdad no la conoce? –Es incapaz de reprimir la impaciencia.

–¿También la busca?

–Sí.

Se siente observado con desconfianza y piensa que todo es absurdo, que la vida es ridícula, que él es el hombre más ridículo del mundo. Se pregunta qué pretende, diez años después.

Una mujer sale de la habitación que hay en la otra parte del mismo pasillo. Es mayor, a pesar de los cabellos teñidos de un rubio llamativo. Le sonríe, como la señora de la casa que da la bienvenida al nuevo huésped. Se acerca con pasos cortos, mientras acentúa el gesto amable. Ignacio se da cuenta de que le observa. Como si fuera un cobaya, inicia un experimento que ha repetido muchas veces. Quiere saber si el recién llegado tiene una actitud receptiva a la conversación. Aun cuando no disimula la curiosidad, tampoco manifiesta las ganas de saber. Nada tiene que resultar fuera de lugar en ese ritual de aproximación que repite de memoria. Está demasiado nervioso para percibir la estrategia. Querría esconder el rostro entre las manos, acurrucarse, dormir. Le sonríe de nuevo.

–Buenos días.

–Buenos días –murmura Ignacio.

–¿Cansado del viaje?

–Un poco, gracias. Creo que me retiraré a la habitación. Tengo sueño.

–Yo en su lugar no lo haría. No se lo recomiendo. Si ahora se duerme, se despertará por la noche. Cambiar el ritmo del día y de la noche no es bueno. ¿Por qué no compartimos una taza de café? En el comedor se está realmente bien a esta hora.

–No. Prefiero descansar.

–Joven, soy una mujer mayor. He vivido mucho. Sinceramente, su cara no tiene muy buen color –suelta una risita.

–Mejorará si puedo descansar.

–Como quiera. No querría que me malinterpretara: soy una vieja inoportuna. Hace demasiados años que vivo aquí y me tomo unas confianzas poco afortunadas. Discúlpeme.

Matilde esboza una última sonrisa, mientras se dispone a continuar el camino.

–¿Cuántos años hace que vive en esta pensión? –Él parece haberse espabilado de golpe.

–Muchísimos años.

–Habrá conocido a mucha gente, ¿no? –La pregunta tiene un tono cauteloso que ella identifica enseguida. Se para de nuevo y le mira a los ojos.

–Mucha gente.

De pronto, ha cambiado la situación. Ahora, la prudente es la mujer. Matilde le observa con recelo, tenso el cuerpo. Ha desaparecido aquel interés superficial, que no significaba nada más que voluntad de divertirse. Nota que duda. Intuye que quiere preguntarle algo, pero no hace nada para facilitarle la conversación.

–Busco a una mujer. Quizá la conoce.

–He conocido a muchas mujeres.

–Ella es diferente. Si la ha visto, tiene que recordarla. Tengo una fotografía. Mírela.

Se hace un silencio. Ninguno de los dos dice nada, mientras la imagen del retrato parece agrandarse hasta ocupar todo el espacio. Tienen la frente inclinada, la vista puesta en un rostro de papel. A la vez, se observan con el rabillo del ojo: se vigilan. La actitud de Ignacio es expectante; ella intenta ocultar la desconfianza.

–Se llama Dana –insiste Ignacio.

–¿Dana? –La pregunta es un intento de ganar tiempo.

–Sí.

–Y tú, ¿cómo te llamas?

Ignacio mira a Matilde. Intuye que esa mujer sabe muchas historias, aunque está dispuesta a callarlas. ¿Conocerá también la suya? Sin darse cuenta, hace un gesto casi imperceptible de súplica. Le pide en silencio que hable. Están en el pasillo de la pensión, incapaces de avanzar o de retroceder. La luz hace un juego de claroscuros en las paredes. Con el pomo de la puerta en la mano, piensa que tiene que encontrar palabras convincentes, que le hagan cómplice, amiga. ¿Su nombre? Se imagina que ha podido adivinarlo, pero no se atreve a decir nada. Actúa con prudencia, como si cada palabra se convirtiera en un conjuro que puede arruinarle la vida. Intenta sonreírle, pero ella no le devuelve la sonrisa. En ese preciso instante, Matilde maldice la hora que le ha llevado a Roma.

SEGUNDA PARTE

VI

Tiempo atrás: Dana e Ignacio se conocían de vista. A menudo frecuentaban los mismos lugares, tenían conocidos en común, discutían sobre temas parecidos. De vez en cuando, coincidían en un lugar de la ciudad. Se encontraban en una calle y se saludaban con una sonrisa. Intercambiaban algunas frases a la entrada de un cine o en la inauguración de una exposición. Ambos se iban con una sensación de fugacidad que no habrían sabido describir. Sentían –sin pensarlo– que el encuentro había sido de una brevedad hiriente. En una ocasión, ella bajó de un taxi, justo cuando él levantaba la mano en un intento por parar uno entre la vorágine de la circulación. Era un atardecer de otoño y caía una lluvia fina, transparente. Se miraron un instante sin reconocerse: Dana con los ojos fijos en el hombre. La sorpresa fue simultánea. Sonrieron, ignorantes de la alegría de encontrarse. Hay ocasiones en que dejamos pasar una chispa de felicidad, un momento placentero que se nos escapa porque no sabemos identificarlo. Más tarde, cuando ya está lejos, somos capaces de reconocerlo. Lo echamos de menos sin haberlo vivido. Ignacio ocupó el asiento que ella había abandonado haciéndole un gesto de complicidad. Los dos tenían prisa y no se entretuvieron demasiado en hablar, pero el hombre se fue con una extraña sensación. Era consciente de que ocupaba el espacio que ella acababa de dejar libre, donde perduraba el rastro de su perfume. La mujer, no sabía por qué razón, se marchó contenta.

El azar jugaba con sus encuentros. Como no los buscaban, podían pasar meses sin que tuvieran noticias el uno del otro. Inesperadamente, oía el nombre de él pronunciado por alguien que le admiraba. Sin darse cuenta, sumaba la propia admiración a la ajena. Nunca se paraba a analizar el placer que le provocaba tener noticias suyas. No pensaba demasiado en ello. Si quien le mencionaba vertía la dosis de envidia que levantan los triunfadores, se apresuraba a defenderlo. Era una reacción no pensada, surgida de un instinto casi elemental. Ponía un punto de entusiasmo que solía pasar desapercibido incluso para sí misma. ¿Cuántas veces habían comido en un restaurante en días diferentes? ¿En cuántas ocasiones habían pisado las mismas calles en horas distintas? ¿Con cuánta gente se habían encontrado, rostros que formaban parte de un único paisaje? Compartían un universo de referencias, de nombres y de plazas.

Vivir en Palma propiciaba a la vez los encuentros y los desencuentros. Las dimensiones de la ciudad pueden favorecer la coincidencia; tienen también la desproporción de ciertos laberintos, que hacen dar vueltas días y noches a aquellos que quieren encontrarse. Un atardecer, él subía por la escalera de la plaza Mayor, mientras Dana se perdía bajo sus arcos. Los dos escuchaban los violines de unos músicos callejeros. En una ocasión, ella se sentó en el último asiento en la conferencia de un reconocido escritor. Llegaba tarde, con los minutos justos. Él había entrado en la sala media hora antes. Estaba sentado en la tercera fila pero no se volvió para mirarla. Respiraron cien veces el aire salado del mar, en noches veraniegas. Uno en una terraza; la otra desde aquella ventana. El azar se empecinaba en acercarlos sin dejar que coincidieran. La mayoría de las veces, la proximidad era sutil, inexistente en la realidad, puro potencial de un encuentro que se deshace en el aire antes de producirse, porque hay una falta de sincronía que es cuestión de segundos, cuando algunos segundos pueden marcar distancias inmensas.

Mientras tanto, cada uno escribía la vida con renglones torcidos. Los días eran una rueda que los obligaba a tomar partido, a pronunciarse aunque no lo quisieran, empujados por las inercias. Ignacio era abogado de un prestigioso bufete en Palma. Tenía fama de hombre serio, que manejaba las leyes con el rigor de quienes interpretan los secretos. Vivía en un piso en el paseo Mallorca. Tenía una mujer a quien le gustaban los actos sociales, la ópera y el ganchillo. Marta hacía colchas de hilo para relajarse, cuando se cansaba de no hacer nada. Tenían dos hijos que afrontaban la adolescencia con un ímpetu de leones jóvenes, protegidos por una familia bien situada y un padre socialmente casi to-dopoderoso. Se habían creado un universo de felicidad en minús-culas, que nadie cuestionaba. Eran felices porque tenían que ser-lo, porque reunían todas las condiciones objetivas y posibles de la felicidad. Miraban el mundo con una cierta prepotencia, conven-cidos de que nada podía alterar el orden que habían construido. Ignacio y Marta iban al teatro. Saludaban a los conocidos con una inclinación de cabeza o una sonrisa. Él la cogía por los hom-bros, con un gesto protector. Daban la imagen estereotipada de una pareja sin conflictos. Marta e Ignacio salían a cenar con los amigos. Los dos eran divertidos, ocurrentes; sabían contar el úl-timo chisme social o comentar las novedades del panorama polí-tico. Simulaban una complicidad que sólo existía de puertas afue-ra, o de puertas adentro cuando hablaban de los hijos, pero que se desvanecía entre las sábanas. Ignacio y Marta tenían una casa en la montaña, en la ladera de la Serra Nord, donde pasaban los fines de semana. Él conducía un inmenso coche; a ella no le gus-taba la cocina; prefería los restaurantes. Viajaban a menudo, aun-que nunca lo hacían solos, porque eran una familia bien avenida y les gustaba recorrer el mundo con sus hijos. El dinero facilitaba la convivencia: no había nunca discusiones, ni planteamientos in-cómodos. Él tenía que convertirse en un auténtico malabarista para que ella aceptara hacer el amor. Le preparaba almuerzos si-baritas y cenas románticas. A Marta le gustaba la buena comida en la mesa, pero no soportaba las delicias de la carne en la cama. Siempre encontraba la excusa adecuada. Cuando no quedaban pretextos, se abría de piernas e instaba a Ignacio para que acaba-ra deprisa.

Dana trabajaba en la radio. Había estudiado periodismo y presentaba un programa matinal. Entrevistaba a políticos, a ar-tistas y a gente de la farándula. Sabía modular la voz, para que adquiriera todos los registros de los interrogantes. Hacía pregun-tas afiladas como puntas de acero, suaves como cantos rodados de río, sugerentes o evocadoras. Muchas mañanas, Ignacio se despertaba con ella. Llegó a acostumbrarse, casi sin darse cuen-ta, como si buscara un rastro amigo. Entre el aroma del café y de las tostadas, se mezclaba el olor a la voz. «¿Cómo puede oler la voz de una mujer?», se preguntaba a menudo. Cuando la escuchaba, recordaba su rostro, y nunca se extrañó, porque evocarla formaba parte de los rituales del día. Oírla a primera hora le ponía de buen humor. Se esforzaba en intuir el estado de ánimo a través de la voz. Buscaba coincidencias con las propias oscilaciones anímicas. Si la mañana era inclemente, cuando las nubes formaban una telaraña gris, encontraba en ella ecos de lluvia. Si lucía el sol, la imaginaba de color azul.

En la milimetrada vida de Ignacio no había ni un espacio. Acaso, aquellos minutos de la mañana con la radio encendida. Era sólo una vaga presencia que no llegaba a adoptar forma real. Podrían haber continuado siempre así, tan cerca y a la vez tan lejos. Sin impaciencia ni añoranza. El azar habría perpetuado el juego de encuentros que apenas se esbozan, que mueren antes de nacer, cuando los cuerpos se cierran a la insistencia de los demás y las almas se doblegan a los embates de los vientos.

En la tranquila existencia de Dana no había lugar para Ignacio. Tenía un trabajo que le gustaba, conocidos con quienes se encontraba para ir al cine, y una pareja provisional con todos los matices de lo que es transitorio. Amadeo era un músico despreocupado, poco brillante. Supo que no era un genio al poco de conocerle, apenas disipados los efluvios del entusiasmo inicial. Durante los primeros meses, creyó que había descubierto al compositor incomprendido por el mundo, a quien ella haría recobrar la confianza en su propia creación.

Vivió una fase de redentora que no duró demasiado; sólo el tiempo justo que necesitó para comprobar dos cosas: primero, que es fácil confundir a un hombre estrafalario con un hombre genial (los límites entre la rareza y la singularidad a menudo son difusos, sobre todo si la pasión los diluye); segundo, que nadie cambia a nadie. Esto último fue más difícil de asimilar, porque había vivido convencida de que ella, y sólo ella –la lúcida, la comprensiva, la enamorada–, conseguiría hacer surgir toda la capacidad artística que había en Amadeo. Aquella creatividad sofocada por el pragmatismo de los demás, mortecina por la indiferencia de quienes rodeaban al artista que ella había sabido reconocer.

En un proceso irreversible, se dio cuenta de que los silencios artísticos de Amadeo eran simple pereza. Descubrió que las crisis, que había identificado con el espíritu inquieto del creador, sólo eran falta de imaginación e incapacidad de esfuerzo. Entendió que la cólera contra el mundo ocultaba la desidia de enfrentarse a él. Lo fue comprendiendo poco a poco, mientras acumulaba pequeñas decepciones que no le provocaban gran dolor. Tan sólo una sensación de tristeza que se desvanecía deprisa, como se van las gotas de lluvia cuando el parabrisas limpia el cristal de un automóvil. El desencanto suele ser producto de una suma de minúsculas desilusiones. Habría querido que él fuese el hombre que había imaginado, pero no lo era. Sin protestas, aprendió a aceptarle. Un día, apareció la certeza de final anticipado. La relación con Amadeo parecía feliz, pero sabía que tenía una fecha de caducidad que alguien había escrito en un calendario secreto.

Se acostumbró a vivir con aquella certeza. Cuando se conocieron, había deseado un amor eterno. Él era tan vulgar como todos los amantes. Pronto supo que la eternidad pende de un hilo, que está hecha de materia quebradiza. Le gustaban sus cabellos, la forma que tenía de sonreír, de hablar de música, de abrazarla. Amaba su entusiasmo y sus debilidades; sensaciones que fueron perdiendo consistencia cuando se conocieron. Compartir las sábanas, la cuenta corriente y el lavabo puede iluminar cualquier ceguera. Pero jamás se precipitaba: era cauta, paciente. Confiaba en los propios proyectos, en la apuesta hecha. Al mismo tiempo, una lucidez incómoda le decía que no había nada que hacer, que aquel hombre era un fraude. Se aficionó a vivir a medio camino entre lo que pasaba y lo que sabía. ¿Por qué tenía que precipitarse si el tiempo pone el mundo en su lugar? Los días volaban, mientras sentía a Amadeo cada vez más lejano.

En su relación, todo era provisional: vivían en un piso de alquiler, tenían los libros separados, pocos amigos comunes, ningún proyecto. No se paraban a analizar aquella sensación de inestabilidad, seguramente porque era la única forma que tenían de perdurar como pareja. Vivían el día a día con calma: él en un estado de inconsciencia absoluta que se podría haber confundido con el letargo. Dana, segura de que no había futuro, aun cuando era incapaz de cortar las últimas ligaduras. Había restos de vida compartida, recuerdos inoportunos, hábitos creados sin quererlo, migajas de pasado y costumbres presentes que formaban un tejido que disfrazaba las situaciones, que las hacía simples. Rodeados de una inmensa telaraña de cotidianeidad y rutinas, malvivían juntos. En la radio, ella había encontrado un buen refugio. La música jamás fue mejor excusa para desaparecer del mundo. La dependencia puede disfrazarse de confort, de «ya hablaremos», de engaños bien urdidos y falsas alegrías.

En las ciudades, la vida transcurre deprisa. Extraña paradoja: el presente, que vuela, se convierte en una especie de somnífero de voluntades. Si tenemos que atender muchas obligaciones inmediatas, no hay demasiado tiempo para entretenerse en cuestiones que afectan al futuro. Aunque sea el propio. Cuando alguien no sabe cómo pagará el recibo de la luz, por ejemplo, no reflexiona sobre la conveniencia de iluminar el mundo. La inmediatez se traga el intento de gesta futura. La suma de pequeñas urgencias hace desaparecer cualquier necesidad más lejana. Lo que puede aplazarse pasa siempre a un segundo nivel. Ignacio estaba acostumbrado a reducir la vida a una serie de obligaciones que se esforzaba en entender como placeres. Por una parte, el trabajo del despacho; por otra, los viajes, las relaciones sociales, la familia. Dana había optado por simplificar la jornada, dividida entre la radio y un abanico de hechos casi insignificantes, pero que le resultaban entretenidos. Los dos vivían a su aire.

Hasta que llegó aquel invierno. No recordaban haber vivido unos meses tan fríos. Ignacio miraba el cielo con gesto serio. Pensaba demasiado a menudo en su niñez: recordaba la insistencia de la lluvia, las miradas de los padres todavía jóvenes. En las calles, la lluvia formaba de nuevo charcos de una superficie gris. La gente se levantaba los cuellos de las chaquetas; volaban por el suelo gorros, bufandas, paraguas que el viento se llevaba lejos. Los cristales de los cafés se empañaban con el aliento de los que buscaban refugio. Las aceras estaban llenas de gente apresurada que quería escapar de los malos vientos.

El invierno invita a recluirse. En un movimiento instintivo, el cuerpo y la vida se ocultan como un caracol dentro de su concha. Una cierta quietud, aunque sólo sea aparente, se impone. En aquellos fríos días se encontraron. Un suave rayo de luz entraba por la ventana del edificio de la radio. El director le hizo una propuesta: resultaría atractivo iniciar una serie de programas sobre temas de derecho al alcance de un amplio público. Se trataba de buscar a un experto en leyes, alguien de reconocido prestigio, que se atreviera a hablar por la línea abierta al exterior. Cualquier oyente podría entrar en antena y preguntarle. Ella tendría que ser lo bastante hábil para moderar el tono de la conversación, el tiempo de las respuestas, las intervenciones del público. Cuando le dijeron que Ignacio sería el protagonista, no sintió extrañeza. El invierno, por fin, le traía algo diferente.

—¿Os conocíais? —les preguntó el director, en la primera reunión de trabajo.

—Claro —contestaron los dos con una sonrisa.

—Es un abogado muy conocido —matizó ella—. Hay quien dice que algo peligroso —se atrevió a añadir.

—Si alguien te ha dicho eso, te engaña —respondió él con un punto de vanidad en la voz—. Yo te conocía. Claro. Creo que hemos coincidido en algunas ocasiones.

—Es fácil encontrarse en una ciudad como ésta, sobre todo si te mueves por los mismos círculos.

—La verdad es que conocía más tu voz. Me despierto con ella todas las mañanas.

—¿Ah, sí? —Sintió una alegría infantil, sin justificaciones—. Me gusta saberlo.

—Me ilusiona convertirme en colaborador tuyo. No lo habría imaginado antes. Mi vida transcurre por caminos que no tienen demasiado que ver con la radio. Puede ser una buena experiencia, aunque no sé si seré un buen divulgador de leyes.

—Seguro que sí. Yo estoy encantada, y estoy segura de que la audiencia también.

—Es un proyecto interesante.

—Ignacio tiene una agenda muy llena. No ha sido sencillo

convencerle para que dé este paso. Me enorgullece decir que lo he conseguido. –El director sonreía, sentado entre los dos.

Todo fue formal, correcto. Él era un hombre educado, que sabía guardar las formas con exquisitez. Dana tenía un carácter más impulsivo, aunque se esforzara en controlarlo. Volvieron a sonreír antes de despedirse, porque, naturalmente, él llegaba tarde a algún sitio. Desde una ventana del estudio de grabación, le vio marcharse. De espaldas, los hombros inclinados, la figura alejándose por la calle. Le siguió con la mirada, hasta que se confundió con los coches y los demás peatones.

Empezó un período confuso. Cuando en el transcurso del tiempo lo recordaba, le resultaba difícil establecer los límites de un principio y de un final. Hay historias que no sabemos cuándo empiezan. Quizá nos atreveríamos a poner una fecha de inicio, pero lo haríamos con todas las reservas del mundo. ¿Fue en aquella reunión en la sala de redactores de la radio? ¿O fue al día siguiente, cuando Ignacio la llamó para concretar algunos detalles sin importancia? ¿El día de la emisión del programa? ¿Tal vez cada una de las semanas siguientes, cuando se encontraban en el estudio de grabación, siempre a la misma hora? Probablemente habría tenido que ir mucho más atrás, situarse en una época remota, cuando no sabían apenas nada el uno del otro. Ignorar no significa no imaginar.

En un rincón de su corazón empezó a nacer la impaciencia, la curiosidad, el deseo de verle. Se mezclaban sentimientos distintos: las ganas de escucharle, de contarle su vida, de hacerle partícipe de cualquier tontería. El misterio y el abismo. Todo se despertó con lentitud. Del mismo modo que crecen los miedos, crecen los amores. Pueden hacerse grandes, inmensos. Hay quien cree que ha querido, hasta que descubre la profundidad exacta de un sentimiento. Entonces comprende que no hay comparaciones posibles. Es como un niño que estrena la vida, que no sabe nada, al que todo le resulta nuevo. Amar puede ser doloroso y placentero. Nadie sabría medir las dosis ni las proporciones. ¿Cuántos instantes felices por cuántos siglos de padecimiento? Siempre percibimos que el dolor dura más, que tiene una mayor intensidad. La alegría, en cambio, se nos escapa. ¡Con qué terrible facilidad se deshace entre las manos que querrían aprisionarla! Cuesta vivir el amor cuando se juega la partida con todas las cartas.

Fue un día cualquiera. Las historias empiezan siempre en un momento que parece repetido, pero casual. Habríamos querido que fuera un instante único, incluso lo llegamos a creer, porque la trascendencia se la añadimos en el recuerdo. La memoria viste el pasado. Cuando vivimos, es suficiente el afán de vivir. Ignacio tenía una existencia controlada, sujetaba las riendas con firmeza. Dana observaba el mundo con la actitud de una mujer segura. Era una mañana todavía fría, pero lucía el sol. El aire creaba una falsa ilusión de invierno que se acaba.

Se miraron a los ojos. Fue una mirada larga, silenciosa. La conversación había ido muriendo despacio, con una cierta pereza por languidecer. Se observaban calladamente en un intento por contener el impulso de expresar ideas inútiles. Es difícil encontrar las palabras si sabemos que servirán de poco. Hay urgencias que no se pueden describir; las ganas de acercarse a alguien cuando no hay razones que justifiquen esa proximidad. Ellos siempre encontraban argumentos: excusas que favorecieran prolongar la situación. En cada encuentro, se repetía el deseo de hacer desaparecer el resto del mundo.

Estaban sentados en un banco. Lejos, se dibujaba la línea azul del mar. No había mucha gente paseando a aquella hora. No sabían si estaban solos, pero tenían esa sensación. El uno junto al otro, en aquel pequeño universo que era un banco en el paseo. «¿Hacía frío? –se preguntó después–. ¿O era aquel escalofrío el anticipo del amor?» Hay miradas que duran una eternidad. El tiempo se para cuando no lo esperamos. Nos habíamos acostumbrado a su rueda y la quietud nos produce cierto vértigo. Antes, Ignacio había llamado a su secretaria para que retrasara una cita que tenía a primera hora de la tarde. Fue un acto inusual en un hombre metódico. Comieron en un restaurante que tenía ventanas abiertas a la luz. No le había dicho nada a Amadeo, que había cambiado el ritmo del día, que dormía cuando lucía el sol y estaba despierto hasta la madrugada. Se habían observado con la avidez con la que se contempla lo que se desea, como se miran las frutas más jugosas en un puesto del mercado, cuando quema el sol. Dana tenía las manos pequeñas, los movimientos nerviosos. Ignacio apoyaba sus largos dedos sobre la mesa. Habría sido sencillo unirlas; lo pensaron en silencio, aunque no lo dijeron.

Hay escenas que se graban en la memoria. Hay instantes que no tienen una duración real, porque el pensamiento vuelve a ellos mil veces. Del mismo modo que olvidamos momentos que hemos vivido, también recordamos episodios fugaces. No es una cuestión de tiempo, sino de intensidades. Desde Roma, ella había regresado a menudo a aquella tarde. La recordaba en pasado y en presente. Matilde le decía siempre que tenía que plantarle cara: «Cuando puedas recordar sin miedo, serás completamente libre».

Ignacio pensaba por la noche, antes de dormirse, cuando las defensas perdían posiciones. En un estado próximo al letargo, cerraba los ojos. La imagen de ella se perfilaba con nitidez. Aparecían los gestos, la forma de inclinar la cabeza, los ojos. Era incapaz de evocarla serenamente, con la placidez de las historias que forman parte del pasado. Pensaba en ella con dolor, mientras el sueño se desvanecía. Se decía que la vida es ir encontrando gente, personas que incorporamos a la existencia. Aportamos deseo y energía. Nos gustaría que nos acompañaran siempre, que estuvieran a nuestro lado. Poco a poco, se impone la pérdida. Aquellas presencias se borran de nuestro panorama vital. Algunas se van sin quererlo, cuando la muerte se las lleva. Otras se van porque deciden dejarnos. A veces, parten si nosotros las echamos, desterrándolas. Cada persona que nos ha importado es como una estación de tren. Querríamos quedarnos, abandonar el camino, pero la vida nos impone una rueda absurda. Continuamos la ruta hacia otra estación, con la esperanza de que sea la definitiva. No suele serlo, y acumulamos el desencanto, la añoranza.

En el banco del paseo, había una tenue luz. Se besaron, unos labios recorriendo otros labios. Percibía cada parte de su cuerpo, que se despertaba. Las manos de él tomaron las manos de ella. Eran tímidas caricias. La piel revivía una sensación de recuperada adolescencia, el afán del descubrimiento, la prisa con la calma; la impaciencia por conocer al otro, el descanso de sentirse en puerto seguro. No supieron cuánto tiempo había pasado. Lo único cierto era que la vida jamás volvería a ser como antes: todo era distinto, la piel que acariciaban y el aire, sus labios y el cielo.

VII

El segundo marido de Matilde era camionero. Cuando le conoció, admiraba su pericia al volante. Le costaba creer que un hombre solo pudiera mover aquella inmensa mole, que se asemejaba a la cola de un dragón. Ella siempre había imaginado que los dragones eran criaturas monstruosas, que escupían llamas por la boca. Por un instante, le vio como a un príncipe que se enfrenta al monstruo para salvar a una princesa. A pesar de su experiencia, Matilde aún creía en la existencia de un príncipe de cuento que, oculto tras cualquier disfraz, acudiría a rescatarla de una existencia de luto. En aquella época, ya no iba vestida de negro. Conservaba la gracia, el movimiento de la cintura, la viveza de los brazos.

Joaquín, el primer marido, había tenido una muerte absurda. «¿Cómo puede ser tan extravagante la muerte?», se preguntaba. Después de haber soñado mil veces que le clavaba un estilete en el corazón, perdió la vida en un accidente doméstico, se atrevería a decir que ridículo. Fue una mañana en la ducha. Se había levantado temprano. Silencioso, fue al lavabo. Con el tiempo, Matilde había intentado recordar las últimas frases que le dijo. Resultaba una importante tarea de concentración, porque sólo conseguía imaginárselo callado, con el gesto de hombre de pocas palabras. La noche anterior, durante la cena, le habló un par de veces: «Esta sopa se ha enfriado», le dijo. Un rato más tarde, añadió: «Quiero ver el fútbol y acostarme temprano». Ninguna de las dos intervenciones de Joaquín daba demasiado juego al deseo evocador de ella, aunque pusiera la mejor voluntad. Entonces acudían a su pensamiento una sarta de expresiones similares, palabras de corto vuelo, que le dejaban la piel tan fría como el corazón.

Joaquín resbaló en la ducha, rodeado de aromas de jabón perfumado. Se torció el pie y se cayó arrastrando consigo la cortina, el armario pequeño, la mitad del lavabo. Alguien le contó que se había golpeado la cabeza: una muerte fulminante. Le dolió que, con la caída, hubiera tirado la botella de colonia que ella guardaba para los días de fiesta. No había podido recuperar ni una gota, derramada inútilmente toda la fragancia por el suelo. Incluso al morirse, el hombre le había hecho la puñeta. Al principio, se sintió aliviada. No le invadió un sentimiento de liberación absoluto, como había imaginado, sino una sensación de descanso. El agotamiento de vivir, que había resultado muy duro soportar, era sustituido por una paz grata. Aun así, lamentó la forma en que murió. Estaba convencida de que Joaquín se merecía la muerte, pero una muerte digna.

—Yo había imaginado para ti otra cosa, Quim, te lo aseguro —murmuraba de pie, con el ademán de viuda entristecida, ante el cuerpo del difunto—. Nunca habría querido que te marcharas de este mundo de una forma tan ridícula, poco digna de ser recordada. Suerte que no hemos tenido hijos, porque se me haría muy difícil contarles a los nietos tu final. ¿Con qué tono de voz podría decirles que el abuelo se fue al cielo desde la bañera? La vida gasta bromas pesadas. Yo había elegido tu muerte: una muerte de novela, de aquellas que la gente cuenta. Había comprado para ti el estilete de un conde. ¡Qué le vamos a hacer! Me duele de verdad, aunque nunca habría creído que fuera posible sentir esta pena.

Matilde se vistió de negro. Se dedicó a vaciar armarios y cajones. Quería borrar cualquier rastro del hombre que se había ido. A lo largo de muchos días, le resultó difícil entrar en el baño. Abría la puerta con un gesto decidido, que trataba de vencer la propia indecisión. Pasaba sin mirar al suelo. Desde el temor, no podía liberarse de una falsa percepción que vivía como cierta: veía la sombra de Joaquín marcada en las baldosas. Con la caída, creía que el cuerpo había dejado una huella de sudor en el suelo. Adivinaba las formas difuminadas pero exactas. Le daba miedo reconocerle todavía tan próximo. Haciendo un considerable esfuerzo, se apresuraba a fregar el suelo; añadía lejía y detergentes mientras cerraba los ojos para no ver el contorno de su rostro.

Desmontó el piso en poco tiempo. Pintó las paredes de un ocre vivo que le recordaba la luz del sol. Cambió el sofá de la sala y la distribución de los muebles del comedor. María le regaló una lámpara que había bordado con sus iniciales durante las horas perdidas que le dejaba el puesto del mercado. Ella se ponía un alfiler con una perla en la solapa del abrigo, iba a la peluquería, sonreía por dentro. Las otras sonrisas le habrían parecido una falta de respeto al muerto.

Fue a visitar a Joaquín al cementerio. No había vuelto desde que le enterraron, una mañana sombría de nubes y de incredulidad. Le llevaba un ramo de clavelinas que había comprado en las Ramblas. Andaba decidida, con una determinación que le salvaba de los miedos. En el bolsillo, guardaba el estilete de aquel conde que tenía el alma negra. No quiso que nadie la acompañara: ni las vecinas, que se ofrecieron con insistencia, ni la propia María, que pretendía cerrar el puesto para escoltarla hasta la tumba. Fue temprano, porque buscaba la soledad. Tuvo que recorrer un laberinto de caminos, todos con edificaciones mortuorias. Había mucha piedra y poco verde. Corría el aire de la mañana y notaba una brisa amable en las mejillas. Era un itinerario de sombras, a pesar de la luz. Cuando llegó a la tumba donde reposaba Joaquín, respiró profundamente.

–Moriste por sorpresa –le dijo–. Tú, que nunca me sorprendías. Había llegado a adivinar tus reacciones, y ya las padecía antes de vivirlas. Fueron muchos años de vivir a tu lado, Quim, de oírte respirar por la noche, de escucharte los silencios. También fueron muchos días de imaginar una muerte diferente. No sé si tendría que llorar por ti. Me cuesta llorar, pero todos los muertos se merecen las lágrimas de alguien que se queda en el mundo cuando ellos ya se van. Sólo por esta razón, porque no te quiero menospreciar y quiero que seas como los demás muertos, me gustaría llorarte. Aun así, me resulta difícil. No sé lo que me pasa. ¿Será que ya te he llorado muchas veces, en estos años? Es como si ya hubiera vivido muchas muertes tuyas, como si las hubiera ido padeciendo lentamente. Hace tiempo, se murió el adolescente que me sacó a bailar, una noche de San Juan. Se marchó de mi recuerdo, y su presencia se fundió con una nueva que eras también tú, transformado en otro hombre. ¡Cómo nos cambia la vida! Lloré por cada uno de aquellos bailes nuestros, por las horas felices, por el joven que amé. Ahora estás muerto, así de sencillo. Repetirlo me tranquiliza. Desde que tú no estás, he recuperado el espacio y la vida. No te gustará saberlo, pero las cosas no son siempre como querríamos. He venido a pedirte que te marches de las baldosas del baño, de casa. Sé que lo haces para molestarme. Sientes un curioso placer con mis miedos. Tendría que haberlo sabido: hay situaciones que no cambian ni con la muerte. He puesto los mejores detergentes, los que anuncian por televisión. No he ahorrado ni trabajos ni dineros, y tú sabes que tengo el bolsillo vacío. Haz un esfuerzo, hombre, y márchate de una vez por todas. Mira: te he traído el estilete de un conde que murió asesinado. Tuvo una muerte de novela. He pensado que te haría compañía. Lo ocultaré cerca de la losa donde reposas. El conde murió con un estilete; tú, pobre, moriste en la bañera. No se lo contaré a nadie, y la gente ni se acordará; ya sabes que la gente lo olvida casi todo. Te ha tocado una muerte algo triste, pero callaré para siempre. Te lo prometo.

Matilde fue superándolo. María le llevaba caldo y todas las noches cenaba, junto al brasero de la cocina. La casa, pintada de amarillo, contagiaba una alegría un poco llamativa, que le resultaba grata. Poco a poco, fue conquistando los espacios. Primero, el pasillo, después, toda la cama. Era un placer estirar una pierna con cierta timidez y encontrar las sábanas de algodón, un espacio blanco que no calentaba otro cuerpo. La tibieza de la cama no era el resultado de la mezcla de dos cuerpos que respiraban cerca, sino que le pertenecía por entero. Podía refugiarse en ella sin miedo. La última conquista fue el baño: la sombra de Joaquín se borró de las baldosas. Entonces decidió llevar faldas grises y blusas blancas. Cuando salía a la ventana para hablar con las vecinas, se remangaba hasta los codos. El aire y las voces entraban a través de las persianas abiertas. Alguien le daba una receta de cocina, el último chisme de la calle o la letra de un bolero de moda. Escuchaba, atenta, mientras dejaba que las conversaciones le llenaran la casa de palabras. Si subía a la azotea a tender la ropa, el viento de la mañana movía las sábanas. Le gustaba verlas volar, mecidas por la brisa, mientras adquirían formas extrañas. Aprendió a no hacerse preguntas. Lo único que le importaba era recuperar la calma.

Desde la ventana, una vecina contó un chiste. Se le escapó una carcajada. Era una risa fresca, como salida del agua del mar. Le dio algo de vergüenza haberse dejado llevar, abandonarse a la vida. Enmudeció, pendiente de la reacción de las otras mujeres. Nadie dijo nada; no hubo comentarios burlones. La conversación continuaba con más chistes, y ella se rió de nuevo.

Meses después conoció a Justo, el camionero. Se encontraron un sábado en el mercado, a primera hora de la mañana. El hombre estaba sentado en un taburete, a la barra del bar, y bebía algo de color oscuro. Cuando la vio pasar –la falda descubriendo la redondez de las rodillas–, hizo una ligera inclinación de cabeza. Matilde continuó andando como si no le viera, aun cuando se sentía contenta. Avanzó hasta el puesto de venta de María con una sonrisa en los labios. La otra exclamó, al verla:

–¡Matilde, la expresión de tu cara es como si tuvieses dieciséis años!

–¿Qué dices, mujer?

–Te lo aseguro. Te he visto llegar y ha sido como si el tiempo me gastara una broma. Me has parecido la muchacha que conocí en el barrio.

–Ya me gustaría... pero han pasado muchas cosas, mucho tiempo.

–Claro. Pero hoy tienes la misma mirada de antaño. ¡Ay!, me haces sentir joven a mí también. La verdad es que –bajó el tono de voz– la muerte de Joaquín te ha quitado años.

–Sí, el pobre. Lo único que todavía no he podido aceptar es que tuviese un final tan triste.

–Déjalo correr. Cada cual tiene el final que se merece... No sé cómo explicarlo. Además, ahora hay que tener pensamientos alegres.

–En el fondo, me das envidia. Lo tengo que reconocer, María.

–¿Envidia, yo? ¿Y de qué?

—Siempre has amado a ese zoquete de Antonio. No entendí por qué te casabas con él, debe de tener lo bueno escondido.

—Antonio es un hombre cabal. Sabes que no me gusta que te metas con él.

—Si lo digo de verdad, mujer. Tú, tan poquita cosa en el barrio, y tan feliz en la casa.

El interés por Justo debió de ser una consecuencia de aquella infantil envidia por la felicidad de la otra. Nunca se había parado a analizar la satisfacción de vivir que ocultaban los ojos de su amiga. Durante años, le pareció incomprensible, casi fuera de lugar. Muerto Joaquín, se preguntaba qué fórmula mágica había encontrado. ¿Dónde estaba la combinación de elementos que habían hecho posible el prodigio? María no era ni más hábil ni más lista que ella. Era una mujer sencilla que vivía satisfecha con su suerte. De pronto pensó que ése debía de ser el secreto. Lo único que hacía falta era pactar con la vida. Amoldar los huesos y los pensamientos a las situaciones que nos salen al encuentro. No protagonizar absurdos actos de rebelión solitaria contra un destino que no se puede cambiar. Ella nunca se había conformado con su suerte: se atrevía a soñar lo que no era posible, a reinventar el mundo. Ésa debía de ser la llave de la insatisfacción. Si observaba los gestos mesurados de la otra, su sonrisa tranquila, sentía el deseo de ocupar su lugar. Cuando las cosas pequeñas tienen todo el protagonismo, la existencia debe de ser muy dulce. El mundo es duro mientras intentamos entenderlo, en un ejercicio de insistencia continuada. Matilde nunca había dejado que la vida siguiera sus ritmos sin impacientarse. Había pretendido intervenir, tomar parte activa en lo que consideraba importante. Había vivido a la espera, tensa. Era arisca como una roca.

María, en cambio, estaba hecha de una materia líquida que fluía como el agua de un río. No se daba con los salientes de las rocas, ni miraba atrás con el deseo de regresar. En el puesto del mercado, el sol caía sobre ella, que se movía ligera entre las cajas de verdura. Al iluminarla, le brillaba la frente, húmeda de sudor. La luz la hacía alta, fuerte. Le daba una viveza en los gestos que no concordaba con sus ademanes habituales, de persona algo apocada. Matilde contemplaba la expresión de mujer segura dentro de sus propios límites. Seguía el cuidado que ponía en cualquier sutileza, el interés por las peticiones de quienes se le acercaban. En aquel lugar y a aquella hora, para María no existía nada más. Todo el universo se concentraba en un pequeño espacio. No se hacía preguntas ni se impacientaba. Con la respiración tranquila, pese a la actividad de la mañana, actuaba sin prisas. Se dejaba llevar como si fuera una melodía que suena en la radio y que nos persigue por las calles; o el silbido de un tren que recorre un camino de vías paralelas, lejanas.

Hay gente que tiene un físico poco transparente, personas que no muestran a los demás cómo son ni qué gustos tienen. Nadie adivinaría a qué se dedican. Si miras su expresión, la forma de su cuerpo, sus gestos, no encuentras ninguna pista fiable que te permita deducir en qué actividades centran su energía. Huyen de los estereotipos sin haberlo elegido. No llevan un cartel en la frente que diga quiénes son o qué hacen. Justo no parecía un camionero. Antes de conocerle, Matilde pensaba que los camioneros eran robustos, cuadrados de hombros, con una voz grave que recordaba los sonidos de un saxo. Él era menudo y esbelto. Pronunciaba las palabras con un tono de voz aflautada, a veces muy suave, a menudo un poco estridente. No tenía grandes obsesiones, pero sí pequeñas manías. Le gustaba llevar las uñas y los zapatos relucientes. Se dormía mirando la televisión o con la radio pegada a la oreja. Contaba siempre los mismos chistes que le hacían reír a carcajadas. En la cabina del camión, parecía una ratita. En cambio, cuando ponía en marcha los motores, todos sus miembros se tensaban. Era como si creciera, aguzara la vista, y se preparara para comerse la carretera. Le gustaba conducir: recorrer kilómetros de asfalto con la mirada fija en el cristal, como si persiguiera el horizonte.

Había nacido en un pueblo de Andalucía del que no tenía memoria. No recordaba sus olores. Cuando todavía era niño, sus padres emigraron a Mallorca. Tuvo una infancia dura, llena de dificultades y de escasez. Su padre trabajaba en la construcción y llevaba las manos siempre manchadas de cemento. Recordaba todavía el tacto áspero, casi de piedra, la palma en su mejilla dejando un rastro de ceniza. Era un niño frágil, que tenía los huesos menudos y la agilidad de los gatos. Odiaba aquellas uñas sucias. Tampoco soportaba las zapatillas que se ponía su padre para ir a la obra. Eran unas deportivas viejas que le había regalado un vecino caritativo. Los cordones tenían una mezcla de tonalidades marrones. Todas las noches quedaban en la puerta del excusado en medio del pasillo. Él las miraba como quien contempla dos barcas que van a la deriva. Pasaba de puntillas y fruncía la nariz, convencido de que los restos de los escombros olían mal. Nunca se atrevió a contárselo a nadie: ni al padre, ni a la madre, ni a los amigos, porque sabía que se burlarían de él, de aquel miedo. En el camión, el mundo se hacía diminuto para que él pudiera volar. La isla se transformaba en un itinerario abierto. Al volante, se sentía pletórico de fuerza. Cuando conoció a Matilde, estaba harto de pasar las noches solo.

El mercado se convirtió en un punto de encuentro. Todos los sábados, muy temprano, Matilde salía de casa. Se había dejado contagiar por el color de las paredes. Se vestía con ropa de tonalidades intensas, que le recordaban el buen tiempo, devolviéndola a las horas felices. Cerraba la puerta bajo siete llaves. Andaba unos pocos metros hasta la parada del autobús. A menudo encontraba un asiento que le permitía observar desde la ventanilla las calles de la ciudad. Recorría siempre la misma ruta de plazas y avenidas. Contemplaba las fachadas de los edificios, el trasiego de la gente, la luz. Sin quererlo, había recuperado una sensación antigua, acallada desde hacía muchos años. Volvía a sentir la impaciencia, las ganas de llegar al mercado, el deseo de ver a Justo, que le esperaba subido a un taburete, con un vaso en la mano. Aquella prisa le alegraba la vida. El desasosiego que sentía antes de que el autobús girara en la última esquina era un sorbo de la adolescencia lejana, recobrada milagrosamente.

—El amor rejuvenece —aseguraba María cuando la veía llegar.

—El amor nos hace ridículos —le respondía ella, avergonzada por lo que estaba viviendo.

—No te niegues a vivir —le aconsejaba la otra, mientras metía las manos en un cesto de tomates maduros.

—La vida es muy complicada —murmuraba Matilde, con el pensamiento perdido.

—Te gusta complicártela. Déjate llevar por el presente, mujer, que las cosas son más sencillas de lo que piensas.

Matilde la escuchaba con una mezcla de admiración y sorpresa. Pensaba que habría querido ser como ella, capaz de arrinconar las preguntas en un oscuro lugar. Igual que tiramos los objetos inútiles, que los guardamos en el fondo de un armario donde nunca volveremos a buscarlos, deseaba alejar las dudas. Miraba el cielo y lo veía muy azul, muy claro. Tenía la sensación de que habían desaparecido todos los inviernos de la tierra; se proponía no volver a recordar los días lluviosos. Andaba hasta el bar donde le esperaba Justo. Al verla llegar, se levantaba del taburete. Le sonreía. Vencían la timidez, se preguntaban si habían dicho la palabra oportuna, hecho el gesto apropiado.

Se paseaban por el mercado. Iban del brazo: él con los zapatos y la sonrisa relucientes; Matilde, con una falda de percal que dibujaba diminutas flores, como si llevara una primavera esparcida por la ropa. Se miraban, todavía sin acabar de creer que se hubieran encontrado. A Justo le gustaba hablar. Le describía las rutas que había hecho el camión durante la semana. Le decía que, cuando conducía por la noche, se acordaba de sus ojos. Matilde recibía las palabras como un regalo.

Aunque andaba de puntillas, como si fuera un bailarín, Justo le llegaba a los hombros. Tenía la cintura más esbelta que Matilde. Pero a ellos esos detalles no les importaban. Al abrazarse, el mundo se empequeñecía; podían cobijarlo entre los brazos. Se casaron una mañana de sábado, en una iglesia que parecía un jardín. Fueron las cuatro vecinas de toda la vida, media docena de parientes, y María, que lloraba junto a la novia. Antonio le rodeaba los hombros con el brazo. Fue un casamiento alegre, porque alguien contrató a unos músicos callejeros. En el cielo sonaban campanas de boda. Matilde llevaba un vestido con la falda bordada, zapatos sin tacón. El novio, de la alegría, parecía haber crecido un palmo. Hubo un convite de chocolate con ensaimadas que se fundían en la boca. «Soy muy feliz», pensó Matilde, mientras saboreaba el chocolate. «Muy, muy feliz», volvió a repetirse, cuando empezó el baile. «Infinitamente feliz», murmuró antes de dormirse, con el cuerpo rebosando fiesta, en una amplia cama y con el marido muy cerca. En el pelo todavía tenía restos de confeti. La mano de ella se perdió entre las manos de él, que tenía una respiración regular cuando dormía.

Pasaron tres días sin salir de la habitación. La luz, que les llegaba matizada por las cortinas, les indicaba en qué momento se encontraban. Si era el amanecer, si resplandecía el mediodía, si la tarde anunciaba la oscuridad. La exactitud no existía en el paso del tiempo. Lo único real eran las manos que se encontraban en el refugio de las sábanas, los cuerpos felices. Comían fruta y queso, bebían vino tinto. Hablaban. El ansia de palabras que Matilde había acumulado en la convivencia con Joaquín quedaba saciada por Justo. Él le contaba cómo se imaginaba el pueblo pequeño y andaluz donde nació. Le decía que viajarían hasta allí. Dibujaba para ella imágenes lejanas de su difícil niñez, imágenes próximas de las rutas con el camión. Las conversaciones del hombre desataban la lengua de Matilde, que se emborrachaba de tiernas palabras, que rescataba recuerdos para contarlos, que reía con la cabeza apoyada en el pecho de él. Las frases que decían los acompañaban. Servían para salvarlos de la soledad de los años pasados. También los dedos trazaban caminos por la piel del otro. Los cuerpos se acoplaban y alejaban el frío.

El cuarto día, después de la boda, Justo se levantó temprano. La noche anterior, había conectado un despertador que los devolvería al mundo de madrugada. Se despertaron como si un enjambre de abejas les zumbara en el oído. Cuando se levantó de la cama lo miró. Por un instante, estuvo a punto de retenerle en aquella habitación, de sábanas revueltas, de olores entremezclándose. Alargó los brazos en una llamada inútil, que él no percibió. Observó cómo se vestía: los anchos pantalones, la camisa de cuadros, un jersey. Le dijo:

–Ponte unas gotas de colonia. Me gusta que huelas bien.

–Sí –respondió Justo.

–Todavía no te has marchado y ya te echo de menos.

Se preguntaba cómo puedes echar de menos a alguien que

está a tu lado, de quien sólo imaginas la ausencia, cuando tienes los ojos colmados de él.

–Volveré pronto.

–Sí –dijo ella.

Debe de haber añoranzas que son augurios. Matilde ignoraba que no vería a Justo nunca más.

VIII

Dana ocultaba el rostro bajo un sombrero. El cuerpo, protegido por la fachada, apenas visible respecto a los coches que pasaban, a los peatones que recorrían la acera. Anochecía en Palma, un momento poco propicio para encuentros inoportunos. La gente salía del lugar de trabajo, los comercios empezaban a cerrar, la humedad se reflejaba en las expresiones de muchas caras, tensas después de un día de actividad. Todo el mundo parecía moverse deprisa, con aquella impaciencia de final de jornada, de deseo de regreso al hogar. Era un buen momento para pasar desapercibida. Mientras estaba al acecho, en una esquina mal iluminada –punto estratégico entre las sombras–, observaba los adoquines del suelo. La mirada baja y el corazón encogido, dos sensaciones curiosas. La necesidad de ocultarse a los ojos de los demás era un descubrimiento. En el fondo, le provocaba cierta curiosidad: ahora llevaba dos vidas, paralelas como las líneas que avanzan al unísono pero que nunca se encuentran.

El espíritu curioso dominaba el rechazo. La certeza de no actuar según las propias normas le causaba una aversión que calmaban unas voces interiores, racionalmente tranquilizadoras. No pasaba nada. Vivía una situación que todavía tenía que procesar. «Todo se tiene que asimilar primero, si se quiere llegar a comprender», se repetía. En algún momento, pensaba que había perdido el dominio de la situación, el control de la existencia. A veces, se sentía ridícula. «Tengo un comportamiento de adolescente, quizá tendría que visitar al psiquiatra –se dijo–. No, no hay nada fuera de lugar, vivo una vorágine que, poco a poco, se calmará para que pueda pensar.» Pensar y vivir le parecían, a la sazón, actividades contradictorias. Si se paraba a analizar lo que vivía, surgían incómodos interrogantes. Se le cortaban las alas. Si se limitaba a dejarse llevar por las sensaciones vividas, surgía alguna pregunta que no sabía responder. «Reflexionar y vivir a la vez es muy complicado –pensaba–. Puestos a escoger, prefiero la vida.»

La mirada trazaba una circunferencia. De los adoquines del suelo, que le ocultaban los ojos, a una rápida ojeada hacia un radio más amplio. Tenía que asegurarse de que nadie la veía. Era el reto de la espera: no mirar para que no la miraran, un subterfugio para no llamar la atención quizá demasiado simple. Como si bajar la vista hasta el suelo sirviera para volverse invisible. Al mismo tiempo, mirar para constatar que no la miraban. Un ejercicio de combinación complicado que no siempre salía bien. En alguna ocasión había visto pasar a un conocido muy cerca, casi rozándola. Podría haberle tocado el rostro con la mano. Contenía la respiración, se fijaba todavía más en la cuadrícula de los adoquines –en una observación tan atenta que podría haber calculado el número de aristas–, y, con un movimiento rápido, se ponía los cabellos en forma de cortina delante de la cara. Actuaba como si estuviera absorta en sus pensamientos. Se escondía del mundo, porque todo su mundo estaba concentrado en un hombre.

La espera solía ser breve, pero el tiempo les jugaba malas pasadas. Advirtieron que nunca quiso serles propicio. Se asemejaba a un ovillo. Cuando no estaban juntos, se deshacían kilómetros de cuerda. Era la sensación de la distancia. En sus encuentros, se acortaba. Le percibieron hostil, poco amable. Estaba el tiempo de espera, que era de desazón; el de la compañía mutua, que les volaba entre las manos. Y el tiempo de la añoranza, que era terrible. Al fin y al cabo, vivían una época de profundas contradicciones.

El coche se paraba en la esquina, donde Dana estaba. Se abría la puerta y ella se metía dentro con una precipitación mal disimulada. Ignacio conducía con ademán imperturbable. Una mano al volante, la otra entre las suyas. Los dos miraban de frente, hundiendo ella el cuerpo en el asiento. Bajito, se decían que se amaban. Eran encuentros semanales. Lo habían decidido, aun cuando les resultara difícil soportar la lejanía. Mientras que los demás días eran grises, los miércoles estaban pintados de rojo en sus corazones. A ella, le parecía que, de miércoles a miércoles, se le iba la vida. Los días grises eran los de la añoranza. Se puede echar de menos desde la lejanía, cuando alguien a quien amamos ha emprendido un largo viaje, cuando sabemos que es imposible verle. Entonces, el recuerdo nos abrasa, pero no nos mata, porque no podemos hacer nada. Tierras y mares entre dos seres que se aman no se pueden combatir. Lo peor es la añoranza desde la proximidad. Se veían en la radio y tenían que sonreírse, saludarse con discreta cordialidad, gastar alguna broma que todo el mundo pudiera oír. En el estudio de grabación, notaba el codo de Ignacio junto a su brazo, pero no se tocaban.

El coche circulaba por una carretera. Hasta que habían salido de la ciudad, estaban al acecho. Con los cuerpos rígidos, sin relajarse, una expresión seria en los ojos. No podían evitar que sus dedos se enlazasen con los dedos del otro. Todos los sentidos concentrados en la piel de dos manos que tenían vida propia. Despacio, relajaban la mente y los cuerpos. Desaparecía la zozobra, conjurada por la mutua presencia. Recordaba una pizarra y un aula. Ella ocupaba uno de los pupitres, muchos años atrás. La pizarra, llena de signos escritos con letra menuda: combinaciones de cifras, decimales, ecuaciones extrañas. Al verlo sentía angustia, como si alguien le oprimiera la garganta, ahogándola. La tiza formaba una nube de polvo que enturbiaba la visión y se adhería a la piel. De pronto, sonaba la campana salvadora. Eran las cinco de la tarde, la hora de recoger. Una mano diestra se apresuraba a limpiar la pizarra. Borraba los signos, hasta que quedaba negra, reluciente. Salía a la calle respirando a fondo, como si la vida, generosa, le concediera una nueva oportunidad.

Todos los miércoles cenaban en el mismo restaurante, cerca del mar. Llegaban temprano, cuando aún no había nadie. De vez en cuando, coincidían con una pareja de extranjeros que se regían por horarios europeos. A menudo estaban solos, compartiendo una sensación de intimidad que agradecían. Era un restaurante familiar, no demasiado grande, donde pronto los conocieron. No fueron necesarias explicaciones, para que los situasen en una mesa estratégica, de espaldas al resto de posibles comensales, protegidos por una tenue luz. Al llegar, una mujer los saludaba con una sonrisa que les gustaba, porque creaba la falacia de atracar en puerto seguro. La hija de la casa sonreía cuando les servía. Vivían un paréntesis convertido en ritual de amor. Comían jamón, gambas, pescado a la sal. Bebían Viña Esmeralda. Brindaban por la vida, por ellos, por el futuro. Se miraban y se sentían seducidos, con aquella capacidad que tienen los amantes de apropiarse del otro: los gestos y las preocupaciones, los deseos y la piel. ¿Qué les importaba el mundo, si el universo eran ellos, en aquel momento? ¿Dónde estaban las limitaciones, los conflictos? Escuchaban el rumor del mar.

Era el momento de los proyectos, la hora de dibujar la vida. Se imaginaban que irían de viaje a tierras remotas. Había arenas del desierto que querían pisar, plazas minúsculas, laberintos de calles. Se paseaban por el bazar de Estambul mercadeando camellos y alfombras de seda. Se trasladaban a Londres para ver el último musical de moda. Se perdían en algún lugar remoto de Asia. Descubrían una iglesia perdida entre montañas. Contemplaban cielos y cometas. Subirían a un avión y el mundo se abriría como la palma de una mano. Desde la pequeñez de aquel restaurante, constantemente idéntico, volaban a rutas lejanas. Eran lugares en donde no tendrían que estar pendientes de la gente, donde podrían recorrer las calles bajo la luz del sol, cogidos del brazo, mirándose sin temor. De los labios de él salía el nombre de muchas geografías. Le contaba qué caminos tendrían que recorrer. Le decía que, en cada uno de aquellos lugares, le repetiría que la amaba.

Quien vive el amor es ciego, mudo, sordo. El amor altera el ritmo de los días. Nos hace creer que estamos en verano cuando caen las lluvias otoñales. Sentimos escalofríos de invierno mientras luce el sol. Es mentiroso y juega a que confiemos en lo imposible. Se dejaban convencer por los halagos del amor, que les hablaba al oído. Ignacio creía que aquella historia era su única razón de vivir. Estaba convencido de que lo echaría todo a rodar por ella. Dana le escuchaba con el corazón embelesado, mientras los recelos desaparecían como las marcas de tiza se borran de una pizarra.

Pensaba que era el hombre más atractivo de la tierra. Ignacio la observaba con deseo. Todos los miércoles salía temprano del despacho, se inventaba excusas poco convincentes, corría a su encuentro. Ella mentía a Amadeo, pero no le preocupaba. Se iba volando, sin mirar atrás. No oía la música que componía, el rostro crispado en la creación. Desconectaba el móvil, se escondía bajo un sombrero, junto a aquella fachada. Cuando reconocía el coche, el corazón le latía como una fiesta. La felicidad nos hace distraídos, egoístas. ¿Quién ha dicho que el egoísmo es una cosa mala? Dana se entusiasmaba con una capacidad desconocida de vivir el presente, de borrar a las personas, de olvidar las cosas, de quererlo todo y no desear compartir nada: ni una partícula del otro, ni una mirada.

Después de haber cenado regresaban al coche. Alguien de la familia, sonriendo, los acompañaba a la puerta. Salían al frío de la noche, con una sensación de intemperie. El mar se hacía presencia real, oscura. Subían al coche como si les diera miedo el aire. Vivían una relación de espacios angostos, de lugares cerrados, protegidos de las miradas curiosas. Ella contemplaba la amplia avenida, bordeada de árboles que se confundían con la sombra de la noche. Le habría gustado pasearse. Coger la mano de Ignacio y caminar bajo el cielo. Dejar que el olor a mar les acariciara la cara. Un deseo muy sencillo puede ser complicado; puede volverse más difícil que escalar una abrupta montaña, o cruzar todos los ríos de la tierra. Sólo quería eso: sentir su brazo sobre los hombros, rodear la cintura del hombre que amaba. Recorrer calles pequeñas o avenidas largas. No tener que esconderse de las miradas de la otra gente. No tener miedo de los ojos que se imaginaba como lanzas, que se convertían en dedos acusadores.

Ignacio conducía el coche hasta un lugar tranquilo de Palma. Una entrada discreta daba a la puerta principal del edificio. Había diferentes zonas de acceso, todas perfectamente controladas. Cuando llegaban, hacía sonar el claxon: con las luces de posición encendidas, esperaban. Podían pasar algunos minutos hasta que un empleado salía para darles paso. Era el tiempo necesario para que la discreción fuera absoluta. A ella, el paréntesis se le hacía muy largo. A veces, cerraba los ojos y se imaginaba un cielo de gaviotas. Un día pensó en el mar abierto. Miraba las matrículas de los otros coches que había en el parking. La mayoría eran marcas de lujo. Inventaba los rostros de las parejas que habían ocupado aquellos vehículos. Cada uno llevaba escrito en la frente un relato de amor clandestino. Se preguntaba si eran amores perversos o inocentes, de los que nos encontramos sin querer, cuando ya es imposible escaparnos. En todo caso, historias prohibidas.

Andaban por un pasillo enmoquetado con una alfombra oscura. El mundo se ensombrecía allí dentro: el rostro del conserje, los pasos silenciosos tras cualquier cortina, la retahíla de habitaciones. Había algunas que tenían el techo de espejos; otras disponían de un colchón de agua. Ellos querían una habitación normal. Un lugar donde poder imaginar que estaban en casa, pese a los muebles de dudoso gusto, a pesar de la música que Ignacio se apresuraba a desconectar, de los gemidos que, de vez en cuando, les llegaban como un inoportuno recordatorio. Querían una casa, pero estaban en un escondite alquilado para el amor. Entre aquellas mismas paredes, en unas sábanas cambiadas deprisa para no alargar más su espera, otros amantes anónimos se habían lanzado a los embates del deseo. Pensarlo provocaba en Dana una mezcla de asco y de ternura. Nunca podría haber imaginado que un espacio le provocaría reacciones absolutamente dispares. Una vez, en una de aquellas habitaciones falsamente pulcras, encontraron un cenicero con restos de colillas.

Los sentimientos tienen fuerza para crear sus propios decorados. El amor convierte la sordidez en una nube de algodón. No buscaba en las sábanas el olor extraño de otros cuerpos. Todas las presencias se diluían cuando Ignacio la abrazaba. Cuando su cuerpo tomaba el suyo, también le robaba el alma. En aquella habitación, creyó que el alma existía. ¿Cómo no, si le dolía el cuerpo entero cuando le miraba? Mal de amores. Muy adentro. Nunca se lo hubiera imaginado. En una de las colillas, había un círculo de carmín rojo. Pensó en cómo debían de ser los labios que dejaron allí su huella. Unos labios que besaban como sus labios, que recorrían con esmero la piel de alguien. Alejó ese pensamiento, que era una gran mentira: nadie sabía amar como ellos se amaban. Estaba segura.

Nunca había estado en un lugar como aquél. Ni se habría imaginado capaz de sentarse en un coche, esperando en silencio un gesto que garantizara el anonimato, la ausencia de miradas.

No habría creído que escucharía a Ignacio sin inmutarse cuando pedía una habitación y una botella de champán, que miraría con disimulo –porque no quería verlo– cómo metía unos billetes en el bolsillo del hombre de las gafas. Un hombre de aspecto gris que vivía entre gemidos de amor, espiando pasos, imaginándose cuerpos arqueados; triste existencia de quien espía historias de amor ajenas, de quien es el guardián. Nunca se hubiera imaginado que recorrería el pasillo de puertas cerradas: «Por aquí, señores, por favor, cuidado con el peldaño, giren a la derecha». Sus movimientos convertidos en una respuesta maquinal a las instrucciones que llegaban desde la sordidez. Se puede ser feliz en espacios alquilados por algunas monedas, con el corazón latiendo, pleno de deseo.

Cerraban la puerta de la habitación y el mundo quedaba fuera, al otro lado del umbral. Los nombres de los amantes, los rostros que había imaginado desaparecían. Se desvanecía la presencia de los coches aparcados. Se abrazaban y Dana reía. La risa del amor tiene una curiosa musicalidad. Es difícil de describir, pero sus sonidos perduran cuando ya no existen. Tiene un eco que se desperdiga por los valles abiertos, por los sórdidos pasillos, entre las sábanas que han ocupado muchos cuerpos.

El colchón estaba cubierto con una funda de plástico. El servicio de limpieza quería asegurar que los flujos de los cuerpos que se abrazaban podían desaparecer con eficacia. En aquella cama, se producía todos los días una fusión de líquidos, una mezcla de olores, de saliva y de semen. Las sábanas eran insuficientes para recogerlo. La blancura, apenas impuesta, era como la cumbre nevada de una montaña que ocultaba bosques enteros. En la ducha no había cortina. Cuestiones de higiene: tenían que evitar los materiales que se pegan a la piel. Cuando se duchaban, el agua les recorría los cuerpos y encharcaba las baldosas del baño. Se parecía a un aguacero que cae de pronto, que moja en un instante cualquier paisaje.

En la habitación, los objetos ofrecían un aire de provisionalidad. Los muebles, los cuadros, las butacas. Era un conjunto creado para provocar una sensación falsamente confortable: tenían que encontrarse cómodos para no renunciar a abrazarse.

No podían entretenerse demasiado porque otras parejas esperaban en los coches. Se negaban a entrar en un juego de espacios compartidos. Para ellos, la habitación se convertía en un universo en miniatura, un espacio de referencia. A ella no le era difícil abstraerse de aquella suciedad disfrazada de pulcritud. Si Ignacio la abrazaba, el recelo desaparecía. Del mismo modo que había un rastro casi imperceptible de polvo en la mesita de noche, los miedos se convertían en pura sombra en la piel. Una sombra que volaba, cuando se amaban. Las piernas formaban un arco para acoger su cuerpo; las manos de ella le acariciaban la espalda.

Ignacio le hablaba de la Capadocia. Le decía que irían a perderse en un paisaje de piedras que dibujaban formas fantásticas. Cuando le escuchaba, se le abría el corazón. La necesidad de espacios abiertos donde abrazarle se hacía cada vez más grande. Antes, le habría resultado difícil creer que una relación entre dos personas pudiera tener aquella fuerza. Una intensidad que les permitía prescindir de los elementos externos. Conocía muchas parejas que se construían un entorno protector: las actividades y los conocidos comunes, las distracciones y los movimientos del mundo evitaban una concentración excesiva en sí mismos. ¿Cuántos de aquellos que afirman que se aman serían capaces de soportar un aislamiento absoluto? No muchos. Ellos, en cambio, estaban siempre encerrados entre cuatro paredes. Se pasaban horas hablando, confesándose sus pensamientos, sus deseos, sus miedos. La peculiaridad de la situación aumentaba la mutua dependencia. Dana nunca se había sentido tan cerca de otra persona. Necesitaba respirar a Ignacio como si fuera el aire de la mañana.

Cuando estaban lejos de la habitación, los días grises, cada uno vivía una cotidianeidad absurda. Aun así, no eran capaces de desvincularla del otro. El móvil era su aliado: constantes llamadas, mensajes de voz o de texto, la persuasión de la voz que acompaña y que ama. Ella iba por la calle con el móvil en la mano, mimándolo, distraída; podía sonar en cualquier momento. Le contaba los más pequeños detalles de su vida: en qué punto estaba de la ciudad, adónde se dirigía, qué pensamientos la asaltaban de pronto, cuánto le echaba de menos... Al salir del trabajo, cuando conectaba el aparato, había media docena de mensajes esperándola. La voz de él la acompañaba en el trayecto en coche hasta casa. Abría la puerta distraída, saludaba con un gesto a Amadeo, con el móvil en la oreja, e iba a refugiarse en cualquier rincón donde nadie pudiera importunarla. Ignacio tenía dos teléfonos móviles: uno para el mundo, el otro para ella. Mientras trabajaba, él tenía el teléfono móvil en la mesa de su despacho. Escuchaba a sus clientes con expresión atenta. Hablaban de herencias imposibles, de separaciones matrimoniales de opereta, de especulaciones urbanísticas. Asentía con la cabeza, hacía alguna observación precisa. Le enviaba mensajes de amor. Ella sabía que el teléfono estaba siempre conectado. En cualquier momento podía llamarle. Contarle que tenía un día malo en la radio, que Amadeo era como una geografía inexistente que vamos borrando, que él era su vida.

Ignacio le hablaba de Marta y de los hijos:

–Me separaré. Mi matrimonio ha sido siempre una farsa. Quiero vivir contigo.

–Pero ¿y tus hijos? No les será fácil entenderte. Marta tampoco permitirá que las cosas sean sencillas.

–Los hijos empiezan a volar. Pronto tendrán vida propia. Los he ayudado siempre. Ahora les toca ayudarme a mí, entenderme por lo menos.

–No creo que puedas soportar sus reproches.

–Mi amor lo soportará todo. ¿Y tú, qué le dirás a Amadeo?

–No forma parte de mi vida. Somos dos personas que comparten piso sin verse demasiado. Para mí ya no existe.

–Te resultará difícil decírselo.

–Creo que lo intuye, pero Marta no lo querrá aceptar. Ha vendido una imagen de matrimonio feliz que no estará dispuesta a romper.

–Viviremos juntos, viajaremos, seremos felices. Tú y yo...

–¿Qué?

–Tendremos un hijo.

Era magnífico imaginar que la vida se puede escribir de nuevo. Ella era un barco que atraca en un puerto, que sabe que quiere quedarse para siempre. Junto a las rocas y el azul. Se creyó cada una de aquellas palabras. Le gustaba escucharlas como si pudieran deshacerse en su boca. Respirar a Ignacio, devorar sus frases; extrañas incongruencias que la hacían feliz. Escondida entre sus brazos, oculta la cabeza en el pecho de él, la vida se convertía en la mejor aventura. Nunca se había sentido tan fuerte. No se trataba de una fuerza robada. No es que viviera sólo a través de aquel hombre. Simplemente, la fortalecía y la mejoraba. A su lado, cualquier gesta le parecía posible. Despacio, recorría el perfil de sus labios con la lengua. Se echaba sobre él, piel contra piel, y se reía. Era la risa del amor, que sólo ellos conocían.

Fueron muchas veces a aquella habitación. Se acostumbró a la espera que se prolongaba, al ademán del hombre de las gafas, a los oscuros pasillos. Ya no se entretenía en observar las matrículas de los coches que encontraban aparcados. Tampoco se imaginaba cómo debían de ser los otros amantes. ¿Qué amantes, si ellos eran los mejores del mundo? Con naturalidad, como quien llega a un lugar conocido, se paseaba por la entrada, hasta que les daban una llave. No se escondía. No percibía las sombras del suelo ni de las paredes, cuando andaban detrás del guardián silencioso. Quienes trabajaban para facilitarles el encuentro le inspiraban una cierta simpatía, pese a su expresión malhumorada. La oscuridad se hacía menos tenebrosa. Ignacio le decía que le gustaban sus ojos, húmedos de amor cuando le miraban. Le hablaba del hijo que vendría y le inventaban un nombre. Recorrían lejanas Capadocias.

IX

Mucho antes de que Marcos fuera vecino de Dana en Roma, vivía con una mujer que tenía las piernas largas y el vientre oscuro. Se llamaba Mónica. Se conocieron en una época lejana, cuando eran dos adolescentes. Él era fuerte como el tronco de un grueso árbol; ella era frágil. Tenía el pensamiento ligero, capaz de volar con una agilidad prodigiosa. Como luces danzarinas, sus ideas saltaban del mundo real a otro incierto, desde donde las cosas más simples se veían llenas de belleza.

Mónica se caía a menudo. Tenía una facilidad increíble para dar un traspié y caer al suelo. En el preciso instante en que perdía el equilibrio, era incapaz de parar su trayectoria. Durante el recorrido, que solía vivir en un tiempo irreal a cámara lenta, siempre experimentaba la misma sensación de sorpresa y de impotencia. El estupor al comprobar que era posible repetir, una vez más, la misma escena: ella, de bruces en la calle, en el punto donde había un desnivel en la acera o un escalón que, inexplicablemente, no había visto. A su alrededor, algunas personas intentaban levantarla, mientras le preguntaban si se había hecho daño, si podía andar, si necesitaba ayuda. Aquella sensación de ridículo, a la que llegó a acostumbrarse, las ganas de marcharse deprisa, de fundirse en el aire.

El deseo de desaparecer se concretaba en su reacción. A pesar del dolor físico, se levantaba, agradecía el interés de los demás, les aseguraba que no había sucedido nada grave, y se metía en cualquier rincón. Como un animal herido que se lame las heridas, que busca la sombra de un árbol y un lugar con agua dulce donde curarse, se observaba los moratones de las piernas, las rodillas descalabradas, los cortes en las manos. Podían pasar meses sin que se produjera una nueva caída. Luego se caía dos veces consecutivas en un paréntesis de pocas semanas. Le costaba creerse aquella repetición absurda de movimientos poco hábiles. «Un día me romperé todos los huesos del cuerpo», se repetía. Un escalofrío le recorría la espalda; después se olvidaba: volvía a refugiarse en un universo de pasos etéreos. El día de la primera cita con Marcos se cayó; debía de estar escrito. Después lo recordaron a menudo, en aquellas evocaciones que hacen los amantes que rescatan la memoria de cuando se encontraron, los días inciertos, felices, en que la historia apenas se perfila, porque el mundo del otro es un hallazgo nuevo. Iban al concierto de un cantante que ponía música a poetas ilustres: los antiguos versos que les gustaban, las palabras mágicas que, tantas veces, habían conseguido que el pensamiento de Mónica se elevara lejos del mundo. Llevaba un vestido de punto rojo, unas medias negras. Él le daba la mano, pero no pudo evitar el tropiezo. Cayó de rodillas y se agujereó las medias. Le daba vergüenza mirarle. También que él la mirara. Durante el concierto, se cubrió las piernas con el abrigo para no vérselas. Marcos le acariciaba las rodillas por debajo de la ropa.

Estudiaban en la universidad y robaban libros de poemas en unos grandes almacenes. Como no tenían demasiado dinero pero necesitaban alimentarse de versos, llenaban el bolso de Mónica con volúmenes hurtados. Muchos atardeceres, cuando salían de clase, se paseaban por la zona de los libros. Se movían sin prisa, con el deseo de curiosear los volúmenes, antes de decidirse. Mientras Marcos hojeaba los libros, ella repetía en voz queda los versos. Hacía un esfuerzo para memorizarlos: aprenderlos también significaba llevárselos. Si era capaz de retenerlos, podría decirlos después, cuando se sintiera sola. Recuperaría las palabras que los poetas habían escrito para ellos sin saberlo. Sacaba una libreta y los escribía. Copiaba las palabras que la hacían vibrar, que le llegaban al corazón: retahílas de versos en una caligrafía apresurada, hecha de urgencias. Cuando Marcos no se daba cuenta, le metía alguno de aquellos papeles en el bolsillo; lo escondía entre los pliegues de la ropa, como quien comparte un secreto con alguien. Cuando él volvía a casa de sus padres, donde vivía entonces, encontraba el regalo de un poema en el fondo del bolsillo. Metía la mano y lo tomaba entre los dedos. Antes de dormirse, lo leía pensando en ella.

Construyeron un mundo lleno de historias, pequeñas complicidades que les permitían vivir alejados de los demás. Habían hecho un universo a su medida. Era un espacio propio que habitaban ambos, maravillados de encontrarse en él. En aquel lugar, había palabras y gestos de amor. Pronto se dieron cuenta de que poseían una inusual capacidad de entenderse sin hablar. Mónica sólo observaba. En sus ojos, él podía adivinar deseos y miedos. Cualquier nimiedad quedaba escrita en las pupilas y el otro no tenía que esforzarse para leerlas. Tan sencillo como perderse en las páginas de un libro puede ser adentrarse en el bosque de unos ojos. En el autobús, recorrían casi el mismo trayecto. Iban desde el centro hasta la universidad: Marcos subía dos paradas antes que ella. Si era posible, se espabilaba para guardarle un asiento. A primera hora de la mañana, los estudiantes solían formar una masa compacta, que se movía con las sacudidas de los frenazos del vehículo, sin que hubiera el mínimo espacio entre los cuerpos; un volumen convertido en una forma única, vencida por la somnolencia que todos llevaban dibujada en el rostro. Cuando Mónica subía al autobús, él creía que lo iluminaba. Su presencia hacía desaparecer los rastros grisáceos. Sus ojos le preguntaban si había encontrado el poema; él se lo agradecía en silencio, mientras la abrazaba. De pie, en medio de la marea, se apoyaban el uno en el otro: la cabeza de ella inclinada en el hombro de él; Marcos rodeándole la cintura. Viajaban solos en aquel autobús.

Un día, Mónica visitó a un traumatólogo. Era un especialista reconocido, que se ocupaba de los deportistas de algunos equipos de fútbol. Estaba acostumbrado, por tanto, a las caídas de los demás. Conocía los efectos que pueden derivarse del encontronazo de alguien, cuando dos hombres que corren con fuerza chocan en un campo de césped minúsculo, una pincelada de verde que cubre la tierra. No estaba acostumbrado, en cambio, a las volteretas absurdas de una chica morena. Ella le sonrió como si quisiera disculparse. Le daba vergüenza acudir a aquella cita, concertada por su madre, y contarle a un desconocido que, sin motivo, se caía a menudo por la calle. ¿Cómo podía transmitirle la sensación de que el pie adquiría vida propia? Se olvidaba, mientras andaba con la mirada perdida en las hojas de los árboles o en el rostro de un peatón. De pronto, la caída: el cuerpo que rodaba por el suelo, como atraído por un imán invisible.

El hombre tenía el gesto serio. Llevaba gafas y una incipiente barba, como si una sombra le hubiera cubierto la cara. La escuchaba con atención, sentado tras la mesa de su despacho. Mónica se sentía insignificante, mientras intentaba calcular el número de caídas de los últimos meses. El médico le exploró los huesos de las piernas, de las rodillas. Le hizo algunos estiramientos de los músculos; comprobó su sentido del equilibrio haciéndola andar con los ojos cerrados por una cuerda imaginaria. La exploración se prolongó algunos minutos durante los cuales sólo compartieron el silencio. Pensó que tenía que prepararse para escuchar el veredicto. La conclusión a que llegaría el médico podía determinar su vida. No lo había pensado antes, pero un corto espacio de tiempo era suficiente para que la imaginación desplegara las alas. ¿Y si le anunciaban la posibilidad de una enfermedad degenerativa? Se vio con los huesos encogidos, sentada para siempre en una silla de ruedas. Recordó a Frida Kahlo, de quien había leído con entusiasmo varias biografías. Habría sido terrible padecer su mismo destino, cuando no participaba de aquella genialidad seductora. Se imaginó atada a la esclavitud de un cuerpo que no responde a los designios de la mente. Pensó en la tortura de no poder controlar cada movimiento de sus miembros. Como era ágil al recrear situaciones, dibujó con rapidez una sentencia de inmovilidad. Se vio tumbada en una cama, cada vez más incapaz de moverse. Recordó de nuevo a Frida. A la artista, la creación la salvaba de una desdicha terrible. Cuando las tormentas amenazaban su azulísimo cielo, podía refugiarse en el arte. ¿Dónde se escondería ella, si no tenía el don de crear? ¿En los poemas de los demás, que la acompañaban como un inmerecido bien? ¿En Marcos? Miró al médico con una sincera antipatía. Odiaba su frialdad, el aire de profesional que no se implica en las angustias de quien está sentado frente a sí. Le clavó los ojos como dardos, mientras le preguntaba:

–¿Hay alguna razón, doctor?

–¿Alguna causa física, quieres decir? –Mantenía el ademán imperturbable.

–Sí.

–Siempre hay razones. –Hablaba despacio–. En tu caso, las razones no pertenecen a mi especialidad.

–¿Qué quiere decir?

–Tienes los huesos en un estado perfecto: fuertes y sanos.

–¿Ah, sí? –No se lo acababa de creer–. Entonces, ¿por qué tantas caídas?

–El problema no está en las piernas, sino en tu cabeza.

–¿Estoy loca? –Intentó sonreír.

–Claro que no. –El hombre esbozó una sonrisa que parecía impostada–. Simplemente, cuando andas no miras por dónde vas. Te distraes y tropiezas con el más pequeño de los obstáculos que hay en el camino. Vives poco atenta a la realidad.

–¿Así de sencillo?

–O así de complicado. Depende de cómo lo mires.

–¿Qué puedo hacer?

–La manera de ser es difícil de cambiar, pero tendrías que tener un poco más de cuidado. Cuando andes, concéntrate en lo que estás haciendo.

–¿Todo el rato? ¿Cómo se hace?

–Ese tema no es competencia de un traumatólogo.

Salió de la consulta con un sentimiento de confusión. Junto al edificio donde el médico visitaba había una tienda de zapatos. Se paró frente al escaparate, con los ojos que miraban sin acabar de ver. Desde aquel día, Mónica se aficionó a los zapatos de tacón. Antes siempre llevaba unas deportivas o unos mocasines de suela plana. Tras la visita, descubrió la obsesión por los zapatos altos, que la levantaban algunos centímetros del suelo y la obligaban a andar casi de puntillas. «¿No crees que servirán para que te caigas con más facilidad?», le preguntaban los conocidos. Estaba segura de que era justo lo contrario: si andaba con tacones, tenía que tener cuidado con los pasos que daba. Como iba ojo avizor, se obligaba a centrar la atención en un punto fijo. Miraba la calle desde su nueva atalaya de centímetros ganados, mientras procuraba mantener el equilibrio. Era un ejercicio de contención. Cada paso suponía un combate contra las leyes de la gravedad, que –ignoraba por qué causa– ejercían una poderosa atracción sobre su cuerpo. Se habituó a recorrer escaparates de zapatos. Le gustaba observar las formas: los de puntera fina, los que tenían el tacón cuadrado, los que llevaban una hebilla. Se lo contó a su familia, a sus parientes y a sus amigos. Si querían regalarle algo, tenían que ser libros de poemas o zapatos. Llegó a reunir un número importante. Estaban en el armario y formaban una hilera ordenada, uno junto al otro. Si estaba nerviosa, le gustaba mirarlos, acariciar la piel, comparar los colores. En la calle se sentía más fuerte. Era magnífico observar a la gente desde una nueva altura.

Marcos y Mónica empezaron a vivir juntos cuando eran muy jóvenes. Todo el mundo les aseguraba que era un error, una manera de complicarse la vida. Tenían todavía mucho camino por andar. Una existencia en plural lo hacía todo más difícil. Desde la fortaleza de la historia compartida, se burlaron de los consejos de los demás. Ignoraron las voces de advertencia, como si tuviesen la sensación de que el tiempo de la felicidad es breve. Ella se compró unos zapatos rojos que tenían el tacón fino. Se situaba frente a él, mientras miraba el fondo de sus ojos. Ya no tenía que ponerse de puntillas si quería que sus perfiles coincidieran: la nariz se tocaba con la nariz; los labios con los labios. Estaban en el último curso de periodismo en la facultad. Entre los exámenes y los apuntes, daban clases particulares en aquel apartamento minúsculo que habían alquilado en la calle Sant Magí, en un barrio de casas con balcones llenos de ropa tendida. Nunca tenían demasiado dinero, pero no les importaba. Algún día, se decían, viajarían a otras tierras. Por el momento, tenían un universo propio para explorar. A finales de mes, sobrevivían comiendo pasta con tomate y viendo películas. Se paseaban, de noche, por las aceras solitarias. Espiaban a los vecinos y se morían de risa, cuando, a través de las paredes, se filtraban los rumores de cotidianeidades robadas. Llevaban una vida sencilla, que no ambicionaba protagonizar grandes gestas. Se imaginaban el futuro como una línea clara que prolongaría el presente; un presente hecho de zapatos de colores, de versos pronunciados en voz queda, de cuerpos enlazados entre las sábanas.

Al despertarse, Marcos abría un ojo. Al mismo tiempo, apretaba el otro y se le formaba una arruga en la frente. Le deslumbraba la luz que entraba a chorro por la ventana, porque preferían dormir sin cortinas. Mónica le sonreía desde un palmo de distancia, al otro extremo de la misma almohada, mientras le acariciaba el pliegue de la piel hasta que lo hacía desaparecer. Establecieron un pacto que no escribieron, que nunca dijeron. Era un vínculo hecho de lazos minúsculos: la forma de dormirse, el cuerpo de uno encogido en el cuerpo del otro, la tibieza de la piel, los silencios que acompañan. Eran jóvenes, y el mundo se asemejaba a una fruta jugosa que se fundía entre sus labios, que mordían con deleite. Compartían un espacio de cuarenta metros cuadrados: en la sala, una mesa, un viejo sofá, la estantería de libros. Había motitas de luz en los muebles y en la vida; flotaban en el aire. Vivían en un edificio de tres pisos, con una escalera que tenía la barandilla de hierro, vertical. Ocupaban el último. Subían los peldaños corriendo, sin pereza, convencidos de que los llevarían al infinito. Había una azotea que les ofrecía un paisaje de antenas y de patios, con una iglesia. Cuando hacía buen tiempo, extendían una manta. Hacían el amor.

Al acabar la carrera, Marcos encontró trabajo en un periódico local. Llevaba la sección de espectáculos, y siempre tenían entradas para ir al teatro o al cine. Mónica devoraba historias. Era una enamorada de los mundos ficticios, que solían parecerle mucho más atractivos que los reales. Tenía una capacidad absoluta para ponerse en la piel de vidas ajenas.

–Es como si las vidas de los personajes alimentaran mi propia vida –le contaba.

Entre las páginas de una novela o en las secuencias de una película, descubría emociones inesperadas: de la ira a la desconfianza, de la ilusión a la tristeza. Temblaba, porque pasaba frío o calor. Vivía odios y amores.

–Los amores de los demás hacen más inmenso el nuestro –le aseguraba.

Continuaba dando clases particulares, porque no era sencillo encontrar trabajo. Horas de clases a jovencitos despistados o incrédulos. No le resultaba difícil sentirse cercana a los alumnos, adolescentes que a menudo se dejaban seducir por su entusiasmo. Mónica sabía transmitir una energía inusual en todo lo que hacía. Observaba el mundo con una mirada que se encendía en cada descubrimiento. Cuando acababan la clase, les leía un poema. Lo pronunciaba despacio, y siempre tenían la sensación de que les hacía un regalo. Reía a menudo, entre los versos, con una risa de flauta ágil.

Marcos pisaba el mundo con paso firme. Desde que dejó atrás la niñez, nunca había perdido el equilibrio al andar. Ni siquiera cuando tenía que superar el obstáculo de cuerpos que interceptaban el camino hacia la parada del autobús, cuando llegaba con los minutos justos, casi a punto de ver cómo desaparecía ante sus ojos la primera clase de la mañana, perdida tras las ruedas del vehículo que se alejaba. Cogía velocidad y empezaba a correr, hasta que conseguía asirse a la puerta trasera con un brazo, medio colgado entre el aire y el asfalto, mientras algún compañero bienintencionado se esforzaba en catapultarlo entre una marea de cuerpos. Era experto en el arte de esquivar objetos inoportunos que se interponían en sus rutas. Adelantaba describiendo círculos, corriendo hasta la puerta del cine donde había quedado con Mónica. Volaba en medio de las protestas de conductores airados para situarse frente al restaurante donde tenían que cenar. Nadaba sin agua, con la agilidad de los peces que desafían los embates del mar. Ir a contracorriente siempre fue su especialidad. Cuando empezó a trabajar en el periódico, se acostumbró a ir a pie. Recorría la ciudad con la seguridad de quien conoce cada esquina, los atajos oportunos. Hacía el recorrido con decisión, sin dudar. Mónica admiraba aquella destreza en la coordinación de los movimientos, los pasos firmes.

Cada uno andaba como vivía. Podría haber parecido una afirmación absurda, pero Mónica lo pensaba a menudo. Él era una roca; ella una pluma. Las montañas nunca se desplazan; esperan a que los otros vayan hacia sus parajes de verde y de abismos. Pese a los pasos que daba, Marcos se asemejaba a una cordillera que desafía los vientos. Estaba hecho de una solidez que no admitía grietas, que vencía las embestidas de las cabras, mientras se dejaba acariciar por la hierba. Mónica era de una fragilidad casi transparente. Cualquier brisa podía llevársela. Se preguntaba hasta dónde intervenía la voluntad, cuáles eran los límites. Ella no podía resistirse al aire o a una gota de lluvia.

Pasaron los años con esa suavidad que adquiere el tiempo cuando la vida es plácida. Los días se sucedían, veloces. Las semanas se perseguían como caballos de feria. Se habían construido una existencia de rutinas amables, de sorpresas gratas. Se alegraban al ver el rostro del otro todas las mañanas. Se dormían abrazándose. Marcos le regaló unos zapatos de cristal. Los buscó, con el afán que nos guía a perseguir lo imposible. A veces, lo imposible se encuentra. Ella no había visto otros que fueran más bellos. Se quedó extasiada, contemplando el brillo de los cristales de colores, la combinación de tonalidades, los tacones a través de los cuales se reflejaba multiplicada la luz de la mañana. No se atrevió a probárselos y los guardó en el fondo del armario como quien oculta un tesoro. Todas las noches, los miraba con el placer que le producían las cosas delicadas, los objetos que nos llenan. Él insistía para que los estrenara:

–¿De qué sirven, si no te los pones nunca? –le preguntaba.

–Son demasiado bellos, temo que se rompan con el primer paso.

–Siempre te ha gustado llevar zapatos especiales. No encontraremos otros que lo sean más.

–Tienes razón. Es un regalo magnífico y querría protegerlo.

–¿De qué?

–Del aire, de la luz, de las miradas de los demás.

–Son para el aire, para la luz, para las miradas de todos.

–De mí misma.

–¿Qué quieres decir?

–No lo sé muy bien.

Los zapatos de cristal se convirtieron en un motivo de discusión. Hablaban de ello todas las noches, antes de dejarse vencer por el sueño. Él creía que todo eran excusas, que no le gustaban. Ella le aseguraba que no era cierto. Nunca se atrevió a decirle que estaba convencida de que eran zapatos voladores. Si se los ponía, no podría controlar sus pasos y su cuerpo se elevaría por la claraboya de la escalera. Le daban miedo, porque el exceso de belleza, sobre todo si la percibimos a flor de piel, nos puede hacer padecer, cuando nada nos pasa de largo.

–Quiero que los estrenes –insistía Marcos.

–Mañana –respondía ella, pero el día siguiente pasaba deprisa.

Era un atardecer de otoño. Durante horas, había caído una lluvia humilde, que no se hacía notar demasiado, pero que dejaba huella. Cuando Marcos volvía a casa, empezaban a encenderse las farolas. Sus pasos salpicaban de lluvia los charcos. Tenía ganas de llegar, la impaciencia por reunirse con Mónica, la mujer que amaba, la de las piernas largas y el vientre oscuro. Ella siempre era capaz de sorprenderle. Le descubría todos los matices de la emoción. ¿Cuántas veces había sentido aquel cuerpo que vibraba a su lado, el pensamiento ágil? Quería decirle que, en el periódico, había un clima tenso, que todos querían imponer sus criterios, que vivía en un mundo de locos. Esperaba oír su risa cuando le contara las últimas anécdotas. Se imaginaba el rostro interrogante, la sonrisa cómplice. Habría querido decirle que los días tenían sentido porque podía volver, regresar a su lado, refugiarse en su cuerpo. ¿Quién había dicho que él era el fuerte? Nunca lo creyó. Acaso habría contado de dónde le nacía la fuerza: de los ojos de Mónica, cuando le miraban.

Subió la escalera deprisa. No se entretuvo en encender la luz, porque el tramo que había que recorrer era breve. Tres pisos se suben en un suspiro, si nos gana la impaciencia. Abrió la puerta y entró en casa.

Estaba oscuro. Un rayo de luz rojizo se filtraba por la ventana de la cocina. Esquivo, impertinente. Pertenecía a un anuncio de Coca-Cola que se encendía y se apagaba en una fachada próxima. Entró en el salón, el baño, el dormitorio. Registró cada rincón donde podía buscarla. No estaba allí, aunque en el aire flotaba su olor; lo percibía sin esforzarse. El aroma de alguien es una sombra de su presencia. También estaba la ropa en los armarios, el libro en la mesilla de noche, las hileras de zapatos. Encontró una taza con posos de café en la mesa. Encendió las luces. Pronunció su nombre como si quisiera reclamarla. Llamó a las amigas, a los alumnos conocidos. Se repetía que no tenía que preocuparse: en cualquier momento la vería aparecer. Juntos se reirían de aquel miedo absurdo. Le dominaba un presentimiento de pérdida, cuando la ausencia todavía era una posibilidad remota, un pensamiento que va y que viene. Respiró hondo. Se asomó a la escalera, dispuesto a recorrer las calles hasta encontrarla. En el rellano, vio el zapato de cristal que le había regalado. Un solo zapato, a punto de caer rodando peldaño a peldaño.

X

El *château* de Lavardens es de piedra blanca. Se eleva con su volumen de monolito vertical, donde las aberturas son casi innecesarias, imperceptibles huellas en la consistencia de una roca. Las ventanas no interfieren en la visión de la fachada. No lo consiguen tampoco los arcos que cortan los torreones, ni el arco central mucho más redondo que tiene la bóveda oscura. La estructura es de una solidez rectangular, firme. Para llegar hasta allí, salieron de Toulouse a primera hora de la mañana. El día empezaba en el campo francés con una explosión de verdes muy pálidos, sin sombras. Hacía un sol enfermizo, que los observó de perfil largo rato, hasta que adquirió forma. La distancia era breve: cincuenta kilómetros por rutas estrechas, poco transitadas. En una desviación de la carretera que va de Auch a Agen se encontraba el castillo que buscaban.

Dana observaba a Ignacio de reojo. Conducía con una sonrisa que no acababa de esbozar con los labios, pero que ella adivinaba. Tenía un aire de hombre satisfecho, que hace lo que le apetece, que respira tranquilo. Se lo había prometido. No recordaba si se lo dijo después de aquella noche, cuando pararon el coche en una curva de la carretera. Los dos llevaban una copa de más. Habían ido a una cena con gente de la radio: encuentro concertado en un restaurante de moda, tener que sonreírse como se sonreían cuando la gente los miraba, hacer equilibrios para ocupar asientos próximos, conversar con todo el mundo cuando, en realidad, sólo habrían querido hablar el uno con el otro, escucharse con disimulo, ocultando mal el profundo desinterés que les provocaban los comentarios de sus respectivos vecinos de mesa. Cuesta hacer creer que concentramos la atención en alguien, cuando el pensamiento no está demasiado lejos, a unos pocos metros de distancia que marcan una dirección en la voluntad y en el deseo.

Era tarde cuando se despidieron de los demás. Hacía frío, e Ignacio se apresuró a subir los cristales del coche. Quería protegerse del frío, pero también de las últimas miradas que los perseguían:

–Levantaremos el muro protector –comentó con algo de sorna.

–Siempre tenemos que hacerlo –le respondió ella.

Había un deje de agotamiento en la voz. Estaba cansada de vivir en una madriguera, de esconderse siempre.

–¿Estás bien?

Ignacio habría querido decirle que la entendía.

–Me falta el aire.

–¿Para respirar o para vivir?

–Para ambas cosas.

Se desvió del camino de vuelta y buscó un lugar oscuro.

–¿Quién dice que la luna hace compañía a los amantes? –le preguntó Dana–. A mí, incluso me sobra la luna.

Era amarilla, la rodeaba una sombra opaca. Extraña presencia en medio de un azul muy oscuro. En el coche sonaba un vals. Ignacio la hizo bajar. La abrazó y bailaron dando vueltas las notas de aquella música. El brazo de él la sujetaba por la espalda; a ella la cabeza le rodaba algo, efectos de la noche y del alcohol. Cada uno giró sobre los pasos del otro, dibujando un círculo: deprisa, deprisa. Cada vez más rápido, en un conjuro a favor de la vida. Él intuía que estaba harta de paredes, de espacios reducidos que los oprimían, porque añoraba el aire. El frescor de la noche, la brisa de las mañanas. Le dijo que irían al castillo de Lavardens. Se lo susurró al oído, sin reflexionarlo. Aun cuando no era un hombre que se precipitara, había aprendido a seguir determinados impulsos. Tenían que huir de las calles de Palma, de los lugares conocidos, de la gente que los perseguía sin saberlo. Estaba convencido de la urgencia de respirar otros parajes. Los espacios cerrados pueden encarcelarnos la vida, reducirla a una dimensión exigua; los espacios abiertos son necesarios porque nos permiten respirar, tener la sensación de poder movernos sin ataduras. La claridad del mundo nos hace levantar los ojos y ver más allá de los árboles, de los matojos, de los cuerpos agachados de quienes nos espían los pasos.

Proyectó el viaje con rapidez. Como era de decisiones firmes, se esforzaba por ejecutarlas. Encargó los billetes, alquiló un coche en Barcelona, inventó una de aquellas mentiras para la familia que solía confundir con una excusa, la convenció a ella y partieron hacia el sur de Francia. Durante el trayecto, ella le repetía que no se lo acababa de creer. ¿Cómo era posible que se marcharan lejos del entorno más próximo, cuando habían vivido meses enteros medio escondidos, sin atreverse casi a respirar? El paisaje era amable aquel verano; también lo era la vida.

En Lavardens los esperaba Camille Claudel. Ignacio había visto una fotografía suya: el retrato era de una mujer joven, que tenía la nariz recta y los labios bien dibujados, imperceptiblemente curvados de tristeza. Unos labios carnosos sin exceso, en una sabia combinación de sensualidad y armonía. Bajo el arco de las cejas, unos ojos almendrados. La mirada de gacela capaz de perturbarle, pese a la distancia que se abre entre un retrato y la vida. Toda la melancolía del universo escrita en unos ojos. «¿Cómo es posible?», se preguntó, fascinada por aquel rostro. Las facciones un tanto angulosas de Camille contrastaban con la pureza de la piel y los ojos húmedos. Algunos mechones de pelo castaño le sombreaban la frente. Nada conseguía atenuar la intensidad de una mirada que oscilaba entre la desolación y el miedo.

—¿De qué tenía miedo esa mujer? —le preguntó a Ignacio.

—No lo sé; quizá de la vida.

—No —dijo categóricamente—. De la vida, no.

Camille vivió una existencia trágica. Hermana del poeta Paul Claudel, heredera de una extraordinaria sensibilidad que supo reflejar en sus esculturas, se movió siempre a la sombra del hombre al que quiso con un amor desorbitado.

—¿Se puede amar sin mesura? —preguntaba Ignacio, intentando bromear.

—Sí —respondía—. Es posible: ella supo.

Rodin fue el gran amor, el maestro, el amigo. Fue quien orientó sus pasos por los caminos del arte y, al mismo tiempo, quien —probablemente sin quererlo— le robó el reconocimiento a su propia obra. Ella vivió a la sombra de él. Durante años, compartieron la pasión por sus cuerpos y por el arte. Poco a poco, el hombre se alejó. La vida le llevaba hacia otras mujeres. Camille no lo pudo soportar. En el año 1913, su madre firmó los papeles para internarla para siempre en el asilo psiquiátrico de Montdevergues, en Aviñón. Murió añorándole, cuando tenía setenta y nueve años.

En el castillo de Lavardens había una exposición dedicada a Camille Claudel. Habían decidido visitarla cuando supieron cuál era la obra estrella que se mostraba al público: la escultura de bronce de una pareja que baila, siguiendo los compases de una música imaginaria. Se titulaba *La valse*. Le pareció una premonición. Sus existencias se enlazaban con aquella otra existencia malograda, con los ojos tristes del retrato, con el bronce de dos figuras: el hombre y la mujer que se abrazan pese al mundo.

Hay vidas que se alejan despacio. No se abren inesperadamente abismos de distancia, sino que cada una anda algunos pasos justo en el sentido contrario a la otra. Nacen rendijas que no se perciben, hasta que las grietas las resquebrajan. No se despidió de Amadeo antes de salir de viaje; lo habían estado haciendo durante los últimos meses, todos los días un poco, aunque vivieran como si no se dieran cuenta. No hubo grandes peleas, sólo pequeñas discusiones que no habrían tenido ningún valor a los ojos de un observador poco atento. Las frases que pronunciaban no tenían ecos de agravios profundos. Eran expresiones que ocultaban, bajo la forma de reproches irónicos o comentarios dolidos, la conciencia de haber dejado escapar algo.

A menudo nos damos cuenta de lo que perderemos cuando todavía no lo hemos perdido por completo. Dana lo descubrió muy pronto. Amadeo también, a pesar de aquel aire de músico distraído con el que se protegía de las derrotas. Hacía tiempo que no se deseaban. Habían pasado muchas noches sin una sola conversación entre las sábanas. Cuando ya no se contaban los secretos del presente, ni las obsesiones, ni los miedos, los secretos que habían compartido ya no eran ni memoria. Se habían convertido en compañeros de habitación que no se hacen preguntas, en una pareja que respetaba los silencios sin voluntad de escucharlos o de llenarlos. La música de Amadeo no la hacía vibrar. Los ojos de ella habían perdido la capacidad de fascinarse por las miradas de él. Podrían haberse hecho preguntas, pero los vencía la indiferencia. ¿Qué tenían que saber, si todo lo intuían? Cuando los sentimientos menguan como un fuego que se apaga, los rescoldos no tienen la fuerza suficiente para encender antiguas hogueras. Los fuegos soterrados sólo son cenizas y brasa, poco se puede recuperar. Adivinar que no hay nada que hacer, que hemos perdido la partida, puede vivirse con una sensación de fracaso o de liberación. Amadeo vivía el fracaso sin manifestar los síntomas, protegiéndose entre los restos de orgullo que le habían convertido en un músico que desafiaba a los demás. Dana preparaba la maleta para marcharse al sur de Francia con el corazón ligero.

No hubo demasiadas conversaciones antes de cruzar la puerta del piso. Los dos sabían que, al regresar, él ya no estaría. Había un pacto tácito, que preferían no formular, un acuerdo de separación definitiva. Habían ido aplazándola, porque la pereza de decirse adiós los superaba. No era esa pereza que se nos pone en los ojos, algunas mañanas, cuando suena el despertador, sino otra hecha de recelo, de angustia, de ausencia. A menudo, él no dormía en casa. Era como si se preparara poco a poco para no volver. Tenía que acostumbrarse a otros espacios, y lo hacía en pequeñas dosis. No hablaban. Todavía estaba la ropa en los armarios, los libros, las partituras. «Cualquiera diría que somos una pareja absolutamente civilizada», pensaba Dana con sorna. Se sabían cobardes. Eran incapaces de sentarse para aclarar la situación, quizá ni siquiera les interesaba hacerlo. Habían discutido sobre cuestiones que no tenían nada que ver con lo que les preocupaba. Siempre es más sencillo hablar de lo que no nos afecta de lleno, gastar la energía que pondríamos, si nos atreviéramos, en los temas que nos duelen de verdad, pero que consideramos prohibidos. Prefería decirle que estaba harta de su desorden, o de esa estúpida manía de no hablar mientras cenaban. Era mejor que tener que reconocer que amaba a otro hombre. Sencillamente. Hacerle saber que no le gustaba ni le deseaba sonaba a crueldad innecesaria. Cuando ya no nos importa que la nave naufrague, no nos abrazamos a su proa; dejamos que se hunda mientras nos apartamos tan lejos como podemos, convertidos en peces.

Le dijo que se iba de viaje. Estaban sentados en el sofá, con la televisión encendida. Amadeo jugaba con el mando en la mano. Iba cambiando de canal a un ritmo rápido que les ofrecía una visión de imágenes aceleradas, inconexas. La sonrisa de una presentadora, la pierna de un jugador de fútbol a punto de chutar, una pareja que hablaba, una persecución de indios y vaqueros. Le pareció que no la escuchaba y se lo repitió de nuevo. Él asintió con la cabeza, inmutable la expresión, con el ademán de quien acepta lo inevitable. «Hay historias que no tendríamos que haber vivido –se dijo–. Hay personas que nos pasan de largo, aunque estén a nuestro lado.» Lo pensó con tristeza, porque no es fácil aceptar algunas verdades. Recordó la energía de los primeros tiempos, las ganas que había tenido de conocerle, las mentiras que había construido el amor cuando le miraba. Los sentimientos crean ficciones grandes como edificios.

«Si tuviera que escribir en un papel todo lo que he recibido de ti, sería una lista breve –habría querido decirle–. Podría anotar todo lo que he dado de mí, que tampoco es gran cosa: algo de ilusión, el deseo de tu piel, la seducción por la música que creabas.»

Todo se desvaneció deprisa. Preparó la maleta con un entusiasmo poco común. Se despidieron en el rellano de la escalera, sin ceremonias. Le acarició el pelo con una pesadumbre minúscula que se esfumó mientras el ascensor la bajaba al garaje.

Camille Claudel tenía la mirada líquida. Alguien habría dicho que era una mujer de agua. Su presencia llenaba las salas del castillo. La piedra era un buen escenario para las figuras de bronce, para los bocetos y las versiones de aquella obra única, que ocupaba un espacio central. Aseguraban que había muerto loca de amor en un centro psiquiátrico francés. Rodin hacía años que ya no estaba. Había vivido otras existencias lejos de ella. Cuando le conoció, era una mujer muy joven. La adolescente se dejó seducir por el maestro. Él le llevaba muchos años y mucha vida. El maestro devoró a la discípula. Las cejas de Camille parecían pintadas por un pincel que hubiera querido subrayar la tristeza: el trazo era recto, firme. El rostro de la fotografía parecía contener el llanto.

Dana e Ignacio llegaron a Lavardens a media mañana. El sol calentaba el aire con un calor grato, que no entraba en las dependencias del castillo. La piedra filtraba la luz solar como si fuera un embudo. Se cogieron de la mano con una naturalidad que se les hizo extraña. Hay gestos que parecen casuales, pero que no lo son; esconden la sorpresa de lo que no forma parte de los hábitos cotidianos. Ellos nunca se daban la mano por la calle. Ni siquiera iban por la calle. Cualquier movimiento adquiría un significado porque no formaba parte de la vida. Sintió la forma de sus dedos, enlazados con los suyos. Actuaban con una seguridad un poco forzada, no porque les resultara incómoda, sino porque era nueva. Tenían que acostumbrarse a acoplar los pasos, a hablarse rodeados de otra gente, a saber que nadie los miraba.

Habían elegido un escenario peculiar para asomarse al mundo. Podrían haber escogido un espacio cualquiera, un lugar donde la luz los inundara, pero se decidieron por un castillo lleno de secretos. Cuando recorrían las salas, la sombra de Camille se adaptaba a sus perfiles. En un combate de luz y de oscuridad, podían adivinarla. La escultora había amado con desmesura, pero había sabido medir las proporciones de una obra muy bella.

—Hay quien puede controlar lo que toca, pero no domina lo que vive —dijo Dana.

—Había ejercitado con precisión un arte prodigioso. Sus manos eran diestras —murmuró Ignacio.

—Las manos hábiles y un corazón esclavo, una combinación poco acertada —añadió ella.

—Pero las manos sólo eran el reflejo de lo que le dictaba la mente. Una mente que debió de ser privilegiada.

—Y aquella inconveniente pasión que la llevó a un sanatorio, ¿quién la dictó? Es probable que también naciera de su cerebro, genial y contradictorio. Debió de vivir momentos magníficos, pero fue una mujer profundamente infeliz.

—Y tú, amor, ¿eres feliz?

—Muy feliz. —Le miró.

—Me gusta decir en voz alta tu nombre. Dana. Suena bien. Querría repetirlo mil veces.

–Desde hoy, quizá tendrías que llamarme Camille.

El sol quedaba desterrado fuera del recinto del castillo. Entraba un débil rayo por las rendijas abiertas al muro. No había demasiada gente a aquella hora. Era posible crearse una falsa ilusión de soledad que los conciliaba con la obra de la escultora, que les permitía acercarse a ella. Las piezas no eran grandes. No destacaban por una magnificencia de proporciones, sino por la grandiosidad inaudita que pueden adquirir los detalles. Entraban en un reino de pequeñeces, de armonías perfectamente establecidas, de ritmos desconcertantes. Habían bailado un vals, de noche, en una curva de la carretera. Los faros del coche y la luna amarilla como únicos testigos. Lo habían encontrado de nuevo, transformado en dos figuras de bronce.

En *La valse*, los cuerpos se doblegaban en un acoplamiento magnífico. Los torsos desnudos desde la cintura mostraban los brazos y los hombros musculosos. Con el brazo derecho, el hombre rodeaba a la mujer, que se cimbreaba en el abrazo. Era el ademán de quien se entrega sin reservas al otro. Acariciaba con los labios la mejilla de ella. Las manos enlazadas dibujaban un contrapunto de tensión física, de acercamiento incondicional. A partir de las caderas, el bronce dibujaba una falda abierta, llena de pliegues y vuelo, con movimiento propio. Camille había acertado al manejar el material con el que trabajaba; supo utilizar la dureza para delimitar cada detalle. Jugó con las tonalidades y los matices del bronce. Aquel baile era mucho más que el instante en que dos amantes se abandonan a la música; era la imagen de una posesión absoluta, que superaba la inocencia de unos pasos marcados por el ritmo de un vals. Había algo profundamente turbador en la escultura, el reflejo de una intensidad impresionante, de la fascinación de los cuerpos, de la pasión en estado puro.

Aquella noche, Dana no pudo conciliar el sueño. Mientras oía la respiración acompasada de Ignacio, intentaba tranquilizarse. Tenía que hacer un esfuerzo para no pensar, porque las ideas pueden convertirse en un remolino que impide el descanso. Se dio cuenta de que no se había acordado de Amadeo y se preguntó cómo puede ser tan implacable el olvido. Habría tenido que preguntarse qué hacía, cómo se encontraba. Pero la curiosidad es un signo de interés. Podía imaginar su gesto nervioso al despejarse los cabellos de la frente, inclinado sobre una partitura. La imagen no conseguía conmoverla. Por esa razón la descartó. Era curioso: no la obsesionaba el final de la historia, sino la indiferencia que ese final le provocaba. La escultura le había despertado sensaciones adormecidas. Percibía que hay historias que borran todas las demás. Ignacio era como el hombre de bronce, inclinado sobre la mujer que se deja llevar. En la postura de él, se adivinaba un oscuro dominio. No era un juego entre dos cuerpos, sino entre dos voluntades. Camille había sabido comunicarlo. Ésa era la clave de la fascinación que ejercía la escultura, su poder seductor.

Le preguntó:

–Ignacio, ¿crees que las cosas suceden por casualidad?

–¿A qué te refieres?

–A lo que nos pasa.

–Depende. La vida es una caja de sorpresas.

–Sí. Yo ya te conocía. Sabía quién eras, nos habíamos cruzado muchas veces. ¿Por qué no nos habíamos encontrado antes? ¿Hay un momento adecuado para cada historia? ¿Tenemos que esperar que la vida haga madurar esos momentos, como si fueran frutas de un árbol?

–En realidad, no nos conocíamos. Sólo nos intuíamos. –Sonreía.

–Un día, de pronto, te vi distinto. Debe de ser que te miré con otros ojos. ¿Fue el azar o estaba escrito?

–No lo sé.

–A Camille Claudel debió de sucederle algo parecido. Era joven cuando conoció a Rodin, y eso quiere decir que era muy vulnerable.

–Tú, en cambio, eres una mujer fuerte.

–¿Lo dices en serio? ¿De verdad lo crees?

–Sí.

–Pues te equivocas. No soy más fuerte que ella. Ni siquiera soy más fuerte que la mujer de la escultura de bronce.

–Eres puro bronce, amor mío.

–¿Te burlas de mí?

–De ninguna manera. Me enamora tu fuerza, pero también tus flaquezas, todo lo que consideras que tienes que ocultar porque no concuerda con la imagen que quieres vender al mundo.

–¿Me dejarás algún día?

–¿Qué dices?

–Contéstame. ¿Soy demasiado incómoda para la vida de un hombre que se ha construido una felicidad a su medida?

–Eres mi única razón para ser feliz. Nunca te dejaré.

–Hoy llámame Camille.

–Me lo vuelves a repetir. Antes he creído que era una broma. ¡Qué manía tan extraña!

–No es una manía, es un presentimiento.

–¡Olvídalo!

Lo olvidó, o hizo como si lo olvidara, que no es lo mismo, pero que sirve para sobrevivir. Fue una noche difícil. Después de la conversación, habían hecho el amor. Se abrazaron con un entusiasmo de cuerpos que se reencuentran. Ella tenía la sensación de fundirse con Ignacio, de perderse. Él se durmió casi enseguida. Dana habría querido continuar hablando, decirle que vivía con miedo. No le había contado nunca la sensación de no encajar en la vida del otro, de ser una presencia extraña en un entramado con ritmos propios. Se imaginó una función de teatro. Los actores la representaban, con una precisión estricta de gestos y de voces. Cuando caía el telón, los aplausos llenaban la sala. Se acostumbraban al éxito. Se refugiaban en las fórmulas conocidas que garantizaban la reacción del público, repetían las frases con entonaciones idénticas. Inesperadamente, una noche, sale un actor a escena. No tiene un papel en la obra. No es una broma de nadie, ni una improvisación del director. Anda desconcertado entre los otros personajes, buscando un lugar. Aunque sea el minúsculo espacio de media docena de líneas que recitará con entusiasmo. Todos le hacen el vacío; le rodean de silencio. Actúan como si no estuviera. Él sabe que, en cualquier momento, tendrá que marcharse. Dana tenía la frente bañada de sudor.

Ignacio respiraba tranquilo a su lado. El cuerpo amado se

transformaba en una presencia extraña. Tensa, se esforzó por relajar los músculos: los tobillos y las piernas, el nudo del vientre. Se adormeció de madrugada, cuando ya se intuía la claridad. Antes de cerrar los ojos, la vio. Camille, la hermana, la desconocida, le daba la mano para que conciliara el sueño.

TERCERA PARTE

XI

Empezó un tiempo feliz. Una época de proyectos que se concretan después de haberlos soñado largamente. Nunca habría creído que fuera posible alcanzar la felicidad sin encontrar resquicios. Ignacio le ayudó a vencer los recelos, aquella hebra de reticencia que se esconde en el corazón para repetirnos que no puede ser, que la ilusión falsea la vida. Le decía mil veces que no existían las dudas. Hay frases que acompañan al amor. Son expresiones que los amantes pronuncian convencidos. Esas frases se firmarían con la propia sangre. Deseaban un amor eterno que traspasara los límites del tiempo y del espacio. Era el egoísmo de quienes lo quieren todo al instante porque los empuja la urgencia del otro. Sentían la necesidad de verse, la prisa por abrazarse. Después de Lavardens se hacía difícil volver a recluirse, actuar como si el miércoles fuera el único día de la semana, resistir la espera. Creyeron que se merecían ese amor. No era una cuestión de méritos ni de voluntad, sino la certeza irracional de que era su momento para amarse. Se habían acabado los dobles juegos, el disimulo que mata la energía de vivir, las mentiras que nos traicionan incluso antes de decirlas, la obligación de confundirse con las sombras.

Cuando Ignacio le aseguró que había decidido separarse, ella enmudeció, como si no se lo acabara de creer. Lo que hemos deseado con fuerza parece irreal si se hace posible. El corazón le pedía que se dejara llevar por la alegría; una alegría en estado puro que no se parecía a ninguna otra sensación de gozo conocida, sino que se relacionaba con los sentimientos de la infancia. La niña que fue había vivido obsesionada por descubrir la vida. Se sumergía en ella sin miedo porque nada la asustaba. Todavía no se había dado cuenta de que los demás podían amenazar o destruir nuestros sueños. Creía que las cosas que se deseaban con intensidad se conseguían. No temía los obstáculos, ni había aprendido a mentir. Con los años, llegó a pensar que la inocencia es sinónimo de estupidez. Las personas mienten por necesidad, como un subterfugio para sobrevivir. Recordaba el cielo de sus siete años. Le parecía de un azul imposible. Los colores de la isla oscilan entre la realidad de los sentidos y las invenciones que propicia el mar. Con Ignacio recuperaba el cielo y el mar.

Le dijo que había hablado con Marta. Intentó convencerla de que amaba a otra mujer, de que no quería continuar manteniendo una historia de ficción que existía sólo de puertas afuera. Ella no había querido escucharle. Se negó a comprenderle: le miraba desde muy lejos. Reaccionó con una mezcla de dolor e indignación. Predominaba la rabia porque había demasiadas cosas que perder. Dana se preguntaba qué lugar ocupaba Ignacio en la lista de las pérdidas. Se lo preguntaba en silencio, decidida a no intervenir en la ruptura. Estaba tranquila. Nunca se sintió culpable de la separación. Podía comprender el dolor de la otra, la impresión de robo, porque había cometido el error de creer que la vida de alguien puede ser una posesión. Había vivido vencida por la inercia de un mundo fácil, pensando que todo le pertenecía por derecho y gracia de su persona. No hacía falta luchar por el amor, porque el sentimiento se había convertido en un acuerdo de comodidad compartida, de bienestar familiar, de pacto con la sociedad.

Los hijos reaccionaron con toda la violencia de la juventud. Hay jóvenes que pueden ser más dogmáticos que la gente mayor. Cuando la propia vida está llena de dudas, se construyen un entorno de certezas, se aferran a ellas con la desesperación de quienes no tienen demasiados recursos frente a la adversidad. Las personas que han vivido intuyen que tienen que ser flexibles como las ramas de los árboles en las tormentas. Sólo así podrán sobrevivir, crecer, fortalecerse. Eran dos adolescentes que adoraban a sus padres. Habían recibido afecto y generosidad. Ignacio había trabajado toda la vida por ellos. Les dio la mejor educación, la mejor casa, las mejores vacaciones. Toda la dedicación personal de un hombre comprensivo con las flaquezas de los hijos, siempre dispuesto a la conversación, incondicional a sus deseos. Cuando les pidió que entendieran el amor que vivía, reaccionaron con dureza. Fueron intransigentes con un padre que nunca les había enseñado a serlo.

Le dijo que no le importaba. Con el tiempo llegarían a entenderle. Mientras, vivirían amándose:

—¿Serás capaz de soportar que te den la espalda, que se nieguen a verte?

—Son casi adultos. Les he dado la vida, pero no puedo morir por su causa. Si me alejan de ti, me matan. Lo tienen que comprender.

—Palma es una sociedad pequeña. Por fuerza, el rumor se hará público. Habrá gente encantada de difundir la noticia. Dirán que soy una mala mujer. No me importa en absoluto. Pero ¿y tú? Siempre has vivido pendiente de la opinión de los demás. Has vendido la imagen de hombre serio, de padre de familia responsable.

—Soy todo eso. No he renunciado a serlo. Estoy decidido a no hacer una exhibición pública de nuestro amor. No quiero herir a mis hijos; tampoco pretendo humillar a Marta. Actuaremos con discreción pero con firmeza. Despacio, pero no daremos pasos atrás.

—¿Estás seguro?

—Absolutamente.

—Estoy acostumbrada a vivir nuestra relación entre sombras, a escondernos, a actuar como si fuéramos culpables de un extraño pecado. He pensado muchas veces que sería feliz de poder llevar una vida normal contigo. No sé, cosas sencillas: ir al cine o a un restaurante, caminar por el paseo Marítimo. Seré paciente. Sabes que puedo tener toda la paciencia del mundo. Si quieres que actuemos sin prisa, respetaré los ritmos que me indiques. Para mí, la separación es un gran paso. Nunca me había atrevido a pedírtelo. Pensaba que tenía que ser una decisión tuya.

—Te lo agradezco, pero estoy convencido de lo que hago. Tú no eres mi amante, sino mi mujer.

—¿Y Marta?

–Hace demasiados años que compartimos cartelera en una curiosa película. No sé si era una comedia italiana o un drama con un tinte de opereta. Somos dos actores que han sabido interpretar bien sus papeles. Estoy harto de hacer teatro.

La felicidad es difícil de describir. Cuesta definir la sensación de plenitud que te puede invadir justo al despertarte. Todas las mañanas, Dana se preguntaba si lo había soñado. Durante algunos segundos, vacilaba en un estado de duda. Entonces sonreía, porque era cierto. Tenían la existencia entera para inventarse. Los proyectos que habían hecho irían tomando forma, adquirirían la consistencia de la vida. Los deseos que nunca se realizan quedan escritos en el cuerpo. Estaba segura: dejan en la piel una marca, una huella de impotencia. Cuando se concretan, dan alas. Estaba dispuesta a emprender el vuelo. Echada en la cama, notaba la claridad que entraba por la ventana y la abrazaba. Se dejaba envolver por la luz. Se sumergía en ella como si estuviera hecha de una materia resplandeciente. Cerraba los ojos mientras se sucedían las escenas en el pensamiento. Desfilaban con una velocidad prodigiosa. Ignacio y ella compartiendo el mundo. En una secuencia, andaban por Palma. Iban cogidos de la mano, con el aire tranquilo de quienes no se esconden de nadie. En otra, tomaban una copa en un bar de la Lonja. Debía de ser verano, porque la fachada de piedra se proyectaba en el suelo. La gente tomaba el fresco en las terrazas. Una mañana de sábado aparecía ante sus ojos. Recorrían las Ramblas y él le compraba una rosa amarilla. Le hablaba al oído mientras Dana se moría de risa. La carcajada sonaba alegre como el agua de una fuente. Entraban en una galería de arte, se paraban delante de un cuadro. Compartían la fascinación de los descubrimientos. Hacían cola en un cine, andaban por la playa, entraban en una tienda de ropa. Se sentaban en un banco de la plaza de la Reina, recorrían el parque del Mar, los jardines del Huerto del Rey. El pensamiento iba deprisa. Las visiones se alternaban sin orden ni concierto. Se precipitaban en una loca carrera. Las estaciones se mezclaban: era verano, pero enseguida se imponía el ocre del otoño, la desnudez del invierno o la suavidad de la primavera. Ocurría de una forma parecida con las horas del día: la noche ocupaba el lugar de la mañana, y el mediodía convivía con el crepúsculo.

Se preguntaba si tendrían vida suficiente para hacer todo cuanto imaginaba. Tenían que recorrer muchas tierras, pisar calles. Encontrarían gente que envidiaría su amor. Tenían que vivir historias que podrían contar a los demás, compartirlas como si fueran tesoros. La riqueza de lo que se ha vivido intensamente. Acostada entre las sábanas, estiraba los brazos, abría las manos hasta que las palmas se asemejaban a una concha. Cuando se sentía feliz, su cuerpo estaba hecho de olas. Entre los labios abiertos, el sabor del agua.

Ignacio hizo las maletas. No es sencillo introducir media vida en un espacio reducido, pensar qué nos llevamos, qué objetos son imprescindibles. Dejó los cuadros, los muebles. Seleccionó los enseres personales. Colocó la ropa de cualquier manera, con prisa. Percibía cien ojos vigilando sus movimientos. Se sentía incómodo. Rápidamente, abrió cajones, armarios, ficheros. Es curioso cómo la vida se escribe en las cosas. Todo lo que había vivido le salía al encuentro en cualquier nimiedad: un papel olvidado, la fotografía que nos muestra el propio rostro sonriente junto a los que pretendemos dejar atrás; extrañas contradicciones en las que se juntan pasado y presente para confundirnos. Vio un retrato de Marta, de cuando tenía veinte años y un universo de promesas. Las imágenes de los hijos todavía pequeños. Perdió un rato en la biblioteca. ¿Qué libros de los que le habían acompañado a lo largo de su vida se tenía que llevar? Era una elección complicada. Cada volumen representaba un descubrimiento. Mientras pasaba las páginas, el olor a la tinta y la textura del papel le devolvían antiguas imágenes.

Una lenta melancolía iba ganando su voluntad. No era un hombre que exteriorizara fácilmente lo que vivía, pero nunca le había gustado entretenerse en hurgar en sus propios sentimientos. Se apresuró a acabar de hacer las maletas con rapidez. No lo pensó mucho: llenó una caja de cartón con unos cuantos libros, dobló las camisas, desperdigó las corbatas. Recogió algunas carpetas, y pocas cosas más. Nunca había estado demasiado atado a las pertenencias. Le gustaba vivir bien, pero no convertía la comodidad en una razón de vida. No le resultaba difícil prescindir de los objetos que le habían acompañado. Sabía que no echaría de menos los cuadros que había ido coleccionando durante años, las piezas de arte, los muebles que le gustaban. Podía hacer tabla rasa, porque la nostalgia sólo tenía sentido en las personas. Añoraba el cuerpo de Dana, pero podía abandonar el piso donde había vivido. Marta estaba en el sofá, deshecha en llanto. Los hijos permanecían junto a ella, como si formaran un escudo humano, hostil al que se marchaba, protector de su víctima. Se alegró: era mejor que estuvieran junto a Marta, ella los necesitaba. Él no tardaría en recuperar su afecto. Les había enseñado la fe en la libertad de los demás. Esa creencia germinaría de algún lugar. Se reencontrarían.

Se instaló en un hotel cerca del despacho. No dijo a demasiadas personas que había cambiado de vida. No aumentó la frecuencia de los encuentros, que continuaron de forma clandestina. Mientras los días pasaban, procuraba trabajar mucho. Ella no le hizo preguntas. Se limitaba a esperar, con una ilusión que, a veces, creía que se convertiría en un río que se desborda. Cuando se veían, le preocupaba que no estuviese bien, que no se alimentara adecuadamente. Sabía que mantenía un ritmo frenético de trabajo. Habría querido estar a su lado, hacerle compañía, pero Ignacio prefería vivir los primeros días en soledad. Al mismo tiempo, temía perturbarle, en un período de cambios. Le costaba encontrar el punto justo de su presencia. Tenían que aclarar la situación, decidir adónde se trasladaría cuando fuera capaz de abandonar aquel refugio temporal, conversar con algunas personas de su estricta confianza. Se llamaban: la despertaba todas las mañanas; se despedían antes de dormirse. Él se esforzaba por transmitirle una imagen de confianza en un futuro próximo, de ganas de vivir.

Dana tampoco se lo contó a demasiada gente. Incluso aunque parecía extrovertida porque tenía un carácter alegre, era reservada con las historias del corazón. Las situaciones que le afectaban quedaban ocultas en un rincón profundo, del cual no resultaba sencillo rescatarlas. Prefería callar el entusiasmo, porque las palabras no tenían bastante fuerza para describir lo que vivía. Actuaba con la precaución de los animales que protegen su madriguera. Se movía con la habilidad de quienes escuchan antes de hablar, de aquellos que no dan pistas sobre su mundo. No era desconfiada por naturaleza, pero podía transformarse en una criatura recelosa, que protege lo que quiere. Se lo contó a sus padres y a una amiga de la infancia con quien compartía secretos. Habían vivido historias paralelas y sabía que hablar con ella era situarse frente a un espejo que devuelve, precisa, la imagen propia. Se entendían con la mirada, con las palabras, y con aquellos códigos inexplicables que los años construyen. La complicidad se edifica como una casa. Hace falta que tenga cimientos sólidos, una estructura firme. Se llamaba Luisa y era farmacéutica. Pasado el tiempo de las confidencias, no volvió a hablar con nadie. Sabía que no era el momento, que no tenía que tomar la iniciativa. Para una persona inquieta, la pasividad forzosa no es una opción fácil, pero le había prometido que tendría paciencia, y estaba dispuesta a cumplir su palabra.

La habitación del hotel de Ignacio no era grande ni pequeña, acogedora ni inhóspita. Respondía a una dorada medianía, con elementos de confortable mediocridad. Quizá constituía una alternancia de todas esas percepciones, dependiendo del estado de ánimo con que él llegaba después del trabajo. Exhibía el aire de provisionalidad que tienen los hoteles, aunque haya algún mueble de diseño, reproducciones de obras de pintores holandeses en las paredes. Desde el principio, se sintió enjaulado. No había bastante espacio para todos los pensamientos que hacía volar cuando no podía conciliar el sueño. Vivía oscilando entre la euforia de haber sido capaz de alejarse de Marta y la preocupación involuntaria por los hijos. No pretendía pensar, porque hay situaciones que hacen daño, pero lo hacía sin querer. Todavía confiaba en su propia capacidad para contarles lo que vivía, para transmitirles la necesidad de comprensión.

El dormitorio estaba lleno de periódicos. Todos los días pasaba por un quiosco del paseo Mallorca, donde compraba la prensa. Entretenía el insomnio leyendo los anuncios que ofrecían pisos de alquiler. Hacía una lectura a menudo minuciosa, a veces frenética, porque pensaba que nunca encontraría el que buscaba.

Con un rotulador rojo ponía un círculo a los que le podían interesar. Tenía que calcular muchos factores: la distancia del piso al trabajo, la situación, los metros cuadrados útiles de vivienda, el estado de la casa, si necesitaba reformas, etc. Llamó a unos cuantos agentes inmobiliarios y les pidió que iniciasen una exhaustiva búsqueda. Había empezado la primavera en un hotel, quería acabarla en un piso que pudiera considerar propio. Un espacio que fuera de Dana y de él, donde poder amarse entre sábanas que no hubiera usado otra pareja, donde no tuvieran que oír los gemidos que se filtran por las paredes. El placer de los desconocidos puede resultarnos una intrusión. Un lugar que ella, que había vivido el amor en habitaciones alquiladas por un rato, alegraría con plantas de hojas verdes.

Se habían citado bajo los soportales de la plaza Mayor, en un bar lleno de extranjeros. Era una mañana de incipiente primavera, cuando las calles son una fiesta de idas y venidas. La gente añora el sol: se sientan en las terrazas buscando con el rostro un rayo amable. El calor alegra los ánimos, diluye las nostalgias. Todo el mundo se apresura a recibir esa claridad que alimenta como un buen vino. Dana llegó antes. Llevaba un vestido crudo, casi arena, con una chaqueta oscura. Andaba empujada por el deseo de encontrarle. Avanzaba titubeando entre la marea de cuerpos que venían de la calle Sant Miquel. Tenía ganas de verle, de descubrir su rostro entre todos los demás. Sentía también una cierta inseguridad, porque no dominaba la situación. Estaban poco acostumbrados a los encuentros diurnos en una céntrica plaza de Palma. Se preguntaba cómo tenía que comportarse. Le sonreiría. Había recibido la llamada hacía un rato. Fue breve, preciso; le insistió para que no llegara tarde; se inventó una excusa en la radio y se marchó, sin demasiadas explicaciones. Corría por la calle, casi volaba. No tenía motivos, pero necesitaba andar con rapidez. Tenía que recorrer la distancia lo más velozmente posible.

Se encontraron y los transeúntes desaparecieron de su vista. No oían el murmullo de las conversaciones, ni había rastro alguno de presencias poco oportunas. Se miraron a los ojos. A Dana le pareció descubrir una sombra de fatiga. Él leyó entusiasmo, una entrega sin reservas que resultaba reconfortante, porque no

es muy frecuente. Se sentaron a una mesa que estaba algo alejada del resto. Él le dijo:

–He encontrado un piso.

–¿En serio? ¿Lo has visitado ya?

–Me gusta mucho. Creo que podremos estar bien en él.

–Me siento feliz sólo con imaginarlo. ¿Dónde está?

–En la calle Sant Jaume. Es un piso antiguo, pero no necesita reformas... Puede que algunos detalles sin importancia que
pueden solucionarse en un par de semanas. Sólo tienes que visitarlo y decidirte.

–No, no, si a ti te gusta...

–De ningún modo, quiero que sea una elección de los dos.
Aquí tienes las llaves. No tengo que devolverlas hasta mañana.
Puedes ir esta tarde.

–¿Sola?

–Sí. Es una primera visita. Tengo mucho trabajo en el despacho. Si te gusta, haremos la siguiente juntos.

–De acuerdo.

La calle Sant Jaume es estrecha. Desde la iglesia de Santa
Magdalena, llega hasta el inicio de Jaume III. Es sombría, con casas de fachadas altas. Da la impresión de que la piedra se impone, que gana al espacio. Siempre le había gustado su aspecto tranquilo, señorial, la calma que se respiraba, justo en el centro de la
ciudad. Fue a primera hora de la tarde. La curiosidad le empujaba a visitarla sin acabar de creerse que fuera posible. Se lo repetía bajito, como quien murmura una letanía: iba a ver el piso que
Ignacio había elegido para ellos, la casa donde vivirían juntos. Tenía que hacer un esfuerzo para medir el ritmo de los pasos, para
contener la alegría que la desbordaba. No podía ponerse a correr,
ni saltar entre los coches. Los demás peatones habrían creído que
era una loca, una mujer que había perdido el juicio. Debía de ser
verdad, porque la prisa la vencía, el impulso de convertirse en un
soplo de aire.

Era un ático con una terraza acristalada. Estaba reformado
con buen gusto: vigas de madera en el techo, ladrillos de cerámica, un salón con chimenea que tenía las paredes de estuco ve-
neciano, era de un tono que oscilaba entre el rosa y el naranja.

El dormitorio era grande; la cocina, moderna. Había una sala con estanterías para libros. Entró y sintió una calidez inesperada, la sensación de reconocerse en el espacio. Había una bañera antigua, con cuatro minúsculos pies, que parecía salida de una película de Fellini. El resto era de una desnudez rotunda, excesiva, que invitaba a imaginar rincones decorados con delicadeza. Recorrió el piso tres, cuatro, cinco veces. Se imaginó la terraza llena de macetas. Haría un jardín secreto, para que en él creciera el amor. Se imaginó una mesa con butacas de madera. Un zumo de naranja por las mañanas, un combinado los atardeceres, cuando volvieran de trabajar, música de fondo. Tendrían todo el espacio y todo el tiempo para amarse. No se sorprendió: Ignacio había acertado en la elección. El piso era, desde aquel instante, su casa.

Oyó ruido de pasos. Alguien se movía con precaución a pocos metros de donde se encontraba. ¿Eran los movimientos cautelosos de una persona que pretende esconderse? ¿O el disimulo buscado de quien nos quiere sorprender? ¿Había un ladrón en el piso? Era una sombra que la había perseguido por la calle, que observó sus movimientos, hasta que comprobó que estaba sola. Tuvo el tiempo justo de percibirlo, antes de que le taparan la boca, mientras unos brazos la arrastraban al suelo. No tuvo que ahogar los gritos bajo la mano que le cubría la boca, ni opuso resistencia al abrazo. Oyó una voz conocida que le murmuraba:

—¿Creías que no iba a acompañarte a ver nuestra casa?

—¡Me has asustado! —reía ella.

—Quería observarte. Nunca te había espiado y me gusta. He seguido tus pensamientos mirándote.

—¿Y qué pensaba?

—Pensabas que he hecho una buena elección para nosotros. Igual que a mí, te han encantado estos espacios. Crees que aquí seremos muy felices.

—Sí. —Continuaba riendo.

—Has pensado que es una casa llena de magníficos rincones para amarse.

—¿Cómo puedes saberlo?

—Es lo mismo que pensé yo al verla.

Se rieron los dos. Se abrazaron sobre una alfombra hecha de ropa: el vestido, la chaqueta, la camisa y los pantalones. Había una mezcla de colores, de aromas, de pieles. Sus cuerpos eran un solo cuerpo.

XII

El tercer marido de Matilde cantaba boleros en un tugurio de mala muerte. Era un bar desvencijado que ocupaba los bajos de una casa antigua, en un callejón del barrio de la Lonja. Tenía la gracia de aquellos antros que han crecido improvisadamente, a partir de una acumulación de objetos. Había mesas redondas, que recordaban los cafés parisinos. Las butacas estaban tapizadas de terciopelo. Se servían copas de cava y combinados. Todo sucedía en una dulce penumbra que suavizaba las conversaciones y las facciones de la gente.

Se llamaba Julián. Si le mirabas de lejos, tenía un aire que recordaba al protagonista de *Esplendor en la hierba*. Un Warren Beatty de mirada perdida, de ademán indolente con cierta ternura en los gestos. No era un retrato exacto, sino una versión deformada por los años. Un círculo de grasa le rodeaba la cintura, los hombros se inclinaban bajo una joroba imperceptible, las arrugas le marcaban el rostro. Toda la vida había querido ser un profesional de la música. Subir a un escenario y despertar la ovación del público con sus canciones. Tenía una voz profunda, que el tabaco y el alcohol habían roto en el punto justo para que recordara la cuerda destemplada de un instrumento demasiado usado. Sabía modularla, mientras la adaptaba a los movimientos del cuerpo. Era un auténtico escenógrafo: dominaba la expresión de la cara, el movimiento de los brazos, que parecían querer perseguir lo que decía, apesadumbrado por haber dejado escapar tantos sentimientos entre sus labios. Era un actor acostumbrado a interpretar su papel, pese a las circunstancias desfavorables o al desinterés de quienes tendrían que haberle escuchado pero se entretenían en conversaciones absurdas, bromas groseras o confidencias. Se sentía muy solo, un artista incomprendido a quien el público rechaza. Cada noche era como si fuese la primera. Volvía a ponerse el traje negro, de codos desgastados, el corbatín que heredó de un tío suyo que había actuado con la orquesta de Antonio Machín y que fue su precursor familiar en el oficio. Saludaba a una docena de personas que se sentaban en el café con una inclinación que tenía algo de tristeza y empezaba a cantar boleros, que relatan historias de derrotas.

Matilde nunca salía de noche. Desde la muerte de Justo, se había resignado a una vida tranquila. No buscaba nada más. Se levantaba temprano, terminaba los trabajos de la casa y se arreglaba frente al espejo. Un toque azul en los párpados le recordaba que todavía estaba en este mundo. Solía ir al mercado para encontrarse con María. Compraba fruta, legumbres. El objetivo era la conversación. Hablaban de todo y de nada, en una secuencia hecha de exclamaciones, de interrogantes, de murmullos junto al oído. Se sucedían expresiones como «No te puedes ni imaginar», «¿Sabes lo que dicen? Yo no lo creo, pero me lo han contado». Acumulaban chismes, que eran la crónica de los conocidos de siempre, la constatación de que la existencia seguía, pese a la adversidad. Matilde no solía hablar de los maridos muertos. Joaquín la liberó yéndose. Justo la traicionó, muriéndose sin previo aviso, cuando empezaban a saborear el amor. Los dos formaban parte de una oscura memoria, que no quería rescatar para los demás. María lo entendía. Era una mujer respetuosa, consciente de que hay temas que resultan inconvenientes. No hace falta abrir las heridas, cuando todavía no se han cerrado. Ella era risueña, como Matilde antes de aquella doble viudedad que le amargaba la vida. Se encontraban bien juntas. Habían compartido demasiada historia para que no se entendieran sin mediar palabras. Con una mirada tenían suficiente para adivinar el pensamiento. Resultaba cómodo, porque, cuando hay mucho que decir, los sobreentendidos nos permiten avanzar sin errores.

María llevaba el pelo corto, con las puntas rizadas. Tenía la frente alta y una sonrisa con la que se ganaba el corazón de la gente. Era la misma sonrisa de aquella adolescente que saboreaba la vida con curiosidad, cuando vivían cerca. La había conservado como un milagro. Se burlaba del colorete, porque tenía las mejillas encendidas. Empezó a usar pintalabios cuando se lo pidió el marido. Estaba contenta si podía hacerle feliz, pero prefería ir con la cara lavada. Matilde le aconsejaba el tono que tenía que ponerse para iluminarlos. Los encuentros matinales le hacían compañía. La animaban a salir de casa. Gracias a las citas del mercado, venció la tentación de no moverse de la butaca, observando el mundo desde la ventana.

Una noche salieron a cenar. El marido de María estaba de viaje y aprovecharon para encontrarse en un restaurante donde se servía buen pescado y mejor vino. Estaba en el paseo Marítimo de Palma. A María no le hacía demasiada gracia salir sin su marido. Estaba acostumbrada a su compañía, a aquel acoplamiento del cuerpo del uno al cuerpo del otro. Había convertido los hábitos de él en los suyos propios. Ya no sabía qué decisiones nacían de una voluntad personal ni cuáles eran el resultado de la influencia de un carácter decidido. Tampoco se paraba a analizarlo. Era feliz cuando vivía pendiente de sus deseos, de las reacciones que intuía antes de producirse. A veces, pensaba: ¿no se lo había dicho el cura de la parroquia de Santa Catalina, cuando los casó, que empezaba un tiempo en que formarían una sola carne, una única vida? Le gustaba recordarlo, aunque nunca se lo decía a él.

Tenía buen corazón y quería a Matilde. Era su amiga, la confidente en la adolescencia, la cómplice en la edad adulta. Habría querido que tuviera mejor suerte, porque creía que cada uno tenía que recibir de la existencia lo que correspondía a su bondad. Como si la fortuna tuviera que depender de una cuestión de méritos. Era un pensamiento infantil, de una inocencia que formaba parte de su carácter y que conmovía a Matilde, mucho más escéptica con ese tipo de repartos. Ella habría comparado la suerte con una lotería. Como María sabía que estaba sola, se alegraba al verla aparecer por las mañanas en el mercado. Le elegía la fruta jugosa, la que se deshace en la boca. Le contaba los últimos chismes con buen humor, deseosa de verla sonreír. Por eso decidió salir a cenar. Sabía que Matilde apenas se movía de casa, y estaba dispuesta a acompañarla en una noche de inesperada libertad.

Se vistió de fiesta. María, sin su bata de flores, parecía otra mujer. Llevaba el vestido azul marino que tenía las mangas abrochadas en el puño, y zapatos de tacón. Matilde llevaba una falda gris y una blusa blanca. Se había puesto un collar de coral. Andaba con la gracia de siempre. Se movía por el mundo con aires de criatura alada. Nunca supieron cómo acabaron en el bar que había detrás de la Lonja. Habían compartido una botella de vino. María hablaba de su marido con el entusiasmo de una adolescente que ha descubierto el amor. La otra la escuchaba sorprendida. Se mezclaban la admiración por un sentimiento incondicional con un poco de duda. Él no le parecía digno de una idolatría tan intensa, pero nunca se lo habría confesado. Le envidiaba que fuera capaz de mantener el entusiasmo, la devoción por alguien. Los años suelen poner a prueba las fidelidades. Comprobar su fortaleza le devolvía la fe en la gente.

Cuando entraron en el bar, Julián cantaba *Tatuaje*. Hablaba de un extranjero que había llegado en un barco. Llevaba en el pecho un tatuaje con el nombre de la mujer que había amado. Otra mujer, a quien contó su historia, le perseguía de mostrador en mostrador:

–Hay amores que matan –suspiró María, que era una seguidora de las telenovelas, mientras ocupaban una mesa en un extremo de la sala.

–No debes de hablar por ti. –No pudo evitar la ironía–. En todo caso, debes de decirlo por mí. Pero tendrías que corregirte: mis amores casi me matan, pero ellos siempre se mueren.

–Ay, querida, ¡cuánto lo siento! –María era incapaz de captar el tono burlón de la otra–. No me refería a tu vida. Ya sabes cómo me duele.

–No hablemos más de ello, mujer. Era una broma. Escucha, ¿crees que hay algo mejor que un bolero para definir el amor?

–Me encantan –suspiró aliviada por el giro de la conversación.

–Un buen bolero y una copa de cava. –Hizo un gesto al camarero–. ¿Qué te parece?

–Una combinación acertada. Me gustaría saber por qué los boleros son siempre tristes.

–A la gente le gusta escuchar historias que hablan de amores desgraciados. Después pretenden vivir un amor feliz, pero no todo el mundo lo consigue. Algunos ya hemos renunciado, tras comprobar que la vida puede ser un auténtico bolero.

Los ojos se les acostumbraron a la penumbra de la sala. Empezaron a distinguir las siluetas de los demás. Debía de haber una veintena de noctámbulos, que no hacían demasiado ruido. El murmullo de las conversaciones, de alguna risa subida de tono, de las copas que tintineaban se unía a la canción. Sin darse cuenta, se habían situado cerca del escenario. Algunos metros las separaban del hombre que tenía la voz de terciopelo desgarrado. «Me recuerda el sofá de la casa de los abuelos», pensó Matilde, mientras sonreía, extrañada por la comparación. La voz se asemejaba a la tela en apariencia fuerte, pero deteriorada por los años, que mantenía una textura que recordaba antiguas glorias, pese a estar ajada. Habría querido acariciarla. Aunque parezca imposible llegar a tocar la voz de alguien, estaba segura de que la sensación debía de resultar grata. Cuando el hombre acabó *Tatuaje*, aplaudieron. Estaban sumergidas en un ambiente cálido, donde los humos de los pitillos dibujaban espirales y los secretos podían convertirse en un rumor. Julián las saludó, haciendo una ligera inclinación con la cabeza. Tenía el aspecto de un solitario a quien la vida ha robado la sonrisa. El aspecto serio concordaba con las letras de las músicas que interpretaba. Inició los acordes de *Si tú me dices ven*.

«Dejarlo todo por alguien no debe de ser fácil», pensó Matilde, mientras le observaba de reojo. Desde que se miraron, reconoció una vieja señal de alarma.

Hay indicios que nos recuerdan experiencias vividas. Amores que empiezan evocándonos otros amores, aunque cada pasión sea única. Enamorarse puede ser el resultado de mucho tiempo, o puede surgir en un instante. Hay quien no cree en las historias que nacen del desconocimiento del otro, pero Matilde nunca las había cuestionado. Consideraba que el amor exige grandes dosis de insensatez. Una capacidad de dejarse llevar, cuando se desconoce el rumbo de la travesía. Habría querido saber protegerse. Ante cualquier signo de peligro, estaba dispuesta a actuar con firmeza. La situación la pilló desprevenida. ¿Cómo podría haber imaginado que volvería a caer en el mismo error?

Habría jurado por la memoria de sus muertos que estaba curada del mal de amores. Había padecido demasiado sus miserias. Pero la carne quiere carne, y no escucha demasiado las recomendaciones de la razón.

Los boleros tuvieron la culpa. Se lo repetía, cuando intentaba aclararse aquella noche. Son más peligrosos que el alcohol, la tristeza, la soledad. Se embriagó con ellos y la voz de un hombre llenó su mente, anulando las otras voces que la advertían. Los boleros son los culpables de ciertas reacciones absurdas. La historia que cuentan queda retenida en algún rincón de nuestro cerebro; transforma nuestra percepción de las cosas. Quizá no son las historias, sino el sentimiento que transmite alguien cuando los canta. No se puede interpretar un bolero con la boca chica, con prisas, ni como si se padeciera estreñimiento. Tienen que significar un vómito de sensaciones, la capacidad de desafiar el ridículo, la propia vulnerabilidad, los días grises.

Bebían cava. Cuando tenían la copa vacía, un camarero volvía a llenarla. Les dijo que era una gentileza de don Julián Ramírez, el cantante, y las dos le agradecieron la atención levantando la copa a la vez, en un gesto que el alcohol hacía descomedido. María, que no era de reacciones demasiado rápidas, murmuró:

–Tengo la sensación de que ese hombre te mira mucho. Canta para ti.

–¿Qué dices? –le preguntó la otra, disimulando.

Durante una pausa en la actuación, les pidió permiso para sentarse a su mesa. Tenía los ademanes de un caballero de otra época, pero añadía una ampulosidad innecesaria, una exageración en el movimiento de las manos. Era parlanchín, pensó María, a quien le resultaba difícil abrir el corazón a los desconocidos. En cambio, Matilde tenía la impresión de conocerlo de siempre. Les contó que hacía treinta años que actuaba en el local. Tenía un extenso repertorio. Se dedicaba en cuerpo y alma a la interpretación de las piezas, porque los artistas tienen que dejarse la piel en cada actuación. Lo aseguraba sin sonreír, con un rictus en los labios que Matilde leía en silencio. Había estado dispuesto a quemar la vida por la música, mientras otro fuego lo devoraba. Padecía ataques de bronquitis, que le dejaban fuera de juego durante semanas. Tenía las cuerdas vocales cansadas, la garganta oscurecida por el tabaco, el cuerpo vencido, pero no habría abandonado el trabajo por nada del mundo. Volvía a sentir la ilusión del adolescente que sube a un escenario, aunque no tuviera ningún escenario ni fuera un adolescente. Cuando se iban, interpretó una última canción para Matilde. Se titulaba *Contigo en la distancia*, y ella la escuchó con una tristeza que le resultaba difícil de comprender.

Se casaron tres semanas después. Así era la vida de Matilde: una vorágine del corazón. Habría querido ser de naturaleza reflexiva, reposada en la forma de vivir las emociones, pero nunca supo. Le habría gustado no dejarse llevar por los impulsos que convertían la razón en una ridiculez, pero se enamoraba con la intensidad de una chica de quince años; vivía los amores con el convencimiento de una mujer adulta, y los perdía ignorando las causas, víctima de la servidumbre de los sentimientos. María no se lo acababa de creer. Como no era muy decidida, le sugirió con poca convicción que esperara un tiempo.

–Os acabáis de conocer –le dijo–. ¿Qué sabes de ese hombre?

–Cuando canta boleros, se deja la vida en ellos.

–¿Y ésa es una buena razón para casarte con él?

–Le quiero como dicen los boleros: como no había querido nunca a nadie.

–¿Ni a Joaquín, cuando bailabais aquella noche de San Juan en nuestro barrio? ¿Ni a Justo, que te hacía muy feliz?

–No me hables de ellos. Los dos se murieron.

–Perdóname. Quiero que seas feliz, que estés segura.

–Lo supe la primera noche. No hacen falta los días, que siempre son escasos, ni las razones, que son demasiado prudentes.

–De acuerdo –suspiró María con una sonrisa–. ¿De qué color vestiremos esta vez a la novia?

Se abrazaron con la complicidad de toda una vida. María le cosió una falda con un volante en la cintura. Matilde se puso flores de jazmín en el pelo. Cuando se movía, desprendía un olor penetrante. Julián decía que se mareaba al olerlos. Llevaba el corbatín que fue de su tío músico, porque pensaba que les daría buena suerte. Era la primera vez que se casaba. Ella se reía, mientras le pedía que le cantara un bolero que dice: «El día que me quieras, las estrellas, celosas, nos mirarán pasar». La noche de bodas fue estrellada. Desde la ventana de un hotel del puerto de Alcudia, vieron estrellas fugaces que caen del cielo, para que las podamos alcanzar. Cada una significaba un deseo. Pensó tantos como puntos de luz fueron capaces de contar en la bóveda azul. Ella se dijo que, aunque tan sólo se cumpliesen unos pocos, sería feliz.

En los primeros tiempos de vida en común, Matilde se acostumbró a cambiar la noche por el día. Todas las noches se vestía de fiesta para acompañarle al bar. En un puesto del mercado compraba retales de tela por cuatro reales. Elegía los colores del arco iris. Por las tardes se entretenía cosiéndose faldas, blusas, vestidos. Siempre le había gustado la costura. Hacía los patrones, cortaba las telas, cosía con unas puntadas minúsculas. Como era creativa, mezclaba los colores, que le alegraban la vida.

Se sentaba a una mesa, mientras le escuchaba. No se cansaba nunca de oír su voz. Cada canción la enamoraba todavía más de Julián. Entornaba los ojos, imaginándose que todas las frases eran para ella. «Siempre que te pregunto, que cuándo, cómo y dónde, tú siempre me respondes: "Quizá, quizá, quizá"», le decía junto al oído, pero el corazón de Matilde le ofrecía una rendición incondicional, que habría hecho saltar las luces del local, y habría dejado el mundo a oscuras, si no se hubiera esforzado por reprimir la intensidad. De madrugada, volvían a casa. Andaban, ebrios de música. Se cogían la mano en silencio, porque él tenía la voz rota.

La actuación suponía un esfuerzo inmenso. Hacía años que los médicos le habían recomendado que dejara de cantar, pero él nunca les hizo caso. Ella tenía que morderse la lengua para no insistir, pero amaba su música. Le comprendía. ¿Qué habría hecho Julián sin voz, enmudecido de pronto por el dictado de alguien? Seguro que se habría transformado en un hombre diferente, amargado. En casa, le preparaba infusiones de hierbas que calman las inflamaciones. Le hacía tomar miel con limón, para que encontrara algo de consuelo. Le obligaba a no decir palabra, a acostarse y a dormir muchas horas, porque sólo un largo sueño cura todos los males. Mientras tanto, buscaba hilo dorado, trozos de tela azul, encajes, sedas relucientes. Ponía en ello toda la ilusión, porque quería que Julián no tuviera ojos para ninguna otra mujer.

No se murió en la ducha como Joaquín, víctima de un resbalón. Ni tampoco de un accidente en la carretera, como Justo. Julián murió en la cama, de una larga enfermedad.

–Tiene una enfermedad grave –decía María, consternada ante la desgracia de Matilde.

–Los boleros le matan –murmuraba ella–. No podemos hacer nada. Aunque sólo le quede un hilo de voz, continuará cantando.

Los últimos tiempos fueron duros. Las medicinas que tenía que tomar le calmaban el dolor, pero le hacían padecer alteraciones en la percepción de la realidad. Confundía las mañanas con las noches. Creía que era la hora de ir a actuar y se levantaba de la cama con un ímpetu que quería ser valiente, pero que resultaba penoso. Se indignaba con Matilde, a quien, en pleno desvarío, acusaba de tenerle encarcelado. Cuando ella, rota por el agotamiento de pasar la noche en vela, empezaba a llorar, Julián, lleno de ternura, intentaba cantarle: «Bésame, bésame mucho, como si fuera esta noche la última vez». La voz era un gemido vacilante, que le recordaba el gorjeo de los pájaros cuando huyen del árbol al que apunta un cazador. Le abrazaba sin hablar, porque todas las palabras las ponía él y no les hacían falta más. Con una torpeza en los dedos que era una reacción del cuerpo vencido, intentaba abrocharse el corbatín en el cuello del pijama. Se iba de la habitación, de la casa. Quería salir a la calle con el afán de encontrar un teatro donde el público le esperaba. Matilde no le dejó. Recibía la llamada de María, que no podía asumir que los acontecimientos se precipitaran:

–Cuando te conoció, tendría que haberte dicho que estaba enfermo –aseguraba, dolida–. Os casasteis demasiado deprisa. Te uniste a un moribundo sin saberlo.

–Siempre lo he hecho –respondía Matilde–. Esta vez la muerte no me pillará desprevenida. Es un consuelo.

–Debería habértelo contado.

–¿Para qué? ¿Crees que no me habría casado? –Se hizo un silencio–. Contéstame.

–Sí. Te habrías casado para acompañarle en la muerte.

Había padecido las muertes de Joaquín y de Justo como accidentes imprevisibles. En el primer caso, un percance doméstico absurdo se llevó de este mundo al hombre para quien había imaginado una muerte heroica. En el segundo matrimonio se sintió abandonada. Cuando la desaparición de alguien llega por sorpresa, resulta difícil asumirla. Esta vez tenía que ser todo muy diferente. Lo anunciaron los astros, en la noche de bodas. Las estrellas también se equivocan. Se repetía que tenía que hacerse a la idea: se cerraban de nuevo las puertas de la felicidad. Intentaba consolarse diciéndose que conservaría para siempre los buenos recuerdos. La voz de Julián, las palabras de amor que no se inventó, pero que repetía como nadie, la intensidad de su historia.

El destino no lo quiso. No le dejó la ilusión de pensar que Julián había encontrado en ella a la mujer que siempre imaginó. Un amor inmenso que no podía acabarse con la muerte. Fue el descubrimiento definitivo; el tiro de gracia. Lo comprendió una mañana, cuando su marido estaba empecinado en hablarle de la oscuridad. Abría las cortinas para bañarlo en una lluvia de luz, pero él decía que la noche era larga. Pese a que sólo podía intuirlo, eran los últimos momentos de vida de Julián. Estaba inquieto. En un letargo intranquilo, miraba a la nada. Habría querido aprisionar sus ojos, hacerlos reposar en los suyos. Intentaba tranquilizarle murmurándole palabras que describían bellos paisajes, proyectos que no cumplirían. No la escuchaba. Se preguntó si sabía dónde estaba, si la reconocía. Él inició un monólogo casi ininteligible. Frases que surgían con un hilo de voz. Pronunció un nombre. Repetía aquel nombre, como quien reclama la vida:

–Gisela, Gisela.

–¿Cómo? –preguntó Matilde–. ¿Por quién preguntas?

–¿Eres tú, Gisela, amor mío?

Murió en sus brazos repitiendo el nombre de otra. Pasó el tiempo. Acunaba al muerto, mientras recordaba la letra de una canción que le había enseñado: «Reloj, no marques las horas, porque voy a enloquecer». No quería que nadie entrara en la habitación. Estaba convencida de que nada borraría el último episodio. Era una mujer loca que abrazaba el cadáver de un pobre cantante de boleros.

XIII

En el piso de la calle Sant Jaume, los días tenían un ritmo propio. Desde que habían empezado a vivir juntos, Dana habitaba un mundo casi perfecto. Es muy sencillo acostumbrarse a la felicidad. Lo hizo de forma natural, casi sin darse cuenta, como si viviera una situación que le pertenecía por el derecho de los sentimientos. Se sentía conciliada con la vida. Era un estado de plenitud que no analizaba. No era tiempo de reflexiones, sino de dejarse llevar por el gozo del descubrimiento mutuo. Alguna noche se despertaba. Alargaba un brazo explorando las sombras, hasta el cuerpo dormido. La presencia de Ignacio le resultaba tranquilizadora. Le acariciaba y volvía a conciliar el sueño. Se levantaba de buen humor. Mientras oía el agua de la ducha o la máquina de afeitar, estiraba el cuerpo debajo de las sábanas. Pensaba en alguna anécdota que hubiera olvidado contarle, en una pregunta que no le había formulado. Experimentaba una urgencia absurda de decirle que le amaba.

Se repetía que el amor tiene algo de ridículo. Esa dependencia le daba una cierta vergüenza que superó deprisa, porque se sentía demasiado feliz para no vencer cualquier dificultad. El amor la fortalecía. Lo habría jurado: la mejor versión de sí misma recorría las calles de Palma, iba a trabajar a la radio, se encontraba con Ignacio en casa. Su carácter iluminaba la vida. Cuando se contemplaba en el espejo, se veía atractiva. Los cabellos le sombreaban los hombros, la expresión se dulcificaba, los ojos se hacían enormes. Tenía el rostro de una mujer enamorada, que tiene ganas de vivir. El amor permitía que fuera indulgente con las debilidades, que se riera a menudo, porque el mundo era un lugar amable y la vida sabía ser pródiga. Como en una especie de espontáneo contagio, ella también era mejor, generosa con los demás. No pasaba de largo, sino que se paraba a escuchar a la gente, a saludar a los conocidos. A menudo construía castillos en el aire: imaginaba un día, quizá no muy lejano, en que los hijos de Ignacio consentirían en conocerla. Se esforzaría en entenderlos, sería capaz de meterse en la piel de aquellos adolescentes, que vivían convencidos de que era una ladrona. Intentaría que comprendieran lo que sentía por su padre. No les complicaría la existencia, sino que respetaría sus ritmos, sus voluntades. Ocuparía el lugar que ellos quisieran: podía ser la amiga, la cómplice, la confidente. Tal vez sólo la conocida discreta, dispuesta a ayudarlos cuando hiciera falta. Nunca usurparía espacios que no le eran propios, pero no sería difícil aprender a quererlos, porque eran los hijos de él.

Continuaban las constantes llamadas al móvil. No renunciaban a comunicarse con frecuencia. Eran conversaciones breves que interrumpían visitas profesionales, comidas con conocidos o sesiones de trabajo. No importaba: tenían suficiente con algunas palabras. Necesitaban repetirse que se amaban, decirlo hasta que el eco de la voz del otro quedaba grabada en el cerebro. No había la urgencia apresurada, ni la angustia de encontrar el aparato desconectado. Se acostumbraron a vivir con una cierta calma. Cuando las mentiras no son imprescindibles, la vida es un logro. No tenían que inventar excusas para encontrarse, ni sentían la necesidad de disimular las citas. Muchas tardes, antes de subir al ático que compartían, Ignacio pasaba por las Ramblas. Las floristas se acostumbraron a la presencia del hombre educado, que tenía la sonrisa de un adolescente cuando les pedía un ramo de rosas. Quería que olieran bien, que tuviesen la humedad de las flores frescas. Con mirada crítica, seleccionaba los tallos largos, medía la abertura de cada capullo. Se iba satisfecho, impaciente por encontrarse con ella.

Dana se apresuraba para llegar puntual. Terminaba los guiones, cerraba el ordenador con una sonrisa; volvía a casa. Cuando alguien nos espera, lo único que importa es acudir a la cita. Si durante el día lo pensamos a menudo, nada nos detiene. No hay motivos para retrasar el regreso, ni deseos de aplazarlo. Solía abrir la puerta con una cálida sensación. Le esperaba preparando un pescado al horno o una tortilla de patatas. No era demasiado buena en la cocina, pero tenía una habilidad prodigiosa para aderezar carne con sabor a hierbas. Él le decía que era como si se comiera un bosque lleno de aromas. Se reían de la sensación de devorar la arboleda. Creían que todo era posible, que todo estaba permitido, mientras escuchaban una canción de Moustaki. Bajo la bata, se ponía un camisón casi transparente. Él elegía con cuidado la botella de vino para la cena. La noche era una fiesta.

Salían de casa. Caminaban por la calle Sant Jaume, mientras se dirigían al Born. Si era una mañana soleada, compraban el periódico y lo leían en un banco, la cabeza de Dana apoyada en el hombro de Ignacio. Si hacía frío, entraban en un café. Reían por cualquier tontería, inventaban proyectos de viajes, se proponían leer la misma novela o discutían por la película que irían a ver. Ella confiaba plenamente en él, con esa sencillez que nos hace fiarnos de las personas que amamos. No le hacía falta ser cautelosa. Tenía la percepción de haber encontrado a quien buscaba. Antes, no había sabido qué significaba estar enamorada. Todos los amores fueron frívolos o fugaces. Historias sin importancia que la memoria borraba porque no tenía espacio para otros recuerdos. Anécdotas que formaban parte de una etapa que había dejado atrás. No renegaba de lo que había vivido, se alejaba sin ningún pesar.

Les gustaba ir por el paseo Marítimo, leyendo los nombres de cada barca. Los había sonoros, como un eco. Otros eran como un murmullo junto al oído. Algunos daban risa. En algún caso, los consideraban absurdos, por lo excesivos que eran. Les gustaba el mar desde la costa. Observar las barcas cuando descansan en el puerto, lejos de los oleajes. Eran marineros de arena y de roca, poco valientes en un mar embravecido. El agua de todos los puertos se calma en la solidez de la ensenada. La idea les resultaba placentera. Se sentaban contemplándola en silencio. No decían nada, cautivados por el lugar. Dana pensaba que aquélla era la vida que deseaban. Una existencia que escribían con trazo firme. Agradecía al destino haber encontrado a Ignacio. Entre las barcas, creía que se adivinaban los pensamientos. Habría hablado de una curiosa comunión de deseos, de ideas.

Cuesta entender el mecanismo que regula las emociones, el misterio de lo que no puede describirse. Él le dijo:

—He empezado a tramitar los papeles de la separación.

—¿Cómo ha reaccionado Marta?

Marta era un personaje incómodo en su mente y no le era sencillo situarla en unos parámetros concretos. Le resultaba la gran desconocida.

—Regular. —El tono era neutro. No había ninguna modulación que permitiera interpretarlo. Le extrañó, porque estaba acostumbrada a entenderle sin necesidad de hablar. Una sola palabra, en esta ocasión, no desvelaba su estado de ánimo.

—¿Te pondrá muchas pegas?

—No me facilitará las cosas.

—Es una situación que te preocupa. Estoy segura.

—No lo sé. Acabo de separarme, tengo la sensación de que no controlo la vida como antes. Necesito acostumbrarme.

—Claro. Si te lo pusiera más sencillo, vivirías mejor. Los cambios no te han angustiado nunca.

—Estoy acostumbrado a los cambios. Desde pequeño, mi vida ha sido un movimiento continuo. No me afecta mucho.

—¿Qué es lo que te preocupa?

—Mi separación es un hecho casi público. La gente habla y hablará todavía más. No quiero que mis hijos sufran.

—Saben que pueden contar contigo. Son casi adultos. Tendrías que intentar tratarlos como a adultos. Los proteges demasiado.

—Lo sé.

—Y a la gente, ¿qué le importa? Lo comentarán algunas semanas, hasta que se olviden. Tienen tantas historias para entretenerse... No somos muy originales, amor mío, no sufras.

—Tengo una reputación en Palma. Un reconocimiento como jurista que se asocia con un comportamiento respetable. Vivimos todavía en una sociedad cerrada, pese a sus ínfulas cosmopolitas. No quiero poner en juego el prestigio del bufete. Tengo que hacer las cosas bien.

—Creo que exageras. No eres un personaje extraño. Una separación no es ningún desprestigio.

–Estoy cansado. He tenido una semana dura. ¿Por qué no cambiamos de tema?

–De acuerdo. ¿Qué quieres que te cuente? –Había una tierna burla en la pregunta.

–Quiero que digas que me amas, como yo a ti.

No se paró a reflexionar sobre los temores de Ignacio. La conversación no volvió a repetirse, e hizo como si se hubiera olvidado de ella. Simular la desmemoria es un recurso fácil, cuando algo puede enturbiarnos el presente. Dana vivía en un mundo limpio de nubes. Preservarlo no era un acto de voluntad, sino una reacción instintiva. No se trataba de cerrar los ojos a los miedos, sino de evitarlos. Ser valiente no significaba entrar sin reservas en la boca del lobo. Las precauciones eran un signo de inteligencia. Él era el hombre de siempre, preocupado por que ella fuera feliz. Si, en alguna ocasión, parecía ausente, era porque trabajaba demasiado. El exceso de trabajo se unía a la obsesión por los hijos.

Le habría gustado hablar. Creía en las palabras, estaba convencida de su poder persuasivo. Habría sido capaz de defender aquella historia ante cualquiera. Tenía argumentos que surgían de la razón, poseía razones que nacían del corazón. De la suma podía resultar un instrumento magnífico. Se imaginaba encuentros con los dos adolescentes que habrían querido que desapareciera del mapa. Era una intrusa en sus vidas. Sin embargo, lo normal sería que desearan la felicidad del hombre que les había dedicado toda su energía; Ignacio había sido un buen padre. Era el turno de los demás, la hora de demostrar que la generosidad nos hace ser generosos también. La esplendidez actúa como un imán. Lo había pensado muchas veces: la gente miserable a menudo surge de ambientes míseros. Las personas que saben querer han sido queridas profundamente. Era una simple ley de equivalencias, una cuestión de reciprocidad. Se trataba de un sencillo aprendizaje. Aprendemos a ser buenos desde la bondad, lúcidos desde la lucidez. Se lo repetía a menudo, porque ese pensamiento la consolaba. No tenían que preocuparse demasiado, puesto que el tiempo pone siempre las cosas en su lugar.

Cuando hacía tres meses que vivían en la calle Sant Jaume,

salieron a cenar para celebrarlo. Habían reservado mesa en un restaurante que les gustaba. Dana se compró un vestido largo. Le marcaba la forma de los hombros, la cintura, las caderas. Se ceñía ligeramente a las piernas, subrayando los movimientos. Fue a la peluquería y le lavaron el pelo con un champú de frutas. Mientras la espuma se esparcía por su pelo, ella se dejaba ir con una sensación de embriaguez. Se maquilló. Una sombra suave en los párpados, el perfil de los ojos definido con un lápiz negro; en los labios, un toque de luz. En el espejo vio un rostro de una belleza serena y rotunda a la vez. Tenía el aplomo que da sentirse segura. A ello se añadía la fuerza de la mirada, la sensualidad de la boca. Ignacio acudió puntual a recogerla. Había terminado su trabajo un poco antes de la hora habitual, porque tenía toda la prisa del mundo. Llevaba un traje oscuro y una rosa en la mano.

Ocuparon una mesa junto a la ventana que daba al jardín. Una estratégica iluminación ofrecía la visión de un escenario de verdes. Eligieron un vino que coloreaba las mejillas. Pidieron una ensalada de bogavante, carpaccio de gambas, trufas heladas. Tenían una mano sobre el mantel y enlazaban los dedos, que parecían adquirir vida propia, en el afán de encontrarse. Habían empezado con una copa de champán como aperitivo. Brindaron por la fortuna que les era propicia, por los dioses que habían escuchado sus plegarias. «Los deseos –pensaba ella– pueden convertirse en oraciones, cuando se repiten como una letanía.» Los dioses habían sido amables, les habían concedido lo que más deseaban: una vida para vivirla los dos. Tenían que aprovecharla. Saborearla como quien disfruta de un bien muy preciado. Ignoraba si las cosas que nos cuesta conseguir son más queridas. Estaba segura, en cambio, de que nuestra percepción se agudiza en relación con lo que surge de un intenso deseo. Somos conscientes de la buena suerte cuando hemos tenido que esperarla.

Tenían la sensación de que estaban solos en el restaurante. El resto de las personas que cenaban quedaba lejos, en un segundo plano casi ficticio. La realidad eran ellos, capaces de convertir cualquier espacio en un paraíso. Hablaban en voz baja. Hacían proyectos que habrían querido concretar ya, porque los vencía la impaciencia de los amantes. Repetían que se amaban.

Las palabras sonaban como si fueran nuevas, aunque las dijeran mil veces. Se miraban a los ojos. Ignacio pensaba que todo se solucionaría, que el desasosiego por los hijos no tenía que preocuparla. Se sentía optimista, brillante. Habría sido capaz de ganar cien mil juicios. Dana tenía una risa mágica. Había un resto de chocolate en sus labios; era una sombra casi imperceptible. Ignacio se inclinó un poco. Con la punta de la lengua percibió el sabor. Tenía un gusto amargo, de cacao. Le cogió las manos y depositó en ellas un paquete envuelto con esmero. Llevaba un lazo azul, dorado en el borde. Dana se entretuvo en deshacerlo. Abrir un regalo era casi un ritual. En un fondo de terciopelo estaba la joya. Un anillo de oro y rubíes rodeados de brillantes. Era una pieza de buen gusto, diseñada con exquisitez. Le dijo:

—Es muy bello. Gracias.

—¿Te gusta?

—Nunca había visto un anillo tan delicado.

—Lo escogí con mucha ilusión. He visto muchos, antes de decidirme. He tenido serias dificultades para elegirlo.

—Has acertado, amor mío.

—Es nuestro anillo de compromiso.

—¿Cómo?

—¿Te casarás conmigo, cuando mi infierno se calme?

—Sí, me casaré contigo. No importa el tiempo que tenga que esperar.

—¿Tendrás suficiente paciencia?

—Lo único que quiero es estar a tu lado. No hables de infiernos, cuando nosotros hemos tocado el cielo.

—Tienes razón. No tendría que quejarme, pero quiero que seas mi mujer.

—Ya lo soy.

—¿Sabes por qué opté por los rubíes?

—No.

—Me recuerdan a tus ojos. Hay fuego en ellos.

—Los dos estamos hechos de fuego.

Era cierto. Las llamas los empujaban a amarse. Aquella noche recorrieron cada centímetro de la piel del otro. Probaron el sabor de la sal, del cacao, de las rosas. Ella se echó sobre él mientras la penetraba. Marcaron los ritmos del placer, y no les fue difícil imaginarse respirando para siempre un único aliento.

Pasaron las semanas, con la precipitación que lleva la vida vivida con intensidad. Los buenos momentos se le escapaban de las manos. Dana habría querido eternizarlos, poder parar las horas como si cada instante se convirtiera en una fotografía. Miles de fotografías de la historia que protagonizaban, cada una reproducida en un papel, para que pudieran mirarlas de nuevo. Habría sido una forma de impedir que se escaparan. Le gustaba ir al trabajo a pie. Desayunaban juntos, café y zumo de naranja, tostadas con mermelada. En la puerta de la casa se decían adiós hasta la noche. Ignacio se iba al despacho; Dana se encaminaba hacia la radio. Una mañana, se cruzó con Marta en la calle Sant Jaume. No fue un encuentro casual. Cuando estuvieron frente a frente, supo quién era sin preguntárselo. Nunca se habían visto de cerca. Ni tampoco bajo la luz inclemente de una mañana que subrayaba la dura expresión de la otra. Dana lo adivinó sin proponérselo, porque no quería pensar. Se quedaron inmóviles. Parecían incapaces de hablar. Marta, muda por la ira; ella, sin posibilidad de reaccionar. Le resultaba extraño tener frente a sí a la mujer que había vivido tantos años con Ignacio, que era la madre de sus hijos. Eran fuertes y se miraron sin parpadear. Dana rompió el silencio:

–Buenos días.

–No tengo días buenos. ¿Lo sabes?

–¿Quieres que entremos en un bar a tomar un café? Si me tienes que decir algo, quizá es mejor que no sea en la calle. –Intentaba mantener la calma, pero no podía evitar un leve temblor en las manos, que ocultó en el fondo de los bolsillos.

–No me apetece que nos vean tomando un café como dos buenas amigas. Lo entiendes, ¿verdad? Lo que tengo que decirte será breve.

–Entonces, dímelo.

–No te saldrás con la tuya. Ni tú ni el cabrón de mi marido.

–Me habían dicho que eras una mujer educada. Ese tono no es el adecuado. Además, Ignacio no es un cabrón. No creo que pensaras lo mismo cuando le amabas.

–De eso hace muchos años. Ahora sólo sé que nos putea la existencia. Mi vida es un infierno desde que se fue de casa. La de mis hijos también.

–Puedo entender que le eches de menos. –Pensó que se estaba equivocando de discurso. No podía implicarse en el posible padecimiento de aquella mujer. Rectificó enseguida–. En todo caso, ésa no es mi historia. Tendrías que hablar con él. ¿No te parece?

–¿Echarle de menos? Le haremos la vida imposible. Su descrédito será el precio de este estúpido capricho. Mis hijos no quieren saber nada de él. Ha roto una familia feliz.

–¿Familia feliz? No sé de qué me hablas. No es precisamente así como él define la vida contigo. Escucha, Marta, no es un capricho: es amor. Sé que te hace daño escucharme, pero es la verdad. Vivíais una historia acabada; déjale libre.

–Nada ha terminado. Eres tú quien no lo entiende. Nosotros –supuso que incluía a los hijos en aquel plural– no perdemos nunca. Pobrecita, tendrías que darme lástima. Retírate del juego, antes de que sea tarde.

–Adiós.

Continuó andando. Iba deprisa, sin mirar atrás. Tuvo miedo de que aquella mujer, que tenía la determinación de una loca, pudiera perseguirla. Le había dicho que se retirara del juego. Las palabras resonaban en su cerebro. ¿De qué juego le había hablado? Aquello era la vida. No se trataba de una partida de cartas donde es necesario ganar por orgullo. El amor va unido a la generosidad, no tiene nada que ver con la arrogancia que había manifestado la otra. Era consciente de que representaba el papel de la mala de la película, la mujer que rompe una familia, como le había dicho, pero había descubierto que Marta no quería a Ignacio. Quería el lugar que ocupaba en el mundo gracias a él. Ignoraba si le quedaba algo de ternura, la satisfacción por los hijos que utilizaba como instrumento, la rutina de los años. No estaba dispuesta a perder el estatus social, la situación económica. Era una mujer de formalismos, que obviaba los contenidos de las cosas. Acaso se quedaba en un nivel muy superficial de consigna mal entendida.

Habría querido notar una sombra de complicidad. El sentimiento que nos puede hacer entender el dolor que causamos a una persona. En los antiguos episodios bélicos, cuando los guerreros se enfrentaban cuerpo a cuerpo, había seguramente secuencias de acción y de sentimientos, cada una guiada por sus propios ritmos. Desde el miedo al encuentro a la rabia, desde el afán de defenderse para sobrevivir hasta el instante inexplicable de proximidad con el enemigo. Todo debía de suceder en cuestión de segundos. Quienes luchaban tenían que tener las armas a punto, el cuerpo al acecho. En un encuentro por amor, intervenían los mismos factores. El afán de poseer a alguien tiene motivaciones diversas. Surge de razones que pueden llegar a ser contradictorias. El amor o la ambición; los deseos del otro o de las seguridades que nos proporciona; el riesgo de vivir o la comodidad de una vida. Continuó el camino hasta la radio. Hacía una mañana de plomo. Se dijo que las cosas no podían ser tan simples, que las analizaba desde la propia conveniencia. Nunca nada es blanco ni negro por completo. Le invadió la añoranza. Habían pasado siglos desde que se había despedido de Ignacio. Se paró en medio de la calle y marcó su teléfono. Tenía que decirle que le amaba. En un gesto inconsciente, acarició el anillo que llevaba en la mano izquierda. Los dedos no habían perdido aquel sutil temblor.

XIV

María siempre había sido de carnes prietas. Cuando era niña, tenía los muslos gorditos y la sonrisa amable; dos hoyuelos en las mejillas, que invitaban a los padres a pregonar que era una niña sana. Durante la adolescencia, tuvo que acostumbrarse a los pellizcos afectuosos, un punto malévolos, de la colección de tíos viudos, solteros o malcasados que había en la familia. La robustez de los brazos y la piel tersa de la criatura invitaban a acariciarla. Era de talante afectuoso, tranquilo. No le resultaba molesta la invasión física de los demás, sino que acogía las manifestaciones de cariño con una alegre naturalidad que transmitía a la gente.

Matilde era su mejor amiga. Aunque tenían la misma edad, le inspiraba una mezcla de ternura y de sentimiento protector. Eran el día y la noche: a María no le gustaban los cambios, nunca se precipitaba al tomar una decisión. En cambio, Matilde era impulsiva, capaz de improvisar. Ella tenía un carácter alegre, pero la prudencia predominaba en cada uno de sus actos. Matilde se reía a menudo, aunque también lloraba mucho. Podía experimentar la alegría y el dolor en parecidos grados de intensidad. Una no se arriesgaba demasiado; la otra amaba la aventura. Curiosamente, nunca rechazaron una forma de ser que no reflejaba su propio carácter. Se respetaban y se entendían, aunque no acabaran de comprenderse. Eran fieles a la amistad que tenía orígenes remotos en la memoria. Se sabían incondicionales, sinceras, confidentes. Compartían secretos que no habrían desvelado en la vida. María sonreía ante las incoherencias de una Matilde demasiado visceral. Matilde levantaba las cejas al intuir las inseguridades de su amiga, aquel curarse en salud antes de dar un paso. Expresaban disconformidad sin reproches; discutían con ganas de convencer a la otra, pero no para transformarla.

Las diferencias en sus respectivos caracteres estaban en clara correlación con unas considerables diferencias físicas.

–Nadie creerá que somos hermanas –decía María, muerta de risa.

–Seguro que no nos hicieron con el mismo molde –añadía Matilde, con malicia.

Matilde era menuda. Daba la impresión de que un soplo de viento se la podía llevar lejos. Tenía la cintura de avispa, las manos delgadas, con los huesos marcados. En los pies, las venas dibujaban rutas azuladas. María estaba hecha de redondeces, como si tuviera el cuerpo de musgo, el vientre parecido a un melón maduro. Era alta, con los hombros cuadrados. Tenía unos pechos que se adivinaban turgentes debajo de la ropa. En una tienda del barrio, compraban telas para hacerse vestidos. Les gustaban los estampados de flores: las margaritas de una falda plisada favorecían la graciosa figura de Matilde. Un campo de amapolas se ceñía a los muslos de María. Eran jóvenes y estaban siempre de buen humor.

–Privilegios de la edad –decía Matilde años más tarde, cuando lo recordaban–. La pena es que no éramos conscientes. Éramos felices sin saberlo, como dos estúpidas. Nos habían dicho que la felicidad eran grandes proezas, momentos supremos que no vivimos. Nos creímos unas mentiras que nos hacían vivir a la expectativa, mientras dejábamos pasar de largo una felicidad de días dulces.

Matilde era enamoradiza. María sólo se enamoró una vez, y fue para toda la vida. Se conocían como si fueran almas gemelas. Habían crecido juntas en un rincón del mundo que no ofrecía sorpresas. Cada una de ellas se habría creído capaz de augurar el futuro de la otra. Tenían una base sólida de datos, toda la información posible, pero no consideraban los elementos ajenos que nos marcan la vida; aspectos como el azar, la suerte, los encuentros desafortunados. Ignoraban que hay situaciones que cambian el destino. Ninguna de las dos habría acertado en la predicción de la otra. Los años tuvieron que demostrárselo, con la combinación de sorpresa y dolor que nos acompaña cuando nos hacemos mayores. María aceptó el margen de distancia que hay entre lo que hemos previsto y lo que sucede. Dejó de ser la adolescente que se conforma con todo, pero se convirtió en una mujer que se reconocía en la mirada de los perros apaleados. Matilde entendió el error con estupefacción.

Tiempo antes de esas constataciones, María sorprendió a Matilde con el único acto de vehemencia que protagonizó: el del amor. Cuando alguien no es apasionado, se apasiona por casualidad, sin quererlo. Como llega por caminos imprevisibles, lo hace con una fuerza inesperada. Una energía surgida de un aspecto desconocido de su persona. No hay reservas en los actos que nacen de la espontaneidad. Si intuyes que puedes rodar pendiente abajo, te agarras a las rocas, clavas las uñas de las manos, apoyas los pies. Caminas muy despacio. Eres cauto, prudente. Si desconoces la posibilidad de caerte, saltas por los matojos como una cabra salvaje. No experimentas el miedo protector que nos impide convertirnos en improvisados saltimbanquis condenados a la agonía. Ignoraba que amar era despeñarse vida abajo, a favor de la vida del otro. Convertir su gozo en tu gozo; sus tristezas en las propias tristezas. Nadie le avisó de aquel delirio, de la pérdida de voluntad, de las ganas de irse hasta el fin del mundo con alguien que acababa de conocer. Se enamoró como una loca, pero se comportó con la constancia y la lealtad que la caracterizaban. El resultado era una suma peligrosa. A Antonio, el hombre que se dejaba querer por María, le resultaba una buena combinación.

—El amor te hace tener cordura en la casa, como antes —se burlaba Matilde—, y ser una loca en la cama, cosa inimaginable.

Se casó con un ramo de mimosas en las manos. Decía que eran rayos de sol que había aprisionado, porque se sentía feliz. Llevaba una falda cosida con muchos metros de tela, hecho que no tenía demasiado mérito si tenemos en cuenta las considerables proporciones de su silueta, pero que le daba un aire majestuoso. Una magnificencia que duró el tiempo de la ceremonia, pero que perdió casi inmediatamente y no volvió a recuperar. Fue sustituida por un aspecto inofensivo de ama de casa. Se fue sin dolor del barrio en el que había crecido. Acaso con una cierta tristeza por la tristeza que no sentía. Estaba sorprendida de la ruidosa alegría con la que se despedía de la adolescencia. Era muy joven. Tenía las caderas firmes, los brazos fuertes. El marido estaba convencido de que pariría hijos sanos, de que trabajaría con entusiasmo en el puesto de venta del mercado. Se cumplió la segunda parte del oráculo. Se levantaba al amanecer para cargar el camión con cajas de hortalizas, verduras, frutas. Atendía a los clientes con la sonrisa en los labios. Su carácter apacible favorecía el trato con la gente. Era generosa a la hora de pesar, añadía siempre alguna golosina para los pequeños: un racimo de uva moscatel, unas cerezas para que las niñas se hiciesen unos pendientes, un albaricoque madurado al sol. Se dio a conocer en el mercado. Todo el mundo la saludaba con simpatía, porque no sabía qué era la envidia. Los brazos se le redondearon algo más. Tenía unos pechos generosos, que asomaban por el escote de la bata cuando se agachaba. Aquellas turgencias habrían hecho las delicias de un Rubens. Era gordita y ágil, como si la alegría de vivir se le contagiara al cuerpo.

El marido era un hombre corriente. Matilde habría dicho que vulgar. María le consideraba extraordinario. El desacuerdo a la hora de juzgarlo surgía de la diferencia de afectos que inspiraba a ambas mujeres. Para Antonio, la vida era un negocio sin demasiadas ambiciones: el ahorro mínimo, contar el dinero ganado en el puesto de venta mientras hacía sonar las monedas en la mesa de la cocina; era un vaso de vino y unos huevos en el plato; era dormirse delante de la televisión, mientras seguía el hilo de una película; era penetrarla con una avidez que los años fueron apagando; era una partida de cartas en el bar con los amigos, un cortado con un poco de ron, una camisa limpia que la mujer planchaba con esmero.

Hay amores desproporcionados. María habría dado la vida por él sin pensarlo. Le echaba de menos cuando no le veía. No podía dormirse si él no estaba junto a ella entre las sábanas. Le preparaba comidas sabrosas: pechugas de pollo en salsa, berenjenas rellenas de carne, pescado al horno con verduras. Se imaginaba que cada receta era un filtro de amor. Tenía que medir los ingredientes, para que nadie pudiera robarle el corazón de su marido, y siempre fuera suyo. Hay amores desequilibrados, parejas que se aman con intensidades descompensadas. Los sentimientos pueden parecerse a músicas que se unen: una es muy grave, la otra es aguda. La combinación suena poco armoniosa; hay un desajuste que provoca el rechazo. Antonio nunca se preocupó de hacer feliz a su mujer. Ella imaginaba fórmulas para alegrarle, momentos de deleite que él no valoraba, porque eran demasiado conocidos. Instantes de felicidad que pueden ser raros, como joyas magníficas que la vida no ofrece fácilmente, pero que se desaprovechan si quien los recibe no sabe reconocerlos.

María y Matilde se encontraban los sábados en el puesto de venta del mercado. Entre el alboroto de los compradores, buscaban un rato para las confidencias. El ruido servía para ocultar sus palabras, susurradas al oído. A medida que la vida pasaba, corrían a contársela. La vida se vive apresuradamente. La vida contada permite la reflexión, el pensamiento tranquilo. Cualquier anécdota servía para hacerles entender el mundo de la otra. Les daba pistas sobre inquietudes, deseos, temores. Cuando se murió Joaquín, María compartió la sensación de incredulidad de su amiga. En un mimetismo inconfesable, también ella le había deseado la muerte. Cuando Matilde le enseñó el estilete del rastrillo, simuló una consternación que no acababa de sentir. Creía que no tenía que darle alas, porque era capaz de matarle. Estaba convencida de que tenía suficiente coraje para librarse de la vida que no quería. Fue intencionadamente prudente. Adoptó el papel de mujer que contiene las impetuosidades de la otra. Después compartió la viudedad de Matilde. Con Justo, suspiró aliviada. El camionero era un hombre que inspiraba afecto. Le habría gustado que hubiera encontrado en él al compañero definitivo. Justo fue breve como su nombre. Se murió en una carretera, pocas noches después de su boda. Se sintieron estafadas.

Abrió los brazos para consolar el cuerpo de Matilde. Volcó toda la ternura, la generosidad de la que era capaz. Se indignó contra el cielo por una muerte injusta. Pensó que su amiga no saldría de ese bache, hasta que fueron a cenar una noche cualquiera. Los boleros de Julián la salvaron de nuevo. Fue un amor como una de aquellas canciones que él cantaba en el tugurio.

−La vida nos escatima las horas para vivirla, querida −le decía su amiga−. No llores, porque, si tú lloras, el cielo se nubla y llueve. –La mecía como si fuera una niña–. ¿Te acuerdas de cuando éramos pequeñas? Cada vez que llorabas, caían gotas de lluvia por la fachada de la escuela. Los compañeros querían hacerte llorar para que se formaran charcos. Te incordiaban, y te sacaban la lengua. Alguno intentaba empujarte, porque eras menuda, fácil de derribar. Pero yo era el gigante de la clase: nunca permití que te hicieran daño. Tampoco lo consentiré ahora.

Cada pérdida de Matilde hacía reaccionar a María agradeciendo la fortuna de tener a Antonio a su lado. El solo hecho de imaginar su ausencia la estremecía. Perdía el color del rostro, se le transformaban las facciones. Entonces observaba a su marido de reojo: el color de la piel, la fuerza de los brazos, la barriga que dibujaba la curva de la felicidad y de la que se enorgullecía, porque era producto de su sabia mano en los fogones. Respiraba tranquila. Era fuerte, tenía una salud de hierro. Nada tenía que temer, porque, si Dios era misericordioso, envejecerían juntos.

Lo único que preocupaba a María eran los cambios de humor de Antonio. Habitualmente era un hombre que no manifestaba grandes alegrías, pero que tampoco se quejaba demasiado. Le habría gustado que fuera más expresivo para no tener que adivinar cada uno de sus deseos, pero se acostumbró a leerle el pensamiento. Si estaba alegre, tenían veladas plácidas. Cuando el negocio no daba un número considerable de monedas, se le fruncía el ceño en un gesto adusto. Le gustaba hacer sonar la calderilla en los bolsillos. El tintineo le producía una alegría pueril, que le transformaba la expresión en la de un animalito contento. Llevarlos vacíos equivalía a pocas palabras, a gestos que la culpabilizaban sin decírselo. Antonio se tumbaba en el sofá del comedor, ponía en marcha la televisión y se olvidaba de su mujer y del mundo.

Finalmente lo descubrió. En casa tenía un enemigo terrible. Una presencia inoportuna que alejaba a Antonio. Era la televisión. Los partidos de fútbol, las repeticiones de los partidos de fútbol, los comentarios sobre el fútbol reclamaban como un imán la atención del marido. Los concursos en los que se podían ganar de una forma estúpida algunos cientos de euros le llenaban de chispitas los ojos. Los espectáculos con bailarinas ligeras de ropa hacían que un hilo de saliva le saliera por la comisura izquierda del labio inferior. Los anuncios de coches o cerveza le fascinaban. Las emisiones en directo de un sorteo de lotería le paralizaban la respiración. Después de la cena, se dormía viendo cualquier programa. Las voces de la pantalla le acunaban los sueños. María le observaba, paciente, hasta que comprendió que no había vuelta atrás. Tenía que recuperar la atención de Antonio, y dispuso una buena estrategia para conseguirlo.

En el mercado había puestos de venta de ropa. Vendían camisetas, faldas cosidas con poca maña, ropa interior. Había montañas de bragas y sujetadores colgados de un hilo. El viento hinchaba las copas, convertido en las manos de un amante sin rostro. Era una mañana de verano. Una pátina de sudor impregnaba la frente y las axilas de María. Había pasado la noche inquieta. Se durmió tarde, cuando Antonio decidió abandonar el sofá para irse a la cama. Había controlado sus pasos. La respiración regular, los ronquidos intermitentes. Por la mañana se levantó decidida. Fue a trabajar como siempre. Puso energía, sentido común, capacidad de organización. Era un día distinto. No se concentraba en el trabajo. Cuando hemos tomado una decisión que queremos ejecutar deprisa, el mundo se transforma en una sucesión de obstáculos. Acudían muchos clientes al puesto de venta. Tenía la impresión de que no dispondría de unos minutos para escaparse. Antonio, que habitualmente era un ir y venir constante, no se movía de su lado. Pasaron las horas con una lentitud insoportable. A mediodía, la tensión se impuso. Sin mirarle a la cara, murmuró una excusa y se fue. Andaba como si la persiguieran.

Se paró en el puesto de venta donde vendían ropa interior. Miró a ambos lados, asegurándose de que nadie la observaba. El sudor se había transformado en un pequeño torrente. Buscó a la vendedora. Se conocían, pero María estaba avergonzada. Le dijo en voz baja lo que buscaba. La otra hizo un gesto de complicidad innecesario. Eligió el modelo que consideró más provocativo. Era de color rojo, con encaje negro. La tela, que pretendía imitar el satén, no estaba bien cortada. Tenía unas arrugas involuntarias, cierta rigidez. Pensó que podría haber formado parte del equipaje de una cantante de cabaret. Sintió orgullo por su osadía. La estridencia del color era seductora. El rojo intenso le recordaba la sangre. Aquella sangre que, en Antonio, empezaba a perder ímpetu. Color de vino, de crepúsculo, de flor encendida. Estaba contenta. Tenía que concretar los pasos, definir las líneas de actuación. Quería parecer segura. No podía permitirse vacilaciones. Tenía que moverse como una mujer de mundo.

Escogió el vino para la cena. Preparó la mesa con el mantel de encaje y una tímida flor en un extremo. Se vistió con un vestido negro de dos piezas, que –según ella– le estilizaba la figura. Se puso medio frasco de colonia. A medida que andaba, iba dejando un poderoso rastro de aroma que la aturdía. Cargaba el aire de un olor penetrante. Antes de que Antonio llegara, llamó a Matilde. Tenía que contarle sus planes. La otra la escuchó en silencio, asombrada por la capacidad de entusiasmo que aquel hombre despertaba en su amiga. Se rió, con una ternura que no podía ofenderla, porque era la manifestación de un afecto incondicional. Le dijo:

–Nunca habría creído que fueras capaz de sorprenderme. Después de muchos años, lo has conseguido.

–Me da vergüenza, pero estoy decidida. No puedo soportar su indiferencia. Sé que me quiere, pero es poco expresivo.

–¿Crees que te ama?

–¡No lo dudes! –Había indignación en la voz–. Cada uno quiere como sabe o como puede. Tendrías que comprenderlo.

–Quizá sí.

–Llega a casa cansado. Es lógico, porque se mata trabajando. Entonces sólo tiene hambre. La televisión es un entretenimiento inofensivo. Me lo he dicho mil veces. Tengo mucha suerte: me casé con un hombre honrado. Nunca va al café. Él, del trabajo a casa.

–¿Lo has pensado bien? Mira que tú no has tenido nunca mucha gracia para el baile.

–No me has entendido. No es un simple baile. Además, hace una semana que lo estoy ensayando. ¡Me tendrías que ver!

–Me encantaría. Puedes estar segura. De todas formas, querría saber qué pretendes.

–Nadie diría que eres una mujer tan lista. Quiero seducir a Antonio. ¿No es una buena idea?

–Claro. Tienes que seducirle y te esfuerzas. Él no hace falta que lo intente. Te tiene absolutamente fascinada. Dime, ¿qué te ha dado ese cabrón?

–No le insultes. No es un cabrón, es una magnífica persona. Algo distraído, nada más.

–De acuerdo. Esta noche rogaré a los ángeles que sean benévolos contigo.

–¿Qué quieres decir?

–Les pediré que den vacaciones a tu ángel de la guarda. Quién sabe si no le seducirías a él, en lugar de a Antonio. –Se rió.

Pulsó el mando de la televisión. La apagó sin previo aviso. Eran las once de la noche. Hacía un rato que su marido estaba instalado en el sofá: la camisa del pijama abierta, la atención puesta en la pantalla. Esbozó una expresión de sorpresa. Un intento de preguntarle qué hacía, si se había vuelto loca. No tuvo tiempo de reaccionar. María puso en marcha el tocadiscos que ya casi nunca usaban. Sonó una música insinuante, que le había prestado la vecina. Tenía una vivacidad adecuada a sus curvas, a la sonrisa que le iluminaba el rostro. Un movimiento de cintura, una ligera inclinación. El balanceo de las caderas que seguían el ritmo de la canción. Con la mano derecha, las uñas pintadas de rojo, fue subiéndose la manga izquierda del vestido. Lo hacía con gracia, sin olvidarse de iniciar la danza del vientre, que pretendía evocar a las bailarinas de *Las mil y una noches*. El brazo exhibía una blancura tornasolada. Se acordó de Gilda, espléndida con un guante en la mano. Se desabrochó los botones del escote. Primero uno, después el otro. Cada trozo de piel descubierta era un tesoro. La ropa se deslizó hacia atrás, descubriendo la rotundidad de los hombros: redondos, compactos. Al mismo tiempo, la nuca, el inicio de su abundante escote.

Se quitó la blusa. La palidez de la piel contrastaba con el rojo del sujetador, incapaz de retener los pechos. Saltaban aquel muro de contención hecho de falso satén. Un pezón rebelde apuntaba al cielo desde su refugio de encaje. Fue bajándose la falda mientras contoneaba la cintura. Con un pie la lanzó a unos metros de distancia. Las bragas le cubrían el pubis, pero no bastaban para ocultar sus nalgas. De un quiebro, quedó de espaldas a su marido. Mientras hacía un movimiento circular de caderas, le miraba de reojo. Se puso las manos en la cintura. Su cuerpo combinaba movimientos circulares y pasos de baile. Los muslos eran como troncos de árboles jóvenes. Tenía un pliegue en la barriga que le ocultaba el ombligo.

Era un desbordamiento de carne, un desenfreno de pechos, de nalgas. Una abundancia que los gestos subrayaban, porque ella nada pretendía ocultar. Bailaba sin pudor. Las prevenciones anteriores habían desaparecido. Se sentía una mujer bella. Nunca había experimentado una sensación parecida. Tenía la frente llena de sudor, mientras dibujaba sus labios con la lengua. Dobló los brazos, mientras se desabrochaba el sujetador. Los pechos aparecieron con una rotundidad casi dolorosa. Se quitó las bragas, piernas abajo hasta los tobillos, flexionó las rodillas, abriendo el arco de los muslos. Antonio no decía nada. Habría querido detenerla. Era extraño: por primera vez en mucho tiempo, María no pensaba en él. Le había olvidado. Estaba sola consigo misma. Se acarició la piel. Se pellizcó el pezón rebelde. Se mordió los labios. Con una expresión de sorpresa, el marido se preguntaba qué debía hacer él. La situación le desbordaba. Esbozó un gesto vago, pero fue inútil. Pensó que a la mañana siguiente tenía que madrugar, que aquello no eran bromas propias de una esposa como es debido, que qué putada, a aquellas horas. María notaba el cuerpo a punto de estallar como una fruta madura.

XV

Hay indicios que nos negamos a reconocer. Son signos minúsculos que percibimos aunque no queremos prestarles atención. No nos conviene o no nos interesa fijarnos. Activamos un mecanismo de defensa que nos ayuda a sobrevivir. Consiste en actuar obviando una parte de la realidad. Nos quedamos con la cara amable de las cosas. Cuando las historias se complican, hurgar excesivamente no es demasiado tranquilizador.

Dana no fue una excepción. Pasar de la gloria al ocaso es una vivencia poco recomendable. Durante semanas, no quiso darse cuenta. Se querían y eran felices. Se reafirmaba en aquella certeza con toda la fuerza que da el miedo, el temor a comprobar que el mundo se hunde. Habían vivido una relación que había sido un juego de equilibrios hasta que empezaron las confusiones. No era una mujer que viviera con serenidad el desconcierto; necesitaba certezas: saber que nada amenazaba lo que había construido. La transformación de Ignacio fue lenta. No hubo una metamorfosis, sino una suma de minúsculos cambios. Primero no quiso percibirlos. Más tarde los intuyó con sorpresa, pensando que eran un engaño de la mente. No podía ser. Las ambigüedades, las excusas, las mentiras eran imaginaciones surgidas del miedo a perderle.

No cambiaron los gestos del amor, sino las actitudes más profundas. Le costaba describirlo. Pasaban los días e Ignacio continuaba jurándole amor eterno. Al mismo tiempo, aumentaban los espacios en blanco. Intuía que se veía con gente sin decírselo, que tenía conversaciones que no le contaba. El silencio ocupó el lugar de las palabras. Él vacilaba a la hora de contar qué había hecho, adónde había ido. Sin darse cuenta, caía en absurdas contradicciones que ella intentaba olvidar deprisa. Habría querido que aquel hombre justificara su actitud, pero le conocía demasiado. Cuando le oía hablar apresuradamente, sabía que volvía a mentir. Ignoraba el alcance del engaño, pero intuía que le ocultaba verdades.

Actuó como si nada sucediera. No le dijo a nadie que no entendía lo que pasaba. Querer racionalizar lo absurdo incrementa la angustia. Vivía con el corazón en vilo; siempre intentando creer explicaciones que resultaban increíbles, mientras ocultaba que las piezas del rompecabezas no acababan de encajar. Ignacio no cambió de la noche a la mañana. El amor a los demás y la debilidad personal le vencieron, aunque él quisiera negarlo. Se había creído fuerte, preparado para hacer entender a sus hijos que la amaba, pero no supo hacerlo. Las coacciones soterradas llegaron a convertirse en amenazas directas que no pudo soportar. No quería perderlos. No podía dejarla. Pensaba que tenía que esperar a que pasara el tiempo, proteger todos los frentes, disimular y convencer. Fingía delante de Dana, a quien no quería alarmar. El afán de persuadir a los hijos hacía que actuara con inseguridad. Se contradecía porque vivía confundido.

Llegaba tarde a casa. Volvía del trabajo con un rictus de fatiga en los labios. No se relajaba, estaba al acecho, pendiente del móvil, con las facciones tensas de quien espera siempre un imprevisto. La cena se había enfriado. Ella la calentaba de nuevo sin hacer preguntas, con un gesto de tristeza. Habría querido saber qué le pasaba, acompañarle en la duda. Ignacio no se lo permitía. Hay muchas formas de construir muros protectores, distancias que nos separan de los demás. «¿Cómo es posible?», se preguntaba. La persona a quien más quería se alejaba como un barco que desaparece de nuestra vista hasta que el horizonte lo engulle. Se refugiaba en la radio, aunque no le resultaba fácil concentrarse. Pensamientos intrusos la asaltaban de pronto. Por la noche, le oía dar vueltas. Él tampoco conciliaba el sueño, pero callaba. Hay historias que, si no se cuentan, parece que nunca han sucedido. Lo que no se cuenta quizá no sucede realmente. Dana lo pensaba mientras respiraba hondo. Sabía que se amaban. Nunca dudó de aquel amor ni creyó que todo pudiera desaparecer de pronto. Mantenía la fe ciega. Sólo debía tener paciencia. Volvería a llevarle un ramo de rosas comprado en las Ramblas y le diría que la pesadilla había acabado.

Descubrió que era un mentiroso. Compartía el techo con una persona que tenía un ingenio especial para engarzar una cadena de falsedades. Una tras otra. Surgían de sus labios con una fluidez increíble. Parecía que tuvieran alas, porque se movían con una agilidad sorprendente. Como pompas de jabón, crecían, adquirían forma y se deshacían ante sus ojos. Habría querido cogerlas al vuelo y no dejarlas escapar. Hay mentiras pequeñas que cuesta adivinar. Hay otras que se perciben nada más ser pronunciadas. Son contundentes, precisas; no admiten ni el consuelo de la duda. Hay interrogantes que nos ayudan a sobrevivir, porque son menos duros que la verdad.

Las reacciones del amor son complejas, sirven para definirnos. Describen cómo somos, cuál es nuestra capacidad de movimiento. Dana se sorprendía a sí misma. Nunca habría creído que sería capaz de protagonizar hechos insólitos, de experimentar reacciones ilógicas, de actuar con incoherencia. Tenía la impresión de que deliraba. Se había convertido en una criatura imprevisible, que actuaba a partir de impulsos concretos. ¿Dónde estaban la razón y sus designios? Se habían fundido, inesperadamente, en el aire. Espiaba sus conversaciones telefónicas. Aparentaba estar ocupada en una tarea cualquiera. Fingía estar concentrada en lo que hacía, pero prestaba atención para cazar sus palabras. ¿Qué decía? ¿Con quién hablaba? Como nunca le ofrecía una respuesta convincente, ella improvisaba hipótesis imposibles.

Decidió seguirle. Dejaba el trabajo sin dar explicaciones y salía a la calle, dispuesta a saber adónde iba. Conocía sus itinerarios, el bar donde desayunaba, el quiosco donde se paraba a comprar la prensa, el camino que seguía para regresar a casa. Perseguir los pasos de alguien a quien amas es un ejercicio de ladrones o de supervivientes, y ella era una pobre mujer que intentaba sobrevivir en medio del desconcierto. Se escondía en una esquina, tras el portal de un edificio que le ofreciera protección. Le esperaba con una paciencia que le era desconocida. Tenía la impresión de que se había convertido en una estatua de sal. Su corazón no latía. No sentía el frío ni el calor. Su cuerpo era insensible a los elementos porque vivía esclavo de una actividad frenética. Se hacía preguntas mientras intentaba justificarle. Si estaba distraído, era porque el trabajo le agobiaba. Cuando parecía ausente, la culpa era de una agenda demasiado apretada. Cada mentira se convertía en un engaño de la imaginación.

Le espiaba. Cuando le perseguía desde una cierta distancia, protegida por los transeúntes que se interponían, se sentía estúpida. Nunca habría creído que fuera posible actuar como un animalito perdido que husmea a su amo. ¿Dónde estaban la dignidad y el orgullo que sus padres le habían enseñado como consigna de vida? Ella vivía con aquel hombre. Tenía que repetírselo constantemente. Amaba la sombra que perseguía por las calles de Palma. Conocía su presencia concreta. Dormía junto a él. ¿Por qué, entonces, la sensación de haber perdido el norte, la incapacidad de hablar claro? «Sé sincero de una vez –habría querido decirle–. Dime cómo es posible cambiar en pocas semanas. Me regalaste un anillo. Me pediste que fuera tu mujer. Te respondí que ya lo era. ¿Lo he sido, alguna vez? ¿O sólo una persona que no quieres mostrar al mundo, porque representa tu debilidad? Quién sabe si sólo he representado el papel de una puta. Ha desaparecido el amante, el amigo, el amor. Como si siempre hubieras llevado una máscara. Continúas diciéndome que me amas. ¿Qué amor me juras, mientras llevas una vida que desconozco, paralela a la nuestra? Tienes dos vidas, Ignacio, y yo sólo conozco una.»

Le espiaba de día. Le amaba de noche con una furia nueva. Cada vez como si fuera la última. Lo intuía, aunque no se lo dijera. Un beso, y otro más, mientras callaban. Se arañaban los cuerpos con una desesperación que sustituía la antigua ternura. Se dejaban en la piel los signos con que habrían querido marcarse la vida. No era furia contra alguien, sino a favor de un amor que se les escapaba. Cuando él se dormía, ella le velaba el sueño. Observaba sus movimientos debajo de las sábanas, la respiración, la desazón que salía por cada poro de su piel. Habría querido abrazarle, decirle que le amaba, suplicarle que no le fallara. «No me traiciones, porque me matarías.» Se lo decía muy bajito, cuando no podía oírla. Con la punta de la lengua recogía la sal que la tristeza deja en las mejillas.

Le telefoneó a la radio. Era casi mediodía y estaba a punto de entrar en un estudio de grabación. El técnico le dijo que tenía una llamada. Era la voz de Ignacio. Nervioso, le dijo:

–Tendrías que venir un momento a casa.

–¿Ahora? ¿Tienes algún problema?

–Sí. Ven enseguida. Tengo que decirte algo.

No era su forma de actuar. Tampoco le reconocía el tono de voz. Pronunciaba las palabras con una tensión desconocida. Era una voz amarga por la tristeza, lenta. No tenía vida, la energía que le recordaba la pasión que ponía en las cosas. Se preocupó. Algo muy grave sucedía para que Ignacio reaccionara como un hombre derrotado. Le recordó a alguien que habla sin fuerzas mientras se asoma a un abismo en el que puede perderse para siempre. Intentó coger un taxi para que el trayecto fuera más corto, pero no encontró ninguno libre. Volaba por las calles. Todo el mundo debía de pensar que se había vuelto loca, pero no le importaba. Le encontró en la habitación, con una bolsa de viaje abierta delante de él. Estaba metiendo algunos jerséis, camisas. Se miraron. Él murmuró:

–Me ha llamado Marta.

–¡Siempre Marta! –Habría querido evitar la exclamación, pero no pudo contenerla. Hay palabras que se nos escapan sin que podamos silenciarlas.

–Es la madre de mis hijos –lo dijo serio, casi solemne.

–Sí, claro.

–Jorge ha tenido un accidente de moto.

–¿Cómo?

–Mi hijo. ¿Recuerdas que tengo hijos? –Había una frialdad terrible en aquella voz.

«No me hables así –habría querido exclamar–, no tienes ningún derecho. Yo no tengo la culpa del accidente, y tú me miras como si fuera la culpable.» Contuvo el alud de reproches, y preguntó:

–¿Es grave?

–No lo sabemos muy bien. Parece ser que sí. Podría... –vaciló– quedarse sin poder andar. Tiene la columna afectada, pero no sé hasta qué punto. Nos lo llevamos a Barcelona.

–De acuerdo. Tranquilízate. Seguro que será una falsa alarma. Te ayudaré a preparar las cosas. ¿Dónde tienes la chaqueta gris? Todavía hace frío, la necesitarás. –Hablaba y se movía como una autómata, incapaz de asimilar la información, intentando no reflejar el miedo que sentía.

–Tengo una plaza en un avión que sale dentro de una hora. He de darme prisa.

–Sí. Te acompañaré al aeropuerto. Si tenemos suerte, podré encontrar un billete en el mismo vuelo.

–¿Qué dices?

–Quiero acompañarte.

–No seas absurda. No es el mejor momento para encuentros familiares, ¿no te parece?

–No iré a la clínica. Te esperaré en el hotel para hacerte compañía cuando vuelvas por la noche. Estaré cerca de ti.

–Mi hijo es ahora la única prioridad. Me iré solo y te mantendré informada.

–No lo entiendo. Te aseguro que no molestaré a nadie.

–Te telefonearé.

Había llamado a un taxi. Al cabo de pocos minutos, el coche estaba en la calle. Lo vio por la ventana y le pareció el espectro de una pesadilla. Intuyó una sombra en el interior. Se preguntó si era un juego de la luz o la figura de Marta esperándole. Intentó sentir compasión por aquella mujer, por el adolescente que quizá no volvería a andar, pero no pudo. Sólo era capaz de sentir lástima de sí misma, apartada de la vida de Ignacio. Se sintió culpable, pero no lo podía evitar. Tenía que acompañarle a Barcelona. ¿Cómo podía quedarse en casa, como si no pasara nada, mientras él partía? Se abrazaron: ella como se agarra un reo a la vida antes de morir; él con cierta ternura que la impaciencia vencía. Se esforzó en dominarse, mientras le preguntaba:

–¿Me tendrás informada?

–Naturalmente.

–¿Dónde te alojarás?

–No lo sé. Si quieres ponerte en contacto conmigo, llámame al móvil.

–¿Tengo que decírselo a alguien?

–No hace falta que hagas nada.

–Ya. Adiós, amor.

–Adiós.

Vio cómo se marchaba sin hacer nada por evitarlo. Las palabras y los gestos habían dejado de tener valor. Tenía que saber esperar. Nunca había sido una mujer paciente. Le costaba reprimirse. Tener que dejar que los demás marcasen los ritmos era duro. Habría necesitado ir con él. Oscilaba entre la pena por Ignacio y la rabia contra él, que no aceptaba que le acompañara. No era sencillo hacerle entender que amar también es estar juntos, sentir la presencia del otro en los momentos malos. Habría querido apoyar la frente en su hombro. Le habría gustado también estrangularle porque la expulsaba de su mundo. Le amaba y le odiaba. Se lamentaba por la soledad de Ignacio, mientras se preguntaba si Marta estaría a su lado. ¿De qué hablarían? ¿Intentarían consolarse rescatando recuerdos perdidos? ¿Se entretendrían reviviendo la niñez del adolescente como una forma de recuperarle? Recordarían horas felices, tiempos pasados que la memoria puede hacer presentes. ¿Se alojarían en el mismo hotel? Quizá se habían abrazado con una intensidad nueva, junto a la cama del hospital. Quién sabe si habían recobrado rastros de la antigua ternura.

Se dijo que tenía que ser fuerte. Ayudaría a Ignacio desde la distancia. Se reprochó el egoísmo de querer acapararle, cuando su hijo estaba grave. Le avergonzaban sus propios sentimientos, aquella combinación absurda. De una parte, la tristeza, pero también el miedo a perderle. Las ganas de que Jorge se recuperara; el deseo de que todo fuera como antes. La necesidad de irse a Barcelona; el esfuerzo de contención que le suponía quedarse en casa, sentada junto al teléfono, esperando noticias. Tenía el móvil en la mano. El teléfono fijo cerca. Uno u otro sonarían en cualquier momento. Tenía que estar atenta. Cuando Jorge volviera a la isla, quizá querría conocerla. Dicen que las experiencias extremas hacen madurar. Conmovido por la dedicación de un padre que lo dejaba todo para ayudarle, sabría ser generoso. Marta se adaptaría a la nueva situación. Una mujer que ha estado a punto de perder a un hijo debe aprender a relativizar ciertas historias. El dolor nos tiene que hacer más comprensivos, tiene que suavizar la intransigencia. Pensarlo le servía de consuelo.

La siguiente semana transcurrió lenta. Empezaron las situaciones extrañas: Ignacio nunca respondía al móvil. Cuando marcaba el número, aparecía la voz metalizada de una mujer que le aseguraba que el teléfono estaba apagado o fuera de cobertura. Le dejaba mensajes. Hacía un esfuerzo para serenarse y decirle que deseaba que todo fuera bien, que esperaba noticias, que le amaba. Después de algunos días, llegó a tener la impresión de haberse convertido en una cinta grabada que emite siempre las mismas frases. El propio tono de voz contenido le hacía pensar en otra persona. Seguro que Ignacio no sabría reconocerla, en aquella secuencia monótona de sílabas monocordes. Cuando has dicho muchas veces «te amo» al silencio, la expresión llega a sonar como una mentira. Cuanto más se esforzaba por ser convincente, más falsa se notaba. No encontraba el punto adecuado entre lo que quería transmitirle y lo que tenía que reprimirse. En definitiva, una locura.

Él la llamaba una vez por la mañana. Le decía algunas frases poco personales que le recordaban un comunicado médico: Jorge había pasado la fase de peligro inicial, la intervención había sido un éxito, tenían que tener paciencia, las secuelas del accidente no estaban todavía suficientemente claras, la rehabilitación sería larga. Murmuraba que la amaba y le decía adiós. No manifestaba el deseo de compartir el sufrimiento, ni ningún interés por el infierno que ella vivía. La conversación tenía aires de trámite molesto, de una obligación que cumplimos con pereza. Dana intentaba alargarla. Comentaba algunas llamadas de amigos interesándose por Jorge, o la última noticia que corría por las calles de Palma sobre un conocido común. Ignacio nunca manifestaba curiosidad. Ella le hacía preguntas que él respondía con monosílabos, como si no tuviera tiempo que perder. Le expresaba de nuevo el deseo de ir, pero lo hacía sin convicción, cada vez con menos insistencia, porque sabía que la respuesta sería negativa. El día se hacía eterno. Las horas pasaban con lentitud.

Intentaba comunicarse con él llamando al hotel. Nunca estaba. Si estaba, había dado orden de que no le pasaran llamadas. Llegó a reconocer las voces de los conserjes. El de la noche tenía la voz grave. Era más amable que el otro, que le hablaba como si fuera una niña, mientras disimulaba un tono ácido que le parecía de burla. Habría querido matarlos, hacerlos culpables del muro que existía entre los dos. En la radio tenía una actitud hermética. Trabajaba sin poner interés en lo que hacía. Se amparaba en los recursos conocidos, incapaz de inventar fórmulas. Huía de los demás. Los compañeros la observaban cuando pasaba por su lado, ciega y muda.

Es terrible esperar a que nos llamen a un teléfono que nunca suena. Vivir pendientes, al acecho de un sonido que hasta llegamos a imaginarnos. Descolgaba el auricular sólo para comprobar si estaba bien colgado. Veía que la línea funcionaba y sentía desaliento, la decepción de no poder atribuir a una causa externa la ausencia de las llamadas de Ignacio. Una conversación al día cuando antes la llamaba cada hora por cualquier bobada. Marcaba su número con una agilidad sorprendente. Le preguntaba qué ropa llevaba, le decía que mirara el cielo, le repetía palabras de amor. Adaptó la vida a la espera. Era una sensación nueva, porque todo giraba en torno a una expectativa concreta. No iba al cine ni al teatro. No quedaba con nadie para evitar preguntas inoportunas hechas con buena intención. Adaptaba sus horarios a las llamadas que nunca se producían. Evitaba los lugares públicos con demasiada gente, donde las zonas de cobertura eran escasas. Tampoco frecuentaba los espacios abiertos, las carreteras aisladas, los emplazamientos donde el móvil tenía un radio de acción limitado. Su pensamiento era una mala tormenta. Cuando veía al hombre del tiempo que anunciaba borrascas, se fijaba en el mapa lleno de nubes. Así era la vida: la amenaza de un temporal que avanzaba hacia la geografía del corazón. Intuimos el frío antes de sentirlo, olemos la lluvia cuando todavía no forma charcos. Le añoraba intensamente. Era una nostalgia a menudo dulce, que la alejaba de la realidad. De pronto, se volvía casi salvaje. Se proponía pedirle explicaciones. ¿Por qué tardaba tanto en volver? ¿Por qué razón ella no podía ir? ¿De dónde venía aquel silencio que flotaba en cada conversación? Cuando hablaban, no le hacía ningún reproche. Tenía un tono de súplica que la hacía sentirse poca cosa.

Hacía seis semanas que Ignacio se había marchado a Barcelona; un número importante de horas reales, un número infinito de horas de ausencia. Aquella noche Dana no podía dormir. Daba vueltas entre las sábanas. Intentaba encender la luz para leer un rato, pero las palabras se perdían en la confusión de sus pensamientos. Se levantaba, andaba por la habitación, se asomaba a la ventana. De madrugada, pasó el camión de recogida de basura. Le resultó familiar. Es curioso cómo un ruido desagradable puede hacernos compañía en una noche de insomnio. No había ni un alma por la calle. Se hizo de día con lentitud. Contemplaba cómo nacía el crepúsculo: un punto indeciso que se va abriendo. Calculaba el tiempo que faltaba para que Ignacio la llamara. Había llegado al límite de sus fuerzas. La tensión vivida, el agotamiento y la tristeza se unían para abatirla. No comprendía nada. Era incapaz de continuar la farsa de palabras amables. Faltaban pocos minutos para las ocho cuando recibió la llamada. Reconoció la voz distante de las últimas semanas. Se lo dijo:

–No puedo más. Tengo que verte.

–Sí. –Él no añadió nada más.

Ella continuó:

–Estoy mal. Necesito que vuelvas. Tenemos que hablar.

–De acuerdo.

–¿Cuándo vendrás?

–Mañana. Llegaré por la mañana.

–¿En serio?

–Sí.

Estuvo a punto de llorar. Habría querido fundirse a través de las lágrimas, convertirse en una sustancia líquida. La euforia sustituía al desaliento: mañana. Repetía la palabra mágica como si fuera un conjuro. Se había acabado la espera, la angustia, las dudas. Tenía que poner orden en la casa, ir al mercado, comprar flores, preparar carne con hierbas aromáticas. Se compraría un vestido para recibirle. Volvía a ser feliz.

XVI

Un zapato no nos sugiere mucho. Cuando encontramos zapatos en lugares poco usuales, la falta de concordancia entre el lugar y el objeto nos produce una impresión de desasosiego. En el armario de una habitación puede ser un objeto útil o bello que no provoca inquietud. En una vía de tren, un zapato nos sugiere el instante en que la velocidad y los hierros devoraron una vida. En una playa, nos habla de paseos con los pies desnudos sobre la arena. Quién sabe si de caminos sin regreso hacia las olas. En un escalón del rellano donde vivían Mónica y Marcos, era un aviso.

No la encontró. Siguieron la búsqueda, las llamadas. Una extrañeza que crece hasta convertirse en un miedo incontrolable que se escapa de los mecanismos de contención. Intentó ser racional. Quizá Mónica tenía una cena. ¿Había olvidado recordárselo? Tal vez, mientras buscaba una pista suya de un lado a otro, ella sonreía delante de un vaso de vino. El vino le provocaba una mezcla de lejanía y calidez. Un escaparse, en un lugar oculto, de las miradas de los demás, cuando en realidad estaba ahí más que nunca. Sintió una nostalgia lacerante, casi incomprensible. Quizá se lo había dicho, pero las palabras se perdieron con el ruido del agua de la ducha, en el olor a las tostadas con mantequilla, en la prisa matinal. Hizo un esfuerzo para volver a la situación vivida. Cuesta evocar los detalles de un episodio sucedido hace pocas horas, cuando no es muy diferente de los de las otras mañanas. Buscaba pistas que hicieran que el día fuera singular.

Perseguía la frase tranquilizadora: «Ah, amor, hoy tengo la cena con los del trabajo», o con las amigas, o con aquel compañero del instituto, o con quien carajo fuera, cualquier persona a quien pudiera llamar para pedir noticias de Mónica, que no llegaba, aun cuando al día siguiente tenía que madrugar. Fueron pasando las horas. Recordó una canción de Sabina que les gustaba a ambos. Hablaba de un hombre y una mujer que se han encontrado casualmente en un bar, después de un concierto. Ella le pide que le cante una canción al oído. El cantante le pone una condición: tiene que dejarle abierto el balcón de sus ojos de gata. El bar queda vacío. Una mano se pierde bajo la falda de ella. Se besan en cada farola, hasta que llegan a un hostal. Se hacen las diez, las once, las doce, la una, las dos y las tres. La luna los sorprende desnudos en la oscuridad. La misma oscuridad que rodeaba a Marcos. Las mismas horas que pasaban rápidas para los amantes de la canción, pero lentísimas para él. La noche y el tiempo pueden ser cómplices. Pueden ser también enemigos.

Parecía una fiera enjaulada. Su carácter era tranquilo. No se dejaba alterar por las sorpresas de la cotidianeidad. Se enfrentaba a las nuevas circunstancias con energía y un punto de buen humor. Era de talante optimista, poco dado a padecimientos inútiles. Conocía a Mónica. Intuía su forma de actuar. Respiraba con ella. Pero, en esta ocasión, un elemento no encajaba por completo. Ese hecho le ponía nervioso. Cuando vio el zapato en el peldaño, tuvo la impresión de que el universo se inmovilizaba. Observó el infernal balanceo: hacia delante y hacia atrás en la arista de la piedra. Lo cogió entre las manos, mientras recorría la escalera con la mirada. Era de cristal. En el rellano, silencio absoluto. Ni su sombra, ni el rastro de su perfume ya desvanecido por completo. Sólo presente en la memoria; no sabía por qué razón, dolorosamente vivo.

Sonó el teléfono. Tardó un instante en reaccionar, porque el sonido de una llamada puede paralizarnos. Corrió al salón. Con el impulso, el aparato se cayó al suelo. Marcos oyó el ruido multiplicado por mil, mientras intentaba que no se cortara la comunicación. Las palabras, dichas por una voz bien modulada, le llegaron confusas. Respiró hondo, mientras intentaba concentrarse. Entendió que había habido un accidente en la maldita escalera que, hasta hacía pocos minutos, él contemplaba impasible. Se preguntó cómo podía haber sucedido. Le avisaban desde el hospital donde Mónica estaba ingresada. Tenía que ir. Su cerebro lo repetía con insistencia. Era la única cosa en que podía pensar. Tenía que cruzar calles, saltarse semáforos, devorar el asfalto hasta la ciudad blanca donde estaba ella. Tenía que llamar a los padres de Mónica. O no. Ya tendría tiempo para hacerlo cuando hubiera podido verla, cuando hubiera comprobado que todavía le quedaba un poco de aliento. El aliento justo para que él, que era un hombre fuerte, pudiera atar aquel hilo de vida y no dejarlo escapar.

Un espacio se transforma en poco tiempo. La escalera del piso donde vivían había sido escenario de mucho ajetreo. Se habían producido allí diversas situaciones: el bulto de un cuerpo que cae, el último grito surgido de ese cuerpo antes de perder la conciencia. Puertas que se abren, expresiones de sorpresa, de consternación. Alguien que pide auxilio. Una vecina asomada al balcón para que los peatones, que son escasos, acudan a una cita con la desgracia. Otra que marca el teléfono del servicio de urgencias. La sirena de una ambulancia. Los comentarios de las tres mujeres que habían sido testigos de la escena y que acompañaron a Mónica al hospital. Las instrucciones precisas de los hombres de la ambulancia. La nota que una de ellas escribió antes de marcharse y que dejó en la puerta del piso para que Marcos la encontrara, al volver. La brisa que se filtró como un murmullo por la claraboya mal cerrada que hizo caer el papel al suelo, olvidado en el pavimento. El silencio que se impone en los espacios como si no hubiera pasado nada.

Antes de la desgracia, Mónica había llegado contenta. En la esquina, había alquilado una película para verla después de cenar. Comprobó que, en el frigorífico, había unos trozos de carne para preparar a la plancha. Se había quitado la ropa, y se había metido en la ducha. Se cubrió el cuerpo de espuma. Con las manos, la extendió con cuidado por los duros pechos, por el vientre. Recordó los versos de un poeta que se sabía de memoria. Los repitió como si fueran un sortilegio de buena suerte. Lo hacía a menudo. Tal vez fueron sus últimos versos. De haberlo sabido, quizá habría elegido otros. Las cosas suceden sin que tengamos la opción de ser partícipes de ellas. Nos ocurren, pero quedan fuera de nuestro alcance. Como si la vida y la muerte se refirieran a alguien extraño, a un desconocido que nos sale al encuentro. Amaba la vida y amaba los versos. Sabía muchos. La elección de los más bellos habría sido difícil. ¿Quién puede decidirse en un instante? ¿Petrarca o Baudelaire? Mientras se vestía, pensó que tenía ganas de hacer el amor con Marcos. Preparó un vestido ligero. Se perfiló los labios, sin secarse el pelo. Se puso los zapatos que él le había regalado.

Todavía trabajaba dando clases particulares. Solía dedicarles las tardes. Durante las mañanas, se paseaba por las librerías de la ciudad. Recorría calles, visitaba exposiciones. Se sentaba en un café que tuviera mesas de mármol y escribía versos en un trozo de papel. Eran versos suyos, improvisados, urgentes. No se habría atrevido a enseñárselos a nadie. Sólo Marcos sabía que existían. Reunía a grupos no muy numerosos de adolescentes en el comedor de casa. Tenían una mesa redonda que facilitaba el trabajo. Como era un espacio soleado, podían aprovechar la luz. Se compró una pizarra en la que escribía con un rotulador verde. Tenía facilidad para relacionarse con los jóvenes. Sentada entre sus alumnos, habría sido fácil confundirla con el resto de los estudiantes. Les hablaba con claridad. Intentaba hacerles entender los conceptos. A veces no podía contener su propio entusiasmo. Se animaba con el nombre de un autor, una referencia mitológica, la mención de una antigua leyenda. Las frases se hacían seductoras, y despertaba a los adolescentes aletargados.

En una clase que quizá era la última, aunque ella no lo sabía, había leído a sus alumnos los versos que el poeta Catulo escribe a Lesbia, su amada. Fue una declaración de amor que enviaba a Marcos, pese a que no pudiera oírla. Cuando se marcharon, salió de casa con ganas de moverse. Recorrió las calles de Palma, hasta el paseo del Born, sin saber por qué lo hacía. Se sentó un rato en un banco, junto a la fuente de las Tortugas. Compró un periódico en el quiosco y se entretuvo en la sección de espectáculos. Volvió a paso lento, como si tuviera pereza, aunque deseaba encontrarse con él. Debía de ser una pereza en el corazón, que nos avisa sin mediar palabras. Hay quienes hablan de los presentimientos. No hizo ningún gesto, ni actuó de una forma distinta de la habitual. No hubo signos que delataran nada extraño. Simplemente, la lentitud en el regreso. Ignoraba la razón; no se detuvo a pensarlo. Debe de ser que nos cuesta acudir a la cita del infortunio.

Marcos se sentía desorientado entre los pasillos del hospital. Había perdido la noción de los sentidos. No distinguía las formas humanas en la aglomeración de cuerpos que intuía a su lado. Los ruidos le llegaban en una mezcla absurda, instrumentos discordantes de una orquesta desafinada. El olfato no le permitía diferenciar los olores, que se sumaban en una amalgama ofensiva. Notaba los dedos rígidos, incapaces de adaptarse al tacto de los objetos. Le pidieron que llenara una hoja con datos sobre Mónica, pero apenas podía sujetar el bolígrafo. La letra le salió irregular, diferente de la de su caligrafía. Sólo repetía la misma frase: necesitaba verla. Primero lo pedía como una orden; después, como una plegaria. Lo expresó en todos los tonos, desde la súplica a la imprecación, del balbuceo al insulto. Esperó en un pasillo durante horas. Estaba en urgencias. Miraba por los cristales de las puertas, pero sólo veía un universo de cortinas de color claro, médicos con batas verdes que iban y venían. Salió una enfermera a quien preguntó con desesperación:

–¿Qué le pasa? Por favor, contésteme.

–Tranquilícese. Tendrá que tener paciencia. Tiene una conmoción cerebral, está en coma. Ahora la llevaremos a la UCI.

–¿Puedo verla? Déjeme que la vea.

–Es imposible. Es mejor que vuelva a casa.

¿A qué casa debía volver, si ya no la tenía a ella? ¿Cómo podía hacerle entender a la enfermera que su casa era el cuerpo de aquella mujer? Era su respiración suave confundiéndose con la de él. Era la calidez de la piel que amaba. Pasó la noche en una butaca del hospital. No durmió, porque tenía la sensación de que no podía bajar la guardia. En cualquier momento, le dirían que había abierto los ojos, que preguntaba por él. Desconectó el móvil mientras se alejaba del mundo exterior, prisionero de unos muros inhóspitos. No quería saber nada de nadie. ¿Qué explicaciones podía dar, si le temblaba la voz? Observó cómo nacía el día, a través de una ventana. A su lado, había otras personas con el rostro desencajado. Debían de estar viviendo situaciones similares. No, pensó, nadie podía sentir su dolor. Aquel desgarramiento del alma, la certeza de que se encontraba solo en medio del universo. Deseó que los demás enfermos del hospital se murieran. Todas las vidas a cambio de la vida de ella. Lo pidió en silencio, no sabía a quién.

De madrugada, llegaron los padres de Mónica. Vivían en un pueblecito. Nunca había tenido demasiado contacto con ellos, más allá de una relación hecha de distancias. La madre no se parecía en nada a la hija. Iba vestida de negro, como si anticipara el luto. Lloraba. Su padre se le acercó con una expresión adusta:

–¿Qué le pasa a mi hija?

Le miró sin poder reaccionar. Habló despacio, porque no podía articular las palabras:

–No lo saben. No creo que el médico tarde mucho en darnos una explicación. Me han dicho que está en coma. Se cayó por la escalera de casa.

–¿Por qué no nos avisaste?

–¿Cómo?

–Hemos tenido que saberlo por la vecina que vive en el piso de debajo del vuestro. Ella la acompañó al hospital. Es del pueblo y la conocemos de toda la vida. Nos ha llamado pasada la medianoche para saber cómo estábamos. ¿Cómo estábamos? Con nuestra hija a punto de morir, y nosotros sin saberlo. Hemos intentado comunicarnos contigo inútilmente. Ángel, el taxista del pueblo, nos ha traído hasta aquí. Debemos de haberle dado lástima: dos pobres viejos que buscan a su única hija entre desconocidos, sin la ayuda de nadie.

–Yo... Disculpen. Tiene razón. Tendría que haberlos avisado. Estuve a punto de hacerlo antes de venir. Cuando me encontré en el hospital, me olvidé de todo. Sólo podía pensar en Mónica. No ha habido mala intención. Se lo puedo jurar.

–Eres un cretino. Un hijo de mala madre.

Pensó que el imbécil era él, le habría gustado estrangularle allí mismo. Se arrepintió enseguida de aquel impulso, mientras se decía que el dolor propio nos hace inmunes al dolor ajeno. Debería haberse sentido cercano a la pareja, pero era incapaz. El padecimiento anulaba cualquier otro sentimiento. No existían ni la compasión por quienes temblaban a su lado, ni la complicidad con su pena. Lo único que quería era ver a su mujer. Irse con ella, si le había llegado la hora de la muerte. Desaparecerían los dos calladamente. Escondió el rostro entre las manos, sin decir ni una palabra.

En el hospital, el ritmo del tiempo se altera, transcurre de una forma singular. Comprendió que los relojes no le servían de nada. Tenía que intentar adaptarse a una lentitud que resultaba dura, contra la cual era imposible luchar. Los padres de Mónica estaban sentados cerca de él. La mujer no había pronunciado palabra, desde que habían llegado. Se limitaba a irse fundiendo en una materia licuosa; lágrimas y saliva que le recorrían el cuerpo hasta el suelo, donde formaban un minúsculo charco. El hombre mantenía el gesto serio, los puños cerrados. Sus venas formaban el relieve de un paisaje arisco. Los sintió a kilómetros de distancia, muchas vidas lejos de la suya. Los tres padecían por una misma causa, que, en lugar de acercarlos, los situaba en polos opuestos del universo. No se entretuvo en analizar las razones. Compartir el dolor más profundo puede ser una falacia. Pasaron largos ratos en silencio. El charco se hacía cada vez más grande. Por fin, apareció un médico. Andaba con decisión hacia donde se encontraban:

–¿Son los familiares de Mónica Coll?

–Sí –respondió Marcos–. Es mi mujer.

–Ha padecido un derrame cerebral como consecuencia de un golpe muy fuerte. Está en la UCI, donde tiene las constantes controladas. Le tendremos que hacer algunas pruebas radiológicas. Está en coma.

–¿Qué quiere decir? ¿Puede ser irreversible? –Habría querido ahogar por siempre jamás aquella voz fría, portadora de malas noticias.

–¿Está muerta? –le preguntó el padre de Mónica, que no había entendido nada, que quería una explicación sencilla, definitiva.

El médico habló de nuevo:

–No está muerta, señor. Tiene una hemorragia en el cerebro, pero todavía no podemos saber cómo evolucionará. Tendremos que estar pendientes de las pruebas que le haremos. No podemos hacer un pronóstico definitivo hasta que pasen unos días. Lo siento.

–¿Es grave? –El padre insistía para tener respuestas claras.

–Sí, es grave.

–¿Puedo verla? –Marcos necesitaba ver a Mónica desespera-
damente.

–Tendrán que respetar el horario de visitas para los familiares. Media hora por la mañana y media por la tarde. Ahora pueden ir. Entren de uno en uno, por favor. La enfermera los acompañará y les indicará la bata y la mascarilla que tienen que
utilizar durante la visita.

El hombre se inclinó hacia la mujer vestida de negro. Le habló como si fuera una niña o alguien que tiene perdida la razón:

–Nuestra hija no está muerta.

–¿Se salvará? –La madre murmuró la interrogación. A sus
pies había nacido un lago.

Marcos subió la escalera, porque no tenía paciencia para esperar el ascensor. Cruzó la puerta de la UCI. Entró en una sala
acristalada: Mónica estaba medio cubierta con una bata verde.
Dormía. Pensó que no habría querido ponerse un camisón de
aquel color. Siempre había dicho que no le favorecía. Recordó telas de melocotón, de cereza, de caramelo. Estaban en un cajón de
su armario. Conservaban el perfume de Mónica. De su cuerpo
salían los tubos. Estaba inmóvil, pero tenía la piel tibia. Le acarició los párpados cerrados, la frente. Intentó acercarse a ella, a
pesar de los aparatos que le recordaban las zarpas de un dragón,
para percibir su aliento. Tuvo la impresión de que no respiraba.
Le tomó una mano, pero estaba demasiado inerte. No respondía
a ningún estímulo: trató de acariciarle un brazo, de besarle los
dedos, de pellizcarle la mejilla. El único signo de vida era la tem-
peratura del cuerpo. Aquel cuerpo que había vibrado con el
suyo, que él recordaba latiendo, lleno de vida. Ahora, esa vida
estaba muy quieta. Le pidió que no se marchara, que no huyera
del cuerpo que amaba. Se inclinó hasta el rostro de Mónica, medio cubierto por un mechón de cabellos castaños. Se lo dijo en
voz queda, pero con toda la fuerza del mundo:

–Vive, amor mío. Quiero que vivas. Hazlo por ti y por mí.
Piensa en todo lo que nos queda en el futuro, en aquellos viajes
que nos imaginábamos, en los libros que todavía no has leído,
en las noches de amor que la muerte no tiene derecho a robar-

nos. Sé que no has decidido morirte. No lo quieres, porque tienes que hacer muchas cosas. ¿Qué será de mí, si te vas? Haz un esfuerzo, y vuelve a abrir los ojos. Háblame. Aunque sea una palabra. Tan sólo una: dímela despacio, tú, que amas las palabras y sabes que tienen tanta fuerza. Vendré todos los días a verte. Todas las mañanas, todas las tardes. Esperaré en un rincón de este hospital, hasta que sea la hora de visitarte. A escondidas, te traeré versos que te harán compañía. Te los recitaré bajito para que no te sientas sola. Hasta que podamos volver a casa, mi vida serán las paredes que te rodean. Desde que tú no estás, no tengo casa, ni amigos, ni parientes. Tú eres mi corazón y la vida que me falta.

Cuando le obligaron a salir de la UCI, sentía un peso en la cabeza. Miró sin ver un largo pasillo. Se dio cuenta de que la puerta se cerraba tras él. Oyó la voz del padre de Mónica:

–Eres un hombre malvado. Casi se ha acabado el tiempo y todavía no hemos podido entrar. ¿Cómo puedes tratarnos así?

La mujer vestida de negro lanzó un gemido. Era un sonido angustioso, primitivo, que le despertó cierta repulsión. La enfermera intentó ayudar a la pareja a vestirse para poder entrar. Quedaban pocos minutos de visita. Marcos se sentía ávido de todos los segundos para estar junto a su mujer. Tenía la sensación de que se los robaban. No pudo evitar mirarlos con odio antes de perderse por las salas.

Pasaron los días. Transcurrían con la torpeza de los viejos que se han roto una pierna y vuelven a poner el pie en el suelo. Se alargaban como los días de verano, cuando somos niños. Aquellos agostos eternos le salían al encuentro. Volvía al piso cada dos o tres días. Iba el tiempo justo para ducharse. Evitaba las preguntas de las vecinas, que se interesaban por el estado de Mónica. Tenía el móvil desconectado. Se refugiaba en los pasillos del hospital. Las horas transcurrían sin demasiados cambios. Sólo merecían la pena los minutos que podía pasar junto a ella. Le recitaba poemas de amor, esperando que hiciera un mínimo gesto de complacencia. Nunca había un solo indicio, ninguna reacción de su cuerpo inerte. Los informes médicos repetían las mismas palabras: «No reacciona. Tenemos que esperar».

A las tres semanas la sacaron de la UCI. Los padres, con quienes no mantenía demasiadas conversaciones, lo interpretaron como un signo de esperanza. Él intuyó que no había nada que hacer. Nunca se cansaba de recitarle poemas. Con las palabras, le dibujaba los paisajes y los rostros que no podía ver. Cuatro semanas después del accidente, el médico quiso hablar con él. Fue tajante:

–Prácticamente no hay actividad cerebral. La familia se tiene que convencer de que lo mejor sería desentubarla y dejarla morir.

Le escuchó sin decir nada. Repitió las mismas palabras a los padres de Mónica con una voz incolora, sin modulación. Le miraron como si fuera un enemigo, como si lucharan en bandos contrarios.

Entender que se moría no fue sencillo. La simple comprensión de un hecho puede superarnos. Se sentía vencido por una situación que habría sido incapaz de prever. Hacerse a la idea de una realidad es el estadio previo para poder asumirla. Pero entre un estadio y el otro hay kilómetros de días y de noches. No se despediría de Mónica. No quería estar presente en el momento en que desconectaran los aparatos. Cuando el médico le dijo que era cuestión de horas, fue a verla. En la cabecera de la cama, le besó la mano inmóvil. Estuvo un rato buscando, inútilmente, un último verso. Cuando mantenía la esperanza de que volviera a la vida había recitado muchos. Ahora no encontraba ninguno, convertida la memoria en un pozo sin agua. Contempló su rostro. Le dijo que la amaba. Sin mirar atrás, salió del hospital donde había vivido cuatro semanas. No sabía qué caminos recorrer. En un rincón, vio a sus padres. Le miraron como si esperaran que hiciera algo. No sabía muy bien qué. ¿Unas palabras, un gesto? Pero ¿cuáles? Bajó en el ascensor hasta la primera planta. Dos enfermeras hablaban cerca de la escalera. Una tenía los cabellos muy rubios. Parecía feliz. El cielo era azul, de una intensidad que le hacía daño. La vida continuaba como si nada. Se puso a andar por una calle cualquiera. En su rostro se reflejaba la palidez de los días pasados entre cuatro paredes. En el alma, el deseo de alejarse. Vio a unas mujeres que paseaban. No se parecían a ella. Nadie era como Mónica. Si quería sobrevivir a aquel infierno, tendría que cambiar de ciudad.

XVII

A veces, el mañana no llega nunca. Mañana quiere decir futuro inmediato, lo que sucederá cuando nos despertemos, pasada la noche. Significa pocas horas de espera. Tenemos que tener paciencia hasta que nace un nuevo día. Al día siguiente, Ignacio no volvió a Mallorca. Le dio a Dana una excusa de última hora. Le dijo que los médicos le retenían, que estaba pendiente de unos informes, que no sufriera. Como la pilló por sorpresa, se quedó muda. Vivía una situación que no se habría imaginado. Era el hombre al que amaba, ¿cómo podía actuar de aquella forma, indiferente a la angustia de la espera, como si su dolor no existiese? No hay nada más terrible que lo que no podemos comprender. Una situación nos desborda si no la entendemos, aunque pongamos toda la capacidad de concentración posible en ello. Murmuró media docena de frases balbuceantes. Se habría abofeteado por no ser capaz de reaccionar disimulando su angustia. No se reconocía en el tono vacilante, en la voz de una niña que suplica al adulto que no le abandone en la oscuridad.

Tampoco regresó al día siguiente. Ni al otro. Los días se fueron sucediendo con una sarta de excusas increíbles que aplazaban la verdad. Dana vivía en un estado de tensión continuo. El pensamiento inventaba confusas historias. Estaba en una contradicción permanente. Se decía que tenía que tranquilizarse. Seguro que había motivos reales que impedían el regreso de Ignacio. Era desconfiada por naturaleza. Ella tenía la culpa, porque no sabía ponerse en la piel del otro, estar a la altura de las circunstancias. Una voz interior le replicaba que no era cierto. La situación era lo anómalo, no sus reacciones. Él le despertaba dudas. Estuvo a punto de tomar un avión para ir a Barcelona y presentarse en el hotel por sorpresa, dispuesta a aclarar lo que sucedía. No lo hizo porque era incapaz. Se sentía prisionera de una espiral de sospechas. La fatiga mental puede llegar a convertirse en dolor físico. Como un náufrago que se agarra a un trozo de madera, se abrazaba a cada hilo de esperanza. Se imaginaba el sonido de la llave en la cerradura, su rostro que le sonreía desde la puerta, el abrazo que aleja los fantasmas. Y en aquel momento pensaba que tenía que ir a comprar comida, porque tenía el frigorífico vacío.

Habían pasado muchas mañanas desde aquella en que Ignacio tenía que regresar. Dana no habría sabido decir cuántas, porque percibía el ritmo del tiempo alterado. Los crepúsculos se unían con el alba. Dormía poco; comía menos y a destiempo. Había días en que se alimentaba de chocolate; a veces tomaba un par de yogures. Los límites de la resistencia humana son mucho más amplios de lo que nos habríamos imaginado. Pero, un día, se acaban. Inesperadamente, sabemos que hemos llegado al final. Somos incapaces de resistir un instante más.

Era otra mañana gris. Sonó el teléfono. Volvía a ser Ignacio, para que empezara la jornada con una nueva dosis de falsas esperanzas. Ella le preguntó:

–¿Has vuelto con Marta?

No habría querido preguntarlo. Era duro tener que escuchar la confirmación de lo que se imaginaba, pero ya no le quedaba paciencia, ni comprensión, ni ganas. Le habló bajito, en un tono inocuo, como si le preguntara qué tiempo hacía, si se había levantado temprano, si estaba bueno el desayuno. La respuesta surgió de una voz inusualmente incolora:

–He tenido que volver con ella. He tenido que hacerlo.

–No. No puedes volver con ella. –Pese al agotamiento, todavía le quedaban fuerzas para la última rebelión, para aquella revuelta que sabía condenada al fracaso.

–Mis hijos me necesitan.

–¿Y yo? ¿No te necesito yo? –Se hizo un silencio.

–Dana... –la interrumpió.

–Hijo de puta. Eres un hijo de puta.

Colgó el teléfono. La había dejado desde el otro extremo de un cable. No había podido ir, mirarla a los ojos, pedirle disculpas por tantas mentiras, por todos los días de inútil espera. Se encogió con la sensación de que le habían dado un puñetazo en el estómago. Le dolían los brazos, las piernas. Empezó a llorar. Su llanto se parecía a algunas lluvias de invierno. Primero caía despacio, como si tuviera que aprender. Después tomaba fuerza, porque la vida era un triste paisaje.

Se levantó del sofá haciendo un esfuerzo. Con pasos vacilantes fue al baño. La agitación nerviosa la había dejado con una sensación de fatiga absoluta. El llanto se había convertido en sollozos que le sacudían el cuerpo. Se recogió los cabellos con una mano, liberando el rostro. Abrió la boca y se metió los dedos dentro. Los movió en la garganta como si fueran títeres. Inclinada sobre la taza del váter, sólo veía un tubo blanco con agua al fondo. Vomitó la comida del día anterior, el chocolate y los yogures de los días de espera. El agua se iba tiñendo de un amarillo espeso, con rastros irreconocibles. Las contracciones del vómito resultaban desagradables, pero, si se concentraba, el rostro de Ignacio perdía intensidad. Suponía un cierto consuelo. Repitió la acción, hasta que el estómago empezó a dolerle. Era el dolor del vacío que intentamos exprimir cuando ya no queda nada. Tiró de la cadena, y el agua volvió a ser limpia. Se lavó la cara bajo el grifo del lavabo. El agua borraba la sal, pero no ocultaba las huellas de la pena.

Pensó que tenía que llamar a su madre. Hablaban a menudo, y debía de estar preguntándose si él había regresado. Tenía que decirle que sí, que había vuelto, pero con la persona equivocada, que era la otra mujer, aquella a quien decía que no amaba. A ella no quería verla. Había tardado en reconocerlo no sabía por qué. Olvidó preguntarle si fue por cobardía, o por una piedad extraña que le resultaba un insulto, o porque no se decidía a romper el último hilo que los unía. Aquella aproximación telefónica a través de la cual tuvo que aceptar, después de muchos días, que no estaba loca, que las sospechas eran ciertas, que las mentiras habían sido realmente mentiras. A pesar de todo, había intentado justificarle hasta el último momento. Era probable que justificar a Ignacio no hubiera sido un acto de amor, sino de supervivencia. Si era una exagerada, una víctima de su imaginación, todavía había alguna posibilidad de regreso. Levantó el auricular. Estaba a punto de marcar el número de la casa de sus padres, porque tenían que entender que estaba perdida, sin saber qué hacer ni adónde ir, cuando comprendió que era incapaz de mantener una conversación. ¿Qué les diría? ¿Cómo podía no hacerlos partícipes del drama, si habían compartido con ella una espera que se había hecho eterna? Le temblaba todo el cuerpo. Tenía frío y el vientre dolorido. No le hubiera importado morirse lentamente, si la muerte le hubiera calentado los huesos.

Salió de la casa. La calle Sant Jaume era un espacio de sombras y luces. La recorrió sin prisa, pero con un aire de ausencia que no se parecía a su vitalidad de antes. Torció a la derecha, mientras caminaba bajo los arcos. Andaba con la mirada fija en el suelo, sin ver a las personas con quienes se cruzaba. La mayoría eran peatones desconocidos, a los que no prestaba atención. Se encontró con un compañero de trabajo que, más tarde y frente al televisor, comentaría a su mujer que la había notado extraña. En una esquina se topó con una vecina que le preguntó cómo estaba. Le respondió con un gesto de asentimiento de la cabeza, confirmándole no sabía qué. Probablemente aquella terrible derrota le impedía actuar con normalidad. La mujer se interesó por Ignacio, porque hacía días que no le veía. Quería saber si estaba enfermo. Dana no tuvo fuerzas para decirle la verdad, ni ánimo para improvisar una mentira creíble. Su mirada perdida venía de muy lejos. No contestó, porque no tenía nada que decir. Repitió el gesto de antes, y continuó el recorrido sin volverse para mirar hacia atrás.

Entró en unos grandes almacenes. Huía del sol y de la gente. Se decidió por la luz artificial, por la aglomeración de cuerpos que se confunden, que hacen imposible el encuentro, o que ofrecen la solución de simular que no hemos visto a quienes no queríamos ver. Encontró un expositor lleno de medias. Actuaba como si estuviese absorta en la elección. Con las manos apoyadas en la mesa, los nudillos amoratados por el esfuerzo de contenerse, no se atrevía a hacer un solo movimiento. Tenía la sensación de que se caería al suelo. Tenía que fingir que elegir un color era una cuestión de vida o muerte. Mientras removía las piezas, pensaba en la vida, tan frágil como unas medias de seda. ¿Dónde estaban los proyectos, los planes para el futuro? Ignacio no sólo la abandonaba, sino que le robaba los sueños. Farfulló de nuevo que era un hijo de puta, que le gustaría verle muerto, pero enseguida le hizo daño haber sido capaz de pensarlo.

Dio unos pocos pasos. En la sección de perfumería, había rostros amables que la invitaban a probar nuevos perfumes. Eran aromas que anunciaban el buen tiempo. Pasó de largo por delante de las chicas que le sonreían como si la vida fuera muy sencilla. El edificio que le había parecido un refugio se convirtió en un laberinto. ¿Dónde estaba la salida? Hizo algunos recorridos que debieron de dibujar círculos exactos, porque siempre volvía al mismo punto. Tuvo la sensación de que todos los aromas se mezclaban. En uno de los expositores, había un espejo de considerables proporciones. Vio reflejado su propio rostro. Se detuvo. Hizo un esfuerzo por mirarse. ¿Aquel rostro desencajado era el suyo? ¿Eran suyas aquellas facciones tensas, aquella mirada mortecina? ¿La palidez que ningún cosmético podría haber disimulado?

Se llamaba Dana y amaba a un hombre. Él le había jurado amor eterno. La eternidad puede ser muy breve. Hubiera querido morirse, pero estaba paseándose por unos almacenes de su ciudad. Ignoraba por qué razón lo hacía, pero no se le ocurría otro lugar donde refugiarse. No podía responder a ninguna pregunta, darse explicaciones. Tenía miedo. Él acababa de dejarla definitivamente. Así son las cosas: ahora te pertenecen y, acto seguido, están muy lejos. No quería saber nada de su vida. ¿Qué vida, si no la imaginaba sin él? Podía pararse en un bar y beber hasta perder el sentido, como si fuera una adolescente. Podía invitar a alguien y pedirle que follara con ella toda la noche. Podía refugiarse en casa de sus padres, en el sofá del salón, y contarles que quería desaparecer. Podía intentar que él se sintiera culpable: salir a la calle, tirarse debajo de un coche. Si su nombre aparecía al día siguiente en los periódicos, quizá Ignacio regresara. Podía mirarse en un espejo de la sección de perfumería de unos grandes almacenes, contemplarse las facciones que no reconocía, mientras pensaba que era la mujer más imbécil del mundo.

Salió a la calle. Paró un taxi que pasaba, y se metió en él. Se acurrucó en el asiento, mientras miraba la nuca del hombre que lo conducía. Agradecía no verle la cara. Era mejor intuir el perfil. Le observaba a través del espejo retrovisor. Aunque le viera de frente, no lo recordaría. Lo único que buscaba era un lugar tranquilo desde donde pudiera ver el mundo sin ser observada. Le dijo que quería recorrer la ciudad. Una ruta sin rumbo que no tuviera que decidir.

«Tenemos que protegernos –pensó–. Especialmente de lo que más nos importa.» Sus vínculos con la geografía de Palma nunca habían sido confusos. Era un mapa peculiar, que la unía a un espacio, a una gente. Hoy se sentía lejana. Hubiera querido correr, escaparse.

El taxista obedeció sin hacer preguntas. No manifestó sorpresa por la petición, sino que condujo sin prisa, como si también él participara de la misma desidia.

Transcurrió un rato. Tenía la sensación de que el hombre y ella permanecían quietos, mientras el mundo pasaba con rapidez por su lado. Eran la roca en medio de un mar de olas. Dana miraba a los peatones, las fachadas, los semáforos. Se preguntaba por qué todo seguía como si no hubiera pasado nada, cuando la vida acababa de romperse. Él le dijo:

–No se imagina las historias que podría contarle. Hoy en día, los taxistas somos confesores. La gente nos cuenta la vida. A mí, a menudo, me piden consejo.

–¿Consejo? –No le importaban las vidas de los demás. Ni siquiera le interesaba demasiado la suya propia.

–Sí. Hay gente que se ahoga en un vaso de agua. Necesitan decir lo que les pasa. Los problemas, cuando se cuentan, no son tan terribles.

–A veces cuesta contarlos.

–Disculpe el comentario, pero parece asustada.

–Es posible. Hace días que no duermo bien.

–Descansar es importante. Cuando llega la noche, yo duermo como un lirón. Pero algún día me cuesta hacerlo. He escuchado demasiadas historias y me rondan por la cabeza. Las vidas de los demás me pesan. Me acuerdo de una...

–No me cuente las vidas de gente que no conozco. Cada uno lleva su propia cruz.

–Perdóneme.

–Estoy nerviosa.

–No tiene importancia. Recuerdo a una mujer... Hace tiempo que la llevé al aeropuerto. Se iba en un viaje organizado. Llegaba con el tiempo justo. Encontramos retenciones en la vía rápida, semáforos en rojo. He olvidado cuál era el destino de su viaje.

–Los viajes son una forma de escapar.

–Me contó que había tenido tres maridos. No le quedaba ninguno. Estaban muertos.

–Hay personas que tienen mala suerte.

–Me lo contó con voz temblorosa. Tenía un aspecto frágil, pero había algo en ella que me hizo pensar que saldría adelante. Me pregunto cómo debe de haberle ido. No he vuelto a saber nada más. Me acuerdo de su nombre.

–Algunos nombres no se olvidan.

–Se llamaba Matilde.

–Yo también he perdido a un hombre.

–Me lo imaginaba. Lleva la tristeza reflejada en los ojos, como aquella mujer. Me la ha recordado. Todas las historias se repiten.

–Sinceramente, las demás no me importan nada.

–¿Ha visto qué cielo tan azul?

–No me había fijado. ¿Hace buen día?

–Fíjese, una mañana espléndida.

Se acordó del móvil que llevaba en el bolso. Hacía días que no lo utilizaba. Lo conectó con un afán absurdo, pero inevitable. La esperanza que nos hace soñar lo imposible. Quién sabe si Ignacio había cambiado de opinión. Tal vez la buscaba mientras ella daba vueltas por la ciudad. Pulsó las teclas que la conectaban con el buzón de voz. Esperó conteniendo la respiración. No había mensajes. Lo volvió a intentar con nerviosismo. Una voz femenina, casi metalizada, le recordó que no había nada que esperar. Antes, le llenaba el buzón de palabras. ¿Cuántas veces le había dicho que la amaba? Pensó que no tendría que haber borrado aquellas frases. Le habrían hecho compañía, aunque fueran mentira. Cualquier falsedad era mejor que el silencio. Se sintió muy sola, con el aparato en la mano. Miró por la ventanilla del coche. La gente hablaba por teléfono. ¿Cuántos debían de estar pronunciando palabras de amor? Sintió rabia contra quienes se amaban. El mundo se había convertido en un lugar hostil. El hombre le dijo:

—La mayoría de las personas no saben qué tienen que hacer, pero todo el mundo sale adelante.

—No me diga que el tiempo lo cura todo.

—No se lo diré, pero es la verdad. Como mínimo, pone las cosas en su lugar. Estoy acostumbrado a vivir la vida de los demás. La mía es muy simple: estoy casado desde hace muchos años. Tengo un hijo que hace su vida. No se acuerda demasiado de sus padres. Nosotros vivimos tranquilos. De casa al trabajo; del trabajo a casa. Cuando se canse de dar vueltas, me tendrá que dar unas señas.

—No quiero regresar.

—Cualquier dirección. Siempre tenemos un lugar adónde ir.

—¿Está seguro?

Con un gesto de impotencia, volvió a coger el móvil. Marcó, una vez más, las tres cifras del buzón. Se repitió la misma circunstancia: la falta de mensajes, la evidencia de lo que ya sabía, la soledad.

En voz baja le dio el nombre de una calle. El taxista tuvo que esforzarse para entender las señas. Se dirigió hacia allí sin hacer comentarios. Cuando llegaron, Dana pagó el importe que marcaba el taxímetro. Habría deseado darle las gracias, pero no supo. Se despidió con un gesto del hombre que no tenía rostro: una nuca ancha, la espalda inclinada, la camisa de cuadros.

Entró en la farmacia. Había mucha gente que hacía cola. Esperaban que fuera su turno con una expresión de indiferencia que envidió. Nunca volvería a ver a Ignacio. Tampoco escucharía su voz. Pensarlo le provocaba un dolor intenso. El aire era casi irrespirable. Tras el mostrador, reconoció la figura de Luisa. Llevaba puesta la bata blanca. Le sonrió, al verla:

—¿Qué haces por aquí?

—No me encontraba bien. He pensado que podía venir a verte. No sabía si estarías.

La otra se movió con rapidez. La hizo sentar a una mesa, en un extremo del local, lejos de miradas curiosas. Le dio un vaso de agua, mientras despedía a los últimos clientes. Se le acercó preocupada:

–¿Qué ha pasado?

La pregunta era fácil de responder, pero se quedó muda. Intentaba hablar y las palabras se perdían. Miró a su amiga con un sentimiento de desolación. Tenía el rostro transformado, como si lo ocultara tras una máscara. Parecía venir de muy lejos, arrastrando todo el cansancio del mundo. Luisa le preguntó:

–¿De dónde vienes?

–He venido en taxi. Es el mismo que tomó una mujer que se llamaba Matilde. Había perdido a tres maridos. ¿Te lo puedes imaginar?

–¿De qué me hablas?

–Me ha dejado. Es un hijo de puta, y ha regresado con Marta.

–¿Cómo?

–Ignacio ha vuelto con su mujer. Dice que sus hijos le necesitan.

–¡Dana!

–Te doy pena. Me doy lástima a mí misma. Hace semanas que le espero. Días y noches de mentiras que me hacen odiarle, pero que echaré de menos. Incluso añoraré sus mentiras. ¿No es gracioso? Tendríamos que reírnos. Me decía que me amaba.

Luisa cerró la farmacia. Bajó la persiana y echó el cerrojo a la puerta. Apagó las luces generales. Sólo dejó un pequeño foco que iluminaba la mesa donde estaban sentadas. Dana apoyó la cabeza, incapaz de moverse. La otra la abrazó sin decir nada. Pasaron algunos minutos en silencio. Hacía frío. Pensó que desaparecer debía de ser dulce, cuando el aire nos hiela el aliento. Tener el corazón helado es una forma como otra cualquiera de empezar a morirse.

XVIII

Se llamaba Antonia. La frente ancha y la nariz pronunciada, los cabellos cortos. Se vestía con trajes sastre de corte impecable, americanas que le marcaban la cintura, pantalones rectos. Era una mujer moderna, que andaba por ahí con la agenda en una mano y el móvil conectado. Seguía la actualidad y opinaba sobre política. Manifestaba preocupación por los temas sociales, aun cuando era lo bastante lúcida para saber que no podía intervenir en profundidad. Era independiente económicamente desde hacía años. Vivía en un piso decorado con muebles de diseño minimalista, en el centro de la ciudad. En las paredes, cuadros de pintores cotizados que parecían reproducciones de Kandinsky. Odiaba a los figurativos, pero adoraba las formas vagas, imprecisas. Se declaraba urbanita, y ejercía ese estilo de vida. En el frigorífico, algunos yogures a menudo caducados, zumos de fruta, algo de jamón, y poca cosa más. Comía fuera de casa: «No tomaré postre, un café con sacarina». La cafetera a punto a cualquier hora. Las sesiones en el gimnasio que procuraba seguir con un ritmo regular, pero que compromisos de última hora le hacían cancelar con frecuencia. Una masajista que la devolvía a la vida, tras muchas jornadas de tensión. Tenía algunas debilidades que no confesaba a nadie: la pasión por el chocolate y la necesidad, reprimida a menudo, de robar libros en los grandes almacenes. Lo hacía de vez en cuando, desde que era una adolescente. Le gustaba leer.

Tenía un rostro de líneas regulares, de facciones cinceladas como si fueran la obra de un escultor barroco, que no deja que el aire aligere la fuerza del mármol. La mirada aportaba al conjunto un aire malicioso. Atenuaba la rigidez de la escultura y le concedía el toque de una vida inquieta, la gracia de la carne. Pese a la rigidez en el ademán, era una criatura inquieta. Desde la mañana a la noche, vivía pendiente del reloj. Sus manecillas le marcaban las pautas de la existencia. No podría haber existido sin situarse en el segundo exacto que correspondía al presente, un presente que se le escapaba. Las horas volaban entre compromisos y comidas de trabajo, encuentros sociales relacionados con la empresa donde trabajaba. Los fines de semana eran la otra cara de la moneda.

Si prestamos atención, hay contrastes que nos colapsan la vida. Antonia procuraba no hacerlo. Vivía entre la prisa y la quietud, escindida en dos historias que eran el blanco y el negro. Durante los días laborables, el móvil no paraba de sonar. Eran llamadas sobre asuntos urgentes, citas inaplazables, temas que tenía que cerrar. La mañana del sábado, el aparato enmudecía. Tenía la impresión de que el mundo se detenía. Inmersa en su vorágine, había conseguido no pensar demasiado. Dejaba de lado las reflexiones y los interrogantes, sumergida en un trabajo que concentraba toda su capacidad de atención. Cuando llegaban los días de fiesta, se encontraba sola, como si la vida fuese un objeto que nos quema en las manos, mientras ignoramos la suerte que le espera. Se desorientaba. Las tardes de los domingos se convertían en jornadas inacabables de tristeza. Eran largas, siempre idénticas. Le recordaban las tardes de cine de la infancia. Por el precio de una entrada, dos películas y una bolsa de palomitas. Iba con su madre, después de comer. Llevaba una falda de cretona, ropa de gente con un gusto dudoso y escaso dinero. Salían cuando el anochecer ganaba terreno al cielo. Ahora vivía: una nostalgia inexplicable en un refugio hecho de almohadones, chocolate y suplementos de periódicos. El deseo de perderse en el sofá de su casa como si estuviera en una butaca de cine, rodeada de desconocidos o sin nadie, que, al fin y al cabo, viene a ser lo mismo.

Tiempo atrás, había odiado los fines de semana: los ratos de televisión, las salidas con algún conocido –era realista y el ámbito de los amigos le resultaba tan escaso que no se atrevía a incluir a demasiada gente–, las cenas con su hermana, o con algún hombre a quien ocasionalmente conocía en el trabajo, y que a menudo resultaba decepcionante. Estaba harta de escuchar dramas personales, de convertirse en un contenedor donde el otro escupía todas las miserias. Le resultaban patéticos los relatos sobre matrimonios que no funcionaban, pero que él no se atrevía a romper por el peso de la inercia, de la comodidad, o del absurdo. Eran narraciones repetidas que había oído docenas de veces de labios diferentes. Se aburría escuchando historias de desamor o de desencuentros. Consideraba ofensivas las invitaciones para practicar sexo furtivo, que supliera las carencias en la cama con la pareja estable. Cuando, vencida por la necesidad de compañía o de un orgasmo, había aceptado una propuesta, siempre se había sentido estafada. La aventura resultaba un fraude, y el orgasmo una falsa ilusión. Mientras el amante de turno se vaciaba dentro de ella, Antonia se quedaba con las ganas. El otro se dormía enseguida –nunca había entendido la facilidad que tienen los hombres de conciliar el sueño después de eyacular–, y ella miraba al techo haciéndose preguntas que no tenían respuesta. Insatisfecha, intentaba masturbarse. A veces, con timidez; a menudo, con indiferencia hacia el que tenía a su lado. No llegaba al clímax. Era incapaz de dejarse llevar, castigada por un cerebro que le negaba los espasmos del gozo.

Había protagonizado la misma escena muchas veces, como si fuera un actor que sale al escenario a repetir un texto, haciendo las pausas en los lugares correctos para respirar, que calcula los gestos que acompañan la modulación de las frases, así actuaba Antonia en aquellos episodios de su vida. Podría haber descrito, sin variaciones, la escena vivida: le presentaban a un hombre en un acto social. Había cierta atracción mutua. Muy pronto iniciaban un juego de sobreentendidos. La gesticulación exagerada, la sonrisa que quiere resultar encantadora y que borra los signos de fatiga, las frases que parecen nuevas, aunque sean estereotipadas. Pensaba que el sentido del ridículo siempre se despierta un cuarto de hora tarde. La quimera de encontrarse a las puertas de conseguir lo imposible era el motor que impulsaba a los actores: ella y el otro. Un deseo de felicidad que renacía en cada nuevo encuentro. La magia que les hacía pensar una vez más: «¿Y por qué no?». Rodaban por una pendiente hecha de mentiras a medias, donde tomaban posiciones los elementos del juego. Primero, la voluntad de mostrar la mejor parte de uno mismo. Ejercían de vendedores ambulantes que se ofrecen al mundo como un gran producto. Segundo, las ganas de seducir y de ser seducidos. Un viejo juego que resurgía multiplicado por el alcohol, el entusiasmo del descubrimiento y el miedo a la soledad. Tercero, la esperanza de que el encuentro no fuera una simple aventura que queremos olvidar, sino una historia que nos transformaría la vida.

El encuentro multitudinario derivaba siempre en una situación de intimidad compartida. Cualquier excusa era buena: «No, de ninguna forma. No quiero que cojas un taxi. Te acompaño a casa en mi coche». «¿Cuándo puedo volver a verte? Dame tu teléfono. Creo que todavía nos tenemos que contar muchas cosas.» «¿Estás cansado? ¿Quieres subir a tomar la última copa?» «Nos tenemos que encontrar de nuevo. ¿Tienes libre pasado mañana para cenar? Te llevaré a un japonés que es una delicia.» Eran esas frases u otras, no importaban las palabras, sino la intención. Un segundo acto lejos de las bambalinas, donde los actores interpretaban un diálogo de aproximación magistral. El escenario solía ser un restaurante; era un espacio que reunía todas las condiciones. Dicen que la buena comida ablanda el alma, hace menos duros a los duros, más tiernos a los tiernos. El vino estimulaba las confidencias.

Los actores insistían en subrayar la sensación de complicidad, el placer de encontrarse en buena compañía. Se contaban episodios de la vida que habían vivido cuando aún no se conocían. Es decir, hasta aproximadamente veinticuatro horas antes del encuentro en cuestión. Descubrían que tenían pensamientos coincidentes, formas parecidas de ver el mundo. De todo ello se daban cuenta, poco más o menos, a partir de la cuarta copa. Celebraban con entusiasmo una serie de inauditas casualidades. En ese momento, ella se inclinaba hacia él al hablar, inundándole de un perfume carísimo que despertaba los sentidos. El hombre, que no quería parecer inseguro, llevaba a cabo avances clave en el proceso de aproximación: le cogía la mano, acercaba la rodilla a su pierna por debajo de la mesa, le retiraba los cabellos del rostro. Antonia respondía a los movimientos masculinos con un aire de acogedora indiferencia. Sin mediar palabra, le decía que los pasos eran correctos, que iban por buen camino si el destino final eran las sábanas de su casa.

El itinerario en coche era complicado. Antonia, bajo los efectos de la bebida, tenía cierta tendencia a hacerse preguntas poco recomendables. Como se conocía, intentaba ahogarlas pidiendo al conductor que aumentara el volumen de la música. Quería escuchar canciones estúpidas que repitieran letras estúpidas. Era la fórmula perfecta para no pensar. La entrada en el ascensor podía presentar distintas variantes: predominaba la impaciencia. Volaban prendas de vestir antes de encontrar el cerrojo de la puerta. La mano de él se perdía entre los encajes de su sujetador. En alguna ocasión, el visitante procuraba mantener las formas. Se fijaba en un cuadro del pasillo. Alguno entretenía la subida con un beso que, a menudo, dejaba a Antonia sin ganas de meterse en la cama con él. La halitosis puede ser buen antídoto contra el mejor afrodisíaco.

Dos cuerpos desnudos en la penumbra de la habitación. El desconocimiento de la piel, de los olores del otro. Las espaldas se perfilaban en la oscuridad, empapadas de sudor. Mezclar sudores y salivas puede ser una experiencia ingrata. Se tocaban con la avidez de los ciegos que exploran territorios desconocidos. Solía predominar la prisa, las ganas de llegar al clímax sin demasiados preámbulos. A ella le habría gustado un amante generoso, que se entretuviera en procurar hacerla feliz. El placer pide tiempo y paciencia. Sus conocidos de una noche eran hombres tacaños, inexpertos o ebrios. La mayoría buscaban una satisfacción rápida: la penetraban como si cruzaran el patio de armas de un castillo en tiempo de guerra. La sacudían por completo, mientras se vaciaban en su vientre dolorido.

¿Cuántas veces había simulado ella un orgasmo? Había perdido la cuenta. Tampoco habría sabido decir por qué razón lo hacía. Tal vez acudían a su mente los viejos tópicos, la imagen de la mujer frígida que no habría querido ser. Quizá lo hacía por compasión. Aquella piedad que nos invita a no ser el espejo de las miserias ajenas. Tensaba el cuerpo y maullaba como una gata en celo. Puro teatro para satisfacer el ego del macho y quedarse tranquila. Tras la decepción de turno, no tenía fuerzas para continuar fingiendo. Finalizado el último acto, deseaba bajar el telón. Reposar como los títeres en la caja donde no llegan los sueños. Procuraba evitar el correspondiente ataque de lucidez: decirse que era una estúpida, que había caído en la trampa de siempre. Hacía un esfuerzo por aplazar los reproches hasta el día siguiente, cuando una taza de café y una agenda salvadora alejaran los fantasmas. Simular un orgasmo era fácil; encontrar a alguien con quien retozar, dichosa, entre las sábanas no lo era. Alguna vez, había estado a punto de llorar. El amor propio o la dignidad lo evitaban. Cuando oía la respiración del amante, nunca conseguía dormirse.

Trabajaba en una empresa de publicidad. Formaba parte del equipo de creativos que diseñan las campañas de firmas conocidas. Era una tarea interesante, en la que unía el rigor del oficio con una creatividad sorprendente. Antonia iba por el mundo observando la vida en imágenes. Era hábil para la abstracción (sabía aislar un objeto de su propio espacio) y, a la vez, era capaz de concretar (situaba ese objeto en un nuevo espacio imaginario). Dominaba la síntesis, porque sabía que los mensajes que nos transmite un anuncio tienen que ser breves, contundentes. Jugaba con las reacciones previsibles del receptor, en una demostración admirable de conocimiento de las reacciones humanas. Preveía las posibles respuestas del público a quien iba destinado el producto. Diferenciaba lo que resulta estimulante de lo que provoca rechazo. Partía de una idea y la desarrollaba hasta el último detalle. Era exigente, apasionada por un trabajo que la divertía profundamente.

Las satisfacciones del trabajo eran proporcionales a las insatisfacciones en la vida privada. A medida que pasaba el tiempo, tendía a refugiarse más en la publicidad. No fue una decisión premeditada. No tenía vocación de mujer que se encierra en un mundo exclusivo, propio. Le habría gustado poder compartir la vida cotidiana. Como no era posible, se construía un presente alejado de los embates del corazón. Los encuentros con amantes esporádicos solían ser frustrantes. Dejaron de interesarle. No estaba dispuesta a poner fácil el acceso a su cama. «¿Para qué? –se preguntaba–. Lo único que he conseguido, en los últimos años, ha sido un desfile de gente extraña por casa.» De algunos conservaba un recuerdo cálido, difuminado por la distancia que convierte el recuerdo en benévolo. De otros no quería ni hablar. A algunos los había borrado del mapa, como si nunca se hubieran cruzado con ella. Los consideraba accidentes de la vida; formaban parte de algunas situaciones de las que no había sabido salvarse.

La inquietud por el oficio le hacía abrir los ojos. Iba por las calles observándolo todo, dispuesta a nuevos hallazgos. En un bar, en una plaza, en la conversación con un taxista surgían las imágenes. Podía recurrir a viejas revistas, carteles de otras épocas, cuadros de pintores desconocidos. Su trabajo constituía una mezcla de elementos diversos. Como si todas las mañanas al despertarse visitara las buhardillas de una casa antigua, la calle más transitada de la ciudad y un café portuario. De la suma y la discordancia salían ideas geniales.

En los días de fiesta buscaba refugio frente al televisor. Era la excusa perfecta: no tenía demasiado tiempo para ver anuncios, y necesitaba tragárselos todos para descubrir tendencias, fórmulas nuevas. A menudo sólo encontraba repeticiones poco interesantes. Hacía zapping en busca de un mensaje capaz de sorprenderla. Se hundía entre los cojines del sofá. Vestida con ropa cómoda, sin maquillaje ni intención de moverse de casa, con una caja de bombones, unas revistas, un libro, dejaba que pasaran las horas. Se dormía. Un dulce sueño le ganaba la voluntad, dejándola vencida. No ofrecía resistencia, sino que permitía que la desidia se impusiera. Nadie la esperaba. Ella tampoco esperaba a nadie. En alguna ocasión, padecía un ataque de hambre. Entonces vaciaba el frigorífico de las pocas provisiones que éste conservaba. Comía chocolate, devorándolo. Siempre se sentía algo culpable; tenía la sensación de no saber controlarse, de dejarse ganar por impulsos que conducían directamente a aumentar de peso. Al atardecer, sonaba el teléfono. Era su hermana, la única persona que se preocupaba por su suerte:

−¿Cómo estás? ¿Has pasado un buen día?

−Sí. Estoy instalada en el sofá. No te preocupes por mí.

−¿Quieres que salgamos? Te dará un poco el aire.

−Ya tomo suficiente aire a lo largo de la semana, gracias. Te aseguro que alguno es perverso. Cualquier día enfermaré. Sinceramente −suavizó el tono−, no me apetece salir.

–Siempre igual. Escucha: no tienes que dejarte vencer por la pereza.

–No se me ocurren demasiadas cosas interesantes que hacer.

–Podríamos ir al cine...

–Tú lo has dicho: me vence la pereza. Eres un ángel. –Había un tono burlón, propio de su carácter, en el halago–. Gracias por tu interés, y buenas noches.

–Buenas noches.

Había tenido un par de relaciones estables que no habían funcionado. Duraron poco tiempo, porque no se dejaba llevar por falsas esperanzas. No las recordaba nunca. No se permitía divagaciones sobre lo que podría haber sido y no fue. Borró del pensamiento los nombres y los rostros de aquellos hombres. Era fuerte; guardaba las flaquezas para sí misma. Entre las paredes de su casa volaban dosis de vulnerabilidad, de indecisión, de duda. A la calle, salía con la coraza puesta. Se movía con un aire que atemorizaba a quienes la rodeaban. A golpes de decisión, había conseguido situarse donde estaba. En el trabajo, nadie discutía su criterio. Un ejército de diseñadores seguían las directrices que ella marcaba. Tenía un gabinete a punto para resolver las necesidades urgentes: una secretaria, dos ayudantes, los técnicos. Todos vivían pendientes de un gesto de Antonia. Cuando examinaba sus ideas plasmadas en el papel por los demás, podía reaccionar de forma diametralmente opuesta. Podía romper los papeles lanzando imprecaciones e insultando a la víctima que tenía enfrente, o bien podía expresar una alegría contenida (nadie la vio manifestar euforia nunca). Felicitaba a sus colaboradores con una efusividad moderada, inclinaba la cabeza en el respaldo de la silla, haciendo una pausa, y se ponía a hablar de la siguiente campaña.

Viajaba a menudo. La ciudad europea que más le gustaba era Londres. Adoraba la energía de la gente por las calles, la mezcla humana, la sensación de vida. Pocos meses después de haber optado por hacer una pausa en sus citas sexuales, fue a Inglaterra. Aprovechó el tiempo para recorrer tiendas y beber cerveza en los pubs del centro. Una noche, reservó una entrada en el Palace para ver de nuevo *Los miserables*. La historia de Jean Valjean, la efervescencia de París, una ciudad en plena revuelta, los amores no correspondidos de Eponine, los sueños de Marius y Cosette le emocionaban. Vibraba con los sonidos de la orquesta y con las letras de los intérpretes: «*Do you hear the people sing? Say, do you hear the distant drums? It is the future that they bring. When tomorrow comes... Tomorrow comes!*».

Cuando acabó la función, se perdió por los callejones del Soho. Recorrió las vías paralelas a Straferbury Street. A poca distancia de Piccadilly Circus, circulaba mucha gente: jóvenes que recorrían el centro, parejas que salían de los restaurantes, una marea de cuerpos que avanzaban en diferentes direcciones. Encontró una zona de sex-shops. Eran tiendas con una cortina en la entrada. No lo dudó. Cruzó la puerta de uno de aquellos antros. El ambiente era mucho más inofensivo de lo que podría haber parecido desde fuera. «La imaginación supera la realidad», murmuró. Los enseres, ordenados en las estanterías, le recordaban una tienda de inocentes juguetes, que invitan a la diversión de los niños. «Al fin y al cabo –se dijo–, nada es demasiado distinto. Todos jugamos de formas casi idénticas.» Vio a unos hombres que se entretenían en la sección de películas porno. Una pareja discutía en voz baja, mientras seleccionaba los objetos para la noche. Ella quería un látigo de cuero; él prefería unas bolas chinas. Dos mujeres nórdicas, altas y rubias, de estructura ósea considerable, estaban escogiendo un vibrador. Las posibilidades de elección eran múltiples. Intuyó que les preocupaban las medidas del instrumento en cuestión. Querían que fuera de proporciones suficientes. Miró los instrumentos con curiosidad. La mayoría le provocaban un curioso rechazo. Eran trozos enormes de plástico duro. Se preguntó cómo podían excitarse ellas sólo con verlos; lo notaba en sus miradas.

Estaba a punto de salir cuando el vendedor le hizo una señal desde el mostrador. Era un hombre de color, que tenía la cara llena de arrugas, estriada. Le preguntó si no había encontrado algo que le gustara. Antonia contestó que no, gracias. No buscaba nada en concreto, sólo había querido echar una ojeada a los expositores. El otro la interrumpió con un ademán misterioso, como si quisiera contarle un secreto. Sin decir palabra, sacó de una caja un vibrador de metal. No era ni demasiado largo ni demasiado grueso. Cuando se lo tendió, Antonia lo tomó con la mano y el tacto no le resultó desagradable. El hombre le dijo que funcionaba con pilas y que llevaba conectado un mando a un cable. Así, en una mano el utensilio, en la otra el aparato que regulaba el ritmo. Tenía distintas velocidades, que podían ir alternándose. «Acércatelo a tu sexo –le dijo–. Juega con él y viajarás a las estrellas.»

No la convencieron las palabras, sino la expresión de su rostro. Había puesto los ojos en blanco, como quien dice una plegaria o está en éxtasis. Se dirigió a la salida, avergonzada. Sin proponérselo, miró hacia atrás para constatar que los demás no la observaban. Todo el mundo estaba demasiado entretenido con sus propias obsesiones. La sonrisa del vendedor le decía adiós desde el mostrador. Anduvo todavía un rato. Hacía un aire frío. Se subió el cuello del abrigo.

En el hotel, se desvistió. No sacó el pijama de seda, que estaba en la maleta. Se echó desnuda en la cama, apenas cubierta por la ligereza de la sábana. Tenía el vibrador en la mano. Mientras se acariciaba el vello del sexo, dudaba. Nunca había utilizado un aparato para conjurar un instante feliz. Prevenciones y recelos acudieron a su mente, pero los ahuyentó. Acercó el pene metálico a su cuerpo. Las redondeces del metal se acomodaban entre los pliegues de la piel. Lo conectó, un suave ronroneo recorriendo sus lugares secretos. Se dejó llevar por la caricia. Pensó que el juego dependía de ella. No tenía que estar pendiente de las capacidades de nadie para que le proporcionara placer. No tenía que padecer, si el otro parecía cansado o estaba medio dormido. Todo el tiempo le pertenecía. No había lugar para el fingimiento. Hacia delante y hacia atrás, el pene moviéndose por la zona del clítoris. Aumentó la velocidad. Se lo metió en el sexo como si fuera una barca que navega en un río. Oleadas cálidas se superponían. La certeza del gozo que crece, que se apodera de cada rincón. Quería prolongarlo más. Volvió al ritmo inicial, mientras gotas de sudor le bañaban la frente. Se mordía los labios. Una presión al mando, cuando sentía que llegaba el orgasmo. El pene metálico, en contacto con su sexo, casi quemaba. Pensó que tenía vida propia. Recordó el rostro del vendedor. Aquella expresión que le aseguraba alegría para el cuerpo. Fue un orgasmo intenso, salvaje. Se retorció entre las sábanas. La hizo muy feliz. Desde aquella noche en Londres, Antonia se convirtió en adicta al placer solitario.

XIX

Todas las estaciones de tren se parecen. Son espacios para la melancolía y la huida. Desde un vagón, se confunden los paisajes. Las geografías se difuminan. El tiempo pierde sentido porque no podemos acoplar los pensamientos y la velocidad. Las distancias se imponen como la única certeza posible. Sólo hace falta que nos dejemos llevar, con el cuerpo quieto en el asiento, mientras las ideas siguen el ritmo del viaje.

Preparó la maleta. Metió lo que le pareció imprescindible. No fue una buena elección. Su mundo, convertido en un caos, la observaba desde el fondo del armario. ¿Dónde estaba la paciencia que la ayudaría a seleccionar prendas de vestir, objetos, recuerdos, fotografías? Con movimientos rápidos, escogió indiscriminadamente. Tampoco se entretuvo en ordenar aquella curiosa mezcla. Había libros que tendría que haberse llevado, la falda que siempre le gustó quedaba en un cajón, los cuadernos en el escritorio. Lo pensó cuando ya estaba lejos. ¿Si no le dolía dejar su vida atrás, qué importancia tenían los objetos que habían formado parte de ella? Ninguna. Lo único que pretendía era no pensar. Actuar limitaba la fuerza de las ideas. Se movía deprisa al bajar la maleta por la escalera. Cuando paró un taxi para que la llevara al aeropuerto de Son Sant Joan, su mirada hizo un recorrido por la tristeza.

El dolor que vivimos se traslada a nuestra percepción de las cosas. Observaba los árboles de la avenida, los abrigos de la gente que andaba por la acera, el cielo invernal. Los movimientos le servían para anestesiar la pena. No avisó a nadie de su partida. A sus padres los llamaría desde Barcelona; a los amigos, les enviaría postales cuando fuera capaz de escribir algunas líneas. Hay momentos en los que el destino de la ruta no tiene valor, sólo la propia ruta. No se planteó adónde iba. El final del trayecto era una incógnita. Sólo sabía que se iba lejos, más allá del mar que amaba, de los paisajes conocidos, de la vida con Ignacio. Subiría a un avión y empezaría el itinerario de estación en estación, de tren en tren, de ciudad en ciudad.

El vuelo a Barcelona no duró mucho: treinta minutos que pasaron deprisa, mientras veía la isla empequeñecerse. Una extensión de tonalidades verdes y marrones iban perdiendo la precisión de su perfil. Las formas cuadriculadas de las albercas, los molinos de viento, los cultivos y las casas se convertían en juguetes. Todo se volvía inofensivo, como si en aquel trozo de paraíso no existiera el dolor. No soportaba el lugar donde nació, donde había crecido, donde amó y fue abandonada por el amor. No le era posible continuar viviendo allí, recorrer las mismas calles, ver los rostros conocidos, las fachadas. Desde el aire, cada rincón adquiría una suavidad que ella observaba sin implicarse. Cuando se nos para el universo, no hay lugar para la nostalgia. En todo caso, algo de añoranza.

Del aeropuerto de El Prat fue directamente a la estación de Sants. Las estaciones de tren son un escondrijo anónimo. Tienen un aire frío y sucio que ayuda a convertirlas en lugares inhóspitos. En los aeropuertos, las personas tienen aspecto de saber adónde van. En las estaciones, las vías tienen una longitud infinita, la gente parece indecisa. Es fácil subirse a un vagón que no esperábamos. Pasa como en la vida, cuando alguien nos invita a bailar justo cuando terminamos de dejar atrás las luces de la pista. En un aeropuerto, nadie se equivoca de vuelo. Los trenes nos llevan lejos por kilómetros de paisaje. Miró el panel que anunciaba las salidas. Eran las cuatro y cuarto de la tarde. A las cuatro cuarenta salía un tren hacia Montpellier. Tuvo que apresurarse para comprar un billete hacia el norte. Llegó por la noche. Subió por la rue Maguelone, hasta la place de la Comédie. Había un hotel sencillo que tenía el mismo nombre que la plaza. Unos tiovivos giraban rodeados de luces, bajo una carpa blanca y azul. Junto al edificio de la Ópera, una estatua de las Tres Gracias que danzaban, enlazados los brazos. La piedra de sus cuerpos destacaba sobre un fondo de musgo. Alguna paloma volaba, inquieta. Cenó en una *crêperie* de la esquina y se fue a la cama con una sensación de profundo agotamiento. No quería pensar, ni pasearse hasta las salas de cine que estaban a pocos metros, donde proyectaban las mismas películas que había visto en Palma. Todo estaba muy próximo. Sentía el pasado del que se alejaba a corta distancia. Se durmió muy tarde, con el rostro de los actores grabado en el pensamiento.

El día siguiente amaneció gris, con niebla. Desayunó en uno de los cafés que daban a la plaza. Pasó de largo ante un pequeño mercado donde vendían fruta, zapatos, revistas viejas. En la explanada Charles de Gaulle había cinco esculturas colocadas en línea recta, pintadas de colores brillantes: rojo, verde, ocre, azul, amarillo. Eran cuerpos de personas decapitadas. Les faltaba la cabeza, como a ella le faltaba algún miembro. Todavía no había descubierto cuál era exactamente. La explosión de colores le hacía pensar que las figuras se habían apoderado de la fuerza del cielo. Le habían robado la intensidad a la ciudad, que parecía demasiado tranquila. Se preguntó si podría quedarse una temporada, tal vez vivir allí. El entorno le resultaba familiar. Encontró la respuesta cuando regresaba al hotel: vio a un músico. Tenía una barba larga y tocaba la guitarra. El hombre la trasladó a la calle Sant Miquel, junto a los arcos de la plaza Mayor. Aquel músico había estado en Palma; lo sabía con certeza, porque le había oído a menudo, mientras caminaba por la ciudad. En alguna ocasión, le había dado un par de monedas. Detenía el paso, inclinaba el cuerpo. Se miraban; él le sonreía con gratitud. Los paseos por su ciudad regresaban como una cita. Rostros repetidos, acordes idénticos. No sabía su nombre, pero era la misma persona. Sólo cambiaba el escenario. Le parecía imposible, pero era real.

Se dio cuenta de la necesidad de marcharse. Hay distancias que no curan, que resultan insuficientes. Aun cuando estaba agotada, no podía pararse en la primera estación. Tenía que continuar el viaje, porque todavía estaba demasiado cerca de casa. En la recepción, le informaron de que a las trece y veintinueve salía un tren hacia Marsella. Tuvo el tiempo justo para cerrar la maleta, que no había llegado a deshacer, y llegar a la estación. Andaba deprisa, pero aun así tuvo que correr en el último tramo. Miró por la ventanilla, desde un vagón que iniciaba la ruta despacio. Suspiró, aliviada por saber que había mucho camino que recorrer. ¿Por qué Marsella? Lo ignoraba. Quién sabe si era por el mar.

Tenía una sensación permanente de ausencia. No percibía la lejanía de los otros, sino la suya propia. Era curioso, porque nunca antes lo había experimentado: la sensación de no existir realmente. A veces olvidamos algo importante. Una cita que no habíamos anotado en la agenda, el aniversario de alguien, las llaves de casa.

También era posible olvidarse de uno mismo, dejarse ir en cualquier esquina. Lo comprendió poco después de que Ignacio decidió abandonarla. Tenía que haber una correlación entre los dos hechos. Cuando él se fue, debió de irse ella también sin saberlo. Aunque la vida continuara aparentemente idéntica, el mundo era distinto. No ocupaba un lugar en aquel universo incomprensible. Iba por las mañanas a la radio, hablaba con los compañeros, se refugiaba en casa de sus padres, andaba por las calles. Hacía lo mismo de siempre, pero no estaba. Difícil de entender, difícil de describir. Se sentía cómoda en el vagón. Viajar en tren es algo parecido a existir y no existir. Empiezas una ruta de vías idénticas, de paisajes que la velocidad hace semejantes, de rostros que cambian en cada estación.

Camino de Marsella, observó a las personas que ocupaban los otros asientos. Había mujeres de aspecto cansado, hombres serios. Las horas relajaban sus facciones, porque el agotamiento transforma los rostros. Hace que los párpados empequeñezcan los ojos, dibuja surcos de fatiga. Se preguntó qué historias ocultaban; quién sabe si felices o desgraciadas. No le importaba en exceso. Cuando vivimos obsesionados por el dolor, prescindimos del resto de la gente. Su curiosidad, antes despierta, estaba adormecida. Los miró sin verlos. Con indiferencia, se daba cuenta de los movimientos que se producían en el vagón: alguien que subía, alguien que bajaba. De vez en cuando, le llegaba el eco de unas palabras, fragmentos de conversaciones que no intentaba descifrar.

La estación de Saint-Charles es inmensa, perfecta para sentirse perdido. En el alto techo, un entramado de vigas de hierro. Una escalera mecánica conducía a la salida. El entorno era hostil.

Fuera la esperaba una escalinata de piedra. La maleta empezó a hacerse pesada; los escalones se multiplicaban ante sus ojos. Se sentó en el suelo, indecisa antes de dejarse engullir por las pendientes de las calles, por las construcciones caóticas. Era una ciudad dura, áspera. Marsella portuaria, donde se imponía la mezcla de razas. Un buen lugar para meterse en el caos. Vio rostros como máscaras, coches destrozados, bares que no invitaban a sentarse. Bajó la cuesta, arrastrando la maleta. Atravesó el boulevard d'Athènes, hasta la rue Gambetta, un paseo más ancho. Se paró en el hotel Royal, el primero que encontró por el camino. No perdió mucho rato en registrarse. Una mujer con cara de pocos amigos le preguntó cuánto tiempo se quedaría. La observó desde muy lejos.

–Todavía no lo sé. Acabo de llegar.

–¿No sabe cuántas noches tengo que reservarle?

–Tres noches, quizá cuatro.

–¿Tres o cuatro? –Parecía impaciente.

–Acabo de bajar del tren. Vengo desde muy lejos, y estoy cansada.

–Todo el mundo viene de lejos; todos están cansados. –Se encogió de hombros con un gesto de indiferencia, como si la historia no fuera con ella.

–Tres noches serán suficientes. No me quedaré demasiado en esta ciudad.

–Estoy segura. –Su sonrisa era una mueca–. El documento de identidad, por favor.

–Sí. –Se lo dio como una autómata–. ¿Podrían subirme la cena a la habitación?

–No tenemos servicio de habitaciones.

–Tendría suficiente con una ensalada o un bocadillo.

–Tengo unas bolsas de patatas fritas. Es lo único que le puedo ofrecer.

–De acuerdo.

Habitación cuatrocientos quince, un pasillo interminable. Se echó en la cama sin desvestirse. Con un movimiento brusco, se había quitado los zapatos, mientras retiraba la colcha de un color indefinido. Las sábanas le parecieron relativamente limpias. Dejó la maleta en una banqueta, la bolsa de patatas en el suelo. Se durmió enseguida. Fue un largo sueño, que duró casi doce horas. Nadie la interrumpió, ni oyó el ajetreo de la ciudad. No hubo pasos, ni conversaciones. Una oscuridad solemne se imponía. Tuvo frío, porque el aparato de calefacción estaba estropeado, y no había cogido las mantas del armario. A pesar de los huesos doloridos, no se movió. Parecía el cuerpo muerto de un alma muerta.

Estuvo muchas horas en la habitación. A veces, dormía; otras, miraba el techo manchado de humedad. Salía a dar una vuelta y a estirar las piernas. Comía un bocadillo en un bar, compraba algún periódico que sólo hojeaba. Llevaba unos pantalones vaqueros y un jersey, el rostro sin maquillaje, los cabellos sujetos. Andaba sin mirar a ninguna parte, sin ver a nadie. La calle era de una dureza difícil de describir, que se parecía a su estado de ánimo. Pasearse entre rostros indiferentes no resultaba incómodo. El primer día, al despertar, su impulso inicial fue marcharse de nuevo. Suspiraba por coger otro tren, pero las fuerzas le fallaban. Partir siempre resultaba agotador. Sabía que antes de continuar el trayecto tenía que recuperarse. Vivía con una sensación de absoluta transitoriedad: todo significaba un paréntesis, nada era definitivo. Le gustaba saberlo. Cuando somos incapaces de decidir, la imposibilidad objetiva de una elección nos tranquiliza. Marsella no era su destino. Lo supo desde el principio. Cuando volvía al hotel, la recepcionista la saludaba con un gesto. Inclinaba la cabeza, iniciaba un movimiento de cejas, dibujaba una sonrisa. No había indicios de la hostilidad inicial, sino un intento sutil de aproximación. Pero Dana no se paraba a hablar, aun cuando intuía la curiosidad de la otra, una soledad paralela a la suya. No se preguntó cómo se llamaba, ni qué vida llevaba. Continuaba su desinterés por la gente.

Volvió a la estación. No habían pasado muchos días, había perdido la cuenta. Se acomodó en un vagón haciendo un gesto de complacencia. Apoyó la cabeza en el respaldo, mientras respiraba profundamente. Le resultaba grato refugiarse en el tren. Lejos de cualquier lugar concreto, las vías se prolongaban entre ciudades. En el último momento decidió que se iba a Niza. Como siempre, dudaba hasta el final. La duda había sido una constante en su existencia. Volvería a ver el mar, en un ambiente distinto de aquel aire agresivo que había respirado por las calles de Marsella. Buscaba una ciudad con un paseo marítimo, lleno de palmeras y farolas. Un mar con el mismo azul de Palma, matizado con un punto plateado. Recobrar la sensación de placidez que la hiciera pensar en el orden y la calma. Ver jóvenes con patines recorriendo el paseo.

Encontró edificios elegantes, con soberbias fachadas. Desde la estación Central, recorrió la rue Berlioz. Las casas tenían un aspecto confortable incluso desde fuera. Adivinó enseguida el contraste abrupto con Marsella. Eran ciudades muy distintas. Pertenecían a extremos opuestos, a concepciones y a historias diversas. Una, embrutecida, casi salvaje; la otra, refinada en exceso. Pensó que había aprendido a conocer las ciudades. Se podían percibir los lugares, como las personas o los perfumes. Sólo hace falta acercarse con atención, el instinto al acecho. Sin quererlo, recordaba el olor a Ignacio. Una vez se lo había dicho:

−Me gusta olerte cuando no estás.

−¿Qué quieres decir? −le preguntó él, con una sonrisa.

−Dejas el olor a tu cuerpo en las sábanas, en el albornoz, en las toallas.

−Debe de ser la loción del afeitado.

−No. Es tu piel. Me encanta hundir la cara en la ropa y buscar tu rastro. Cuando estás fuera, tu olor me hace compañía.

−Aunque no esté, siempre estoy cerca de ti. ¿No lo sabías?

−Lo puedo sentir.

Ignacio estaba lejos, pero el olor traspasaba distancias. Debía de llevarlo grabado en el cerebro. En el tren, donde se mezclaban los olores de muchos cuerpos, podía distinguirlo. No estaba en el aire, sino en sí misma, como una condena inevitable. Quería escaparse, pero las horas en el vagón sólo servían para aletargar la pena. La ayudaban a meterla en formol, como si fuera un cadáver que hubiera que conservar. Vivía su tristeza en un tren, en un recorrido absurdo sin final. «¿Dónde podré pararme? −se preguntaba−. Todos los lugares me resultan hostiles. Querría estar sentada siempre en un vagón, mantener la sensación de partida. Correr lejos, más lejos todavía. No pensar en nada. No tener que hablar con nadie. Observar cómo pasan de largo las calles y la gente, mientras la vida vuela.»

Se instaló en el hotel Ambassador, en la avenue Suède. Estaba muy cerca del mar. Para llegar tenía que cruzar un jardín con árboles. Aprovechó las mañanas soleadas de enero para captar la luz: aquellos rayos de sol indecisos que perseguía con afán. Eran escasos. Decidió quedarse algunos días. No fue como en Marsella, una sonámbula entre el ruido del tráfico; la superviviente que duerme y anda. Quería imaginarse allí, hacer un simulacro de permanencia. Pura mentira, porque había olfateado el aire desde la estación. Los aromas de Niza le prometían días suaves, pero no un puerto definitivo donde quedarse. «Todavía no», se repetía.

Estuvo aparentemente tranquila, aprovechando la calma que se respiraba. Se levantaba tarde, después de una noche insomne. Conciliaba el sueño cuando nacía el día. Dormía en un estado de inconsciencia poblada de pesadillas. Se pasaba las horas junto al mar. Si el día era frío, se abrochaba el abrigo hasta el cuello. No le importaba soportar el aire en el rostro, el viento en el cuerpo. En cualquier momento, una racha se la llevaría. Estaba segura. El vendaval decidiría su destino, el lugar donde podría vivir en paz. Era un consuelo imaginar que no le haría falta escogerlo, porque la naturaleza lo elegiría por ella. Sólo tendría que extender los brazos y dejarse llevar, como si fuera un pájaro.

Después de ocho días mal contados, volvió a la estación. Hay citas que son inevitables: tenía la impresión de que nunca dejaría las vías del tren. De vagón en vagón, observando rostros que sólo ocupaban un breve espacio de su vida. No retenía las facciones, ni hacía ningún esfuerzo por recordar conversación alguna; las conversaciones de los demás, porque ella siempre callaba. Génova es una ciudad alargada y estrecha situada junto al mar. Intuyó que allí se podría respirar, donde se junta el puerto con el porto Antico, cerca de un *aquarium* que no pensaba visitar. Las peceras constituían un mundo demasiado silencioso para una persona condenada al silencio. No podría haberlo soportado. Bajó a la estación de Brignole con un sentimiento de tregua. ¿Dónde estaban las plazas y los callejones italianos? La idea de recorrerlos le resultaba seductora. Algunos paseos y volver a irse no sabía hacia dónde. En la via 20 Settembre descubrió un hotel que se llamaba Belsoggiorno. Podía ser un buen augurio para aquel minúsculo futuro. La provisionalidad invita a vivir instantes muy breves, a creer que la vida no va más allá de esos momentos.

Fue a parar al cementerio Staglieno por casualidad. En el hotel oyó que alguien hablaba de ese lugar. Prestó atención mientras se decía que, en aquella ciudad, quizá el mundo de los muertos era más interesante que el de los vivos. Tenía que tomar el autobús número doce y bajar en la cuarta parada. Antes de llegar, había una calle de vendedores de flores. Estuvo a punto de comprar un ramo. Lo llevaría en las manos como si fuera una novia; lo dejaría en una tumba anónima. Desistió mientras atravesaba el portal amarillo. Al fondo, un camino bordeado de cipreses. En un espacio de tres kilómetros cuadrados, miles de esculturas y mausoleos.

El mármol de Carrara daba forma a las figuras de nobles, de armadores, de comerciantes y de burgueses. Había una bellísima mezcla de estilos. El impacto de la piedra la dejó sin habla. Vio representaciones de pensadores ilustres, mecenas generosos, médicos que atendieron a papas, un fraile que leía un libro de piedra con palabras escritas en latín, familias enteras que rodeaban la cama de un difunto. Capitanes de naves de guerra, embajadores y juristas se mezclaban con figuras alegóricas. Se detuvo delante de la imagen del caballero san Jorge, listo para luchar contra las garras del dragón. En el escudo, llevaba el emblema de Génova. Contempló la tumba de una mujer que había muerto embarazada. Se llamaba Luisa Oneto; provenía de una acaudalada familia de banqueros. Había nacido el día 7 de febrero de 1848. Tenía diecisiete años cuando la enterraron, cuando la transformaron en la escultura de una joven con una paloma muerta en la mano, una flor rota en el regazo.

Un poco más lejos, la figura de una vendedora ambulante. Vendía collares y pan dulce. Se llamaba Caterina Campodonica, *la Paisanna*. Había vivido en el centro histórico de la ciudad, en

Portolia. La inscripción, escrita en dialecto genovés, no le resultó a Dana fácil de traducir. Decía que había soportado el viento, el sol y el agua cuando iba a vender pan, pero tenía dinero para hacerse una tumba como las de los burgueses; toda una vida de miseria con el objetivo de preparar su propio monumento funerario. Debía de haber ahorrado durante años, mientras el tiempo se le iba. Ahora permanecía quieta, transformada en mármol.

Empezó a llover. Las gotas caían en la tierra. El cielo era gris, pero la piedra tenía vetas claras. Encontró a un hombre que hacía de guía en el cementerio. Por unas monedas, le contó algunas anécdotas del lugar. Estaba orgulloso de la opulencia de los muertos, tan indiferentes a la pobreza en que él vivía. Le dijo que, en Génova, había más muertos que vivos. Dana pensó que en cualquier parte del mundo sucedía lo mismo, pero no quiso desilusionarle. Cuando le habló de los cinco camposantos, escuchó atenta. Había uno en el que, durante décadas, sólo enterraron a los suicidas. Era la gente que había querido marcharse para siempre, coger el último tren. No debía de ser malo ser capaz de decidirlo. Después de un itinerario sin rumbo, había llegado a Italia. En un cementerio que era un homenaje a la belleza, el mármol le hablaba de la muerte y de la vida. Aquella explosión de arte era un canto a los muertos, pero también era una invitación a vivir. Las esculturas consiguieron conmoverla. Lo que crean los hombres puede ser mucho mejor que los propios hombres.

Curiosa contradicción: en las calles, en la somnolencia del vagón, en los encuentros que rehuía, nada había servido para despertarla. Había vivido los días sin vivirlos. Las figuras de piedra le devolvían, en cambio, una curiosidad que había creído desaparecida para siempre. Pensó en el cementerio de los suicidas y se preguntó si quería descansar definitivamente. Era el momento de decidirse por el blanco o por el negro. La vida puede ser una moneda que se lanza al aire. No nos sirve optar por soluciones intermedias, porque la moneda nunca cae de canto. Viajar en tren le había servido para aplazar la necesidad de escoger. Con la mano, acarició la piedra. La percepción de su frialdad, que debía de parecerse a la de la muerte, le resultaba grata. Cuando Ignacio la abandonó, había deseado morirse. Habría pedido una muerte tranquila, irse sin aspavientos ni llantos, fundirse con la tierra de la isla. Aun así, huyó de Mallorca. ¿Marcharse había sido una forma de optar por la vida? No lo sabía. En Staglieno, se topaba de cara con lo que había querido obviar. La muerte y la vida estaban allí tan presentes que no le permitían continuar pasando de largo. Miró los rostros de las estatuas, las formas del cuerpo, los pliegues de la ropa. Lo decidió: iría a Roma y malviviría, entre la belleza que dejan siglos de vidas inútiles.

CUARTA PARTE

XX

El Trastevere es un buen refugio. Más allá del río, en la otra parte de la Roma monumental, que hace sentir minúsculos a los viajeros, hay un barrio de calles estrechas y viejos edificios. Es un lugar para perderse, un lugar donde la sombra de quienes andan se confunde con las sombras de las casas. Llegó un día de enero. Hacía frío. Llevaba un abrigo que arrastraba por el suelo sin darse cuenta; una cola de tela marrón que se hacía más oscura con el agua de los charcos, mezclada con el barro. Llevaba el pelo todavía mojado por la lluvia, aquella lluvia que ya no cae, pero que deja el cielo gris. Tenía las facciones del rostro endurecidas por el frío y por los días vividos de ciudad en ciudad.

Alguien le había hablado de unas calles. Cuando empezó a andar, se sintió reconfortada. Era una sensación curiosa, difícil de describir. Aquel lugar se adaptaba bien a su pequeña vida de mujer perdida. Le ofrecía rincones tranquilos, fachadas escritas con *graffiti*, tiendas de barrio donde se venden cosas sencillas, sin demasiado valor, pero que hacen compañía. Reinaba allí un cierto desorden y una suciedad que no inspiraba rechazo, sino que creaba la percepción de humanidad que duerme y respira, que come y pasea, que mira el mundo.

Comió en un establecimiento de la via della Paglia: la Canonica, una pequeña iglesia convertida en restaurante. El camarero, que se llamaba Pietro, le contó que allí no había cobertura. En aquel lugar, los móviles eran objetos inútiles, que no se podían usar. Se lo dijo en broma, asegurándole que no era nada extraño, porque la gente no habla por teléfono en los lugares consagrados a Dios. Mientras devoraba un plato de espaguetis, pensó que nadie podía localizarla, que no podía intentar establecer conversaciones con amigos, que había dejado atrás el pasado. Ese pensamiento no le hizo daño, porque surgió de una forma espontánea, fruto de una circunstancia casual. Los hechos pequeños nos trasladan, sin quererlo, a otros hechos mayores. Un espacio sin cobertura telefónica no constituye una rareza imposible de encontrar. No resulta sencillo, en cambio, conseguir un instante de paz en un pensamiento que vuela, incansable. Es todavía más difícil saber que una historia se ha acabado.

Creía que las historias nunca terminan por completo. Nos acompañan como un regalo o un castigo, pero no se desvanecen como la niebla. Nos persiguen por los caminos de la memoria. Se transforman en fantasmas traslúcidos que aparecen en momentos poco oportunos. Hay que aprender a convivir con ellos. Apaciguados sus fuegos, se tiene que saber mirar hacia delante. Las obsesiones nos matan. Cuando conseguimos apaciguarlas, nos convertimos en supervivientes. Ella no aspiraba a más. Se tomó un café en aquella tasca llena de romanos que comían, alejada de los extranjeros distraídos por las grandezas de la ciudad. Después continuó el paseo, notando algo más pesado el abrigo, empapado de agua sucia, pero con una agilidad en las piernas que no habría creído que le fuera posible recuperar. Llegó a la piazza di Santa Maria in Trastevere. Muy cerca, descubrió la Osteria della Fonte. Era la pensión de sus primeros tiempos romanos.

En aquella casa, que tenía un comedor soleado, se quedó. Cuesta detener los pasos, escoger un sitio donde instalarse. Quizá son los lugares los que nos eligen a nosotros. A lo largo de la vida recorremos muchos. Descubrimos parajes luminosos, oasis de calma, hervideros en movimiento, desiertos. Algunos nos seducen; otros nos inspiran rechazo. A menudo sentimos desinterés, y poco más. A veces, un lugar nos ofrece un auténtico refugio. Entonces sabemos que no queremos reemprender la ruta, que estamos donde queríamos llegar. Es una sensación plácida, que nos hace sentir privilegiados, con la certeza de que hay un rincón que estaba esperándonos. Reconocernos en un espacio no es fácil. Dana percibió que había encontrado un puerto en mitad de la tormenta. En el Trastevere, en una pensión de oscura escalera, el tiempo y el reposo curarían sus males. Se habían acabado los días de vorágine, los pasos inútiles, la mujer nómada que huye. La Osteria della Fonte era el remanso de agua dulce al que se acerca el ciervo herido.

Los primeros tiempos se definieron por una inmovilidad absoluta. Instalada en la habitación, deshizo la maleta que había ido rodando con ella por el mundo. El paso por muchas estaciones la había deformado, había abierto cortes en la piel, que era de cuero azul, pero que parecía un mapa de indefinidas siluetas. La vació de la ropa, de los pocos libros que llevaba, de las fotografías, del cofre donde guardaba los pendientes, los anillos, un collar de aguamarinas. La habitación era austera, de una simplicidad que agradecía. Colgó los vestidos en el armario, algunas fotos junto a la cabecera de la cama, los libros que amaba, cerca. Después, se sintió agotada, como si poner un mínimo de orden a su alrededor hubiera resultado un esfuerzo excesivo. Se metió en la cama y el agotamiento fue ganando cada centímetro de su cuerpo. Era una antigua fatiga, que venía de lejos. Se le mezclaban todas las imágenes que sus ojos habían captado, paisajes y rostros, edificios y bosques que pasan de largo, mientras nos alejamos. Entre todas las visiones, que se superponían difuminándose, sólo veía una con nitidez: el rostro de Ignacio.

Se dejó invadir por la quietud. Había pasado muchos días en movimiento, víctima de una loca carrera. Quien escapa de su propia existencia no llega a ningún destino, ni conoce la calma. Por fin podía descansar. Había conseguido vencer el miedo al silencio. Metida entre aquellas paredes, la soledad le resultaba grata. Un deseo inmenso de sueño se apoderaba de ella. Intentaba dormir. A veces, lo conseguía durante horas. Se sumergía en un estado de inconsciencia que la alejaba de la realidad. En otras ocasiones, daba inútiles vueltas en la cama. Los relojes no existían. No había un ritmo lógico del tiempo. La vida de los demás transcurría a su lado, pero no le inspiraba ningún interés. Desde lejos, le llegaban las voces de la pensión: el ajetreo de los pasos, las conversaciones, las risas, la sombra de un llanto. Dana era una mujer en estado de letargo hasta que encontró a Matilde.

Hay encuentros que nos cambian la vida. Hay personas que llegan en el momento preciso, como si surgieran de un encantamiento. Se convierten en criaturas benéficas, que curan viejas heridas. Nos reconcilian con nosotros mismos. Le divertía pensar que, en otras circunstancias, no se habría fijado en aquella mujer menuda que vestía con extravagancia. Con una mirada rápida, la habría considerado vulgar, nada interesante. Todo lo vivido le había servido para que observara el mundo desde otro prisma. Tenía la mirada limpia de los niños y astuta de los viejos. No permitiría que ningún prejuicio se interpusiera entre ella y quien tenía enfrente. Nada distorsionaría la imagen de una mujer magnífica. La descubrió en las conversaciones en el comedor de la pensión. Eran charlas que se prolongaban cuando los otros huéspedes habían abandonado las mesas. El espacio era propicio para las confidencias. Hay historias que cuestan de contar. No encontramos las palabras justas que sirvan para describir lo que hemos vivido. ¿Qué palabras pueden expresar la sorpresa, el miedo o las dudas? ¿Con qué frase se construye la profundidad exacta de un sentimiento? La dificultad también puede surgir de quien nos escucha. No es sencillo encontrar al interlocutor que pone las dosis justas de atención, de buena voluntad, de afecto. La persona que calla y que habla, que respeta los silencios, pero no nos deja nunca sin respuesta. Una combinación casi imposible que tuvo la suerte de descubrir. Le contó su historia a Matilde. La otra la escuchaba sin hacerle reproches ni formular demasiadas preguntas. No juzgaba, ni pedía explicaciones, ni manifestaba extrañeza. Bebía un capuchino, mientras con la mano izquierda, que tenía los dedos delgados, nerviosos, hacía minúsculas bolas con los restos de pan que había en el mantel.

Hay historias que, cuando se han contado, parecen menos terribles. Los fantasmas toman forma a través de las palabras. Cuando se concretan, no nos asustan. Empezó a vencer el miedo en las conversaciones con Matilde. También en aquellos primeros paseos que dieron juntas por Roma. Le costó salir de la pensión, abandonar el refugio y asomarse a la luz. Al principio, no quería ni escucharla. Aseguraba que necesitaba descanso, que había recorrido demasiadas calles, que no tenía fuerzas para enfrentarse al mundo. Matilde le hablaba de plazas y mercados, de iglesias y de pintura. Le decía que tenía que permitirle acompañarla, elegir algunos lugares que quería compartir con ella. Se lo contaba de vez en cuando, de pasada, sin insistir. Lo comentaba y cambiaba de tema, mientras Dana sonreía vagamente.

Volver a sonreír le hacía percibir los gestos: el rictus de los labios curvándose, los ojos que recuperan el brillo. No es fácil recobrar la espontaneidad de una sonrisa, cuando la habíamos borrado de la memoria. Habían pasado meses. Como un hecho natural que no se busca, sino que aparece en el momento oportuno, sentía una ligera alegría, casi imperceptible, que permite que los músculos del rostro se relajen, al tiempo que pierden la rigidez que transforma la cara en una mueca. Al darse cuenta, se sorprendió. Miró a Matilde. Supo que ella se había dado cuenta de que su vida era distinta; habían creado un tejido de complicidades lo suficientemente intensas como para que pudiera entenderlo.

Fueron a la piazza Campo dei Fiori. Matilde se puso una falda plisada, que ondeaba con sus movimientos. Llevaba un jersey verde, que anunciaba la primavera lejana. Los zapatos, con puntera y tacones, la levantaban algunos centímetros del suelo. Dana se vistió con unos pantalones anchos, un jersey grueso. Se recogió los cabellos en una cola. Los rostros de las dos mujeres no se parecían en nada. Las facciones eran distintas, pero también las expresiones que reflejaban. Cada una representaba un juego de colores: en Dana, todo era pálido, etéreo; las ojeras y las mejillas hablaban de días en oscuras habitaciones. Matilde hacía pensar en un pintor que había jugado con los colores de la paleta en su cara: la boca pintada de un rosa brillante, los ojos con sombras violáceas, las marcas del colorete... parecía una muñeca feliz. La otra era el retrato de una Madonna dolorosa. Contrastaban de una forma absoluta.

Había una fuente redonda, con un pequeño surtidor. Los edificios que rodeaban la plaza eran de color tierra, como si los hubiera pintado una lluvia de barro que hubiera quedado retenida en las fachadas. En un lado de la plaza, había un mercado de verduras. En el otro, uno de flores. Montañas de flores ante sus ojos. Era una fiesta de rosas. Matilde colmó sus brazos de ramos multicolores. Dana la observaba con la sonrisa recuperada, aquel gesto de los labios que había imaginado perdido para siempre. Vivía una sensación inexplicable de retorno. ¿De dónde volvía? ¿De qué lugares remotos y difíciles? No lo sabía. En la Tasca del Campo, un largo mostrador se abría a la plaza. Sobre él se alineaban las botellas. En el suelo, tinajas de madera llenas de cacahuetes. La gente los cogía, abría las cáscaras con los dientes y las tiraba al suelo. Se había formado una alfombra de una tonalidad arenosa. Matilde, con un vaso de vino tinto en la mano, hablaba, contenta:

–¿Lo ves? Roma es una ciudad de plazas. Una serie de plazas, una tras otra, unidas por calles estrechas. Me gusta esa sensación. Cuando llegué de Palma, me costó descubrirlo. Me preguntaba si sería capaz de vivir aquí.

–¿Viniste de paso?

–Llegué en un viaje organizado. Éramos un grupo de turistas que partimos en autocar, para una larga ruta. No conocía a nadie del grupo. En realidad, no quería ir. Acababa de perder a mi tercer marido, y no estaba para alegrías. Fue idea de María.

–¿Quién es María?

–Una amiga de siempre. Trabaja en un mercado. Se casó con un hombre que tenía un puesto de verduras. Quizá por esa razón decidió que tenía que hacer el viaje. Intuía que me podría gustar: Roma también es una ciudad de mercados.

–¿Mantenéis el contacto?

–Sí. Nos llamamos de vez en cuando. A veces nos escribimos alguna carta. María ha tenido suerte. Está satisfecha con la vida que le ha tocado vivir, cosa que tiene mucho mérito.

–¿Es una mujer resignada?

–No lo creo. Valora lo que tiene. Me compró el pasaje y no me dejó ninguna alternativa. Me preguntaba qué estaba haciendo yo, en aquel autocar. Me sentía imbécil, rodeada de parejas, gente que no tenía nada que ver conmigo. Hicimos las excursiones típicas. Recorrimos la Roma de los monumentos y las piedras.

–¿Te gustó?

–Mucho. Me gustó aquella magnificencia, la explosión del arte. La ciudad me impresionó, pero no lo suficiente como para decidir vivir en ella, claro.

–¿Cuándo lo decidiste?

–El último día. Sin darme cuenta, me separé del resto del grupo. Me perdí por las calles y descubrí las plazas. La caminata duró horas. Pasé de la curiosidad a la sorpresa, y de ésta a la fascinación absoluta. Fue como enamorarse. ¿Quién se hubiera imaginado que me enamoraría de una ciudad, cuando creía que ya nada me podía seducir?

–¿Y te instalaste en la pensión?

–Sí. Al principio, pensaba que era una situación transitoria. Me quedaría una temporada y regresaría a casa.

–¿A la vida de antes?

–La vida de antes ya no existía. Después de tres maridos, ¿qué me quedaba? Me lo preguntaba a menudo, pero la respuesta era triste. Aunque siempre he tenido un carácter alegre, me costaba recuperarme de las desgracias. Ponía el corazón en el amor. Tú lo puedes entender.

–Creo que sí. –La miró con fijeza. Tenían la confianza que dan las palabras dichas, lo que está contado y no hace falta repetir. Eran cómplices.

–Poco a poco, la atracción por la ciudad dio paso a un amor más profundo. ¿Cómo podría describirlo? Aquel deslumbramiento inicial no desapareció. Apagados los primeros rayos de entusiasmo, comprendí que había encontrado un lugar para vivir.

–Es curioso: yo tuve la misma sensación al pisar el Trastevere.

–Era una mujer herida que encontraba consuelo en las calles de una ciudad. Comprendí que, a veces, lo que nos ha parecido un paréntesis puede ser el inicio de un nuevo camino. La vida en la pensión era una forma de no recluirme en mí misma. Me gustaba la gente que encontraba. Conversar, compartir una mesa en el comedor. Me gustaba saber que cada encuentro era breve, que tenía fecha de caducidad. La gente no podía hacerme daño, porque nadie se quedaba demasiados días. Era una suerte.

–Yo también soy una mujer herida.

–Tú eres joven. Tienes toda una vida por delante en Roma, además de mi amistad. ¿Te parece poco?

–Me parece un regalo. Gracias.

–¿Gracias? Ya me las darás cuando hayas visto la pintura que quiero enseñarte.

–¿No volvemos a la pensión?

–De ninguna manera. Ahora le toca a Caravaggio.

Andaban deprisa. Matilde delante, con una mano en el brazo de Dana, que iba unos pasos atrás. Una hacía de guía; la otra se dejaba llevar por las calles de Roma. En la via della Scrofa está la iglesia de San Luigi dei Francesi. En una de las capillas laterales hay tres obras de Caravaggio sobre la conversión de san Mateo. Hay pinturas que cuentan una historia; mirarlas es como recorrer con los ojos las páginas de un libro. Encontramos en ellas movimientos y personajes, sentimientos que se insinúan en una mirada, gestos que nos hacen pensar en frases dichas, en palabras por decir. El pintor era capaz de utilizar la luz como si estuviera en un teatro: un foco de luz iluminando al personaje principal. La primera pintura, situada a la izquierda, representa una taberna, un tugurio donde sólo se distingue con nitidez la figura de Mateo, el recaudador de impuestos que mira con avaricia las monedas que ha ido amontonando. Jesús entra por la puerta y le señala; se ha obrado el prodigio. Él deja la riqueza para seguir al hombre de los pies descalzos.

El cuadro central es la figura de Mateo en una actitud humilde. Parece a punto de caerse del banco donde está sentado; va descalzo. Se concentra en la tarea mientras un ángel le enseña a escribir. Por último, a la derecha, el cuadro que fascinaba a Matilde. La escena tendría que representar el martirio del santo, pero el pintor jugó con la composición. Alteró el significado de las imágenes. Reconvirtió la historia en un asesinato en la calle. Mucho más simple, pero mucho más humano. La luz ilumina la espalda del asesino y el cuerpo del hombre caído en el suelo, que intenta inútilmente detener la espada del otro. La gente huye. Un niño anónimo corre, asustado. El mismo pintor se incorpora a la historia. Escapa también de la muerte.

Matilde contempló el cuadro. Entonces le hizo una señal, para que se fijara en cada detalle. Le dijo:

–Una vez, me imaginé que mataba a un hombre con un estilete. Se parecía a esta espada, pero era más pequeño, más manejable.

–¿Lo habrías hecho?

–Creo que no, pero era una posibilidad que me tranquilizaba. Ese cuadro me gusta.

–¿Porque te recuerda tu historia?

–No sólo por esa razón. Me gusta ver que incluso los santos pueden morir en la calle. Todo el mundo abandona al hombre que está a punto de morir. Se siente solo. Yo también me he sentido sola. Cuando lo vi por primera vez, pensé...

–Creíste que era una buena representación de la muerte.

–No. Me di cuenta de las ganas que tenía de vivir, a pesar de todo. Fue aquel día cuando me alejé del resto del grupo por las calles de la ciudad. Por eso he querido que tú también lo vieras.

No volvieron directamente a la pensión. Aunque Dana sólo lo intuía, Matilde era una experta en el arte de elegir el camino más largo. No se resignaba a convertir los paseos por la ciudad en una carrera para llegar a una determinada dirección. Prefería deambular. Conocía rincones inesperados, deliciosos remansos, lugares que permitían la contemplación de un detalle o el recreo de la vista. Nunca tenía prisa. «¿Qué sentido tiene llegar unos minutos antes, cuando lo único que importa es disfrutar de todos los minutos?», se preguntaba. A Dana, que era de naturaleza impaciente, la vida en Roma la atemperaba. Todo lo que había vivido con una sensación de urgencia le parecía absurdo. No protestaba, cuando la otra le mostraba un edificio, un árbol, una esquina luminosa. No olvidaría los paseos compartidos. Vendrían otros que retendría en la memoria un instante o mucho tiempo. No importaba. La primera salida trabó los lazos de amistad que se habían ido forjando de conversación en conversación, en el comedor de la pensión. En la calle, bajo la luz del día, las personas son diferentes. Se presentan sin la protección que les ofrecen las paredes de una casa. Vio minúsculas arrugas en los párpados de Matilde. Se acentuaban cuando reía. Matilde descubrió un rictus de fatiga en la cara de Dana. Eran signos que la vida había ido dejando en sus rostros, marcas que las hacían más próximas a los ojos de la otra.

Era una mañana de domingo. En viale di Trastevere estaba el mercado de Porta Portese. Era un lugar ruidoso, alegre. Se reunía allí mucha gente, dispuesta a vender cualquier cosa. Los domingos por la mañana, en Roma, todo está en venta. Los objetos más diversos se acumulan, para ser descubiertos. Había antigüedades, libros, postales, ropa, instrumentos de música, cajas llenas de secretos, cartas perdidas, álbumes de fotografías. Matilde sonreía al adivinar el entusiasmo de Dana. Le aseguraba:

—En este mercado puedes llevarte muchas sorpresas. Roma vende el mundo a aquellos que la visitan.

—Ya lo veo. ¿Sabes que me encantan las antigüedades? Los objetos que vienen de lejos, que tienen historia...

—Aquí hay muchas historias. No imaginas lo que puedes llegar a encontrar.

—¿Como qué? —La observaba con la expresión fascinada de una niña.

—Un violín que suena sin cuerdas. Un brazalete de esmeraldas. Una caja de cartón que nadie puede abrir porque oculta los secretos de una antigua familia.

—¿Todo eso? —Sonreía.

—No sólo eso. Una cosa es comprar; la otra cosa es vender.

—¿Qué quieres decir?

—En este mercado puedes montar un tenderete y vender lo que te sobra.

—¿Yo? —Volvió a sonreír—. ¿Y qué me sobra?

—Te sobra la tristeza.

—Nadie quiere tristeza. —Desapareció la sonrisa—. Nunca tiene compradores.

—Sí los tiene. Sólo hace falta tener paciencia. Al final, siempre se la lleva el viento.

XXI

Gabriele era anticuario. Había aprendido el oficio como quien hereda una tradición que viene de muy lejos. Se sentía orgulloso de aquella tarea que habían llevado a cabo generaciones de su familia. Estaba satisfecho de haber acrecentado el negocio, de haberlo mejorado con experiencia y ganas de aprender. Estudió historia del arte en Roma. Después, dedicó un tiempo a viajar por el mundo: quería perderse por las salas de los grandes museos de Europa. Embobado delante de los cuadros de los maestros, descubrió la pasión por la pintura, aprendió a ser humilde ante la belleza, respetuoso frente a la genialidad, prudente a la hora de emitir juicios. Se aficionó a recorrer tiendas en las que vendían muebles, esculturas, cerámicas rescatadas del olvido. Cuando llegaba a un lugar que no conocía, preguntaba dónde estaba el barrio de los anticuarios. Iba a visitarlo con una sensación que era una mezcla de curiosidad y de entusiasmo. Cualquier descubrimiento le llenaba de una alegría desbordante. Nunca se cansaba de buscar. Entre todas las piezas, siempre había alguna que le robaba el corazón. Un corazón que era exigente, que no actuaba por impulsos inesperados, sino que se dejaba llevar por la prudencia.

También le gustaban los mercadillos de antigüedades. Podía recorrer kilómetros de calles donde los vendedores exhibían sus mercancías. No sentía el sol ni el frío. Se movía con cuidado, capaz de seleccionar de un vistazo las piezas más preciadas. Tenía buen olfato y un instinto depurado para diferenciar la quincalla de los objetos valiosos. Había respirado ese instinto en su casa, en un ambiente de personas acostumbradas a captar la belleza. Había ido depurando el buen gusto, hasta que se convirtió en un rasgo de su personalidad. No soportaba las estridencias. La vida tenía que ser una suma de proporciones armoniosas, de tonalidades combinadas con acierto. Podía pasarse horas en un puesto de venta. Se entretenía en encontrar aquel tesoro que hace más felices a quienes aman el arte. La emoción era una parte de su oficio, pero no la única. Estaba también su capacidad de valorar una pieza, de situarla en las coordenadas precisas del tiempo y del espacio, de intuir su historia. Entonces intervenían el análisis y el rigor. Su mirada adquiría un aire frío, la distancia necesaria para reconstruir un relato; la crónica que contaba por qué caminos había ido a parar un determinado objeto a sus manos. Cada pieza era la consecuencia de un itinerario apasionante. Su abuelo le decía que una obra de arte antigua siempre lleva la fragancia de las casas a las que ha pertenecido, de las personas que se han sentido fascinadas por ella. Podemos imaginar las conversaciones, los encuentros de los cuales ha sido testigo, las miradas que ha robado. Decía que cada una de las piezas era un receptáculo de emociones y de hechos vividos. Aseguraba que todos esos hechos y emociones habían dejado una marca grabada.

–Hay marcas que no muestran un rastro visible, pero que alteran la realidad del objeto –afirmaba–. Se oscurecen los colores o se hacen más suaves las formas. Las transformaciones resultan imperceptibles. No se captan con los cinco sentidos, sino con otro peculiar sentido que poseen algunos elegidos por la fortuna.

Ellos formaban parte de este grupo. Sabían captar los efluvios que desprenden los enseres que acumulan muchos años, diferentes paisajes, el pálpito de existencias desconocidas.

Gabriele nunca se había burlado de las afirmaciones de su abuelo. Estaba seguro de que no le engañaba cuando le decía que un cuadro era el eco de la vida del pintor, que una joya ocultaba los secretos del cuerpo que la lució, que una escultura de bronce mantenía todavía la huella de las manos que la habían modelado. Pese a las amonestaciones del padre, obstinado en afirmar que el abuelo perdía la cabeza, él sabía que las cosas tienen vida propia. Es una vida que adquieren con el tiempo y que las perfecciona. Merece la pena conservar los objetos que sobreviven con dignidad al paso de las generaciones. Inspiran respeto y deseo de poseerlos, porque mejoran la vida de quienes los saben comprender.

Durante su periplo por Europa, aprendió a valorar el arte de cerca. Las grandes pinturas no constituían un referente lejano que podía encontrar en los libros, sino momentos de su propia existencia en que había quedado cautivado por un cuadro. Significaban la contemplación y el descubrimiento. La fascinación por el arte condicionaba sus actos. Sin darse cuenta, vivió un proceso que le permitía observar de forma diferente el mundo.

Tenía aspecto de bohemio algo desaliñado, lo que le proporcionaba un aire atractivo. Nada era casual ni fortuito: la ropa que llevaba estaba hecha a medida por un sastre siciliano que se había instalado en Roma en su juventud y que ya había trabajado para su familia. Llevaba un reloj de marca y zapatos de cuero cosidos a mano. Los rizos le enmarcaban el rostro a menudo serio, pero que se iluminaba cuando reía. Las facciones eran pronunciadas y el óvalo de la cara bien dibujado. Pese a su gesto formal, tenía un aire de picardía en la mirada. Creció rodeado de una mezcla de normas rígidas que le imponía un padre exigente, y de una permisividad que le recordaba que era un privilegiado de la fortuna. El negocio familiar, próspero durante generaciones, era una garantía de vida confortable. Su apellido, respetado en la ciudad, le abría las puertas de sólidas influencias. Se llamaba Gabriele Piletti: tenía el cerebro de los ejecutivos y la sensibilidad de los artistas, una combinación explosiva que podía causarle algún problema. Aunque se esforzaba en mantener la cabeza fría para los negocios, la pasión solía jugarle malas pasadas.

De aquella época de trotamundos le quedó el entusiasmo por los viajes. Su profesión le daba la oportunidad de viajar a menudo, a la búsqueda de un objeto que perseguía durante meses. Participaba en las mejores subastas y tenía tratos con anticuarios del resto de Europa. Le gustaba arriesgar en las apuestas, no se dejaba vencer por los obstáculos. Cuando le interesaba una pieza, era capaz de actuar con terquedad en su esfuerzo por encontrarla. No escatimaba el tiempo ni la voluntad. Aunque actuaba siguiendo los impulsos de la intuición, podía parecer gélido a la hora de hacer un importante pedido. Se comportaba como si no fuera un asunto de su incumbencia; reprimía las emociones en el momento de cerrar un negocio. Luego celebraba con champán francés el éxito de la operación, y se podía pasar horas contemplando la obra que había adquirido.

La via dei Coronari es la calle de los anticuarios. Los edificios tienen las persianas viejas y las fachadas de un gris plomizo. El color ceniciento se rompe, de vez en cuando, con el verde de las plantas que los romanos sacan al exterior. Es un espacio de palacios con rejas y oscuras entradas. Las tiendas de antigüedades ocupan ambos lados de la calle. Las hay que son pequeños antros donde se amontonan los objetos. Otras son espacios más amplios, que permiten una visión global de las piezas expuestas. En el número doscientos veintiuno está la que pertenece a la familia Piletti. Se llama L'Art Nouveau. A Dana le gustaba pasearse por allí. Se había aficionado a recorrer las calles de Roma, contagiada por el entusiasmo de Matilde, convencida de que tenía un universo por descubrir. Superadas las semanas de reclusión inicial, sentía una necesidad urgente de respirar. Le encantaba perderse por los callejones, descubrir las plazas romanas, auténticos reductos de paz junto al caos. A pocos metros de las zonas más visitadas por los turistas, había espacios casi despoblados. Era un curioso contraste, que le fascinaba. Roma era el destino de millones de visitantes que acudían a pasar unos días, y nada podía distraerlos de las rutas por la ciudad monumental. Las plazas y los callejones se olvidaban por la prisa de quienes tenían que recorrerla en una jornada. Ésa era la razón: a una distancia breve cohabitaban dos mundos diferentes. Uno era ruidoso, caótico; el otro, un oasis para explorarlo, una caja de sorpresas.

A menudo se paraba delante del escaparate de L'Art Nouveau. Había expuestos tres cuadros que se habría llevado en cuanto los vio. Fue un flechazo a primera vista. Esa sensación que tenemos al encontrar un objeto que, sin querer, ya consideramos nuestro, únicamente por el entusiasmo que nos produce. Eran de Mary Golay, una pintora inglesa de principios del siglo xx. Había sensualidad en los colores de las telas; toda la fuerza que Dana habría querido recuperar. Representaban las estaciones: la primavera, el verano y el otoño. Faltaba el invierno, una casualidad que le pareció un buen augurio. En el transcurso de su tiempo romano, cuando todavía helaba por la noche, había descubierto una obra incompleta, sin invierno. Iba a verla casi a diario.

Los cuadros eran rectangulares. Cada uno representaba una figura femenina. La mujer del otoño iba vestida de amarillo. Sobre un fondo verde, dos girasoles envolvían su cuerpo: uno a la altura de la cintura, el otro cerca de sus cabellos dorados. La mujer de la primavera tenía los cabellos de color azabache recogidos en la nuca. Levantaba el brazo izquierdo en un arco y doblaba el derecho hasta el pecho. Se la veía rodeada por una explosión de flores blancas. La mujer del verano tenía los cabellos de fuego y a su alrededor flores rojas. Tocaba una lira. Las tres iban vestidas con túnicas que subrayaban las formas de sus cuerpos, la sensualidad que nace de un gesto fortuito.

La casualidad mueve a las personas. Favorece sus encuentros, pero también los desencuentros. Encontrarse puede ser fruto del azar, de la coincidencia en un instante y un lugar. No encontrarse también puede ser el resultado de una simple falta de sincronía. Hay desajustes minúsculos que nos cambian la existencia. La situación era parecida a la de sus encuentros con Ignacio, aun cuando había una diferencia importante: Ignacio y ella se habían visto muchas veces, antes de mirarse de verdad. Cada uno conocía el nombre del otro. Habían oído historias el uno del otro, porque Palma era un nido de chismorreos. Habían oído relatos verídicos y otros inventados, que sólo eran ciertos porque sus conocidos les daban la categoría de verosímiles, pero que nunca habían sucedido.

Dana era una recién llegada a Roma. No sabía quiénes eran los Piletti. ¿Cuántas veces había entrado él en la tienda, en el momento que ella abandonaba el escaparate? Todavía se recortaba su figura en el cristal, cuando el hombre aparecía con el pensamiento en otra parte. En alguna ocasión se habían cruzado: ella con la mirada perdida en un edificio; él concentrado en su último hallazgo. Un día ventoso de marzo, se pararon a mirar una misma fachada. Se hallaban a pocos metros de distancia. Entre los dos, un grupo de gente que los separaba. Ni se vieron.

Una tarde, ella se atrevió a cruzar la puerta. Aunque se imaginaba que no se podría permitir aquel deseo, quería saber el precio de los cuadros. Gabriele no estaba. La atendió un dependiente amable a quien no hizo perder demasiado tiempo. Salió con un sentimiento de imposibilidad que la entristecía. Todavía vivía de sus ahorros. Hacía meses que no trabajaba y la vida no era fácil en Roma. No se podía permitir caprichos cuando no sabía si encontraría trabajo en un plazo breve de tiempo. Calculaba los gastos mensuales con una precisión milimétrica. Destinaba dinero a lo que le era imprescindible para sobrevivir: el alquiler de la habitación, la comida, algún libro y música. Un ramo de flores del Campo dei Fiori. Poca cosa más. No tenía grandes ilusiones, porque su capacidad de desear parecía adormecida. La única excepción eran los cuadros. Al mirarlos tenía la impresión de regresar a la vida. Le habría costado describirlo. Como su principal distracción era andar por las calles de Roma, no gastaba nada en espectáculos o restaurantes. Usaba la ropa que había aprendido a amoldar a su piel, que le era cómoda: faldas largas, pantalones anchos. De vez en cuando, invitaba a Matilde a tomar un capuchino, o compraba una botella de vino. En la mesa, las dos propiciaban que la bebida prolongara la conversación. Se recogía los cabellos en una cola. Se duchaba y se vestía. Una ojeada rápida al espejo le permitía comprobar que las facciones estaban recuperando el tono de antes, que el aire le hacía efecto. Si estaba de buen humor, se dibujaba una raya negra en los ojos. Hacía meses que había renunciado al colorete y a los pintalabios. Tenía la sensación de que le hacían parecer enferma, acentuando la palidez con un toque de artificiosidad robada. Matilde le criticaba aquella falta de interés por su aspecto. Ella, que se pasaba horas en el baño, experta en iluminarse el rostro con los colores más vivos, no la entendía. Le preguntaba cómo podía ocultar los cabellos a la mirada de los demás, por qué escondía el cuerpo con vestidos sin forma alguna. Dana la escuchaba con la sonrisa recuperada, que todavía tenía rastros de fatiga, pero que ya no parecía extraña en su rostro. «¿Si alguien me preguntara a qué me dedico, si algún viejo amigo quisiera saber qué se ha hecho de la periodista trabajadora que conoció, qué podría decirle? –se preguntaba–. Tendría que contarle que he hecho un viaje muy largo, que he vivido días de lluvia. No sería fácil decir que vivo en Roma, que me he enamorado de unos cuadros, que sólo sé caminar. Andar y andar, como si me fuera la vida en ello, como si todavía creyera que puedo huir de un lugar a otro. Mi existencia es un largo paseo que interrumpo para dormir y comer, cuestiones de supervivencia física, y para hablar con Matilde, necesidades del corazón.»

Gabriele guardaba un cofre en casa, oculto en la caja fuerte del gran salón. Detrás de un cuadro que representaba a su abuelo en sus mejores tiempos, había un panel metálico que se abría con una combinación secreta. Contenía los certificados de autenticidad de obras selectas, las escrituras de propiedad de las tiendas y del patrimonio de la familia, las joyas y el dinero, y aquel cofre que nunca había abierto. Era de plata, con una combinación de dibujos geométricos, y se cerraba con tres cerrojos. Cada uno tenía que abrirse con una llave distinta. Las llaves eran de igual medida, pero de forma muy diferente. Las guardaba en una bolsa de terciopelo, cerca del cofre. Hacía años que no pensaba en él. A veces, cuando tenía que abrir la caja fuerte, lo rozaba con sus manos. Se detenía, recordando las palabras del abuelo.

Como era parco en palabras, el abuelo no quería perder demasiado tiempo. Las emociones le resultaban incómodas. Reservaba toda su capacidad de conmoverse para el arte. En la vida, siempre se contenía. Había aprendido a no manifestar sus sentimientos porque le parecían un exceso impropio de la gente educada. Aun así, nadie ignoraba que tenía una obsesión especial por Gabriele. El nieto, al que consideraba una copia mejorada de sí mismo, le inspiraba toda la ternura, una complicidad que no hacía falta expresar con palabras. Por el hijo, en cambio, no había sentido más que un aprecio forzado. Hay afectos que surgen de la voluntad, del deseo de cumplir con un deber; hay otros que son fruto de un lazo más profundo que los vínculos de parentesco. Tenía la satisfacción de sentirse reflejado en un rostro más joven, de ver cómo su curiosidad por la vida se perpetuaba en el nieto. El hijo había vivido siempre el mundo de las antigüedades como un negocio. Una forma como cualquier otra de situarse en la vida. Gabriele, en cambio, tenía una pasión idéntica a la suya. Aquella proyección le hacía menos terrible la idea de la muerte. Tenía la certeza de que, cuando él ya no estuviera, el mundo que adoraba continuaría.

Le llamó a su despacho. Nunca había sido muy paciente, pero esa vez, pese al desasosiego que sentía cuando había un tema que quería resolver, no perdió la calma. Gabriele apareció con aquella sonrisa que le transformaba la cara y que al abuelo le recordaba al adolescente que hacía mil preguntas, deseoso de saber. Antes de empezar a hablar, se miraron. El hombre mayor, admirado ante la energía que desprendía el joven; el otro, sorprendido porque descubría la decrepitud. La adivinaba aun sin quererlo, con un punto de tristeza que se apresuró a disimular. Observó cómo se movía: el temblor de sus manos, el aspecto cansado, la mirada perdida. Su abuelo le dijo:

—Gabriele, te he pedido que vinieras porque tenemos una conversación pendiente.

—¿Una conversación? —Se esforzó por alegrar aquel ambiente enrarecido—. Tú y yo siempre tendremos muchas cosas que decirnos. Sabes que me encanta que hablemos.

—Sí, lo sé. Pero ahora no me refiero a temas banales. Hay algo concreto que tengo que contarte. Lo he ido aplazando sin darme cuenta. Siempre pensaba que habría tiempo.

—Claro, abuelo. Tenemos todo el tiempo del mundo.

—No, ya no. Tengo una fecha de caducidad. No somos como el arte que sobrevive siempre. Es una lástima, pero lo tenemos que aceptar.

—Tendrás una larga vida. ¿Qué haríamos sin ti? —Era el tono de dolor de un adulto mezclado con la ingenuidad de un niño, incapaz de ver desaparecer a aquellos a quien quiere.

—Vivir. Pero de ningún modo he pretendido hablarte de mi muerte. Quería enseñarte este cofre. Míralo.

—Es una buena pieza, bella y sólida. ¿Qué contiene?

—Sí, es un buen envoltorio para proteger lo que esconde. Quiero regalártelo, pero no tienes que abrirlo hasta que llegue el momento.

—¿De dónde ha salido?

—Hace tiempo que me pertenece. Mejor dicho, lo traje desde muy lejos y fue de tu abuela. Tienes que guardarlo con cuidado, hasta que encuentres a una mujer que te robe el corazón.

—Sabes que tengo un corazón débil, que se deja robar con facilidad —intentó bromear.

—Quiero decir a una mujer a la que ames más que a nadie en

el mundo, más que a ti mismo. Cuando la encuentres, te darás cuenta. Quiero que le regales el cofre. Tendrá que abrirlo y lo que guarda será para ella.

–¿Para ella?

–Sí. Antes fue de tu abuela.

–Pero si fue de la abuela, ¿no crees que tendría que ser entonces para mi madre?

–De ninguna manera. –Se endurecieron sus facciones.

–No te entiendo.

–La razón es sencilla. Tu padre no encontró a una mujer que le robara el corazón; se casó por inercia, porque tenía que hacerlo.

–¿Estás seguro?

–Sí, estoy seguro. No es culpa de tu madre. Es tu padre quien no sabe querer. Hay personas que aman como viven: con mezquindad.

–Eres duro juzgándole.

–Digo la verdad, y los dos lo sabemos. Hay cosas que nos cuesta decirlas, pero que son ciertas. Tu padre no sabe lo que es enamorarse. ¿Qué quieres que haga? Él se lo ha perdido. Toma, aquí está el cofre. Recuérdalo siempre: dáselo a la mujer que te enamore. Espera el tiempo que haga falta, hasta que estés realmente seguro.

–¿Cómo sabré quién es ella?

–Lo adivinarás, como hice yo cuando conocí a tu abuela. Lo sabrás con una certeza que casi te hará daño. No hablemos más de ello. Dime: ¿cómo fue la última subasta? ¿Conseguiste el jarrón japonés que querías comprar?

Una mañana, Dana se despertó de buen humor. Las calles de Roma le habían calmado la ansiedad. Los paseos le habían devuelto la calma. Era una sensación que le resultaba extraña, como si hubiera salido el sol tras muchos días grises. Quiso aprovechar aquel impulso que intuía todavía débil. Se vistió con más esmero. Buscó entre la ropa del armario hasta que encontró un vestido azul. Salió dispuesta a encontrar trabajo. No fue sencillo. Tuvo que recorrer muchos lugares de la ciudad. Recortaba los anuncios de los periódicos que solicitaban a alguien para un puesto de trabajo, llamaba a los teléfonos que aparecían, concertaba entrevistas. Había recobrado la fluidez de las palabras, la capacidad de contar quién era y qué buscaba. Fotocopiaba su currículum, lo enviaba a las direcciones pertinentes. Antes le habría resultado imposible. Volvía cansada, con una sensación de derrota que se esforzaba por vencer. Matilde la esperaba en el rellano de la escalera, un hilo de esperanza en el fondo de sus ojos. Cuando la veía abatida no se decían nada. Pasaban al comedor y tomaban una taza de café. A la mañana siguiente, Dana volvía a la calle. Ya no tenían sentido los paseos sin meta ni final. Se habían acabado las horas destinadas sólo a la necesidad de recorrer cada palmo de la ciudad.

Encontró trabajo en la Librería Española, en la piazza Navona, frente a la iglesia de Santa Agnese. Era una sala rectangular, no muy grande, con una escalera que conducía al piso inferior. Trabajaba a pocos metros de la fuente de Bernini que representa los cuatro grandes ríos. En la casa vecina estaba la sede del Instituto Cervantes, donde se organizaban actos literarios. Desde la librería, colaboraba en la preparación de conferencias, de recitales poéticos, de lecturas. Era uno de los lugares más bellos de la ciudad, todos los edificios con las fachadas pintadas de rosa, de amarillo, de naranja. Había pintores en la calle y músicos que tocaban sus instrumentos. Por allí se paseaban los turistas. A mano derecha, al salir del trabajo, un quiosco de prensa. No mucho más lejos, el Caffè Barocco, donde todas las mañanas soleadas se bebía un zumo de fruta. La existencia parecía recuperar un aire de normalidad que le gustaba. No pedía mucho más: la placidez de una conversación, trabajar a gusto, levantarse con ganas de vivir. Tenía bastante con la sensación de que había recuperado el dominio de su mundo, de que había sabido reconstruirlo. La calle de los anticuarios no quedaba lejos. Cuando regresaba a la pensión, a menudo se acercaba a mirar los cuadros. Se preguntaba cuántos días más tendría la suerte de encontrarlos en aquel escaparate.

XXII

Sus dedos eran las piernas de las marionetas; el resto, un trozo de tela y un rostro de cartulina. Cuando sonaba la música, movía las manos con una agilidad prodigiosa, siguiendo ritmos bailables. Daba la impresión de que los movimientos eran reales en unos cuerpos que él mismo se inventaba. Se sentía el rey de los polichinelas. Cuando se acababa la canción, los personajes se dormían en un estuche. Sacaba otros que retomaban los pasos con idéntica gracia, dotados de una agilidad que nunca flaqueaba. Era el hombre de la camisa amarilla, de la piazza Navona. Si hacía sol, instalaba el teatro de las marionetas danzarinas. A su alrededor se formaba un círculo. Los peatones se paraban a contemplarlo. Quieto el cuerpo, los dedos no dejaban de moverse sobre el pequeño escenario. No sonreía, absorto en su propia representación, como si fuera un espectador más.

Le descubrió cuando hacía poco que trabajaba en la Librería Española. Se acercaba con curiosidad. Serían las marionetas: seguir sus movimientos la distraía. Hay momentos mágicos que nos invitan a volar. Notaba como si emprendiera el vuelo. Era un sentimiento agradable que la ponía de buen humor. El hombre llegó a formar parte del paisaje de aquella plaza. Si llovía, se iba. Recogía los bártulos en pocos minutos y desaparecía. No dejaba rastro de su presencia luminosa. La camisa amarilla se perdía tras una nube. Se estableció una curiosa complicidad entre ambos. Nunca se hablaban. Ignoraban sus nombres, dónde vivían. El movimiento de los dedos se volvía más ágil al verla. El rostro no se alteraba, pero las manos le daban la bienvenida. Le sonreían. Ella le correspondía con una inclinación de la cabeza, casi imperceptible. Se paraba unos minutos, mientras notaba la mirada del hombre. Sin despedidas pero con el ánimo alegre, se iba a trabajar. Intuía que la seguía con la mirada hasta que cruzaba la plaza.

No tenía demasiadas relaciones en la ciudad. Matilde, los dos compañeros de la librería, con quienes mantenía un vínculo de trabajo, y el hombre de la camisa amarilla. «Curiosos compañeros», pensaba alguna vez. Los huéspedes de la pensión eran conocidos ocasionales que siempre estaban de paso. Saberlo la liberaba de tomarles afecto. En cambio, conversar podía aligerar la soledad en un momento concreto; ese sentimiento incómodo que las palabras amables suavizan. Solían ser charlas breves, que le recordaban que el mundo continuaba más allá de las calles romanas. Las relaciones con sus amigos de Palma habían ido reduciéndose. Desde que vivía en Roma, se resumían en llamadas de vez en cuando. Prefería algunos minutos de teléfono en lugar de las cartas. En los mensajes escritos habría transmitido muestras de su estado de ánimo. Lo habría hecho con inexactitud e imprecisión. Pretendía mantenerlos en secreto. ¿Cómo se encuentran las palabras justas para describir las sonrisas recuperadas? ¿Y la tristeza de un día nublado, cuando el hombre de la piazza Navona no acudía a la cita? ¿Y la alegría de volver a ver unos cuadros en un escaparate? La existencia del presente era una sucesión de instantes que vivía sin querer contarlos. Lo había construido tras muchas ausencias, sobre todo, su propia ausencia mientras andaba por el mundo sin existir.

Algunos sábados iba a la via dei Fienaroli, al Bibli. A menudo la acompañaba Matilde. A veces, acudía sola. Era una librería-café, un lugar donde se encontraba cómoda. Había una serie de salas comunicadas entre sí. No eran excesivamente grandes, y el ambiente resultaba cálido. Tampoco eran demasiado pequeñas, para que pudieran reunirse grupos de gente diversa. En el suelo, viejas alfombras indias que trazaban dibujos geométricos. Los azulejos eran de un verde esmeralda que recordaba el mar; los techos eran de madera. En una terraza cubierta, luminosa, estaban ordenadas unas mesas blancas. El aroma de la comida llegaba hasta la sala de actos: fragancias de tortas que se mezclaban con los olores que desprenden los libros cuando los han leído. De una pared, que servía de tablón de anuncios, colgaban centenares de papeles con mensajes: había quienes ofrecían clases particulares, traducciones, unos gatitos, ropa usada, joyas que fueron de la abuela, pisos para compartir; había quienes pedían el título de un libro extranjero, intercambio de conversaciones en italiano, clases de cocina, especias de Oriente. Dana se paraba a leerlos. El expositor le recordaba el pizarrón de un aula imaginaria donde la gente podía escribir lo que buscaba y lo que tenía para ofrecer a los demás. No había tiza, que se borra con facilidad, sino papeles de colores escritos con todas las caligrafías imaginables, papelitos huidizos como su pensamiento, cuando los recuerdos empezaban a perder intensidad. Desdibujadas las imágenes, todo era menos doloroso.

En aquel café lleno de libros conoció a Gabriele. Era un sábado lluvioso. Como hacía frío, Matilde había optado por no moverse de la habitación. Dana se puso un abrigo, y se lio una bufanda de lana. Anduvo por las calles poco transitadas. Se sentó en una silla cerca de la ventana. Pidió un trozo de pastel y una infusión. Se concentró en las páginas de un libro de viajes que le hablaba de países remotos, de lugares inexplorados. A una mesa cercana estaba sentado Gabriele. Había quedado con un grupo de amigos para ir a cenar. Era un encuentro de viejos conocidos de la facultad que le daba una cierta pereza. Tras los estudios, sus vidas habían seguido caminos diferentes. Si no hubieran insistido tanto, habría optado por no ir. Siempre había creído que hay viejos lazos que no tienen razón de ser: hay que cortarlos antes de que nos demos cuenta de que ya nada nos vincula a ellos, ni siquiera un amable recuerdo. Como no le apetecía mucho acudir a la cita, llegó antes de la hora prevista. Era una actitud que le caracterizaba: si una cosa le resultaba poco atractiva, tenía prisa por terminarla. Le dominaba la falsa percepción de que, adelantando el reloj, acortaría la duración de ciertos encuentros. Estaba impaciente, con ganas de marcharse, hasta que vio a Dana.

El rostro parecía surgido de un cuadro de Boticcelli. Los cabellos caían ondulados sobre los hombros. Tenía los pómulos marcados y los ojos absortos en la lectura. Unos ojos lejanos, que tenían un aire de irrealidad, un algo indefinido de melancolía. Sintió la urgencia de saber cómo se llamaba. Pese a la fragilidad de las facciones, le habría costado definir su expresión. Se preguntó cómo podría acercarse a ella, ya que sentía una curiosidad poco habitual, y nada lógica, pensó, dado que la situación no era sencilla. Estaba concentrada en el libro; sus amigos, cuya presencia ahora le resultaba insoportable, no tardarían en aparecer. Podía imaginarlos llenando la sala de ruido, saludándole con grandes muestras de afecto. Con un movimiento de la mano, se retiró los rizos de la frente, miró de nuevo a la mujer que no notaba su presencia y se decidió a actuar.

Dana miró a su alrededor. Había pasado un rato alejada del mundo real, del ambiente tranquilo de la sala. Regresaba con un gesto de somnolencia, como si tuviera que esforzarse por salir de un aislamiento buscado. Era la mirada que retorna y se fija de nuevo en las cosas: la mesa con la infusión casi fría, los restos del pastel y, algo más lejos, la gente. Algunos estaban concentrados en la lectura. Pequeños grupos hablaban en un tono de voz no muy alto, que propiciaba la confidencia. Se dio cuenta de que Gabriele la miraba. Se sintió observada por el hombre de los cabellos rizados y se preguntó quién sería. Nunca le había visto por allí. Aunque iba con frecuencia, tuvo la certeza de que no habían coincidido antes. Era una mirada insistente, que no le resultaba incómoda. Al contrario, comprendió con sorpresa que le gustaba ser el centro de su atención. Durante muchos meses, había procurado pasar inadvertida. El sentimiento de desasosiego que había experimentado de una forma rotunda le había hecho desear también la ausencia de los demás. Vivía en un mundo de figuras imprecisas, donde sólo algún rostro llegaba a concretarse. Aquel hombre, de pronto, existía; no era como las demás personas que estaban en la misma sala, aunque no llegaba a comprender la razón; ni como el titiritero de la camisa amarilla.

Fingió que leía. Se refugió en el disimulo, porque no sabía cómo tenía que reaccionar. Era incapaz de mirarle, mientras él la miraba. Aguantar la insistencia de aquellos ojos le pareció un esfuerzo inútil. ¿De qué le habría servido? No se trataba de un reto ni de un desafío. Miró la página sin saber lo que ponía. Intentó pasar un par de hojas, con un gesto torpe. No estaba nerviosa como una adolescente que comprueba que un joven atractivo la observa. Se sentía confundida, una mujer que no sabe muy bien lo que sucede. Una situación vivida antes puede parecer nueva: un hombre la miraba y ella lo notaba. ¿Cuántas veces debía de haberle pasado lo mismo en otros tiempos y en otros lugares? Probablemente muchas, pero no importaban. Hay experiencias que volvemos a vivir como si fueran inéditas en nuestra vida. Una hoja en blanco, sin anotaciones ni pies de página que nos guíen la lectura de lo que todavía se tiene que escribir.

Gabriele se levantó y se acercó a su mesa. Le preguntó:

–¿Te puedo invitar a tomar otra infusión? Creo que se te ha enfriado... ese libro debe de gustarte mucho.

–Sí, estaba distraída. ¿Nos conocemos? No recuerdo haberte visto antes por aquí.

–No vengo demasiado. Ahora veo que es una lástima. –Le sonrió–. ¿Tú eres una cliente asidua?

–Suelo venir con cierta frecuencia. Es un lugar agradable.

–Sí, lo es. La verdad es que no me había dado cuenta hasta hoy. Discúlpame, no me he presentado. Me llamo Gabriele, pero no querría molestarte.

–No, en absoluto. Yo me llamo Dana. Y vivo en Roma desde hace algunos meses. ¿Quieres sentarte?

–Encantado, gracias. ¿Te gusta mi ciudad?

–Mucho. Nunca me habría imaginado que llegaría a vivir aquí. Antes había venido alguna vez; ya sabes, los típicos viajes turísticos. Desde que me instalé, soy una experta en callejones y plazas romanas.

–¿Eres capaz de diferenciar nuestras plazas? En Roma debe de haber muchísimas. Tengo que reconocer que cada una tiene su gracia.

–Es un encanto difícil de describir. ¿Sabes? Pensaba que quería vivir en un piso que diera a una plaza. Nunca me habría imaginado que el problema sería elegir en qué plaza.

–¿Ya la has encontrado?

–¿Qué?

–¿Si has encontrado la plaza y el piso que querías?

–No, todavía no. Mi vida en Roma ha transcurrido con unos ritmos extraños. Los primeros tiempos los dediqué a andar por la ciudad. No hacía nada más. Hace pocas semanas que he empezado a buscar. No tengo prisa, pero creo que ha llegado la hora de decidirse. De momento, vivo en una pensión. Estoy bien. He encontrado buena gente y el ambiente es tranquilo. Aun así, tengo ganas de encontrar mi refugio.

–¿Por qué elegiste Roma para vivir?

–No había ninguna razón concreta. Si tengo que ser sincera, al principio me daba igual. Sólo quería cambiar de aires. Fue casi por azar. Llegué, y me enamoré del Trastevere. Poco a poco, fui descubriendo el resto.

–Hay mucho por descubrir. Yo nací aquí, aunque he pasado temporadas lejos. ¿No sientes nostalgia de tu tierra?

–A menudo pienso en ella, en Mallorca. Me acuerdo más de los lugares que de la gente. Es curioso.

–¿Y tu familia?

–No tengo demasiados vínculos familiares. Mis padres son el único nexo importante. No acabaron de entender que me marchara. Hablamos a menudo por teléfono y saben que estoy bien; con eso tienen suficiente. Nunca me han hecho demasiadas preguntas. Son respetuosos y pacientes. Los pobres quizá se cuestionen qué extraño personaje han traído al mundo. No tengo hermanos ni parientes próximos. Es lo que te decía: añoro más los espacios que a las personas.

–Todos tenemos lugares que consideramos nuestros en la ciudad donde nacimos.

–Nunca lo habría imaginado antes de marcharme. Te aseguro que los lugares que añoro no salen en ninguna guía turística. Son espacios pequeños, que no tienen una belleza objetiva, pero que guardo en el corazón. Me acuerdo de una calle, de una plaza... –Sonrió–. Pensarás que soy la mujer de las plazas. Me acuerdo de los arcos del instituto donde estudié, cuando era adolescente, del pueblo de mi infancia, de un banco donde me gustaba sentarme, de un rincón del paseo Marítimo.

–¿Volverás algún día?

–No lo he pensado. No hago planes a largo plazo. Me importa mi presente romano: instalarme aquí. En el fondo, la pensión tiene un aire de provisionalidad que me cansa.

Dejó de hablar, sorprendida de sí misma. ¿Dónde estaba su habitual prudencia? Tuvo la impresión de haber contado demasiado. Él intuyó cierta incomodidad en su silencio.

–No querría parecer indiscreto. Te hago preguntas inconvenientes, precipitadas. Es como si te conociera de toda la vida. –Se rió–. Puede parecer un tópico, pero es la verdad.

Entró un grupo de personas en la sala. Eran sus antiguos compañeros de facultad. Parecían muy contentos de reencontrarse. Manifestaban su afecto, se abrazaban, se reían. Llevaban abrigos, bufandas, gorros. Era como si vinieran del frío, pero a Gabriele le dio la impresión de que lo traían. La pereza que sentía de unirse al grupo se había multiplicado por cien, por mil, por un número infinito de sensaciones de pérdida de tiempo, de ganas de quedarse donde estaba, en aquel lugar del mundo, cerca de la mujer que acababa de descubrir. Su pensamiento, acostumbrado a buscar soluciones rápidas, se apresuraba en buscar una excusa que justificase su marcha. Le dijo:

–¿Ves aquel ruidoso ejército? Iban a clase conmigo hace una eternidad. Se supone que hemos quedado para ir a cenar. Los conozco de toda la vida y no tengo nada que decirles. Acabo de conocerte y me da la sensación de que tengo muchas cosas que contarte. Apenas hemos podido hablar.

–La vida es sorprendente. –Sonreía ella.

–¿Puedo hacerte una confesión?

–¿Cuál?

–No quiero irme con ellos.

–Pareces un niño que se niega a ir a la escuela. Me haces gracia. –Era cierto, inexplicablemente. Aquel hombre la divertía, pero también le inspiraba una ternura que habría sido incapaz de justificar–. Has quedado con ellos y estás aquí. No es lógico que seas grosero con ellos. Además, fíjate: creo que ya te han visto. Te están saludando y te llaman.

–Tendré que ir. –La expresión de su rostro se había transformado–. ¿Y si me invento una excusa creíble y continuamos hablando?

–En esta situación, no hay excusas creíbles.

–Escucha, ¿cuándo podremos vernos de nuevo? Si quieres, me encantaría.

–No sé. Quizá la semana que viene. Te puedo dar mi teléfono.

–¿Y mañana? ¿Por qué no mañana?

–Es domingo. No tenía planes, pero no sé qué decirte. Es un poco precipitado.

–¿Te gusta la ópera?

–Mucho.

–Tengo dos entradas para ir. Sería feliz si quisieras acompañarme.

Hacía tiempo que no iba a un espectáculo. Los teatros, los conciertos, el cine formaban parte de una época pasada. La vida anterior a los viajes en tren, a los pasos perdidos por Roma. Ni siquiera se había planteado la posibilidad de recuperar aquello, de recobrar el placer de contemplar una buena obra, sentada en un patio de butacas, en la penumbra que favorece el juego de ficciones del escenario. Le ilusionó ir a la ópera: era una nueva sensación que recuperaba. Darse cuenta no dejaba de sorprenderla. Constataba que la vida está llena de logros que podemos rescatar cuando el tiempo hace que sean como la fruta madura. Se dejó aconsejar por Matilde y se puso un vestido negro, ceñido a la cintura, que le marcaba las formas del cuerpo. Los cabellos sueltos, los labios pintados. En su mano, el pintalabios se convertía en un objeto raro; un cachivache que tenía que aprender a utilizar de nuevo; el símbolo de todo lo que se había negado a sí misma, en un extraño exilio del que iniciaba el retorno.

Fueron al teatro dell'Opera. Gabriele llevaba un traje oscuro y una corbata con un dibujo de unicornios. Representaban *I Capuleti e i Montecchi* de Bellini. Era la historia de los amores de Romeo y Giulietta. Por obra y gracia de unas voces, el universo se trasladaba a Verona. Se detenía en el siglo XIII, en dos familias enfrentadas. Cuando empieza la historia, los dos jóvenes son amantes. No pueden decirlo, porque pertenecen a universos hostiles: «*Guerra a morte, guerra atroce!*», gritan los representantes de ambos bandos. «¿Cómo puede haber una guerra, cuando hay dos personas que se aman?» No pudo evitar pensarlo, estremecida por la pasión de los amantes, cómplice de su desdicha.

La ciudad vibra con los preparativos de la boda de Giulietta y Tebaldo, el esposo que la familia le ha elegido. Ella sólo puede escaparse si acepta beber el filtro mágico, un brebaje maldito que le hará vivir una muerte aparente. Romeo está en el exilio e ignora la triste suerte de su amada. Las voces se elevan en llantos profundos. A Dana le temblaban algo las manos. Gabriele se las apretó entre las suyas, y el tacto fue grato. Era una piel que tenía que aprender a descubrir. La acarició. Miró al escenario, mientras recorría la forma de aquellas cálidas manos. En la tumba de los Capuleti, Giulietta está dormida. Es un sueño largo y profundo. Aparece Romeo. Ante el cuerpo inerte, se desespera. Todo el dolor concentrado en la música y las voces: «*Deserto in terra, abbandonato io sono*». «¿Abandonado?», murmuró. Ella conocía muy bien la sensación de pérdida, de infinita tristeza. «Se desespera porque se siente abandonado –pensó–. La muerte es irse sin quererlo. Significa dejar al otro porque el destino lo impone. La despedida es cruel: no sirven las voluntades, no hay palabras para convencer, ni esfuerzos que hacer. Cuando el otro te abandona, te invade una sensación de impotencia. Él podría evitar tu dolor, pero es quien lo causa. No hay nada que lo justifique. Sólo la voluntad de quien ha sido tu amigo, transformado en el más terrible enemigo.»

Cuando bajó el telón, aplaudió con entusiasmo. Había vivido cada una de las notas que tocaba la orquesta, todos los episodios de la trágica fortuna de los amantes. Se había implicado en la historia. Había visto los cuerpos enlazados en el último abrazo, mientras los dedos de Gabriele formaban un nudo con sus dedos. Se miraron con una sonrisa cómplice. Salieron del teatro. Mientras andaban por la calle, él le preguntó:

–¿Te ha gustado?

–Claro que sí. Te agradezco la invitación. No recuerdo la última vez que asistí a un espectáculo. He vuelto por ti.

–Tarde o temprano, lo habrías hecho.

–Has propiciado que llegara el momento. No sé cómo decírtelo: me había exiliado de la vida. Estaba recluida en mí misma, como si habitara entre cuatro paredes sin ventanas. Tú has abierto las persianas para que entre la luz.

–No. Te invité a ir a la ópera. Quien ha vivido la emoción has sido tú. No te he salvado de nada. No sé de qué exilio me hablas, pero puedes estar segura: el regreso es mérito tuyo.

–No lo creas. Yo también había bebido un extraño elixir.

Como Giulietta, parecía muerta, aunque estuviera viva. Estaba, pero como si no estuviera. ¿Lo puedes entender?

–Estás aquí, a mi lado. Te siento real. Eres la presencia más cierta que nunca he vivido.

Se pasearon por las calles que había recorrido sola. Recuperarlas con Gabriele era como volver de un largo viaje. Tenía los ojos abiertos a la vida, pese a que perduraba un punto de oscuridad. Se preguntó qué destino los esperaba. Habría querido contarle la historia que había vivido, saber si él también se convertiría en un amor que no queremos recordar porque la memoria de lo que fue bello, cuando lo hemos perdido, se vuelve dolorosa. Quizá aquella noche sería sólo una anécdota. Ignoraba si quería verle otra vez, si no era mejor olvidarse. El miedo a la pérdida se imponía, incluso antes de empezar a vivir el encuentro. Prefería dejar pasar las historias de largo; retenerlas un momento entre los dedos y hacer que volaran, lejos. Llegaron a la calle de los anticuarios. Le llevó frente al escaparate y le enseñó cada una de las estaciones: la mujer de la primavera, la del verano, la del otoño. Amarillo, blanco, rojo. Él se rió, mientras la abrazaba. A Dana nunca le había parecido tan lejano el invierno.

XXIII

Situada entre la via dei Cestari y la via del Gesù, donde los turistas que van a ver el Panteón ya no entran, está la piazza della Pigna. Tiene la forma de un abanico. La iglesia de San Giovanni della Pigna, con su fachada rosa, está junto a un edificio que tiene ventanas con balcones, de piedra color arena tostada por el sol. En el número cincuenta y tres hay una placa que indica a quién pertenece: a los hermanos F. y N. Massimini. Eran los antiguos propietarios del piso de Dana. En las casas que dan a la plaza, predominan los ocres, una mezcla de colores otoñales que le dan un aire cálido. Es un lugar vivo: aparcan coches y pasa gente. Hay un restaurante donde hacen *risotto* con sabor a flores, un ambulatorio veterinario, una tienda que vende productos alimenticios de Cerdeña; también se puede encontrar jamón de Irgoli, quesos, turrones de Tornara; se venden también vinos sardos, el moscatel de Cagliari o la malvasía de Bosa.

Se enamoró de la plaza casi al mismo tiempo que de Gabriele. Fueron procesos que tuvieron comienzos simultáneos, pero ritmos distintos. El impacto inicial fue muy parecido. Era la sorpresa del descubrimiento, la actitud ante cada uno de aquellos hallazgos. Es una cuestión de saber con qué facilidad nos dejamos llevar por la vida, cuántas reservas nos imponemos. Con el piso, no hubo dudas. Hacía meses que pensaba en ello. Cuando vio el edificio, le gustó. Era amplio, acogedor. Tenía los techos altos y grandes ventanas. La luz entraba a raudales. Le hacía falta una capa de pintura y algunos muebles bien elegidos. No necesitaba demasiados: una cama, una mesa, un sofá. Quién sabe si un velador, o una rinconera antigua. Tenía ganas de hacer suyo aquel espacio. Aunque se encontraba cómoda en la pensión, cuando descubrió el piso sintió la urgencia de vivir allí. Aquel mundo provisional, que le había servido de cobijo, se volvía insuficiente. Necesitaba instalarse en un lugar, después de recorrer tantos. Había llegado la hora de dejar de dar vueltas inútiles.

La historia con Gabriele siguió caminos más dudosos. Tras la noche en la ópera, se vieron a menudo. Se encontraban para ir a cenar o al cine, o paseaban por los jardines de la ciudad. Él comprendió que debía actuar con cautela. Si se precipitaba, ella desaparecería de su vida. Lo entendió antes de que le hablara de Ignacio. Se dio cuenta de que era una mujer llena de miedos. A la vez, en una contradicción que le fascinaba, no había conocido nunca a nadie con su fuerza. Tenía la impresión de que había encontrado un hilo de oro: si tiraba de él demasiado, podía romperlo. Tenía que ir desovillándolo con cuidado. Vivían una relación de avances y retrocesos. Había días de sol, semanas lluviosas. Él aprendió a ser paciente, a no manifestar prisa. Se iba ganando su confianza despacio, con una perseverancia que la conmovía.

Las reservas que condicionaban su relación con Gabriele desaparecían cuando hablaba de la plaza. Antiguamente, había una fuente de bronce en forma de piña. Ocupaba un espacio central en un templo dedicado a Isis, la diosa triste. El lugar donde iba a vivir la sedujo. Isis era la esposa abandonada por Osiris, al que buscó largamente por las rutas de levante. La fuente ya no estaba. Hacía tiempo que había sido trasladada al museo del Vaticano. Estaba convencida de que perduraba el rastro de la mujer-diosa. Podía captar la magia en la luminosidad, en la piedra. Estaba contenta de haber sabido escoger. La mudanza fue sencilla, porque colaboraron Matilde y Gabriele. Cuando se trasladó, el piso estaba casi vacío. Apenas acababan de pintar las paredes de un blanco luminoso. Disponía de los pocos muebles que había comprado. No quería escogerlos apresuradamente. Habría tiempo para elegir el resto cuando viviera allí. Cada nuevo objeto tenía que formar parte de la vida que estrenaba.

Era sábado por la mañana. Unos operarios llenaron la furgoneta con sus pertenencias. Los libros, la ropa, las fotografías, un mueble de madera, que le había regalado Matilde. Compró toallas de algodón, sábanas de hilo. Una colcha que le recordaba las de ganchillo de Mallorca. Copas de cristal y platos con una guirnalda de flores. Era como si hubiera preparado un pequeño ajuar para una mujer sola. Había jabón perfumado, estanterías de madera, cajas sin abrir. No obstante, estaba lejos de dar sensación de anarquía, porque a ella le gustaba el orden. Pasó el fin de semana arreglándolo todo, con la sensación de ir ganando terreno al vacío. Trabajaba hasta la noche, con una intensidad que era la consecuencia de su despertar a la vida. Al atardecer, Gabriele iba para echarle una mano. Cenaban un plato de pasta en el restaurante de la esquina. Cuando hablaban, él se dejaba contagiar por su entusiasmo. La mirada de Dana no tenía nada que ver con aquellos ojos tristes que descubrieron el Trastevere. Había recobrado la vida perdida, en un proceso que ella misma no habría sabido describir. Mientras compartían la comida y el vino, se propuso hacer tabla rasa del pasado.

Recorría la via del Gesù, hasta la piazza della Minerva. Tenía que pasar por la calle que da al Panteón. A la izquierda, estaba la librería. Era un camino corto, un paseo desde el piso al trabajo. La distancia le permitía entretenerse en sus pensamientos, observar a la gente. El primer lunes, después del traslado, fue a buscar al hombre de la camisa amarilla. Tenía ganas de contarle que había encontrado una casa llena de luz, que estaba contenta. Le halló concentrado en el movimiento de sus manos, transformadas en marionetas. La música marcaba ritmos de fiesta, divertidos. Se quedó de pie frente a él, mientras le observaba. Había llegado a aprenderse de memoria los movimientos que hacía. Conocía muy bien el contraste entre la agilidad de los dedos y la rigidez del rostro. Estaba segura de que se alegraría cuando pudiera decirle que vivía en una plaza. Le miró fijamente, decidida a esperar cualquier instante de distracción para hablarle. La dominaba la impaciencia. No pasó mucho tiempo hasta que se acabó la canción. En la pausa, levantó los ojos. Se miraron. Habría querido decirle muchas cosas, agradecerle su compañía.

Nunca se habían dicho nada. Lo pensó, cuando estaba a punto de pronunciar una frase que enseguida olvidó. Ni siquiera sabía su nombre, ¿cómo podía hacerle cómplice de su vida? Le había intuido muy próximo. Ahora se preguntaba si le había imaginado, si había sido una invención de la mente que no se resignaba a la soledad. ¿Habían existido los gestos compartidos, las miradas que acercan sin palabras? Lo dudó, mientras se imponía el miedo al ridículo. Era un simple titiritero de calle. Tenía gracia y nada más. Quién sabe adónde iba y de dónde venía. Como ella misma, quizá había recorrido caminos inciertos. Debía de llevar a la espalda el peso de la vida vivida. Todo eso que no compartimos con desconocidos. Le miró de nuevo, insegura. Si le hablaba, podría reaccionar con extrañeza; interpretar mal el gesto de aproximación, que había estado a punto de esbozar. «No es nadie», pensó. Sólo un hombre de camisa amarilla a quien había observado docenas de veces, que le había iluminado la existencia, en una época oscura de su vida. Había sido el motivo que le ayudaba a no sentirse sola. Descubrirlo había sido como tener una cita con alguien con quien nos gusta encontrarnos. Constataba que nunca había habido ninguna cita. Eran encuentros casuales que ella propiciaba. Se volvió y empezó a andar hacia la librería. Tenía la sensación de haber exagerado un hecho sin importancia, de haberse inventado un vínculo que no existía. Avanzó unos pasos, conteniendo el impulso de volverse. Mientras se alejaba, la mirada del titiritero se perdía en cada uno de sus movimientos.

Cuando habían pasado algunas semanas desde la mudanza, Matilde fue a visitarla al trabajo. No se sorprendió al verla. Supuso que echaba de menos las conversaciones en la pensión. Ella también sentía un poco de nostalgia. Tenía que adaptarse a un espacio que no compartía con nadie, después de vivir en un escenario habitado por muchas figuras. Al verla entrar sonrió. Llevaba los cabellos rubios bien peinados, una falda azul celeste, las uñas pintadas. A pesar de su aspecto, parecía afligida. Se preguntó si estaría enferma, porque unas marcadas ojeras rodeaban sus ojos. No estaba acostumbrada a aquel aire triste, y se preocupó. Salió a recibirla:

–¿Te encuentras bien, Matilde?

–No mucho. He venido porque no sabía adónde ir. No querría molestarte.

–De ninguna forma. Tengo un día tranquilo. No hay demasiado jaleo y me encanta verte. Dime, ¿ha sucedido algo?

–Ocurren hechos extraños. Lo había olvidado, mientras me

esforzaba por tener una vida tranquila. Lo tendría que recordar siempre: las calmas nunca son definitivas.

—Me preocupas. ¿Qué te pasa?

—Hay cartas que se pierden. Parece mentira, en nuestros tiempos, cuando la gente se comunica con una facilidad prodigiosa. Ya me entiendes, todo eso de los e-mails y de las llamadas al otro extremo del planeta.

—¿Qué quieres decirme? ¿Has perdido una carta?

—Cuesta creerlo, pero es la verdad. ¿Te imaginas cuántas cartas deben de extraviarse por el mundo? ¿Una todos los días? ¿Millones? No sé por qué me tenía que pasar a mí.

—Me da la sensación de que desvarías. Habla claro. Tenías que recibir una carta, pero se perdió.

—Sí. La mandó a la dirección de la pensión. Es una dirección fácil, si la escribes con buena caligrafía. El cartero del Trastevere es un hombre eficiente. Hace años que le conozco.

—¿Fue el cartero quien la perdió?

—Dice que la encontró por casualidad. Tenía las letras del sobre borrosas, como si las hubiera mojado la lluvia. No se leía bien mi nombre. En la pensión, rodó por muchas manos.

—¿Nadie pensó en enseñártela? Tú vives siempre allí.

—No la he visto hasta hoy. Hace casi seis meses que la mandó. ¿Has pensado cuántos días son? ¿Cuántos días de espera?

—Una larga espera.

—Sí. Días y noches sin respuesta. ¿Qué puedo hacer? Sé que no es culpa mía, pero me siento culpable. Mi cabeza no para de dar vueltas a la misma idea. Me pregunto cómo ha podido suceder.

—¿De quién era la carta, Matilde?

—Era de María, la amiga de siempre. Habíamos crecido en el mismo barrio: la niñez, la adolescencia, la juventud. Tiene un puesto de fruta en el mercado. Ya te lo conté.

—Me acuerdo. Me dijiste que te había comprado el billete para que viajases a Roma.

—Sí. ¿Qué puedo hacer?

—Tranquilízate y cuéntame qué dice la carta.

—Me pide que vaya. Dice que me necesita. Es la carta de una persona desesperada.

Había observado la transformación de Matilde. Mientras hablaba, su rostro palidecía. Se imaginó un cuadro cuyos colores el pintor ha puesto sobre un fondo blanco. Con el tiempo, las tonalidades se difuminan, se pierden como si hubieran soportado las inclemencias de todos los inviernos. La tela parece desnuda. Abrazó sus frágiles hombros. La acompañó afuera. Salieron de la librería, mientras la guiaba entre la gente que se movía por la plaza. Con movimientos firmes, la sentó a la mesa de un café. Le pidió una infusión de tila que le obligó a beberse, como si fuera un niño. Le acarició una mejilla con un gesto instintivo, mientras se preguntaba qué habría hecho sin su compañía. Verla indecisa, perdida, le resultaba extraño. Le despertaba un sentimiento de ternura que habría querido expresarle sin reservas. Podía entenderla. Matilde era incondicional en los afectos. Se desvivía por la gente que quería. Lo hacía con una naturalidad que no admitía réplicas, que rehuía las muestras de gratitud. Lo había comprobado a menudo. Admiraba la intensidad con que participaba en la vida de los demás, cómo sabía implicarse en los problemas sin resultar nunca inoportuna. Ahora comprendía su padecimiento. Se sentía culpable de no haber intuido que la necesitaban. Le apretó las manos y le preguntó:

–¿Te encuentras mejor?

–Estoy preocupada.

–¿Qué le pasa a María?

–Su marido la ha dejado por otra mujer.

Se hizo un silencio. Dana pensó que la vida es complicada, que se parece a un caballo salvaje. Las embestidas y los galopes, las caídas. Nadie puede escaparse. Miró a la gente que pasaba por la calle. Seguir el movimiento de los demás resultaba tranquilizador. Ellas permanecían quietas, calladas, mientras el mundo iba deprisa. Un poco más lejos, al otro extremo de la plaza, adivinaba una camisa amarilla. Tuvo la tentación de ir hasta allí. Dejar a Matilde en el bar y ponerse frente al titiritero. Observar cómo movía los dedos, con la determinación que había envidiado antes, cuando ella no podía hacer un solo movimiento sin sentir un peso infinito en los brazos, en las piernas, en el corazón.

María había sido una mujer satisfecha de la vida. Habitaba un plácido universo que de pronto se rompió. «¿Debe de ser que sólo nos corresponden unas dosis de felicidad?», se preguntó Matilde, furiosa, al leer la carta. María había tenido la osadía de vivir contenta. Quién sabe si había agotado las horas felices que le habían asignado, en un extraño reparto. Disfrutaba con las cosas pequeñas, con la cotidianeidad conocida: el trabajo en el puesto de frutas del mercado, las conversaciones con la gente. Amaba a su marido, a quien había dedicado su existencia. Le echaba de menos todas las noches, cuando todavía no había regresado a casa. Le esperaba impaciente, mirando por la ventana de la cocina, mientras preparaba la cena. Un plato de legumbres o de verduras, un trozo de carne o de pescado. Por la noche, se dormía mirándole. Le velaba el sueño. Elegía sus camisas, y se las planchaba con esmero. Le compraba una colonia que olía a verano.

Fueron los olores. Descubrió que la engañaba a través del olfato. En la piel de su marido se produjo un proceso de transformación. El perfume conocido se mezclaba con un aroma nuevo que no conseguía identificar. Aireaba las sábanas, metía flores secas en los armarios, le lavaba la ropa. Intentaba imponer los propios olores a aquellos otros extraños. Emprendió una batalla que intuía difícil, pero que no quería perder. El olor al otro cuerpo fue ocupando un lugar en la cama, en la casa. Mucho antes de que se lo dijera, ella lo había sabido. No se puede cerrar los ojos a los olores, ignorarlos. Se despertaba y se dormía con la percepción de aquella presencia. Cuando el marido entraba en la casa, no llegaba solo; con él llegaba el olor a una mujer que María imaginaba. Inventaba rostros, nombres. No le hizo ninguna pregunta, pero su carácter cambió. Se volvió desconfiada. Le vigilaba, con la tristeza en la mirada. En el mercado, se acabaron las tertulias. Vivía esperando una señal, un indicio de lo que iba a suceder. Cuando él se marchó, el mundo se oscureció. Habría preferido morirse. Pasaron seis meses hasta que Matilde recibió la carta. Mucho tiempo sin respuesta, un largo silencio. Le pedía que volviera a Mallorca. En la piazza Navona, Matilde comentó:

—Es como si la hubieran abandonado dos veces: el marido y la amiga.

–No es cierto. ¿Has hablado con ella?
–He intentado comunicarme, inútilmente.
–¿Inútilmente?
–Sí, nadie me coge el teléfono.

Los primeros meses en el piso de la piazza della Pigna significaron un proceso de adaptación. Superada la euforia inicial, la satisfacción de tener un espacio propio, llegaron las dudas, los cambios en su estado de ánimo. No había descubierto hasta qué punto el ambiente de la pensión le hacía compañía. Acostumbrada a la presencia de personas que vivían allí sin importunarla, ahora le costaba acostumbrarse a la soledad. Algunas mañanas se despertaba de buen humor. Pensaba en todo lo que había encontrado en Roma. Estaba contenta porque tenía un trabajo que le gustaba, una amiga como Matilde, un enamorado paciente. Otros días, los pensamientos tristes le amargaban la vida. No era sencillo aprender a estar sola. La calma parecía una meta difícil de alcanzar, que exigía esfuerzos.

Si se levantaba contenta, iba al mercado de la piazza delle Coppelle. Era un espacio entre edificios de ladrillo gris volcánico. Llegaba andando, porque estaba a pocos minutos de su casa. En un ángulo, la imagen de una Virgen María con un niño en la falda, sentado sobre un cojín, se escondía tras el manto de la Madonna. Cerca de las dos figuras, una mesa pintada con fruta y verdura. Había ruido de conversaciones, ajetreo de gente. Dana llenaba una cesta de huevos, de patatas, de alcachofas. Elegía los mejores quesos. Hablaba con los vendedores, que le preguntaban de dónde era. Les respondía que había llegado de lejos. Volvía a casa llena de palabras y vaciaba la bolsa en la mesa de la cocina. Después se iba enseguida, porque no quería llegar tarde al trabajo.

Cuando estaba triste, era incapaz de abandonar las sábanas. Con las persianas bajadas, hundía la cabeza en la almohada. La pereza se apoderaba de su cuerpo. Sentía el peso de las piernas. Pensaba que habría sido agradable desaparecer del mundo, irse a un lugar donde nadie pudiera encontrarla. Pasaban los minutos, lentísimos. La claridad que intuía por las rendijas de la ventana la advertía: era la hora de partir. Haciendo un esfuerzo, se duchaba y se vestía. Iba a trabajar como quien va a cumplir una condena. Al principio, los días grises se superponían a los días luminosos. Poco a poco, los segundos fueron ganando la partida. A medida que pasaban las semanas, se hacían más frecuentes las visitas al mercado.

Una noche, cuando todavía no había conciliado el sueño, sonó el timbre de la puerta. Como no esperaba visitas, se extrañó. Era tarde y no había movimiento en la plaza. Desde la ventana de su habitación, podía percibir la calma de fuera. Se levantó de la cama, descalza. Se puso un batín, mientras observaba de reojo su rostro adormilado en un espejo. Al día siguiente tenía que trabajar. Se había acostado temprano para vencer la pereza de madrugar. Se preguntaba quién podía ser. ¿Algún vecino que necesitaba ayuda? No se relacionaba con demasiadas personas del edificio, pero siempre tenía una palabra amable para todo el mundo. No se paraba a contar su vida, ni a interesarse por la de los demás. Era celosa de su propia intimidad, del pequeño muro que había sabido construirse. Aun así, mantenía las formas.

Era Gabriele. Sonreía, apoyado en el marco de la puerta. Le sonrió ella también, contagiada por la felicidad que él expresaba. No pudo evitar la pregunta:

–¿Qué haces aquí, a estas horas? Creía que mañana tenías que madrugar, que te marchabas a Londres.

–Sí. Voy a una subasta. Te lo había dicho.

–Me encanta verte, pero no te esperaba. Pasa, hombre. ¿Quieres tomar algo?

–¿Dormías?

–Casi.

–Lo siento, pero tenía que verte esta noche.

–¿Tienes algún problema?

–Sí. Necesitaba verte, porque tengo que hacerte un regalo.

–¿Un regalo?

–Hoy hace seis meses que nos conocimos.

–¿Seis meses? ¿Cómo puede pasar el tiempo tan deprisa?

–Quería celebrarlo.

–¿A estas horas? –Se rió.

–Sí. Traigo una botella de champán y un paquete que tendrás que abrir.

–¡Estás loco! –Volvió a reírse.

Llenaron las copas y brindaron por la vida que olía a sol, aunque fuera de noche. Dana era una figura frágil, con el camisón que la envolvía, los pies desnudos, los cabellos sueltos. Estaban sentados en el sofá, uno junto al otro, muy cerca. Se besaron. Después, él le pidió que cerrara los ojos. Tres paquetes dibujaron una línea horizontal en la pared. Antes de abrirlos, adivinó lo que eran. No se lo podía creer. Intentó hablar, pero las palabras no acudían a sus labios. El mundo y ella misma se habían paralizado. Volvieron a temblarle las manos, como en la ópera. Se abrazaron y ella no habría querido abandonar nunca el refugio de aquel cuerpo. Al fin, murmuró:

–Me has traído los cuadros que deseaba. Las mujeres de las estaciones. Son muy bellas. Gabriele, no sé qué decirte. ¿Cómo puedo agradecértelo?

–No tienes que decir nada. Hace tiempo que te pertenecen. ¿Sabes que es una colección incompleta, porque falta el cuadro del invierno?

–Me gustan mucho. Los colgaré en la pared del comedor. Son una explosión de vida. Me recordarán los primeros tiempos en Roma, los paseos hasta el escaparate, el deseo de poseerlos. Pensaré en ello todos los días.

–No, no falta ninguno. Me había equivocado. Ahora lo veo claro.

–¿De qué hablas?

–La colección está completa, precisamente porque es tuya. Me alegra saberlo: la mujer del invierno eres tú.

XXIV

Marcos y Dana se hicieron amigos. Desde el momento en que él la encontró sentada en el suelo junto a la puerta del piso, incapaz de entrar y de enfrentarse a la soledad, cuando él volvía sin prisa, porque nadie le esperaba. Coincidieron por casualidad. Hasta entonces, el azar había favorecido los encuentros entre unos vecinos que no tenían ningún interés en propiciarlos. Se saludaban. Había el punto justo de cortesía, una amabilidad que no iba más allá. Los dos habían vivido un proceso de pérdida parecido que los invitaba a vivir recluidos en una coraza. Intentaban rehacer sus vidas. Cada uno había comprendido que los recuerdos se tienen que alejar, que la memoria puede traicionarnos cuando menos lo esperamos. Conviene mantenerla en su lugar, en un paréntesis, para que no haga daño. Algunas noches, Dana todavía soñaba con Ignacio. Los sueños no se pueden controlar. Podemos intentar poner bridas al pensamiento, apartar ideas poco sensatas, pero resulta imposible gobernar las rutas de los sueños. Antes de dormirse, Marcos recordaba a Mónica. Veía el rostro de su mujer muerta. Le gustaba dibujar el perfil en las sábanas. Durante el día, se esforzaba en hacer de tripas corazón. Actuaba con la calma impuesta que había adoptado como escudo protector. Por la noche, permitía que le invadiera la añoranza.

Hablaban:

—No hemos vivido la misma experiencia, ni siquiera una parecida —insistía Dana.

—¿Qué dices? Los dos hemos perdido a alguien a quien amábamos. Una persona que nos llenaba la vida, pero que se marchó.

—Hay una gran diferencia: Mónica no quería dejarte. Ella habría sido incapaz de causarte dolor. Le tocó tener que morirse, que es una suerte muy dura.

—Ambos nos dejaron solos. Eso nos rompió la vida.

–Es cierto, pero Ignacio podría haberlo evitado.

–Tal vez sí o tal vez no. ¿Conoces las circunstancias que le empujaron a actuar de ese modo? ¿Quién puede conocer las motivaciones exactas? Te puede la rabia. Si olvidas los reproches que habrías querido hacerle, te queda la realidad, pero te refugias en una simple anécdota que enmascara los hechos. Nuestras vidas corren por caminos paralelos.

La pérdida los acercaba. Favorecía un entendimiento, una forma de enfrentarse a la vida. Podían comprender las actitudes del otro sin pedirle explicaciones. Se respetaban los silencios, la urgencia de desaparecer, el miedo. Cerca de la casa, se encontraba el restaurante L'Ornitorinco. Un día a la semana quedaban para comer. Dana volvía de la librería dando un paseo. Cruzaba el corso del Rinascimento, lleno de escaparates y tiendas, pasaba por la piazza di Sant'Eustachio, recorría la via di Santa Chiara y la via dei Cestari. Marcos trabajaba en casa: hacía traducciones del italiano para una editorial. Estaba muchas horas sentado delante del ordenador, la mirada en las líneas de un texto, el pensamiento en la lectura. La concentración y la quietud le ayudaban a no distraerse. Era una buena fórmula para conseguir el olvido momentáneo, que tranquiliza el espíritu, cuando éste vive demasiado inquieto. Siempre pedían lo mismo: *un risotto ai fiori di zucchina.*

–¿Puede haber algo mejor que un arroz que se hace con flores? –le preguntaba ella con una sonrisa.

Él estaba de acuerdo. Bebían vino tinto de Terre Brune. Dana le confesaba historias que no se atrevía a contarle a nadie. Marcos ponía en la conversación una vitalidad que el contacto permanente con la escritura incentivaba. Estaba muchas horas rodeado de papeles, sin relacionarse con otras personas. Dana no era sólo la vecina, sino también la cómplice. A cualquier hora, ambos podían llamar a la puerta de enfrente.

Le habló del titiritero. Le contó que estaba por las mañanas en la piazza Navona, todas las mañanas del mundo, dispuesto a hacer bailar a sus personajes. Adivinaba su camisa amarilla antes de verla. La magia de los dedos, transformados en cuerpos danzarines, la cautivó. Había habido un juego en las miradas que no sabía describir, una aproximación en los gestos. Probablemente, había desvirtuado su sentido. Es fácil equivocarse cuando se necesita compañía, establecer lazos que son un suave engaño para el corazón. Las señales que había imaginado no fueron reales. Había hecho una confusa interpretación, producto del deseo de acercarse a alguien. Se lo contaba a Marcos sin rubor. Cuando se decidió a hablar con el titiritero, se había sentido sola. Quería decirle que tenía una casa, pero no encontró las palabras justas. Entre ellos, tan sólo hubo gestos mal interpretados.

Con Gabriele fue diferente. Cuando le conoció, todavía no se había trasladado a la piazza della Pigna. Vivía en la pensión, en un Trastevere lleno de luz. El descubrimiento fue repentino, pero la aproximación fue lenta. Hay sentimientos que nacen en un instante, pero maduran despacio. La experiencia vivida los somete con lentitud. Son como plantas que van creciendo mientras alguien les va podando las ramas inútiles. Marcos la observaba oscilar entre el entusiasmo y la precaución. Una curiosa prudencia, impropia de su carácter, controlaba sus movimientos en el amor. Había días que daba un paso hacia delante y tres hacia atrás. Tenía actitudes de mujer asustada, que no toma decisiones definitivas porque no acaba de creerse que los sentimientos de los demás puedan durar mucho tiempo. Confiar en alguien no es fácil. Marcos lo podía intuir. Habría querido hacerla reaccionar, decirle que tenía que dejarse llevar. No podemos pretender sujetar las riendas de la vida. Sabía que los consejos no servirían de nada. Para que fuera capaz de perder la inseguridad, había que escucharla; esforzarse por comprender el mundo de contradicciones en que vivía perdida; un mundo que era muy parecido al suyo.

El pasillo separaba las puertas de los pisos. A ambos lados, cada uno había construido su refugio. Dana vivía en un espacio agradable. Había colgado cortinas y cuadros. Había pintado las paredes. Todas las mañanas abría las ventanas de par en par. El vecino vivía frente a un ordenador que le alejaba del bullicio de las calles. Ambos habían intentado huir. Habían escapado de los lugares del amor, porque los espacios nos traen siempre la memoria de lo que hemos vivido. Se esforzaban por inventarse ilusiones, por llenar la vida de pequeñeces que les hacían los días agradables. Cuando comían arroz que sabía a flores, se miraban con afecto. Si él le comentaba que todavía no había llegado la transferencia de la editorial, ella se ofrecía a prestarle dinero. Marcos le preparaba ensaladas o carne al horno que cocinaba con especias. Le acercaba un cuenco de sopa caliente a su casa. Si tenía prisa, pulsaba el timbre tres veces y lo dejaba en el suelo, cerca de la puerta. Junto al plato, un barco hecho de papel de periódico para que se acordara del vecino, que era un navegante sin nave ni mares.

A veces, Marcos quedaba con una chica para ir al cine o para salir a cenar. Eran encuentros fugaces, que no solía repetir con la misma persona más de dos veces. Se cansaba pronto de los intentos de actuar con normalidad, de conocer gente nueva.

–¿Sabes qué pasa? –le decía–. Probablemente, no es culpa suya. Son mujeres encantadoras que se merecen toda mi atención. Pero yo sólo puedo ofrecerles un comportamiento educado, a menudo distraído, una conversación que nunca entra en terrenos peligrosos. Me gusta evitar las confidencias, esas actitudes de falsa complicidad que favorecen ciertas personas. ¿Qué tendría que contarles? Mi vida, no. Estoy sentado con una de ellas, en un restaurante o en un café, y no se me ocurre nada que decirle. Me doy cuenta de que no me interesa la conversación, de que echo de menos la butaca de mi casa, el libro que leo. Entonces comento alguna película, o me entretengo en divagaciones absurdas sobre la carta de vinos. Si me vieras, te morirías de risa. Quizá te parecería patético. No sé. El problema es siempre el mismo: nunca salgo con una sola mujer. Aunque la otra no lo adivine, somos tres. La recién llegada, Mónica y yo. Hacemos cola en la taquilla del cine, ocupamos las butacas correspondientes en la sala, o en la mesa del restaurante. Pido al camarero los vinos que le gustaban a ella. Me invento el vestido que lleva. Veo su sonrisa en todas las demás sonrisas. ¿Te imaginas la situación? Cuando la soledad me puede e invito a una mujer a subir a casa, hay tres personas entre las sábanas.

Era una noche cálida. No conseguía dormirse. Habían pasado meses desde que se instaló en el piso. La relación con Gabriele se encontraba en punto muerto: ni avanzaba ni retrocedía. A menudo se preguntaba hasta dónde llegaban los límites de la paciencia de aquel hombre. Hacía demasiado tiempo que la esperaba. Ella aplazaba los compromisos con excusas que ya no servían. En cualquier momento, él podía desaparecer de su vida. Dejar de llamarla o de visitarla. Era consciente de que una relación es cosa de dos, de que ella no ponía la suficiente energía. A menudo sólo se dejaba querer. Es una grata sensación permitir que alguien nos acompañe, que nos coja de la mano, que nos llene la vida de belleza. Gabriele era generoso, gentil; ella se había convertido en una criatura llena de recelos. Después del entusiasmo inicial, se había impuesto el miedo. Daba vueltas en la cama, preguntándose por qué no era capaz de reaccionar. No habría querido renunciar, pero no hacía demasiados esfuerzos para evitarlo. Se sentía culpable y, a la vez, paralizada para actuar. Estaba nerviosa. Un nudo en el estómago le dificultaba la respiración. Miró a través de la ventana; la plaza estaba tranquila. No había peatones ni le llegaban ecos de conversaciones. Gotas minúsculas de sudor recorrían su cuerpo. «¿Cuántos miedos tengo que vencer?», se preguntaba. Al miedo de vivir se le sumaba otro: el miedo a perderle. Eran sentimientos que se parecían, pero que implicaban una contradicción profunda. Para poder estar con Gabriele, primero tenía que perder el pánico a la vida. Saltó de la cama. Se puso unos pantalones, una camisa blanca. Con los cabellos sin peinar y una expresión de fatiga, salió al pasillo. Cuando llamó a la puerta de Marcos, el reloj marcaba las dos de la madrugada.

Él no tardó en abrir. Llevaba un pijama de rayas y tenía cara de sueño. El rostro somnoliento de quien se esfuerza por volver a la realidad. Le sonrió, interrogante. Quería saber si no se encontraba bien, si tenía algún problema. Durante un momento, ella sintió la tentación de volver atrás. Le dolía molestarle. ¿Cómo podía decirle que no había razones concretas que justificasen una visita a esas horas tan intempestivas? Sólo la angustia de sentir que la mente vuela. Se abrazaron, el cuerpo de Dana entre los brazos de Marcos. La piel le temblaba. Él le decía cosas tranquilizadoras al oído. No le hizo ninguna pregunta, porque hay momentos en que las palabras no nos sirven. Dana empezó a llorar. Lloraba de impotencia y de rabia por el pasado, por sí misma. Marcos la apretó con fuerza.

Hay lágrimas que curan. Están hechas con el dolor que ha ido acumulándose, que no nos atrevíamos a dejar marchar. Se parecen a la lluvia, que limpia las fachadas de las casas, que se lleva el barro, la suciedad. Son lágrimas que nos devuelven la calma, la vida, la sensación de poder escribir de nuevo el universo. Borran todo lo que estaba escrito con una caligrafía entorpecida por las viejas historias. Dejan un rastro de papel en blanco. Dana no lo sabía, pero estaba volviendo a la vida después de un exilio que había durado muchos meses. Cuando la miró a los ojos, Marcos lo entendió. Le acarició los cabellos, las mejillas húmedas. Se detuvo en los labios entreabiertos. Se besaron sin la euforia de los amantes, pero con la urgencia de quienes necesitan saber que están vivos. Pasaron algunos minutos, hasta que ella le dijo:

—No soy Mónica. ¿Te das cuenta? —Había ternura y gratitud en su voz.

—Yo tampoco me llamo Ignacio. ¿Lo sabías?

—Sí. Tenemos que saberlo: ellos ya no están.

—No volverán jamás. Tenemos que aprender a vivir sin sus sombras.

—Tienes razón.

—Quiero que sonrías. Vamos a dar una vuelta.

—¿A estas horas?

—Cualquier momento es bueno para visitar el *Pasquino*.

—¿A quién?

—Ven conmigo.

Se vistieron y salieron de la casa. La plaza era un oasis de silencio. Anduvieron por calles que conocían de memoria. En la oscuridad, todo adquiere un aspecto distinto; se suavizan unos contornos, se acentúan otros. Dana contemplaba un nuevo espacio, sin acabar de creerlo.

La oscuridad se impone en los lugares donde habita. Si la observamos sin recelo, nos descubre la magia del claroscuro: un juego de sombras que transforma las fachadas de las casas, la piedra gabina, gris y volcánica, el cielo.

El *Pasquino* es una escultura. Desde el siglo XVII ocupa un lugar en la plaza que lleva su nombre. Está situado en una esquina donde los peatones dejan aparcados los coches y las bicicletas. Es de piedra oscura y reposa en un pedestal forrado de papeles. Hace siglos que los romanos acuden allí. Van a cualquier hora: apuntan en una hoja sus quejas contra el gobierno, el mundo, la vida. Dejan los escritos pegados en la base de la estatua. Hay textos de gente que ha perdido el coraje pero quiere levantar la voz. Otros son frases airadas de protesta altiva. Algunos tienen la tinta borrosa, a causa de la lluvia. Los hay que están a punto de levantar el vuelo con el viento. Marcos sacó un bloc y unos bolígrafos. Le dio una hoja a Dana para que escribiera. Él cogió otra. Dijo que era bueno visitar aquel lugar. Todo lo que es difícil de contar, pero que está metido en la mente, se tiene que escribir. Cada frase nos libera de un secreto que nos hacía daño. El *Pasquino* guarda las palabras. Hace que las acaricie el sol. Cuando el papel esté hecho trizas, cuando no se pueda leer, habrá pasado suficiente tiempo para el olvido.

Dana escribió un listado de frases inconexas. Al principio, pensó que era un simple juego. Marcos era divertido, ocurrente. Pretendía distraerla de las historias que la obsesionaban. Pero luego se dio cuenta de que quería convertir aquella salida en un símbolo. Estaba concentrado en la escritura: la frente fruncida indicaba el grado de atención que ponía en lo que hacía. Serio, con una expresión grave en el rostro, escribía. Hay contagios que son inmediatos, espontáneos. Dana comprendió que no era una broma, ni un juego para una noche insomne. Se trataba de un pacto para borrar el pasado. Miró el papel mientras intentaba poner en orden sus ideas. Entonces se dejó llevar por el ansia de sacar todos los miedos. Con una escritura pausada, se sucedían las frases. No había una ilación lógica, ni ponía demasiado esmero en la redacción. Sólo escribía: anotaba el agravio y la indignación, las mentiras, el miedo a la soledad, la desconfianza. Cada pensamiento quedaba reflejado allí. Habló de los meses vividos, de los viajes sin rumbo, de la llegada al Trastevere, de las personas que había encontrado, de la presencia del otro, que la había perseguido hasta aquella noche. Cuando alguien que hemos dejado atrás se niega a abandonar el espacio que ocupaba en nuestra vida, es preciso desterrarlo. Lo comprendió junto al *Pasquino*.

Hacía frío cuando regresaron a casa. Un aire ligero se metía a través de la ropa. Cogidos de la mano, desanduvieron las calles. Caminaban sin decirse nada, con una sensación de descanso que les daba alas. El día nacía en Roma. Una luz incipiente se posaba sobre todas las cosas; era un alegre amanecer. Marcos la miraba con una sonrisa. Ella sonreía también. No tenía la sensación de haberse pasado la noche sin dormir. No estaba cansada, ni tenía ninguna prisa. Como todavía faltaban unas horas para ir a la librería, se sentaron en un café y pidieron un capuchino. Dana le dijo:

–Gracias, nunca lo olvidaré.

–Mal hecho. –Sonreía–. Quiero que lo olvides. El *Pasquino* será un pacto entre los dos. No volveremos a hablar de ello nunca más.

–Aunque no lo mencionemos, sabremos que nos ha cambiado la vida.

–Nos ha servido para poner en claro ciertas ideas. Sobre todo a ti, que te sentías muy perdida. Vivir desconcertado siempre es un mal negocio.

–Mi vida ha cambiado: una ciudad nueva, un piso al que he tenido que adaptarme, un trabajo que no tiene nada que ver con el que hacía antes. Quizá son demasiados cambios.

–Recuerda que tú los buscaste.

–Sí, tenía que encontrar un lugar donde poder empezar de nuevo. Los espacios de toda la vida pueden convertirse en enemigos.

–Nuestros peores enemigos somos nosotros mismos.

–Es cierto. Creía estar escapando de los viejos fantasmas, pero los llevaba conmigo.

–Arrastrabas su carga.

–Los tenía pegados a mi piel. Ahora me siento más ligera.

–*Pasquino* se los quedó. Es lo que tienes que recordar siempre.

–Sí.

–¿Qué harás? ¿Has tomado alguna decisión?

–Hay decisiones que hace tiempo que tendría que haber tomado. He ido retrasándolas, como se aplaza la vida cuando nos resulta incómoda. No sé si ya es demasiado tarde.

–¿Demasiado tarde para la conversación que tienes pendiente?

–No sé si Gabriele querrá escucharme.

–Tienes que intentar hablar con él.

–Lo sé.

Aquella misma mañana marcó el número de su teléfono. Le dijo que tenía ganas de verle, que hacía un tímido sol en la piazza della Pigna. Le habló con voz insegura, porque hay reencuentros difíciles. Aunque no se habían dejado de ver, era como si se descubrieran de nuevo. Recuperar a quien hemos tenido siempre a nuestro lado resulta extraño: quiere decir mirarle con otros ojos. Significa permitir que el otro nos mire de forma distinta. Es ofrecernos sin excusas ni antifaces.

Dana se puso un vestido rojo. Lo había comprado en una tienda que anunciaba el buen tiempo. Tenía las mangas anchas y un escote de barco. Se pintó los labios con un toque de luz. En el espejo, veía reflejada la imagen de una mujer joven. Preparó una cena de pasta fresca y vino tinto. Puso un mantel de hilo blanco en la mesa del comedor. Colocó con esmero las copas, los platos con las cenefas de color dorado viejo, los cubiertos. En el centro de la mesa, dos rosas del mercado de las flores. Le recordaban los primeros paseos romanos, la sonrisa de Matilde, la vida que se estrena. A pesar de la noche en vela, se encontraba bien. Una serenidad nueva le hacía observarlo todo sin impaciencia.

Gabriele la miraba con curiosidad desde el umbral de la puerta. Se abrazaron. Desaparecieron los recelos antes de que pronunciasen una sola palabra. Los viejos fantasmas, que habían poblado el mundo, se marchaban lejos. Las nieblas, las dudas, la incertidumbre, todo ello convertido en un rastro imperceptible de polvo. Cuando la besó, ella fue consciente por primera vez de la intensidad del beso. No había las comparaciones absurdas que se imponen en la mente y que borran el instante convirtiéndolo en un calco de lo que se vivió en otro lugar y con otra piel. Ella se rió, mientras él recorría su cuerpo. Exploraba las cumbres y los valles. Hizo volar la camisa y los pantalones de Gabriele, mientras se sumergía en el descubrimiento de su cuerpo. Respiró su olor, y no apareció el de ningún otro interponiéndose. Rodaron por la cama, deshaciéndola, olvidada la cena sobre la mesa. Se amaron sin prisas, más allá del tiempo. A partir de esa noche, nunca hubo relojes en aquella casa. Intuían que les esperaban días felices. Él le dijo:

—Creía que nunca regresarías.

—¿Regresar? ¿De dónde?

—No lo sé. Estabas cerca de mí, pero leía la ausencia en tus ojos.

—Nunca me marcharé, si tú no lo quieres.

—Te quiero. Te quise desde el momento en que te vi. Más que a nadie, más que a nada.

—Yo también te quiero.

Empezaron días venturosos. Un tiempo de complicidad, de vida intensa junto al otro. Gabriele se trasladó al piso. Llevó su ropa y sus libros, los cuadros, algunos muebles antiguos. Se repartieron el espacio mientras compartían la existencia. Todo el mundo se alegró: Marcos y Matilde, los compañeros de la librería, los amigos de él. Ella no se preguntó qué pensaría el hombre de la camisa amarilla. Desde lejos, oía su música. La fiesta de las marionetas se había transformado en un simple decorado de la piazza Navona. La vida real era otra cosa. Se levantaban temprano todas las mañanas. A veces, iban al mercado. Compraban fruta y verduras de muchos colores, porque Gabriele decía que la comida tiene que entrar por los ojos, además de por la boca. Trabajaban con energía. Él entre antigüedades, y ella rodeada de libros, cada vez más vinculada a las actividades literarias del Instituto Cervantes. Cuando volvían a encontrarse al atardecer, se contaban historias. Le telefoneaba para decirle que la amaba. Recorrían las calles de siempre. Se perdían por las plazas. Comían pasta y bebían vino en un restaurante que les gustara. Se dormían junto al cuerpo del otro. Notaban su respiración, se acariciaban la piel, guardaban los sueños. Fueron pasando los años. Hubo días de sol, días de lluvia. Proyectos que se cumplieron; otros que les enseñaron a vivir la derrota. Se amaron mil y una veces, lo que, según ciertas creencias, quiere decir hasta el infinito.

QUINTA PARTE

XXV

Han transcurrido diez años desde que llegó al Trastevere. El abrigo que llevaba cuando recorría las calles con una maleta es hoy un andrajo que no se pone nunca. Todavía debe de tener los bajos manchados de aquel barro que ningún producto podía limpiar por completo; un rastro de lluvia y de tristeza que se niega a recordar. Pertenece a otra vida e ignora por dónde anda. No sabe a quién se lo regaló en un momento que queda muy lejano. El piso ha perdido el aire de provisionalidad de los primeros tiempos. Se ha convertido en la casa que comparte una pareja que tiene buen gusto y ganas de vivir. Los muebles del salón muestran la solidez de las piezas escogidas con esmero. Hay buenos cuadros en las paredes, esculturas situadas en puntos estratégicos. El encanto que nace de la improvisación se ha transformado en armonía de formas. El conjunto es un reflejo de sus personalidades. Se respira el afán de orden de ella y el gusto por las proporciones de él. Comparten la devoción por los objetos antiguos, que han sabido combinar con acierto. Es una casa confortable. El diseño está presente en la cocina, en los complementos, en las luces. Se sienten bien, contentos de vivir en ese refugio romano. Ella ya no trabaja en la Librería Española. Se dedica a coordinar las actividades culturales que organiza el Instituto Cervantes de Roma. Es un trabajo intenso, que realiza con entusiasmo. El esfuerzo y la creatividad son las herramientas que usa para llevar adelante los proyectos que imagina.

Esta noche, Gabriele acaba de volver de un viaje de negocios a Barcelona. Está cansado, pero tiene el mismo aspecto jovial que a ella tanto le gusta. Ha tenido que estar mucho tiempo en el aeropuerto antes de coger el avión. Aunque está acostumbrado, las esperas cansan. Los aeropuertos le dan una impresión de inútil puente que se apresura en dejar atrás. Nunca le ha interesado observar el trasiego, de modo que se centra en sus pensamientos. En el momento en que termina las gestiones, le gusta volver a casa para encontrarse con ella. Cuando bajó del coche, descubrió que había perdido la cartera. Se lo tomó con sentido del humor, porque es difícil que algo pueda ponerle nervioso. Está acostumbrado a los imprevistos, a salir airoso de situaciones que parecen complicadas, a dar a las dificultades su justa medida. Se divirtió cuando ella le instó a que anulase las tarjetas de crédito, a que llamara por teléfono. Ha tomado las medidas oportunas, con esa sensación de calma que sabe transmitir, de confianza en sí mismo.

Están en el comedor con Marcos y Antonia. Dana y Marcos mantienen la amistad de siempre. No olvidan cómo se ayudaron cuando vivían solos. Ahora la situación es muy distinta. Cada uno ha construido su propio espacio. Tienen una relación de vecinos que acuden a la casa del otro, que comparten a menudo el vino y los manteles. Nunca hablan del pasado, aunque ni se lo propusieron, ni responde a una consigna. ¿Por qué tendrían que esforzarse en recordar? Desde la noche del *Pasquino*, decidieron escribir de nuevo su historia. Cada uno empleó una caligrafía distinta, pero con idéntica firmeza. Las horas vividas a la intemperie, junto a la estatua de piedra, les sirvieron para ahuyentar a los fantasmas. El presente los arrastra con una intensidad que no admite paréntesis. A esas alturas de la vida, no se permiten momentos para viejas nostalgias. Los momentos vividos se mantienen ocultos en el fondo de un armario, en un ropero de madera que conserva el olor a lo que guarda. No hace falta abrirlo con demasiada frecuencia, porque hay aromas de otras épocas que, fuera de su contexto, resultan incómodos.

Marcos y Antonia tienen una curiosa relación, hecha de altibajos, de oscilaciones anímicas que Dana no acaba de entender. A ella le resultaría duro vivir una historia en la que no hubiera lugar para la confianza absoluta, en la que los protagonistas vivieran constantes duelos de palabras. Ella agradece la seguridad que le inspira Gabriele, la certeza que sabe comunicarle. Hace tiempo que las dudas se han borrado del mapa. Ha aprendido que la vida puede ser grata y sencilla, si nos proponemos no complicarla. La voluntad de no crear conflictos, de vivir una felicidad basada en hechos minúsculos, le calma la desazón. Piensa que Marcos no ha tenido su suerte. Se merecería un juego limpio, sin cartas en la manga, lejos de ese tira y afloja que es la convivencia con Antonia. Se pregunta cómo puede permanecer tranquilo, casi indiferente, frente a las salidas de tono, los ataques soterrados, la sonrisa que evita dar explicaciones.

Recuerda cómo se conocieron porque Marcos se lo contó con detalle. Hablaba con el entusiasmo de una persona que ha sido rescatada del aislamiento en que vivía. No había una ilusión desbordante en sus palabras, sino la chispa de la curiosidad que se despierta al descubrir a alguien. Eran las ganas de saber, el deseo de verla de nuevo; sentimientos que hacía tiempo que no experimentaba, que sorprendían al hombre escéptico en que se había convertido. Cuando supo las circunstancias del encuentro con Antonia, Dana disimuló su sorpresa. «Es increíble –pensó– cómo la vida juega a repetir las mismas escenas con actores y decorados distintos.» No hizo ningún comentario, porque él no parecía darse cuenta del evidente paralelismo. Si lo veía, actuaba como si fuera una casualidad sin importancia. No se entretenía en analizar ningún hecho que pudiera vincularse con el pasado. Dana se preguntaba qué era lo que le había fascinado: ¿la mujer o la situación que estaba viviendo con ella? Pese a la duda, se esforzó por ignorar una posible coincidencia, mientras ejercía de corazón el papel de amiga fiel, que está contenta con la alegría del otro.

Antonia estaba en la sección de libros de unos grandes almacenes. Entre las estanterías, leía las páginas de un volumen, la contracubierta. Marcos se encontraba junto a ella. Inmerso en la búsqueda de un libro, no se fijó en aquella mujer de pelo corto. El rostro era una mezcla entre la gracia de unos rasgos regulares y la insolencia de su expresión. Ella parecía concentrada en la lectura; él estaba buscando un volumen concreto. No le molestaban el ruido de la tienda ni sus propios pensamientos, concentrados en un único objetivo. Le distrajo un hecho. Lo vio sin querer. La intuición nos hace captar escenas que hemos protagonizado nosotros mismos, en otro lugar, en otro tiempo. Ella abrió el bolso con un movimiento rápido. Sin interrumpir la lectura del libro que tenía en la mano izquierda, con la otra mano metió en el bolso algunos volúmenes. Echó a andar sin inmutarse. Se alejó de la sección de libros mientras Marcos la observaba desde lejos.

Un instante antes de que desapareciera de su radio de visión, cuando casi iba a perderla entre la gente, fue tras ella. Se apresuró a encontrar a la mujer que robaba libros y que estaba a punto de perder entre la multitud. Necesitaba hablar con ella, saber cómo se llamaba. Se movió guiado por un impulso que no se paró a analizar. Antonia estaba ya en la salida cuando notó una mano en el hombro. Sin perder la calma, se volvió. Frente a ella, había un hombre que le sonreía. Era alto, atractivo. Tenía los cabellos castaños y una expresión despistada que le hizo pensar que la confundía con alguien. No pensó que formara parte del personal de seguridad de los almacenes, que la hubieran pillado a través de una cámara oculta. Sólo al mirarle lo supo. El desconocido le inspiraba confianza. Él le dijo:

—Creo que tenemos las mismas aficiones.

—¿A qué te refieres?

—Te he observado. —Sonrió con complicidad—. Creo que te gusta leer.

—Mucho.

—Me llamo Marcos. Estaba pensando en la posibilidad de tomar un café. ¿Me acompañas?

—Tengo prisa.

—Casi todo puede esperar, ¿no crees...?

—Me llamo Antonia. De acuerdo. —Y le sonrió también, atraída por su encanto—. Me apetece tomar algo caliente. Hace frío.

Iniciaron una relación que fue intensa desde el principio. Los dos tenían un carácter fuerte, aunque Marcos sabía dominar mejor los impulsos. Pronto descubrieron el placer de las palabras: como arma de seducción, de convencimiento, de aproximación o de lejanía; convertidas en un acto de amor o de combate. Antonia era arisca, crítica, divertida. Tenía las dosis de mordacidad necesarias para mantenerle siempre en ascuas, en una curiosa tensión que le hacía sentirse vivo. Marcos era un hombre lúcido, que analizaba los hechos antes de juzgarlos, que sabía responder con habilidad a los juegos de Antonia. Había un fondo de acritud en el carácter de la mujer, sus reacciones obedecían a una cierta agresividad hacia el mundo. Marcos actuaba como si no se diera cuenta. Estaba dispuesto a divertirse con ella, pero no a dejarse contagiar sus frustraciones. Su historia siempre tenía espacios sin escribir, como si cada cual reservara un lugar para la propia individualidad, estableciendo fronteras que el otro no podía cruzar. Tampoco lo pretendían.

«No hace falta compartirlo todo para estar bien con alguien», pensaba Marcos. Había espacios íntimos que no habría querido perder. Vivir le había enseñado que nada es fácil. Las relaciones están hechas de matices que pueden crear abismos. La soledad en compañía es buena, si hay un entendimiento tácito. No hacían falta explicaciones excesivas, ni era necesario justificar sensaciones momentáneas. Antonia resultaba gratificante, cómoda. Él agradecía aquella gimnasia mental a que le obligaba siempre; cuando hablaban del trabajo, de la gente, del mundo. Agradecía también la prudencia con que trataban sus propios sentimientos, como si estuvieran hechos de una materia quebradiza. Procuraban ser leales el uno con el otro, sinceros hasta un cierto límite, comprensivos con las flaquezas que intuían. Cada uno tenía sus propias debilidades: él se encerraba a menudo en un mundo íntimo, del cual ella no le pedía explicaciones. Antonia era posesiva, un poco celosa, pero sabía tomárselo a risa. Guasearse de sí misma le resultaba una buena terapia. Marcos lo valoraba como una manifestación de inteligencia.

Vivían juntos y estaban satisfechos de la vida.

–¿Eres feliz? –le había preguntado Dana, poco después de que Antonia se instalara en su casa.

–Estoy contento –le había contestado él; no habían vuelto a hablar más de ello.

Alguna noche, las voces subidas de tono de la pareja llegaban hasta la habitación de Gabriele y Dana. La distancia amortiguaba las frases. Iba atenuándolas, de modo que Dana y Gabriele no seguían el hilo de las discusiones. Al principio, ella se preocupó. Habría querido saber si tenían problemas.

–El único problema somos nosotros mismos –le decía Marcos con una sonrisa–. No tienes que angustiarte; nosotros, así, nos divertimos.

Era una relación con pocas dosis de ternura, pero con un grado significativo de complicidad. Poco tranquila, pero muy estimulante. Con el tiempo, todos se acostumbraron a las excentricidades de Antonia, a aquella manera suya de ir por la vida que no admitía actitudes inseguras.

–A mí me gustaría que fuera más vulnerable, más real –le comentaba Dana a Gabriele.

–No eres tú quien tiene que quererlo –le respondía él, que nunca sintió demasiada simpatía por la nueva vecina.

Hoy cenan las dos parejas en el piso. Han traído quesos y vino francés. Han improvisado algunas ensaladas y una carne fría. El ambiente es forzadamente distendido. Carece de la naturalidad de movimientos de otras ocasiones. Como si sus invitados ocultaran un hecho importante, manteniendo un rictus de sonrisa en el rostro. Hacen gestos exagerados que no encajan con la calma jovial de los demás. Antonia siempre ha tenido tendencia a teatralizar sus propios comportamientos. Esta noche se supera; actúa con total falta de sincronía entre los gestos y las palabras. Se percibe un nerviosismo que Dana no acaba de entender. El aire está enrarecido, y la conversación no fluye con facilidad. Gabriele no parece darse cuenta. No es tan suspicaz como ella. Tiene el pensamiento distraído. Está orgulloso de las compras realizadas, de las últimas adquisiciones. Piensa en los detalles de los hallazgos que acaba de encontrar, y se felicita por el éxito. Con una copa de vino en la mano, mira a los vecinos desde una cierta distancia. Hace tiempo, decidió no someterse a los cambios de humor de la mujer que, incomprensiblemente, Marcos eligió para vivir.

Dana percibe la tensión en el ambiente. Le resulta incómodo captarla con absoluta precisión. Contribuye a ponerla nerviosa. Se da cuenta de que Antonia está al acecho. Su actitud le recuerda la de un lebrel que recorre el territorio, que husmea el aire. Marcos tiene la expresión contenida, de hombre ausente. No es capaz de sostener la mirada interrogante de Dana, que busca sus ojos para saber qué sucede. La rehúye. Ella repite el intento, pero se le escapa de nuevo. ¿Dónde está el amigo? Intuye una desconfianza que le recuerda los primeros tiempos romanos. Está desorientada. No encuentra palabras que los distraigan sin descubrir intimidades, sin desvelar secretos. Se imagina una botella que alguien está llenando sin mesura. Meten el vino a chorro. Pronto el líquido rojizo se irá esparciendo por la mesa, manchará los manteles y formará un charco en el suelo. Es una situación que se puede intuir, pero que tiene consecuencias imprevisibles. ¿La bebida que se derrama es un signo de fortuna o de desdicha? No sabría decirlo. Mira las expresiones de sus rostros y respira hondo, sin saber cómo tiene que reaccionar. La única certeza es que, esa noche, Marcos y Antonia ocultan una historia que les preocupa, que podría hacer que aparecieran antiguos pesares.

Mantienen la prudencia hasta que llegan a los postres. Mientras Gabriele cuenta las últimas peripecias para conseguir una colección de broches esmaltados de Masriera, todos actúan como si no hubiera en el mundo nada más importante. Se esfuerzan por escucharle con interés. Dana interrumpe la explicación con comentarios puntuales sobre el vino. Como Marcos presume de ser un experto, le gusta que los demás valoren su buen gusto, la capacidad para depurar la cata. Decidida a ponerle de buen humor, hace apreciaciones entusiastas sobre la bebida, alaba el aroma. Las palabras, dichas con la mejor voluntad, no modifican el aire de ausencia de su rostro. Antonia habla con nerviosismo: pasa de una anécdota a otra con una agilidad prodigiosa. Parece una acróbata de las palabras, capaz de dejar a los demás aturdidos, saturados de frases algo inconexas, enlazadas con una rapidez que, de no ser por la práctica ejercitada durante años, podría dejarla sin aliento.

Dana y Gabriele sirven una bandeja de pasteles de crema. La colocan sobre la mesa, con un gesto que pretende ser natural, pero que resulta artificioso. Como si, sin quererlo, estuvieran participando en ese ridículo espectáculo que no pueden entender. Tienen que reprimir las ganas de indagar qué pasa. En un tono de voz amable, Dana les pregunta cuántas porciones quieren. El postre tiene un color amarillo que, de pronto, le resulta molesto. Piensa que tendría que haber comprado otra cosa, una tarta de nata, o unos profiteroles de chocolate. La vida, esa noche, es una cadena de errores; lo constata con desilusión. De pronto, Antonia se dirige a Marcos. Le habla con dureza, como si las palabras formaran un bloque de cemento sin rendijas de aire para respirar:

–¿Cuándo te decidirás a contarles lo que nos pasa?

–¿Cómo? –Marcos vuelve de muy lejos y la mira.

–Habíamos quedado que esta noche hablaríamos de las llamadas telefónicas. No has dicho ni una sola palabra. Querría saber interpretarlo.

–No tienes que esforzarte. Si no digo nada, es porque no me apetece. ¿Lo habías pensado?

–¿Pensar? Hace días que no hago otra cosa. Esa historia nos hace daño. ¿Te das cuenta?

–¿Podrías servirme un whisky, Gabriele? –Marcos se dirige a él haciendo un gesto de cansancio.

–Naturalmente –contesta el otro, que parece haberse despertado en ese instante. Pone cara de extrañeza y mira a Dana, preguntándole con la mirada de qué están hablando. Tiene la sensación de haberse perdido una parte de la película.

–No cambies de tema. Sabes que no puedo soportar las evasivas –dice Antonia.

–Creo que estás muy tensa. ¿Te apetece una infusión? ¿Tila, quizá? –Dana pretende ser conciliadora.

–No quiero tomar nada. Mis nervios están perfectamente, gracias. No... no estoy bien. –La voz le flaquea–. Queríamos contaros lo que nos pasa. La verdad es que no vivimos un buen momento. Ha sucedido algo que me desborda. Marcos no quiere hablar de ello. Se pasa las horas ausente, sin reaccionar. Querría ayudarle, pero no me lo permite.

–¿Qué os pasa? –Dana intenta mantener la serenidad–. Creía que estabais bien.

–Lo estábamos –se apresura a responder Antonia–, hasta que Marcos recibió esa llamada. Hará unos quince días. No lo sé con exactitud, porque no me lo contó. ¿Cómo se puede esconder un descubrimiento así a tu pareja?

–¿Qué descubrió? –pregunta Gabriele, interesado en la historia.

–Le llamó una psicóloga. Le dijo su nombre y le contó que estaba tratando de ayudar a una persona a reconstruir su vida. –Hace una pausa–. ¡Como si eso fuera tan sencillo! Le dijo que necesitaba su ayuda. Él la escuchó y no me dijo ni una palabra.

–No acabo de entender qué significado tiene esa llamada. Si no te habló de ello, no sería muy importante. –Dana se esfuerza en poner paz.

–¿Era importante? –Hay rabia en la voz de Antonia–. ¡Respóndeme! ¿Lo veis? Calla como un muerto. La segunda vez que llamó, yo estaba en casa. La escuché, sin imaginarme qué iba a decirme.

–¿Y qué te dijo? ¿Qué puede ser tan terrible? –En la voz de Gabriele, harto de las estridencias de la mujer, se esconde un toque de ironía.

–Me dijo que era la psicóloga de Mónica.

–¿De quién? –Dana cree que no ha entendido bien el nombre. O, en todo caso, que se refiere a otra persona.

–Mónica está viva. Él lo sabía y no me había dicho nada.

–¿Viva? –Dana pronuncia la palabra en un tono balbuceante, como el de un niño que no entiende las cosas, que se siente perdido–. ¿Cómo es posible? –se pregunta.

Mira a Marcos buscando respuesta, pero no la hay. Parece concentrado en la copa que sostiene entre las manos. «No puede ser –se dice–. Hace muchos años que murió, me lo contó él mismo, cuando compartíamos la desesperanza. ¡Qué broma más absurda!»

En ese momento, siente rabia contra Antonia, un sentimiento que sube del estómago hasta la boca. Está segura de que delira. Es una mujer exagerada, capaz de mentir para llamar la atención. Piensa que tiene que decir alguna frase contundente que sirva para poner las cosas en su lugar, que cierre el tema. Respira hondo y exclama:

–Eso es imposible: los muertos están muertos. No quieras hacernos creer historias absurdas. –Hay un punto de terquedad en sus palabras, una voluntad inconsciente de proteger a Marcos, de salvarle de la posibilidad de que el pasado vuelva a abrirse como un abismo.

En ese momento, Gabriele interviene en la conversación. Es el único que no ha perdido la calma:

–¿Es cierto? ¿Mónica no está muerta?

Los minutos transcurren con lentitud. Dana se da cuenta de que le tiemblan las manos. Hacía años que no percibía ese temblor, leve como el aleteo de un pájaro, imperceptible a los ojos de los demás, presente para recordarle su propia vulnerabilidad.

–Sí, es cierto. –La respuesta de Marcos es un murmullo.

–¿Y qué piensas hacer? –Gabriele pregunta con suavidad, mientras Dana tiene la impresión de que el mundo se tambalea.

–Nada. No haré nada. Para mí, todo continúa como antes: hace nueve años, ocho meses y siete días que mi mujer se murió.

Se hace el silencio, pero hay muchas maneras de callar. Alguien puede enmudecer debido a la sorpresa. Es el caso de Gabriele, que no sabe qué puede decir, pero que mantiene las ideas claras, el pensamiento frío. También nos puede acallar el pánico. Dana tiene miedo. El miedo que creía vencido, abandonado en un papel en el *Pasquino*, vuelve para demostrarle que todo es incierto. La rabia a menudo deja sin palabras: Antonia siente que cien diablos le golpean el pecho. La ausencia va de la mano de la mudez. Como Marcos está lejos, no dice ni una palabra.

Podría haber sido una noche como otra cualquiera, una cena con vino y conversaciones. Se habrían divertido con los comentarios inteligentes de Marcos, con la mordacidad algo malévola de Antonia. Se habrían reído con las anécdotas de Gabriele y los chismes de Dana. Hubiera habido un breve espacio para las confidencias, cuando el alcohol les hubiera hecho efecto, porque ninguno de ellos es demasiado aficionado a confesar las debilidades del corazón. La sobremesa habría sido plácida. Una repetición de otras muchas escenas que constituían la vida cotidiana, la existencia alejada de inesperados sobresaltos. Se miran sin decir una sola frase que les sirva de consuelo. Cada uno interroga a los demás con la mirada, como si esperase unas palabras para aligerar el ambiente de tensión, pero no son capaces de mantener la compostura. El silencio es una forma de protección. Si hablaran, las emociones podrían desbordarse. Temen los llantos, los gritos, los reproches.

Cuando suena el teléfono, respiran casi al unísono. El sonido del timbre, que les resulta familiar, aporta un aire de normalidad. Gabriele se apresura a contestar. Satisfecho de tener una excusa para abandonar la compañía de los otros, sale al pasillo. Sus palabras, pronunciadas en un tono discreto, no los distraen. Están demasiado concentrados en sus propias obsesiones. Antonia mantiene el rostro oculto entre los brazos, incapaz de resistir los nervios. Dana pone una mano sobre el hombro de Marcos, que no reacciona. No se dan cuenta del cambio de actitud de Gabriele. Se ha apoyado en la pared, como si las piernas le fallaran. El rostro que no ven está lívido; tiene una tonalidad grisácea. Las palabras le salen entrecortadas; hace preguntas rápidas que alguien responde desde el otro extremo del hilo telefónico. Él tampoco cuenta nada cuando entra en el salón. Los mira. No son necesarias las explicaciones, porque no hay preguntas. No les dice que era Matilde, que los llama desde la pensión para advertirles de que Ignacio está en Roma.

XXVI

Hay ciudades que son escondrijos donde meternos cuando soplan malos vientos. Cuando Marcos y Antonia se van, Dana se queda sentada en el sofá, incapaz de decir nada. No ha asimilado la noticia que acaban de recibir. Tiene una sensación de fragilidad que resulta incómoda. Hace años que vive una existencia en la que cada pieza encaja en el lugar que le corresponde. No hay espacio para las sorpresas que transforman el esquema de su vida. En la puerta, mientras despedía a Marcos y a Antonia, ha intentado mostrar una sonrisa conciliadora. Pretendía transmitirles que no tenían que preocuparse, porque probablemente hubiera una confusión de identidad. Deben de ser víctimas de un absurdo malentendido. Mónica se fue muriendo muy lentamente en el corazón de Marcos. No era posible resucitarla cuando su amigo había aprendido a vivir con su ausencia. Una burla del destino para Antonia, para el hombre que querría proteger, incluso para sí misma. El olvido de su propio pasado va unido al olvido de Marcos. Los dos protagonizaron junto al *Pasquino* un ritual para borrarlo, una noche que parece muy lejana.

Mientras tanto, Gabriele se mueve por el piso. Deshace su equipaje, cuelga la americana en el armario. El hombre seguro de sí mismo se siente indeciso. Cuesta mucho reconocer que las cosas no son como quisiéramos. Se pregunta si tiene que decirle a Dana que Ignacio está en Roma. Quizá ella tiene derecho a saberlo. Pero ¿y él? ¿No es suya la responsabilidad de protegerla, de salvarla de un personaje que la destruyó? Tiene buena memoria. Se acuerda de la mujer que conoció hace diez años, desvalida. La ama con una pasión que nunca podría haber imaginado. Son felices en un mundo que tienen que preservar de estúpidos intrusos. Ignacio ha venido a despertar viejos fantasmas, pero él no se lo permitirá. Desde la habitación, levanta la voz y pregunta:

–¿Recuerdas mi próximo viaje?

–Sí. –Ella hace un esfuerzo para controlar su mente–. Te vas pasado mañana.

–Se me acaba de ocurrir una idea.

–¿Una buena idea?

–Estamos agobiados. No creo que te convenga soportar las histerias de Antonia durante los próximos días. Además, te noto cansada. ¿Por qué no adelanto la partida y salimos mañana mismo?

–Es cierto, he trabajado mucho estos últimos meses. Me convendría un viaje.

–Ferrara es una ciudad deliciosa. Nos podemos perder por sus calles tres o cuatro días, amor mío.

–Sí. –Dana vuelve a sonreír como antes–. Has tenido una gran idea. Llamaré al trabajo.

A la mañana siguiente cogen un vuelo con destino a Venecia. Después, un taxi hacia Ferrara. A la ciudad de la tierra y del agua, que nació en el delta del río Po, se llega tras recorrer un centenar de kilómetros. El campo tiene unas tonalidades verdes que le recuerdan las de Mallorca. Es un paisaje agrícola, con casas bajas, tierras de cultivo. De vez en cuando, el rojo de las amapolas. Es una ciudad tranquila, con calles adoquinadas. Nueve kilómetros de murallas renacentistas rodean su perímetro. Han reservado habitación en el hotel Duchessa Isabella. Lleva el nombre de Isabella d'Este, la hermana de Alfonso I, casado con Lucrecia Borgia. Los dos hermanos, refinados y cultos, competían por el arte. Eran grandes coleccionistas de pintura, mecenas de los mejores artistas de la época. El encanto de ese lugar quizá esté en la mezcla de arquitectura medieval y renacentista. El palazzo Massari tiene los jardines más bellos de Ferrara, el palazzo dei Diamanti está recubierto de piedras talladas como diamantes. Cuenta la leyenda que, entre los miles de diamantes de piedra, hay uno auténtico. Tiene las aristas relucientes y un valor incalculable. Está oculto en medio de las otras piedras, en un saliente de la fachada. Al obrero que lo escondió le sacaron los ojos para que no pudiera desvelar el secreto:

–¡Pobre hombre! –murmura Dana–. ¿No habría sido suficiente con hacerle jurar que nunca descubriría el escondrijo?

–Hay secretos que no se pueden decir. Revelarlos supondría un peligro. –Gabriele tiene un aspecto serio.

–¿De qué hablas, amor mío? Me refería a una simple leyenda.

–Claro. Yo también.

Están en el comedor del jardín del hotel. Es un lugar alegre, con el suelo cubierto de césped. Hay macetas con geranios rosados y petunias casi rojas. Debajo de las sombrillas blancas se distribuyen las mesas. El ambiente es de una placidez que calma las desazones. Dana está contenta de haberse decidido a acompañarle. Le gustan los salones de ese palacete convertido en hotel. Los techos son de madera, ricos, ampulosos, las cortinas de telas pesadas, pero el aire juega con la luz de la mañana. Cada una de las habitaciones tiene el nombre de una flor: la suya se llama *campanile*. Está decorada con una profusión de azul celeste y muebles con encanto. La llave de la puerta es una enorme llave de hierro, que casi parece una espada en la mano de Dana.

Hace meses que Gabriele ha programado ese viaje. Durante mucho tiempo, ha seguido la pista de un cuadro. Sus contactos han tenido que moverse por muchos lugares de Italia, en una búsqueda que a menudo parecía condenada al fracaso. Hay piezas de arte que son como tesoros ocultos en un rincón de la tierra. Pasan los siglos y nadie perturba su calma. En algún momento, ha llegado a creer que no lo lograría. Como es un hombre perseverante, no ha dejado ningún cabo suelto. Las investigaciones le han llevado hasta Ferrara, a un palacio privado, la casa de Pandolfo Ariosto. Está en la via del Carbone, número 15. Allí, quizá se encuentra un cuadro de la escuela de Cosmè Tura, un pintor del siglo XV, cuya obra se ha perdido casi en su totalidad. En la catedral, hay un órgano policromado con unas bellas representaciones de san Jorge y la princesa, y también de la anunciación pintadas por él. En la pinacoteca de la ciudad se conservan dos paneles redondos que debieron de formar parte de una obra más amplia. Representan los últimos días de la vida de san Maurelio. En la National Gallery de Londres hay dos pinturas de Tura, el altar *Roverella* y *La Primavera*. El resto no existe, se ha fundido en el aire, ha desaparecido. Si el cuadro que él busca pertenece a la escuela ferraresa, sería un gran éxito conseguirlo. En algún instante de locura, cuando los sueños adquieren alas, Gabriele ha ido más lejos: tal vez la pintura de la que tiene noticias, probablemente una Virgen María con el niño en brazos, sea del mismo Tura. Habría hecho un hallazgo de un valor artístico incalculable. Imaginarlo le hace estremecer de emoción, porque despierta esa curiosidad por la belleza que constituye su vida.

Faltan pocos días para la cita de Gabriele en la casa de Pandolfo Ariosto. No la espera con impaciencia. La vida juega con nosotros y altera el orden de nuestras prioridades. En la agenda, había puesto un círculo rojo en la fecha del encuentro. Pensaba en el momento de ver el cuadro, calculaba las palabras que tenía que decir a sus propietarios; palabras prudentes y mesuradas a la vez, expresiones que no desvelaran el afán de saber, las sospechas que guardaba celosamente, sin osar formularlas en voz alta. Desde que han llegado, querría que el tiempo se detuviera. Lo único que le importa son los paseos por el camino que recorre las murallas de la ciudad. Hay chopos de hojas muy verdes, donde la impaciencia se calma y los miedos desaparecen. Sin desearlo, quién sabe si empujado por el temor a perderla, Gabriele actúa como si el mundo se acabara en Ferrara. El encanto de su actitud y de su sonrisa, las palabras amables que sedujeron a Dana vuelven con más fuerza. Ella se siente feliz. Alejados los fantasmas que despertó Antonia, se mueve en un terreno seguro, en llanuras gratas donde todo acontece con una suavidad de terciopelo.

Caminan despacio, las manos enlazadas. Se sientan en uno de los bancos que hay a lo largo del paseo. Parejas en bicicleta pasan por su lado. Ella apoya la cabeza sobre las rodillas de Gabriele. Es una situación que ha repetido muchas veces, que le gusta recuperar. Los dedos de él se pierden entre los rizos que le caen sobre el rostro. En Ferrara no hay montañas. Aunque miren a lo lejos, no encontrarán ninguna cordillera. Pueden intuirse los montes Euganeos, donde vivió Petrarca. Como el poeta que bendecía el año, el mes, el día y la hora en que conoció a Laura, también Gabriele agradece el momento que la encontró. Todas las mañanas, al despertar, pide a los dioses que esté a su lado. Cuando ella se despierta, le descubre mirándola.

Todas las tardes, cuando vuelven al hotel, pasan por la via Borso. Gabriele conduce hasta el cementerio, donde hay algunos puestos de venta de flores; le compra a Dana una rosa roja. Lucrecia Borgia fue enterrada en el monasterio del Corpus Domini, pero no se sabe exactamente dónde reposa. Los muertos que tuvieron una vida de excesos nunca descansan en paz; añoran demasiado lo que han perdido. La gente cuenta que hubo un incendio. Las llamas devastaron el monasterio. Todo quedó destruido. Tuvieron que cambiar la disposición de las tumbas. Desde entonces, nadie sabe dónde están los despojos de Lucrecia. En la piazza Savonarola hay una escultura del monje que murió quemado. Cerca, se encuentran cafés y pastelerías. Se sientan. Hablan de pequeñas historias que les gusta compartir. Comen *pampepati*, pasteles hechos de harina, almendras y miel, rellenos de fruta confitada y cubiertos de chocolate.

Hay amores que hemos incorporado a nuestra existencia. Nos son imprescindibles, como el aire que respiramos o el agua que bebemos. No queremos que nada los amenace. Gabriele se pregunta qué haría sin el aire. Dana le es tan elemental como el aire que respira para poder seguir vivo. Se pregunta cómo sería su existencia sin los creadores que le enseñaron a valorar desde que era un niño. Ella es la belleza del arte que se mueve, que ríe, que habla. La abraza sobre el puente del castillo, desde donde se ve la iglesia de San Giuliano. Vuelve a abrazarla en la plaza porticada del mercado, que da a la via Garibaldi, junto a la catedral que es de mármol blanco y rosa. El mármol rosáceo traído de Verona llena de luz el edificio, les ilumina los cuerpos cuando se buscan. Es grato encontrar el olor conocido, sentirla próxima. En el barrio judío, las casas son altas. Como era un espacio condenado a no crecer, los edificios se elevaban hacia el cielo. Hay algunos que pertenecen todavía a judíos y se los alquilan a estudiantes. Querría proponerle que se instalasen en una de esas casas, en Ferrara. Pasar allí los días, muy lejos de Roma.

Hay una vida tranquila, hecha de momentos que van encadenándose. Transcurre con la convicción de que las emociones encuentran la respuesta de otras emociones. Hay una vida desasosegada, donde todo se pone en duda. La primera nos evoca ese tiempo dorado, cuando creíamos que nunca nos moriríamos. La segunda nos descubre que la muerte está detrás de la esquina. La muerte significa la desaparición, el olvido o la pérdida. Gabriele habría dado la vida por no perder a Dana. Hay frases que suenan a tópico, que se dicen para quedar bien. Hay otras que ocultan la verdad más secreta. Ella le pregunta:

–¿Podré acompañarte a tu cita?

–Discúlpame, amor, ¿qué decías? Estaba distraído.

–Me gustaría acompañarte a ver el cuadro, compartir contigo el momento de saber si es una obra de Tura.

–¿El cuadro? No lo creerás, pero ya no me parece tan importante.

–Hace meses que hablas de él. ¿Qué te pasa? ¿Dónde está el hombre apasionado por el arte a punto de alcanzar la obra que tanto ha perseguido?

–Es verdad... Es una pieza que he buscado como en un juego. Claro que me haría feliz. Por cierto, ¿qué te parece si prolongamos unos días nuestra estancia en este rincón del paraíso?

–Perfecto, pero ese juego del que hablas es tu vida.

–Te equivocas. Mi vida eres tú.

Le sonríe, halagada por unas palabras que interpreta como un cumplido amoroso. Le gusta su delicadeza, la seguridad que sabe transmitirle. No vuelve a pensar en ello. Se acordará más adelante, cuando ya no estén en Ferrara, cuando la vida se precipite y los coja desprevenidos. Habitan un universo de petunias, una habitación en un palacete lleno de encanto, los paseos por las murallas de la ciudad. Ella no desea otras historias. No le apetece averiguar el futuro, que se imagina como la continuación perfecta de un presente hecho de pórticos con cafés, plazas y bicicletas.

De vez en cuando, suena el móvil de Gabriele. Ocurre cuando desayunan en un saloncito del hotel Duchessa Isabella. Las puertas son doradas y blancas. En las ventanas, cortinas de rayas azules, recogidas con una lazada para que entre la luz. En un extremo hay una barra de madera, coronada por un bodegón. En la pintura, una combinación curiosa de flores, frutas y piezas de caza. La comida es casera. Hay pasteles, confituras, embutidos y quesos. Cuando suena el móvil, Gabriele se aleja. Le dice que no hay cobertura, que tiene que atender una llamada de negocios. La voz de Matilde le recuerda que Ignacio continúa la búsqueda. Le informa todas las mañanas, con la certeza de que cumple un deber ineludible. Le describe los pasos que ese hombre loco –como le denomina– da por la ciudad. Le recomienda que no se preocupe, asegurándole que hará todo lo posible para disuadirle de la presencia de Dana en Roma. Le recomienda que prolongue la estancia en Ferrara unos días más y que, sobre todo, no le diga a ella una sola palabra. Entre los dos, Matilde está segura, conseguirán protegerla del regreso del fantasma.

Ignacio pulula por las calles de Roma. Parece un alma en pena, un desenterrado en vida que no sabe adónde ir. Tiene momentos de desaliento, cuando la pista desaparece ante sus ojos. Y otros momentos de esperanza, alimentados por la sensación intangible de que sigue el rastro correcto. Intuye que está en un entorno hostil: las personas que encuentra le contestan con evasivas. En los lugares que visita, nunca halla respuesta. A veces, la indiferencia; a menudo, una voluntad clara de cerrarle las puertas. Decidió instalarse en la pensión. Creía que desde ese lugar le sería más fácil encontrarla. La presencia de Matilde, que estuvo amable desde el primer momento, le resulta desagradable. Juraría que se ha propuesto complicarle la vida. No dispone de pruebas, pero es perspicaz. Se da cuenta de que le observa con una antipatía evidente. Afirmaría que oculta un rechazo hacia su persona, unas ganas de perderle de vista que no hace explícitas, pero que tampoco se esfuerza en disimular.

Todas las mañanas se encuentran en el comedor. Ella nunca ha hecho ningún gesto para invitarle a sentarse a su mesa. Tampoco ha aceptado la invitación de Ignacio. Es como si viera al diablo. Inclina la cabeza, en un saludo forzado, y se aleja. No han mantenido ninguna conversación. Alguna vez ha intentado aproximarse, pero se ha echado atrás debido a la actitud de Matilde que lo hace sentir ridículo. Vencido por su mutismo, ha mirado de nuevo las tarjetas que había en la cartera. Son direcciones de tiendas de antigüedades. Pertenecen a Gabriele Piletti, el hombre del aeropuerto. En cada una de las tiendas ha tenido la extraña sensación de que le estaban esperando. Con un trato correcto pero distante, el empleado de turno le ha repetido el mismo mensaje:

–El señor no está en Roma. Viaja mucho y es difícil localizarle. No podemos decirle nada más. Si quiere dejar un teléfono de contacto, le comunicaremos al señor Piletti su interés por encontrarlo. De todas maneras, tiene una agenda complicada. No será fácil concertar una cita en los próximos meses.

Al cuarto día de su llegada está desanimado. Después del impulso que le ha llevado a perseguir una fotografía, se pregunta si está actuando como un loco. Ha interrumpido su vida para buscar a una mujer que debe de haberle olvidado, a quien no sabe si sabría reconocer. Las personas cambian con los años. Se transforman los cuerpos, pero no las formas de ser, las reacciones; los deseos experimentan metamorfosis más profundas. La vida juega a moldear pensamientos y rostros. ¿Qué está haciendo él en una pensión? ¿Qué sentido tienen las evasivas con las que justifica a Marta su ausencia? Nunca habría creído que fuera posible que se sorprendiera a sí mismo. No es un hombre irreflexivo. No se reconoce en la persona estúpida que cambió de vuelo porque los recuerdos le asaltaron con un ímpetu salvaje. Una simple fotografía fue suficiente para comprender que todavía la recordaba. Podía evocar su cuerpo, los gestos que amaba, la sonrisa que dejó escapar. Daría la vida que le queda por vivir si pudiera escribir de nuevo su historia. El pasado no tiene remedio. No hay soluciones mágicas que sirvan para cambiarlo. Nadie puede inventarlo otra vez.

Sentado en la sala de la pensión, con el rostro entre las manos, se siente agotado. Ignora qué caminos puede recorrer. Esta huida le ha servido para comprender que ha vivido una comedia de imbéciles en la que él es el mayor imbécil. Se levanta con un gesto de desaliento y se dirige a la habitación. Intuye que volverá al mismo escenario, que ocupará el lugar que le corresponde en un teatro absurdo. Llena la maleta con las prendas de ropa que recoge de la mesita, de la silla. Hay un lío de pantalones y camisas. Todo es caótico, confuso. Mira por la ventana que da a las calles romanas. Habría querido preguntarle por qué eligió Roma, pero se imagina que no tendrá ocasión. Coge la maleta y sale al pasillo, justo después de hacer una reserva telefónica para el próximo vuelo a Barcelona. No puede soportar continuar un solo minuto más en ese lugar. Paga la cuenta sin dar explicaciones, con el rostro marcado por unos días de vorágine. Cuando está a punto de marcharse, se abre la puerta y aparece Matilde. Lleva una falda que le parece ridícula, los cabellos teñidos de rubio. Se miran con un odio que no acaba de entender, pero cuya causa ha renunciado a averiguar. Ella ve la maleta. No puede evitar preguntarle:

–¿Se va?

–Sí, ya no tengo demasiadas cosas que buscar en esta ciudad.

–Es lo mejor que puede hacer. Buen viaje.

–¿Por qué es lo mejor?

–Usted lo ha dicho: ha terminado sus asuntos en Roma.

–Sí, claro.

Ignacio se da la vuelta, se inclina para recoger el equipaje y se dispone a salir. Necesita respirar el aire de la calle. Matilde pasa por su lado, hacia su habitación. Unas breves palabras se escapan de sus labios. Son casi inaudibles, como un rumor que puede confundirse con el viento. Dice:

–Sí, lo mejor que puedes hacer es dejarla tranquila.

El cuerpo del hombre se pone tenso. Su corazón palpita, desacompasado. Está seguro de haberla oído perfectamente. Levanta los ojos, y sonríe. No cogerá el avión. Lo único que tiene que hacer es no perder la paciencia.

La familia que vive en la casa de Pandolfo Ariosto pertenece a una rama lateral de la familia de Ludovico Ariosto, el autor del *Orlando furioso*. La casa es de piedra, de color de barro cocido. Las ventanas tienen molduras también color de barro. Hay un balcón con flores lilas. Gabriele ha considerado que era mejor presentarse solo. Es una reunión delicada, que no tiene que confundirse con una visita de cortesía. Dana le espera en un bar. Se toma un café, mientras recuerda la leyenda del mago Chiozzino. La noche anterior, un hombre con quien coincidieron en el restaurante se la contó: el mago Chiozzino, que era un ingeniero hidráulico con alma de científico, hizo un pacto con el diablo. Como Fausto, le pidió juventud, belleza e inteligencia. Quería escapar a la condena de tener que envejecer. El demonio se llamaba Fedele Magrino, porque estaba muy delgado. Pasaron los años. El protagonista vivió una vida de placeres, de desorden. Aun así, no podía aceptar la idea de estar condenado. A medida que transcurrían los días, el pensamiento de la muerte le perseguía, obsesionándole, hasta que decidió burlar al diablo y buscar la protección de Dios.

Desde donde se encuentra, contempla a Gabriele, que regresa. En otras circunstancias, habría sido capaz de adivinar el resultado de la búsqueda. Observa su forma de andar, la inclinación de la espalda, pero no se atreve a pronunciarse. Él tiene una actitud que la despista. No parece especialmente eufórico, ni tampoco demasiado decepcionado. Acostumbrada a verle exteriorizar los sentimientos, se extraña. Le pregunta:

–¿Cómo ha ido? ¿Puede ser una obra de Tura?

–No sabría decirlo.

–Tienes que hacerla analizar por expertos.

–No me parece un cuadro de Tura. Ni siquiera de la escuela ferraresa. Creo que me he equivocado. Hemos perseguido una pista falsa.

–Lo siento mucho, pero no tienes que entristecerte. –Intenta bromear–. El mundo está lleno de magníficas obras de arte que están esperándote.

–En realidad, sólo me interesa que me esperes tú.

–Estás cansado. Mira, lo he estado pensando. Podríamos quedarnos todavía algunos días más. No tenemos que dejar Ferrara con la sensación de que has vivido un fracaso.

El rostro de él se ilumina.

–Nada me haría más feliz.

En ese momento, suena el móvil de Gabriele. Es una llamada de Roma: el abuelo está muy enfermo. Piensa en el hombre que le ha querido más que a su propio hijo. Recuerda el rostro demacrado, sólo piel cubriéndole el cráneo. Evoca sus palabras cuando le contaba que el arte nos salva de una vida vulgar. Le debe el ser quien es. Su amor incondicional le ha abierto las puertas del mundo, pero, sobre todo, le ha hecho sentirse un hombre querido, seguro. Tiene que agradecerle tantas cosas que se entristece cuando piensa que está a punto de perderle. Es un hombre mayor, que anda con dificultad, pero que tiene la mente clara, el espíritu lúcido. La vejez no ha podido vencerle. Ni siquiera la muerte. «La muerte no se lleva al abuelo –piensa Gabriele–, sino que es él quien ha decidido morirse.»

Durante el camino de vuelta, Dana recuerda a Fedele Magrino, burlado por el hombre a quien dio los mejores regalos de la tierra. Chiozzino intentó despistarle. Corrió hacia la iglesia de Santo Domingo, donde sabía que podía refugiarse. El demonio le persiguió, desesperado. Intentaba detenerle, recordarle el viejo pacto. Con la misma intensidad, la mano de Gabriele coge su brazo, mientras regresan para acompañar al abuelo en el último viaje. Fedele casi lo consiguió. Llegó a tocar la espalda del fugitivo, cuando éste entraba en terreno sagrado. El diablo no tiene nada que hacer en los territorios de Cristo y tuvo que marcharse, vencido. En el suelo, imborrable, dejó la marca de un macho cabrío. Los dedos de Gabriele le han dejado una señal en el brazo. El tiempo hará que desaparezca, pero ella recordará siempre el tacto, la presión insistente.

XXVII

Llegan a Roma cuando nace el alba. Es una luz triste. Hay desolación en el ambiente, porque siempre miramos el mundo desde nuestro estado de ánimo. La realidad exterior no nos cambia el paisaje del corazón. La ciudad aparece desdibujada. Todo es tenue. Dicen que las sensaciones se contagian. Cuando alguien a quien amamos sufre, podemos percibir su rastro. Experimentar su dolor, convertido en propio. No sabemos si lo deseábamos así, pero no hemos podido evitarlo. La pena, como un jersey del otro que hemos encontrado en el cajón del armario, ocupa un espacio entre las cosas que nos pertenecen. Gabriele no ha hablado mucho durante el trayecto. Ha pronunciado las frases justas para no parecer descortés. Ha adivinado su tristeza. El hombre seguro se ha convertido en un niño huérfano. Hay metamorfosis difíciles de creer. Se producen con una facilidad prodigiosa, cuando menos las esperábamos. Acostumbrarnos es un proceso que no se completa en unos kilómetros de viaje, por muchos que sean. De reojo, puede percibir el ademán serio, un rictus de pena en sus labios. Intuir la muerte produce efectos curiosos: desencaja las facciones, cambia la tonalidad de la piel, disminuye el dominio de los movimientos. Intenta hacerlo hablar:

–Se recuperará. Es un hombre fuerte.

–No. Sé que tiene una fortaleza inusual para su edad. Pero le conozco bien: ha decidido morirse.

–¿Cómo puedes decir esas cosas? Las personas no deciden cuándo se tienen que morir. Ni siquiera alguien tan poderoso como él. ¿Quieres que piense que le tienes tan mitificado como para llegar a creerlo?

–No se trata de mitificaciones. Comprendo que te sorprenda lo que digo. El abuelo hace tiempo que está enfermo. Todos lo sabíamos, y los médicos nos anunciaron que no había nada que hacer. Decían que tan sólo teníamos que esperar a que le llegara la hora. No nos los creímos nunca, precisamente porque le conocemos. Como es un luchador, ha intentado combatir la enfermedad, hasta que ha considerado que era suficiente. Es una cuestión de dignidad. Sabe retirarse antes de la derrota definitiva.

—Me cuesta entenderlo. En apariencia, hacía una vida absolutamente normal.

—Claro. No ha querido renunciar a sus pequeños placeres, hasta que se ha dado cuenta de que ya no le producían la misma satisfacción.

—Continuaba visitando las tiendas, hablaba con los encargados. Se interesaba por las piezas que acababas de adquirir.

—No quería controlar nada. Puedes creerme: confiaba plenamente en mí. Pero era incapaz de pasar de largo ante una nueva adquisición. La curiosidad vencía el dolor. Hay personas que nos dejan una herencia especial, increíble. Lo he pensado, durante el viaje. No me refiero a bienes materiales, sino a las sensaciones que han sabido transmitirnos toda la vida. Como son generosas, no permiten que la muerte se las lleve consigo. Constituyen el legado que pervivirá en nosotros. Nunca olvidaré al abuelo, porque su entusiasmo por la belleza continuará en mí. También la mezcla de placer y dolor que experimentamos ante un cuadro, una escultura, un grabado, piezas que nos hacen creer que el ser humano no puede ser miserable. Si es capaz de crear objetos tan bellos, tiene que llevar bienes divinos en algún rincón del corazón. Eso nos diferencia de los animales: no sólo la capacidad de crear belleza, sino también la de percibirla. Tenemos el privilegio de experimentar la emoción. Quien no se conmueve con el arte es una criatura débil, un ser insignificante.

—Me gusta escucharte.

—A mí me encanta hablarte. Hace poco, me dijo que quiere ser enterrado en la cripta familiar. Nada de crematorios ni cenizas, insistió. Y a mí me pareció bien.

—¿En serio? Dicen que es mucho más higiénico que te quemen.

—No nos hace falta la higiene a la hora de la muerte. Es un derecho que tenemos desde que existimos: poder volver a la tierra, conseguir que nuestro cuerpo se confunda con ella, despacio, hasta que sólo seamos un poco de polvo donde crece la hierba, quién sabe si un árbol. En cualquier caso, una nueva vida. Las cenizas, en cambio, siempre son el anuncio de un final definitivo.

Se dirigen a la via della Lupa. La casa tiene la fachada de piedra gabina. Su origen volcánico da al edificio un tono grisáceo, sobre el que destaca la superposición de una pintura ocre, casi dorada en las primeras horas de la mañana. Al comienzo de la calle, hay una baldosa de cerámica con la imagen de una Madonna. Hace una ligera brisa, que no es signo de bienestar, sino presagio de tempestades. Lo piensa Dana, que no puede evitar estremecerse, al atravesar la puerta del pequeño palacio. Querían quedarse unos días más en Ferrara, pero la noticia ha precipitado el regreso. Sin saber la causa, intuye que Gabriele ha vuelto en contra de sus deseos. Se imagina que no quiere enfrentarse a la dureza de la pérdida, pero hay algo más que desconoce. Puede notarlo en el ambiente, en sus ojos. Roma, que siempre fue hospitalaria, los recibe con hostilidad. ¿Son imaginaciones suyas? Quién sabe si la tristeza no está en el ambiente, sino en sí mismos. «¿Qué nos pasa? –se pregunta–. Es como si llevásemos con nosotros un secreto. Conozco a mi pareja, pero hoy tengo la certeza de que me oculta algo.»

Se ha sentido obligado a volver. La rapidez de los acontecimientos y el golpe que supone la noticia le han impedido reaccionar. Ha tenido que limitarse a cumplir con los deberes familiares, como le dicta la razón, mientras ahoga los argumentos del corazón que le impulsan a irse muy lejos. Padece una mezcla de sensaciones contradictorias: el deseo de irse con la mujer que ama, junto a la necesidad de estar junto a un viejo que se apaga, como una lámpara de aceite en un momento inoportuno. Cuando cruzan la puerta, coge los dedos de Dana entre los suyos. La mujer tiene las manos de pájaro. El pánico le domina. Siente un miedo primitivo, que tiene que esforzarse para contener. Es el pánico elemental de perder a los seres a quienes queremos, en este caso, el abuelo, que ha decidido morirse. Pero también Dana, que no sabe cómo reaccionará cuando le diga que, desde hace días, Ignacio recorre Roma buscándola. Hay fantasmas que siempre vuelven, aunque creamos que los habíamos matado.

Alguien del servicio les abre. Dejan atrás la entrada principal, llena de murales del *cinquecento*, mientras suben la escalera de mármol que conduce al piso superior, hasta la habitación donde descansa el abuelo. El artesonado de madera del techo dibuja un entramado de hojas. Gabriele se lo sabe de memoria, aunque le parece que las formas vegetales han padecido una terrible mutación. Las siluetas arbóreas han sido sustituidas por criaturas que surgen de los abismos marinos y por medusas de largas cabelleras que amenazan devorarlos. No se lo dice a Dana; quiere evitar contagiarle la inseguridad.

El pasillo es largo. Hay puertas a ambos lados y están todas cerradas. Situados en lugares estratégicos, rinconeras, espejos, cuadros. Los rostros de algunas generaciones de los Piletti les salen al encuentro. Se podría hacer un inventario de los rasgos que se repiten: la curva de la nariz pronunciada, los pómulos altos, los perfiles ariscos; un aire de dignidad o de distancia que va repitiéndose en los diferentes personajes. Gabriele conoce los muebles. Sabe la historia general y la historia más cercana. La primera es la de su procedencia, la época a la que pertenecen, el lugar de donde provienen. La segunda es la que los vincula a la familia. Cada objeto representa una parte del pasado que le acerca al abuelo. Cuando era un niño, le hacía apreciar el tacto de las maderas, la delicadeza de la policromía, el trabajo de los metales. Le enseñaba a fijar su atención en un detalle, a valorar el trabajo de los artesanos. Pasan de largo por las cosas que el abuelo quiere, pero que no podrá llevarse consigo. Gabriele lo piensa con tristeza. Todo lo que ha escogido se quedará en el mundo cuando él lo abandone. Los objetos que ha tocado tantas veces, que conservan la huella de sus manos. Los enseres se convertirán en bagatelas, porque el alma del abuelo no volverá a reflejarse en ellos.

–Las cosas son bellas porque la mirada sabe captar su encanto. Nuestros ojos, cuando las admiran, dan la dimensión exacta de su belleza. Si no las sabemos contemplar, ¿qué importancia tiene que sean bellas? –le había oído decir a menudo. Ahora lo entiende.

En la habitación del abuelo no hay demasiada luz. Las cortinas, apenas entreabiertas, no permiten que entre la claridad de la mañana. Predomina una percepción de crepúsculo, aunque nazca el día; es un escenario de claroscuros. En una mesita, hay una tenue lámpara. En el resto, flota la penumbra. La cama es de dosel, con columnas salomónicas. A Gabriele siempre le ha parecido una cama inmensa, una planicie blanca. Hoy es todavía más grande: un desierto de dunas nevadas. El milagro de la nieve en el desierto se ha producido en las sábanas. La figura corpulenta se pierde en ese paisaje incomprensible. Gabriele se le acerca; Dana se sitúa unos pasos atrás. Él se inclina hacia el hombre adormecido. No sabe si le vence el sueño o la muerte. Se pregunta qué combate protagoniza. Tiene que dominar las ganas de marcharse. Le cuesta reconocerle con sus facciones demacradas, el óvalo desdibujado, la nariz como el filo de un cuchillo. Pide que enciendan más luces. Lo reclama en un tono exigente, lleno de angustia. De la profundidad de la nieve, emerge una voz casi irreconocible:

–¿Eres tú?

Tiene que esforzarse para hablar con serenidad. Mide cada palabra cuando contesta:

–He venido a visitarte. Me han dicho que querías verme.

–Sí. Hace días que no nos veíamos.

–Es cierto. Estas últimas semanas he viajado mucho. Puedes recriminarme que trabaje demasiado, pero no que te olvide.

–Trabajas con la misma pasión que yo tenía antes. –Tiene que callarse, porque un ataque de tos le deja extenuado. Alguien le coloca mejor las almohadas de la cama. Es una sombra que desaparece enseguida–. Me gusta que pongas tanto entusiasmo en los negocios. No te lo he dicho nunca, seguramente porque me daba vergüenza. ¡Soy un viejo estúpido! ¿Cómo nos podemos avergonzar de las palabras y de los sentimientos que las provocan? Quiero que lo sepas: estoy orgulloso de ti.

Gabriele se atraganta. La voz sale ronca, casi rota:

–Y yo estoy orgulloso de tener el mejor abuelo del mundo. Todo lo que soy te lo debo a ti.

–No es cierto. Si no hay rescoldos, no prenden las brasas. Quería decirte una cosa importante. Lo he pensado mucho estos días: me voy tranquilo.

–Calla. Tú no te vas a ninguna parte. Todavía tenemos que descubrir muchas maravillas. El mundo está lleno de ellas.

–Tú lo harás por mí. Puedo irme en paz. No me moriré por completo si tú vives.

–No digas eso, por favor. No te lo permitiré.

–También eres terco, y eso me gusta. No quiero hablar más de este tema. Ya basta de sentimentalismos. –Tose de nuevo–. ¿Ella está aquí?

–Sí, abuelo. Dana ha venido a verte.

Ella se queda quieta, sin atreverse a dar un paso.

–Me alegra saberlo. ¿Le regalaste el cofre mágico? Aquel que tenías que ofrecer a la mujer que amaras más que a tu propia vida.

–Sí.

–Estoy contento. Tu abuela también sería feliz, si pudiera saberlo. Quizá nos ve desde algún lugar. Quién sabe.

Con un gesto instintivo, Dana se ha puesto la mano sobre el brazo izquierdo. Percibe su desnudez, pero la piel tiene memoria. La epidermis conserva sensaciones que evocan recuerdos conocidos. Hay momentos en la vida que no olvidaremos. Pertenecen a una esfera que se aleja de la cotidianeidad, de la línea horizontal que nos proporcionan los días. Son el punto de inflexión de la línea, cuando inicia la ascensión hasta el infinito. Vivimos escasos instantes muy cerca de las nubes, porque la mayoría de nuestros intentos se quedan en un vuelo a ras de tierra. Tenemos que saber aprovechar los episodios de gloria que aparecen sin buscarlos, que nos hacen felices, que nos dejan bellos recuerdos. Lo ha aprendido con Gabriele. Querría agradecérselo, precisamente hoy, que sabe de su tristeza. Se limita a quedarse quieta, en la penumbra que ha elegido para pasar desapercibida.

El pensamiento vuela. La piel le dicta las imágenes hacia las que tiene que dirigirse. La memoria del cuerpo se impone a las ideas. Recuerda. Hacía un año que vivían juntos, en la piazza della Pigna. El piso empezaba a tener el estilo de los dos, aquella pátina difícil de describir que es el resultado de un espacio compartido. Se mezclaban los libros, la música, las antigüedades que él había situado en lugares estratégicos. Perduraba el color verde manzana en las paredes de la entrada, que ella había pintado un día melancólico, cuando todavía no se conocían, y que Gabriele hizo adornar con una cenefa de flores renacentistas, que seguía los perfiles de las molduras. Destacaba la complicidad de una pareja que había aprendido a acoplar sus cuerpos entre las sábanas, que buscaba durante el sueño la mano del otro. Se había acostumbrado a despertarse con el perfume de sus cabellos. Ella le acariciaba la espalda, mientras pronunciaba bajito palabras secretas.

Se fueron a dormir tarde. Habían cenado en un restaurante donde les sirvieron ostras y gamba blanca. Bebieron vinos que desprendían sabores cálidos, buenos aromas. Prolongaron la sobremesa porque tenían que decirse muchas cosas. Tenían ganas de contarse los detalles del día, de la existencia. Ella se había puesto un vestido largo. Hay historias que se construyen con gestos y con palabras. Nadie sabe la proporción exacta. Ellos lo hacían con paciencia. Acabaron en L'Arciliuto, una sala de música en directo, donde bailaron hasta que se quedaron solos en medio de la pista. No les importaba. Vivían la plenitud de habitar en un mundo hecho a la medida de ambos. Celebraban que habían vivido doce meses bajo el mismo techo, que querían vivir muchos más.

—La vida entera —susurraba Gabriele mientras seguían el ritmo de la canción.

Volvieron a casa con la alegría en el cuerpo. Hicieron el amor lentamente. Tenían todo el tiempo del mundo. No había prisas. Cuando los amantes se quieren reprimir, la impaciencia puede espolear el deseo. Él no pudo evitar preguntarle:

—¿Añoras algo del pasado, amor mío?

—Nada.

La respuesta surgió rotunda. Hay preguntas que nunca tendrían que ser formuladas. Sin quererlo, volvió a recordar a Ignacio. Sintió una punzada de dolor. Ningún gesto la delató.

La cabalgó mientras ella le rodeaba la cintura con sus piernas. El galope fue aumentando de intensidad. Se tumbaron y, con una contorsión de sus cuerpos, hicieron el amor. Se durmieron cuando nacía el sol. Reposaron desnudos, entre las sábanas desordenadas. No tuvieron pesadillas ni hubo interferencias que les molestaran. El universo continuaba su rueda. Habían conseguido escaparse del mundo. Era pleno día cuando Dana extendió su mano buscando el cuerpo de Gabriele. Medio dormida, lo intentaba a tientas. Cegada por la claridad, miró el espacio que los separaba. «¿Dónde está?», se preguntó, todavía no del todo consciente. Recuperar el dominio de los sentidos no era una tarea sencilla. Rozó un objeto. En un acto reflejo, retiró la mano y abrió los ojos. Había algo desconocido en la cama. Vio el cofre, luminoso como un regalo que nos ha traído el día. Lo observó sorprendida, con una mirada que divirtió a Gabriele, que estaba de espectador sentado en una butaca de la habitación. Se miraron: él con ternura; ella interrogándole sin decir nada. No lo sabía todavía, pero era el cofre mágico; el legado que el abuelo había confiado a su nieto para que algún día se lo diera a su amada.

Abrir el cofre no resultaba un juego de niños. Dana pudo comprobarlo. Sentada en la cama, con una expresión de sorpresa infantil que no desaparecía de su rostro, aunque intentara aparentar un aire de naturalidad, se esforzaba por dominar los mecanismos de aquella caja poliédrica, aparentemente inaccesible. Con el camisón arremangado hasta los muslos, las manos recorriendo los dibujos geométricos, parecía una niña concentrada en lo que hace, decidida a salirse con la suya. Gabriele se divertía. Le hacía gracia el gesto terco, las ganas de descubrir el secreto. Habría querido decirle que el cofre llegaba de lejos. Había hecho un viaje en el tiempo y en la geografía. Sus orígenes eran lejanos, porque el abuelo lo consiguió una noche, en una tasca de una ciudad portuaria. En una mesa de madera antigua, marcada por las señales que dejaban las navajas de los marineros, se desperdigaba un juego de naipes. Cinco hombres estaban sentados a ella. Poco amigos de las bromas o de los chistes fáciles, con una botella de ron, eran conscientes de estar jugándose un tesoro. La voluntad de poseer el objeto los cegaba. Fuera, la tormenta. El abuelo era sesenta años más joven. Su cuerpo robusto no se doblaba ante nada. Se movía con la agilidad de los gatos, y poseía la agudeza de quienes tienen la mente rápida. La partida duró horas. Amanecía cuando salió de aquel tugurio con el cofre bajo el brazo. Prestó atención al ruido de la mesa tirada por el suelo; alguno de los contrincantes le hacía pagar su furia. Oyó blasfemias mientras apresuraba el paso. Los vencidos hacían bajar a Dios a la tierra con sus maldiciones. Había hecho un recorrido lleno de dificultades, hasta encontrar la joya. Estaba dispuesto a defenderla a capa y espada.

Tras muchos intentos, Dana encontró la combinación correcta. La forma acertada de coordinar las figuras geométricas que activaban el resorte de apertura. El cofre se abrió con una facilidad de fábula. El interior era de terciopelo verde. En el fondo, la pulsera. Era de oro amarillo y rojo, cincelada con filigranas. La adornaban diamantes rosados, que brillaban como luceros. Cruzándola, una rama de coral rojo. Enmudeció. La belleza provoca reacciones diversas. Gabriele, que no la había visto antes, no pudo contener una exclamación. La cogió y se la puso a Dana. Ocupaba una superficie considerable de su brazo. Desde la muñeca hasta casi la articulación del codo. Era un escudo de oro afiligranado, delicadísimo. Podría haber formado parte del tesoro de Alí Babá o de las arcas de Helena de Troya. Una Helena enloquecida por un amor desgraciado, vestida como una reina y que, a pesar de los oropeles, perderá el trono.

Gabriele le dijo que había sido de su abuela, una dama veneciana de quien el abuelo se enamoró. Sus vestidos eran de lo más selecto. Tenía los brazos finos, y había lucido la joya en los salones de la ciudad. Cuando murió, el abuelo ocultó la pulsera. Estaba convencido de que nadie merecía verla. Era una prueba de amor que no quería desvelar, aseguraba. Dana era la depositaria. Con el brazo cubierto de oro, parecía otra mujer. No importaban ni el camisón ni el rostro sin maquillar. Seguía teniendo la expresión de incredulidad que no había conseguido hacer desaparecer. Le preguntó:

—¿Crees de verdad que me la merezco? Soy una persona sencilla. Es excesiva para mí.

—Es tu pulsera.

Se abrazaron y volvieron a hacer el amor. Los cuerpos desnudos y la joya en su brazo. Aunque no lo dijeron, sentían la alegría de haber hecho realidad un viejo deseo. El sueño del aventurero que se había jugado la vida en la búsqueda de los objetos más bellos. El hombre que ahora estaba muriendo.

Cuando el enfermo cae en un profundo sueño, salen de la casa. Recorren la via della Lupa hacia el piso donde viven. No está demasiado lejos, y el aire de la mañana les golpea el rostro. «No son buenos augurios», piensa de nuevo ella. Caminan sin hablar. Querría encontrar frases de consuelo. Intenta buscarlas, pero está muy cansada. Desearía ser capaz de dar ánimos a Gabriele y no sabe cómo. Él tiene el pensamiento dolorosamente dividido: «¿Hay algo más terrible que sentir el dolor de una pérdida inevitable e imaginarse otra pérdida, todavía mucho peor? El abuelo se muere, y ni siquiera puedo llorarle. Mientras llore por él, lo haré por ella también. Siento dos penas distintas, que se juntan y me amenazan. Dana se merece saber la verdad. Tiene derecho a decidir qué quiere hacer con su vida. Ignacio ha regresado diez años después. Querría matarle, en una esquina de una calle, pero sé que nunca podría hacerlo. Es cierto que la abandonó. Era una mujer perdida, cuando la conocí, pero no la salvé de nada ni de nadie. Es muy fuerte y habría superado aquella historia. Muchas veces he querido creer que la ayudé a escapar del infierno. Me pregunto quién ayudó a quién. Tengo que decírselo. Quizá tienen una conversación pendiente, aunque me duela pensarlo. Quién sabe si hay incógnitas no resueltas, si la historia no se cerró por completo. ¿Cuándo se cierra el círculo de las historias? ¿Quién puede adivinarlo? Soy un hombre cobarde, tengo pánico a perderla. Fuimos a Ferrara. Quería aplazar el momento de enfrentarme a la realidad, pero no hay paréntesis que valgan. El abuelo, sin proponérselo, me lo ha recordado».

En el piso de la piazza della Pigna, Dana se pone un pijama de seda y una bata. Es como si hubiera llegado la noche. En su rostro, la fatiga de la jornada, del regreso apresurado, del anuncio de la enfermedad. Está también el eco de los recuerdos. Anda a tientas por las habitaciones. Deja las maletas en el suelo sin deshacerlas, saca fruta del frigorífico, se sienta en el sofá. Gabriele observa sus movimientos sin decir nada. Está de pie, junto al balcón. La quietud es absoluta, aunque sea mediodía. Algún peatón de vez en cuando, poco tráfico de vehículos. Respira hondo, y busca la fuerza que debe de haber en algún lugar de su interior, esa a la que llaman coraje. Le hace gracia la palabra. Cuando todo era fácil, resultaba sencillo ser valiente. El gallito del corral, el hijo de los Piletti de Roma. Está muerto de miedo, lo reconoce. Se lo tiene que decir. Se repite que tiene que contárselo. Cuando abre los labios, dispuesto a pronunciar una frase aparentemente muy sencilla: «Ignacio está en Roma», suena el timbre de la puerta.

XXVIII

Gabriele y Dana se miran. No se miran del mismo modo. Ella ha levantado los ojos con un gesto de sorpresa. Es una sorpresa insignificante, que no altera la expresión de su rostro. Se pregunta: «¿Quién debe de ser?, cuando no esperábamos a nadie». Es una sensación de extrañeza e inoportunidad. Da pereza, después de una mañana llena de emociones, que alguien entre en tu espacio, que hable y te perturbe el reposo. Él ha abierto los ojos con un gesto de estupor. Petrificado, sabe que ha llegado el momento de encontrarse con Ignacio. Es increíble: todos esos días imaginándose el encuentro, y ahora se siente como si le cogiera por sorpresa. No podría decirse que fuera algo inesperado, pero lo vive absolutamente aturdido. La estupefacción se asemeja al ridículo. Hay vínculos que acercan ambas sensaciones. La forma de encajar los músculos de la cara es muy parecida. Los movimientos se vuelven lentos. Está también el deseo de esconderse en un lugar recóndito, donde seamos capaces de digerir la vida.

Dana hace el gesto de levantarse para ir a abrir. En ese momento, Gabriele reacciona. Con rapidez, le intercepta el paso. Lo hace de una forma pretendidamente natural que resulta forzada. Avanza el cuerpo y camina hacia el pasillo. Ella no se da cuenta. No sabe si volver al sofá o seguirle hasta la puerta. Se decide por la segunda opción, aun cuando él insiste en decirle que no hace falta que se mueva, que debe de estar agotada. Las palabras actúan como acicate de la voluntad de la mujer. Piensa que quien está cansado de verdad es él, que es su abuelo quien se muere, que ella no puede quedarse en el salón. Hay frases pronunciadas con intención que consiguen el efecto contrario de lo que pretendían. Gabriele habría querido que ella no estuviera en el momento de abrir. Dana está convencida de que es un detalle por su parte acompañarle a recibir a quien sea. El estado de ánimo de Gabriele no está para cortesías. «Menos mal –se dice– que está dispuesta a no moverse de mi lado.» Con ternura, le coge la mano; la nota húmeda, y se pregunta si tendrá fiebre.

Una figura que les cuesta reconocer. Respira con dificultad, a consecuencia de la rapidez con que ha culminado el trayecto desde la plaza hasta el piso. Da la impresión de que está agotada, sin aire en los pulmones. El cuerpo le tiembla, las piernas le flaquean. Si hubiera visto al demonio, su expresión no sería distinta. Es una Matilde que tiene poco que ver con la amiga que quieren. El maquillaje se le ha corrido por la cara, transformándosela en una máscara grotesca. Intenta hablar, pero no le salen las palabras. Aliviado, Gabriele la abraza con un afecto quizá excesivo. Dana la acompaña al sofá y le sirve un vaso de agua con unas gotas de limón para que recupere el aliento. Se le va regularizando la respiración. Mira al hombre que todavía tiene un brazo alrededor de sus hombros y exclama:

–¡Te dije que no teníais que regresar de Ferrara! ¿Por qué no me has hecho caso?

–¿Que le dijiste qué? –pregunta Dana sin entender lo que pasa.

–Mi abuelo se está muriendo. ¿No lo puedes entender? Además, no tenemos por qué huir. Lo he pensado, y lo mejor es enfrentarse a las situaciones.

–¿También a los fantasmas o a los hijos de puta que llegan como si no hubiera pasado nada, dispuestos a destruir la vida de los demás? –Matilde parece poseída por la furia.

–¿Queréis hacer el favor de decirme de qué estáis hablando? Hacéis que me sienta como una auténtica estúpida. –Dana se esfuerza por no perder la calma–. Decidme por qué teníamos que quedarnos en Ferrara. Aclaradme a qué tenemos que enfrentarnos.

Los dos responden a la vez:

–Quiero lo mejor para vosotros. Te puedo asegurar que es un mal hombre. Hace años que lo descubrí –dice Matilde.

–Es muy sencillo. Discúlpame por no habértelo dicho antes. Te aseguro que pensaba hacerlo, pero los acontecimientos se han precipitado. Hay alguien en Roma que te busca –dice Gabriele.

–¿A mí?

–No lo digas así –salta Matilde–. Hay alguien que te persigue, querida. Antes se ha dedicado a seguirme a mí. Quería encontrar pistas tuyas y me ha utilizado. He sido su cebo. ¡Pobre de mí! Estaba convencida de que se marcharía, que había conseguido despistarle, pero me acosa. Puedo intuir su sombra en la esquina de una calle. Le veo sentado en un banco de cualquier plaza. Se aloja en la pensión, y me acecha por los rincones. Quiere adivinar en mi cara dónde puede encontrarte. No se lo he dicho. Os lo puedo jurar. A veces, tengo la sensación de que se multiplica.

–Me haréis enloquecer. –Dana no está dispuesta a prolongar la duda–. ¿De quién habláis?

–De Ignacio. –La voz de Gabriele no tiembla a la hora de decir la verdad–. Ha venido a verte después de diez años.

Los tres callan. Se miran, pero no dicen nada. Sienten una mezcla demasiado contradictoria de sentimientos como para poder expresarlos con palabras. Las palabras ordenan las ideas, pero no nos sirven de nada cuando hemos recibido un estremecimiento emocional y la vida se nos convierte en un caos. Podríamos refugiarnos en un balbuceo que nos haría sentir absurdos. Sería posible intentar repetir algunos tópicos, expresiones que no significan nada, pero que nos acompañan. Se dicen para que notemos la presencia de alguien a nuestro lado. Son bienintencionadas, pero a menudo nos estorban. Interceptan los pensamientos que se persiguen, que se superponen, en un curioso juego de desequilibrios. Matilde se queda muda, porque vuelve a vencerla el agotamiento. Está viviendo una historia que no le corresponde, pero que siente como propia. Nadie, si ella puede evitarlo, hará daño a Dana. Sentirse perseguida no es agradable. Saber los motivos de la persecución todavía lo ha sido menos. Intuir que somos el hilo que conducirá al adversario hacia el tesoro que queremos ocultarle puede ser una dura experiencia. Los mira con los ojos llorosos, mientras espera una reacción que no llega. Gabriele vive una mezcla de alivio, de impotencia y de rabia que se esfuerza por controlar. Le gusta que ya no haya secretos. Cuando le negaba la información, tenía la certeza de estar robándole algo a la mujer que ama. Querría que se produjera un milagro que sabe imposible, que la escena fuese una pesadilla. Sabe que tiene que actuar como un hombre civilizado, pero siente el impulso de matar a Ignacio. Finalmente se impondrán las formas, el espíritu refinado, la bondad, aunque la batalla sea dura.

Dana no es capaz de reaccionar. Repite la frase sólo para sí: «Ignacio está en Roma». No siente frío ni calor, alegría ni tristeza. Constatar su proximidad no le despierta emociones. No es una cuestión de indiferencia. No significa que el hombre a quien amó más que a su propia vida no represente nada para ella. Los años le han ido arrinconando en un olvido que la salvaba, pero no le han convertido en anodino como motas de polvo. Su reacción significa que la sorpresa es profunda, que nunca podría haberlo imaginado. No logra encajarlo en Roma, la ciudad que eligió para escapar. Se pregunta si tendría que sentirse indignada por una intromisión que no desea. Ni rabia ni ganas de verle. Siente el alma robotizada. Se halla en un estado cercano a la estupidez. Es incapaz de reconocerse en una actitud tan pasiva. Querría contárselo a Gabriele y a Matilde, que están sufriendo, pero no sabe cómo hacerlo. ¿Dónde está la fluidez de las palabras con las que se entretenía en dibujar la existencia? Se han secado como un río, en el que no quedan restos de vida. En el fondo, no se lo cree. Tiene el convencimiento de que es mentira. No duda de las palabras de los otros, pero está convencida de que debe de ser un error. Hay gente que se parece a otra gente. Conoce historias de personas que se han hecho pasar por alguien. Han usurpado su personalidad, empujadas por motivos secretos. Se producen coincidencias insólitas porque el azar juega con nuestras vidas. Pensarlo la hace sentirse mejor. Respira, mientras pretende sonreír, aunque el intento se transforme en una mueca. Intenta tranquilizarlos:

–Es imposible. Debe de ser una confusión.

–¿Una confusión? –Matilde rompe el silencio, indignada–. Haz el favor de asumir la realidad. Si quieres que os dé un consejo, lo tengo muy claro: no salgas de casa en algunos días. No abras la puerta a nadie. Mientras tanto, que Gabriele arregle los papeles y los pasajes. Os vais una temporada al extranjero. Ya se cansará.

–¿Has perdido la cabeza? –Dana no se lo puede creer–. ¿De qué quieres convencernos? Nuestra vida está en Roma. Aquí tenemos el trabajo, los amigos, la casa. ¿De qué tengo que escapar? El hombre de quien me hablas me hizo huir de mi mundo una vez. Lo abandoné todo y empecé de cero. Te aseguro que eso no se repetirá de nuevo.

–Tranquilízate. –Gabriele habla lentamente–. Matilde quiere protegerte. Lo hace como puede, pero se equivoca. No iremos a ninguna parte. Si ese hombre tiene algo que decir, tú sabrás si quieres escucharle.

–No me esconderé de nadie. Podéis estar seguros. Caminaré por las calles y haré la vida de siempre. Si es Ignacio, no le buscaré, pero tampoco pienso esconderme.

–¿Todavía lo dudas? –exclama Matilde, que ha recuperado la energía.

De golpe, se levanta del sofá. Con el impulso, tira el vaso que había en la mesita. El agua con limón se derrama sobre la alfombra, pero ni se dan cuenta. La lámpara de pie se tambalea, como si vacilara ante la decisión de la mujer. Va hasta el balcón que da a la plaza. Está segura de sus movimientos. Hay también un punto de indignación ante la incredulidad de su amiga. ¿Cómo puede pensar que ha vivido todos esos días una historia de persecuciones imaginarias? Refugiada tras las cortinas, mira a la calle. Es un escrutinio lento, que no deja ningún rincón por revisar. Su rostro, congestionado por la fatiga, se concentra en la búsqueda. Los ojos recorren la piazza della Pigna, hasta que le encuentra. Cuando le ve, no hace ningún gesto de triunfo. A veces, constatar que teníamos razón no nos alegra. Se da cuenta de que habría preferido que fuera un malentendido, una fábula de los sentidos. El hombre de la pensión está allí de pie, apoyado en una farola. Tiene la actitud de quienes esperan, una paciencia infinita, y una sombra de victoria en el rostro. Ha visto luz en el piso, después de muchos días. Sabe que Dana vuelve a estar en Roma.

Matilde se vuelve hacia ellos, que están unos pasos más atrás y la observan, impresionados por su desazón. Con la mano, les hace una señal para que se acerquen. Las cortinas son un buen refugio para mirar. Detrás de la tela de seda, con los cuerpos de Matilde y de Gabriele haciéndole de escudo, Dana se asoma a la calle. No necesita recorrer la plaza. Tiene la impresión de que Ignacio la llena por completo. Es el mismo hombre que le destrozó la vida hace diez años. Apoyado, con la mirada hacia su ventana, descubre la silueta. Reconoce el rostro.

Se producen cambios en las actitudes de los tres. El silencio de Dana no es incrédulo. Ha perdido el escepticismo que la redimía de tomar decisiones. Gabriele no reconoce al hombre con quien coincidió en el aeropuerto de Barcelona, pero experimenta una vaga sensación de familiaridad, circunstancia que le incomoda. Matilde está expectante. Como los otros dos no hablan, se decide a tomar la iniciativa:

–Podríamos llamar a la policía. Tengo pruebas de que me ha perseguido por todas partes.

–No seas absurda. –En la voz de Gabriele hay inquietud–. No haremos nada ni tú ni yo. Quien tiene que tomar una decisión es Dana.

–Sí, yo soy la que tiene que actuar. Esta vez no permitiré que nadie decida por mí.

–Recordad, hijos míos, que Dios propone y el hombre sólo dispone –se atreve a insinuar Matilde.

–¿Qué quieres decir? –Dana la mira con una expresión decidida que le asusta.

–Quiero pedirte que vayas con cuidado.

Con un gesto enérgico, Dana abre las cortinas. No ha sido un impulso, sino un acto premeditado, consciente. Sabe que la habitación iluminada se ve desde la plaza. Da dos pasos y hace una señal al hombre de la calle. Es un gesto casi imperceptible, pero que el otro capta inmediatamente, porque no ha dejado de mirar a la ventana. Le dice sin hablar que la espere. Después, mira a Gabriele. Le besa los labios con suavidad. Es un beso leve, como si le hablara al oído. Aprieta la mano de la amiga, mientras susurra una sola palabra dirigida a ambos:

–Volveré.

Se viste con unos pantalones de lino y una camisa azul. Se pone un abrigo primaveral, de tela ligera, que se le mueve en torno al cuerpo, como si no quisiera envolverlo por completo. Lo ha cogido porque tiene frío. No es el abrigo que llevaba cuando llegó a Roma, que la acompañó por un itinerario de estaciones. Aquél estaba sucio de polvo y de tristeza; éste habla de una vida fácil. Coge el bolso y abre la puerta de la calle. Se vuelve antes de salir, y les sonríe. Querría decirles que los quiere, que no puede quedarse quieta, que tiene que hablar con el intruso no sabe muy bien de qué. No encuentra las palabras, y cierra la puerta. Gabriele no ha hecho ningún intento por retenerla. Con los puños cerrados y la mirada firme, observa cómo se marcha. No hay comentarios ni reproches. Escalera abajo, ella reflexiona sobre su circunstancia: la de hace unas horas, cuando volvía con Gabriele de Ferrara, la de este momento, en que el pasado ha irrumpido en la vida cotidiana. Todo ha sucedido muy deprisa, piensa, mientras se pregunta qué hacen los sentimientos. ¿Duermen o callan?

Sale por la puerta principal del edificio y se dirige hacia el hombre de la farola. Es Ignacio, que le sale al encuentro. Predomina una sensación de irrealidad. El mundo le parece surgido de un sueño. Como si una neblina opaca ocultara el sol cuando ya es mediodía. Hace el recorrido convencida de que habita un espacio imaginario. Se repite que no puede ser cierto. Los sentidos perciben su presencia; el corazón se niega a reconocerla. Cuesta describir un reencuentro después de diez años. Han pasado muchos días. Ha aprendido a vivir sin el hombre que consideraba imprescindible para poder respirar. Le mira a la cara, fijamente. El otro parece conmovido, pero no le importa. Constata que tiene arrugas alrededor de los ojos, que hay signos de fatiga en el rostro afilado. Los años le han robado jirones de la cara, como cuando la luna mengua. Están uno frente al otro. Dana se pregunta qué pueden decirse. Le observa sin hablar, hasta que le oye murmurar:

—Tenía un deseo inmenso de encontrarte. Tengo que contarte muchas cosas.

—Son unas explicaciones que llegan con un cierto retraso, ¿no crees? —La frase es un reproche, pero pronunciado con indiferencia, como si todo lo que viven no estuviera sucediendo realmente.

—Tienes que perdonarme.

—¿Perdonarte? ¿Por qué? ¿Tengo que perdonarte que me juraras un amor eterno que duró pocos meses, que me mintieras mil veces, que eligieras entre los otros y yo, naturalmente a favor de ellos, que no tuvieses la dignidad de decírmelo a la cara, que me despacharas por teléfono, como se manda a rodar un asunto sin importancia que nos ha ocupado demasiado tiempo? ¿Es todo eso lo que tengo que perdonarte? ¿O todavía quieres que añada más cosas? –Hay un contraste terrible entre lo que dice y cómo lo dice. Las frases son hirientes, pero las pronuncia sin ninguna entonación, con una cadencia de letanía que va encadenando una palabra tras otra.

–Tendría que hacerte entender cómo he padecido, hasta qué punto he llegado a añorarte. Me pusieron entre la espada y la pared.

–Es tarde para las explicaciones. ¿Quieres que te perdone? Estás perdonado, ya puedes marcharte. Has dejado pasar demasiado tiempo para que algo tenga sentido. No lo tienen ni las explicaciones ni los perdones.

–No hablas con el corazón. No puedes haber cambiado tanto. Antes me habrías dado la oportunidad de hablar contigo.

–No me hagas reproches, cretino. –Pronuncia el insulto con una sonrisa que desconcierta todavía más a Ignacio.

–Vamos a dar una vuelta. Tengo el coche aparcado ahí mismo. Hace días que te busco; ya debes de saberlo. Dame unos minutos, aunque sea como un regalo o una limosna.

–¿Quieres que sienta lástima de ti? No es tu estilo. De acuerdo. Vamos.

Suben al coche y circulan por las calles transitadas del centro. Ignacio intenta salir del caos circulatorio. Guiándose sólo por la intuición, busca alguna dirección por donde alejarse. La actitud de Dana le pone nervioso. El aire de ausencia, de lejanía, de incredulidad ocultan el rostro de la mujer que recuerda. ¿Dónde está la pasión que ponía en cada gesto? ¿Dónde la vehemencia que le enamoró, la energía para vivir? Se pregunta si él destruyó todo eso al abandonarla. En el fondo sabe que no es posible. Amó a una mujer fuerte, que padeció el más profundo dolor, pero que era capaz de renacer de la tristeza. Era una criatura tierna, pero dura a la vez, como las rocas del paisaje isleño. No puede evitar preguntárselo:

–¿Echas de menos Mallorca?

La respuesta es concisa. No refleja emoción:

—A veces.

—¿Regresarás algún día?

—No.

Está sorprendida. Con los años, llegamos a creer que nos conocemos a nosotros mismos. Adivinamos nuestras reacciones, sabemos qué nos atrae y qué nos desagrada. Nunca habría imaginado que experimentaría esa frialdad. Observa la escena desde lejos, sin implicarse en ella. Espectadora atenta de la película de su vida, contempla un episodio que tendría que cerrar un círculo. Nada se cierra. Mira a Ignacio, y se dice: «Ha envejecido». No le causa alegría ni pena. Sólo el estupor de comprender que la vida nos puede enseñar a no sentir.

De pronto, Ignacio lo comprende: Dana no ha cambiado. Actúa. Lo hace sin darse cuenta, protegida por una coraza que le permite mirarle con una expresión pétrea. Tiene los sentimientos dormidos. Ha aprendido a poner la vida en formol. Es imposible que sea de otra manera. ¿Dónde está la rabia que tendría que inspirarle? ¿No hay ni una chispa de deseo de venganza cuando le mira? Probablemente le ha olvidado, como se olvidan las viejas historias, pero una indiferencia tan absoluta no puede ser cierta. Experimenta una mezcla de sentimientos que le hacen daño. Tiene que forzarla para que salgan al exterior. Si emerge la furia, podrá acercarse a ella. Si hace volar el dolor, tendrá la oportunidad de consolarla. Será una mujer real, y no un ser de cartón piedra. Le dice:

—Me odias.

—No es verdad.

—Me odias por todo lo que te hice.

—No.

—Sí, porque te dije que estaría siempre a tu lado, que construiríamos un mundo para nosotros solos y te fallé.

—Me fallaste, y no lo podía creer. Quería morirme.

—Habrías querido matarme.

—No. Desaparecer, dejar de vivir en silencio. Me obligaste a abandonar la isla, a mis padres, a mis amigos. Tuve que cerrar para siempre la puerta del piso de la calle Sant Jaume. Quería aquellas paredes. Yo, que había elegido vivir en un lugar, me veía convertida en una vagabunda sin destino.

–Te hice daño.

–Mucho, hijo de puta.

–Repítemelo.

–No, no. No sé por qué te lo he dicho. No quería.

–Pégame.

–¿Qué dices?

–Pégame en la cara con todas tus fuerzas.

–Estás loco.

–Recuerda todo lo que te hice y pégame.

Ella le da tres bofetones. Están en una planicie verde, desde donde se contempla la ciudad. Tienen el verde y el gris en los ojos. El aire es luminoso. No bajan del coche. Dana está rígida. No ven pasar a mucha gente. Un grupo de monjas cruza el camino, un poco más lejos. Parecen una bandada de nubes. El primero es un golpe indeciso, tímido. Piensa que tiene que contenerse. No quiere dejarse llevar por las palabras de un hombre que ha perdido la cabeza. Apenas le roza. Siente vergüenza, pero también una liberación momentánea. En el segundo bofetón, descarga la fuerza que dan el dolor y la humillación. Los caminos que tuvo que recorrer, el polvo de su abrigo, la añoranza de todo cuanto perdió. Le sale una profunda rabia. El tercero es como un puñetazo, directo a la cara.

XXIX

Dana se empequeñece en el asiento. Con la mano izquierda se sujeta la diestra. Es un gesto instintivo, del que no es consciente. Una dentro de la otra, como si no formaran parte de un mismo cuerpo, como si no recibieran órdenes de un único cerebro. Los dedos que han marcado la cara de Ignacio han quedado inertes. Temblarían, si los otros dedos no los retuvieran. Rígidos, enmarcan una mano que tiene miedo. A veces, descubrimos en nosotros reacciones que nunca habríamos imaginado. Pensaba que tenía un control absoluto de sus propios actos. Creía que la vida era un lago plácido de aguas transparentes. Había tenido que conquistarlo durante muchos días. Estaba tan confiada que no ha pedido ayuda. Ha dejado atrás a Matilde y a Gabriele con el aire ausente de quien no quiere luchar en ninguna batalla, sin armas ni escudo protector. Se lo ha repetido, mientras salía a la calle: «No es un fantasma. Es un hombre que vuelve a mi vida, cuando ya no tiene espacio en ella. Los dos somos más viejos, deberíamos ser más sabios. No tiene que producirse ninguna escena. Una conversación, y basta».

Ha aceptado el reto que él le lanzaba desde la piazza della Pigna. Verle allí le ha causado una sensación de irrealidad que ha falseado sus percepciones. Ha sido sencillo reconocerle, pero ocupa espacios que le resultan extraños, porque forman parte de otra historia. Ha tenido la tentación de decírselo: «Los amores del pasado no tienen que intentar entrar en los paisajes del amor presente. Es una cuestión de falta de sincronía, de imposibilidad de coincidencia. Incluso de mal gusto». ¿Qué está haciendo él por las calles de Roma? El marco donde se sitúa la escena de un regreso incomprensible no va con Ignacio. Son los lugares de Gabriele. Todavía conservan el rastro de sus pasos, de las conversaciones, de los abrazos de verano, cuando el tiempo transcurre bajo la luna, de las carreras de invierno, cuando escapan de un chubasco.

Dana ha ido sin coraza. Ignacio no pertenece a ese espacio ni a ese tiempo. Es el que llega de una época lejana, el que no puede hacernos daño porque nos provoca indiferencia. Ha aceptado el reto de su mirada. Quería demostrarse que es otra mujer, que las cosas no suceden en vano. Todo ha ido transformándose a medida que se alejaban de los escenarios conocidos, donde se sabía fuerte. Es curioso cómo podemos vincular la fortaleza a un entorno. Si nos falla el paisaje, se desdibujan las convicciones. Nunca se había parado a pensarlo. Ha sido más tarde, cuando él ha detenido el coche. Se han alejado del centro. El paisaje es verde y amplio, como los campos de Mallorca. Le recuerda vagamente la isla: los colores, las formas que la imaginación distorsiona, el azul del cielo. Una presencia puede cambiar el mundo, tener la suficiente fuerza para trasladarnos hacia otro que habíamos añorado sin quererlo.

El coche es un refugio que los distancia de Roma. Desde la ventanilla, los árboles y la gente se convierten en una réplica del espacio donde le amó. Todo es confuso. Hay rutas que nos traen viejas historias. Hay personas que pactan con nuestros espacios perdidos, con la intención de devolvernos las sensaciones. Se reavivan los sentimientos que creíamos muertos. Retomamos un hilo que se nos escapó. Renacen la tristeza y la rabia. Vuelven, intactas, las imágenes de otro tiempo. Dana tiene la sensación de que no han transcurrido diez años. Se ha convertido, otra vez, en la mujer abandonada que huía. Vuelve a vivir la sensación de intemperie, las ganas de perderse. Puede ser un engaño de los sentidos, una mentira provocada por la impresión de algo que no esperábamos. Quizá sea esa verdad desnuda que nos hemos esforzado en disfrazar para continuar viviendo.

El universo tiene las dimensiones de un coche. Todos los paisajes son un solo paisaje. El rostro de Ignacio ocupa el centro. Dana no ha querido hacerle daño. Se lo repite hundida en el asiento, aunque hace pocos minutos habría deseado matarle. Es la sensación que le ha invadido y que no puede entender. Nunca comprenderá por qué está viviendo esa escena. Por qué derroteros ha llegado a ese momento. Querría decirle que ya basta, que quiere marcharse de allí. Los laberintos romanos le devolverán la paz. Cada cosa tendrá la medida justa. Es incapaz de pronunciar ninguna frase. Las palabras mueren antes de decirlas mientras una mano le tiembla en la otra, como un pájaro enjaulado.

No se atreve a moverse. Encogida en el asiento, con la cabeza inclinada, no le mira. Puede imaginarse perfectamente el perfil. Percibe su presencia con una nitidez hiriente. A su lado está el hombre que la engañó. Le amó como se ama la vida. Aquel latido del corazón que nos estalla en el pecho, porque hay abismos que nos cuesta vivir, aunque nos precipiten a la gloria. Siente una inmensa vergüenza por lo que ha hecho. Ella, que procura optar siempre por las palabras, permanece muda. Pasa un largo espacio de tiempo. Cuando consigue recuperarse, le mira de reojo. Es una mirada tímida, insegura. No mueve el cuerpo; ni siquiera vuelve la cabeza. Cuando la memoria recupera las facciones, ve el contorno de un rostro que conoce bien. Es muy sencillo recobrar cada centímetro de piel. Tiene una expresión seria. ¿Triste? Se lo pregunta con cierta incredulidad. Antes, creía que sabía leer la expresión de su cara. Hoy le resulta difícil interpretar un gesto que mezcla la pena con la culpa, el deseo y muchos interrogantes. Le ha parecido percibir un brillo desconocido. Le observa de nuevo.

Ignacio está llorando. Hay muchas formas de hacerlo. Su llanto es silencioso. Inmóvil, la frente levantada, como si contemplara ese paisaje que ha sido su cómplice. Las lágrimas caen con lentitud. No hay prisa cuando se abren las ventanas de un viejo dolor. Nada lo empuja ni lo precipita. Viene de muy lejos, y se escapa por los poros con timidez. Olvidadas las prevenciones, Dana se desborda también. Se convierte en un río de agua salada, amarga. Todo lo que había borrado de su vida vuelve con una precisión difícil de comprender. «¿Dónde está el olvido?», se pregunta. La mano que reposaba, sujeta dentro de la otra, se mueve contra su voluntad. Le acaricia la mejilla húmeda, con un gesto imprevisible que tampoco entiende. Hay demasiadas sensaciones que le resultan difíciles de describir. Toca el rostro de Ignacio. Él le coge los dedos entre los suyos, como si quisiera retenerla. Hay momentos que tienen sabor a eternidad. No los elegimos, sino que aparecen como por ensalmo. Querríamos escapar, porque son una garantía de complicaciones. Quién sabe si lo único que importa es que duren, antes de que se conviertan en recuerdos. La respiración del hombre se pierde entre los cabellos de la mujer. Abrazarse quiere decir volver a los olores lejanos.

Los gestos surgen con una espontaneidad absoluta. No hay reflexiones previas, ni palabras que sirvan para analizarlos. Es el tiempo de la vida, que se impone a cualquier intento de racionalización. Es un aire que los empuja a acercarse. Se besan. Primero, lentamente. Después, con la furia de algo que se recupera cuando ya lo dábamos por perdido. La lengua de Ignacio abre los labios de Dana, le recorre la boca. Ella le corresponde, ávida. Trémulas las pieles, se buscan. Las manos de él tienen la falta de destreza de un adolescente, inexperto en amores, cuando le desabrocha la camisa. Los pezones crecen entre sus dedos, como si desafiasen la lógica. Le acaricia la espalda desnuda, hasta las nalgas. La mujer que fue monta sobre él. El hombre que ha regresado guía sus movimientos. Un hilo de saliva se ha perdido por el cuello de Ignacio. El mundo es un verde lejano. El aliento ha enturbiado los cristales, difuminando la visión de cuanto los rodea. El entorno pierde nitidez, porque los cuerpos se imponen al paisaje.

Se aman en un coche, en mitad del campo. La propia desnudez se mezcla con la soledad del lugar. El resto del mundo no existe en ese instante. Después, vendrán las preguntas, lo que algunos denominan mala conciencia. Lo deben de intuir mientras hacen el amor. Tal vez ni lo piensan, porque hay presentes todopoderosos que anulan pasado y futuro. Dana quiere prolongar el placer. Ignacio controla los embates del amor para que éste dure. Piel contra piel. Un cuerpo a favor de otro cuerpo, cuando ambas respiraciones se juntan en una sola. ¿Puede haber encuentros que borren terribles desencuentros, el abandono y el dolor? Se dan cuenta de que es posible. El sentido del tacto tiene memoria. También la tienen la vista, el olfato, la capacidad de percibir los sabores. No dicen nada, pero se hablan. La conversación se hace fluida. Jurarían que no han pasado diez años. Son iguales que como eran antes de experimentar la metamorfosis que los ha convertido en otros. No se reconocían, ahora que los sentimientos habían ganado todos los terrenos: el de la memoria y el del olvido.

Lejos de allí, en el centro de la ciudad, un coche hace cola para entrar en un parking subterráneo. El hombre conduce con el aire adusto de quien está harto de las circunstancias en que vive. La mujer, que mantiene el cuerpo tenso, parece nerviosa. Los dos tienen aspecto de cansancio, como si fueran los participantes en una carrera de obstáculos que no lleva a ninguna parte. Así se sienten. Su vida se ha convertido en una discusión continua. Nunca han tenido una convivencia tranquila. Transformar los días en un combate de esgrima ha sido divertido, hasta que han surgido los problemas reales, los que no se pueden reducir a la categoría de anécdota porque no forman parte de lo cotidiano. No es una cuestión de gustos distintos a la hora de elegir una película o un restaurante. Ni siquiera de contraponer criterios al escoger el destino de las próximas vacaciones. Se trata de aprender a enfrentarse a lo inesperado.

Durante el trayecto, pese al caos circulatorio, no han parado de hablar. Con vehemencia, elevando el tono de voz, han acompañado cada palabra con una gesticulación exagerada. Mientras él intentaba contenerse y mantener las manos en el volante, la mujer hacía volar las suyas. Han trabajado hasta tarde. Como se levantan a horas distintas, no han coincidido por la mañana. No se han llamado a lo largo del día, porque se evitan sin saberlo. Lo habían acordado antes: él pasaría a recogerla al acabar el trabajo. No hacía falta, pues, decirse nada. Tienen suficientes dudas, reproches. La lentitud de la cola del parking no se impone a sus discusiones. Tienen que descender tres pisos por una pronunciada rampa:

–Bajamos al infierno –dice él, en un intento inútil de bromear.

–Yo vivo en un infierno –responde ella.

–No tienes motivos. Estoy cansado de repetírtelo. He llegado a creer que hablamos lenguajes diferentes.

–Es probable.

El aparcamiento no está muy iluminado. Espacios de oscuridad los rodean. Se sienten muy solos. Él se pregunta si hay algo peor que esa soledad compartida. Tienen la respiración entrecortada por la energía que han puesto en la conversación. Apagado el motor, callan. Están quietos en un agujero subterráneo que subraya el dolor, porque nada de fuera ayuda a distraerlos. De pronto, ella se quita la blusa y los pantalones. Lleva un sujetador negro, los cabellos muy cortos. Se le agarra con una urgencia en la que no hay ternura, pero sí una necesidad primitiva, deseo de posesión. El hombre reacciona con desconcierto. No tiene ganas de hacer el amor. No se le habría ocurrido ni la posibilidad de abrazarla. Hay momentos en que un cuerpo rechaza a otro cuerpo. Querría decírselo, pero no quiere continuar discutiendo. Tendría que soportar un gesto de reina ofendida que sería incapaz de resistir. La toma por la cintura, intentando controlar los movimientos. La mujer se mueve con rapidez. Actúa con precisión, directa al grano, sin preámbulos. Él intenta relajarse, hacer un paréntesis de aproximación física, cuando no sabe acercarse por otros caminos. Encajan los dos cuerpos con una habilidad que es el resultado de conocerse bien el uno al otro. Ella se mueve arriba y abajo con una contundencia que tiene un punto de rabia. No le dice que esa penetración casi forzada le duele, pero que también le causa placer. «Hay dolores mejores que otros», piensa con una ironía que no sabe evitar.

Están en un coche, bajo tierra. No recuerdan que tenían mesa reservada en un restaurante para comer. Intuyen que, cuando ese conato de amor se acabe, volverá la desconfianza. Repetirán las frases sabidas, darán vueltas en torno a la historia que los persigue. Hay obsesiones que nunca mueren. Él retrasa la eyaculación como si contuviera el aliento. Respiran intensamente mientras dura el encuentro. Un toro contra otro toro, entre arena y sangre. Ese laberinto terrible que es la vida. Hacer el amor puede ser un acto de odio. La rabia que se expresa con los cuerpos. Si miran a través de los cristales, no ven ningún cielo.

Ella se muerde los labios cuando inclina la cabeza hacia atrás. No se besan. Sentado en el asiento, él se ha convertido en el elemento pasivo, aceptando los ritmos que marcan las oscilaciones de la mujer: arriba y abajo, con una pasión mecánica que no le resulta ingrata. Tienen orgasmos breves, que saben a poco. Las fuerzas los han abandonado con el pequeño placer que han compartido. La mujer habla en voz baja:

–¿Te ha gustado?

–Sí. –La respuesta es intencionadamente breve.

–¿No me dices nada más?

–¿Qué tengo que decirte? Estos días he aprendido a medir cada palabra. Tienes tendencia a analizarlas con un microscopio. Distorsionas todo lo que digo y no sé encontrar las frases oportunas.

–Te gustaba. Decías que hablar conmigo era un juego de ingenio que te divertía.

–Eso era antes. Siempre me ha atraído tu ingenio para encontrar argumentos y rebatir los de los demás. Si tengo que ser sincero, creo que lo has perdido.

–Estoy demasiado preocupada como para resultar divertida. Lo tendrías que comprender.

–Lo tengo que entender todo. Me has convertido en un saco adonde va a parar toda la basura de tu pensamiento, la mierda que no eres capaz de digerir.

–Nunca me habías hablado en ese tono.

–Debe de ser que yo también estoy agotado. ¿No has pensado que quizá te has pasado de la raya?

–Me desespera tu falta de reacción. Actúas como si la circunstancia no fuera contigo. Pareces dormido, o como si estuvieras muy lejos. No puedo entenderlo.

–No quiero hablar más. Es mi historia. ¿Te has parado a pensarlo? Es el pasado que vuelve, lo que yo viví. Me pertenece y no quiero compartirlo. Así de simple.

–¿Y yo? ¿Tengo que limitarme a contemplarlo?

–Tú verás. Para mí fue muy duro. ¿No puedes aceptarlo? Esa llamada me ha golpeado por dentro. No sé lo que es cierto ni lo que es mentira.

–Habría querido compartirlo, saber ayudarte. Mi actitud ha sido puro desconcierto.

–Hay momentos que no se pueden compartir. Ponte en mi lugar, si eres capaz. Tengo la impresión de que te resulta demasiado difícil. Nunca has sabido ponerte en el lugar de nadie.

–No es verdad.

–Sí. Crees que eres el centro del mundo.

–Me he equivocado. Discúlpame.

–No tengo que disculparte. Hemos vivido días tensos. Ninguno de los dos ha estado a la altura de las circunstancias. Tenemos que reconocerlo.

–Y ahora, ¿qué?

–Nada. Absolutamente nada.

–¿Qué quieres decir?

–Nuestra vida seguirá como siempre. Quizá tendría que hablar sólo por mí: mi vida continuará como antes de recibir esa llamada.

–¿Aunque Mónica esté viva?

–Ella murió hace diez años. ¿Tengo que repetirlo? Es una certeza que me ha acompañado durante demasiados días. Las certezas no se borran.

–¿Ni siquiera cuando descubres que vivías en un error?

–No hay errores.

Marcos no quiere seguir hablando. Abre la puerta del coche y sale hacia la oscuridad del parking. Ella se ha vestido deprisa y ha bajado también del coche. Andan uno junto al otro, distantes. La fatiga les ha marcado la expresión con líneas duras. No se llevan ni el rastro de ese placer minúsculo que han compartido.

Dana abre los ojos en mitad del campo que rodea las afueras de Roma. Tiene la cabeza apoyada en el pecho de Ignacio y un sentimiento dulce que casi le hace daño. Es la impresión de haber recuperado un bien que creíamos perdido. No se para a pensar, porque todavía no ha llegado la hora de la culpa. Celebran el encuentro, después de una eternidad. Es una fiesta sin aspavientos, ni grandes manifestaciones de júbilo. Sólo la alegría secreta de los amores que nos inundaron la existencia hasta que se hicieron imposibles. Constatar que retornan aviva los corazones. Son unos minutos plácidos. Quedan lejos las preguntas, las ganas de saber. Todo se convierte en una minucia cuando el mundo se transforma en un espacio reducido, habitado por ambos. Él le acaricia los cabellos, mientras murmura:

–Te he añorado tantas veces. He perdido la cuenta.

—Calla —pide ella en un susurro.

—Te quiero contar qué pasó, pedirte que me perdones. Me he maldecido por haberte abandonado.

—No lo digas.

—¿Por qué no quieres escucharme?

—Ahora ya no importa.

La pared opaca que han construido con su aliento pierde consistencia. Los cristales vuelven a desvelar un paisaje nítido. Dana se viste. Intenta poner orden en su aspecto: peinarse frente al espejo del coche, perfilar los labios, pintarse una línea que rodee su mirada perdida. Con los toques precisos, adquieren el aire de personas formales, de las criaturas civilizadas que querían conversar sin perder las formas, ni caer en el mal gusto del insulto fácil o del reproche doloroso. Ignacio se rehace el nudo de la corbata, las arrugas de la americana. Le gustaría hablar de muchas cosas. Necesita justificar el abandono. Ella está decidida a no escucharle. ¿Por qué tiene que enturbiar la calma con antiguas inquietudes? No le interesa hurgar en el pasado. La vida apaga muchos fuegos.

Vuelven a Roma. Él conduce con la pesadumbre de quien desearía aplazar el regreso. Entonces Dana empieza a darse cuenta de la dimensión exacta de lo que han vivido. Nunca ha sido una mujer frívola. Es incapaz de limitarse a ver el aspecto superficial de las situaciones. De pronto, el rostro de Gabriele ocupa un lugar en el coche. Ha aparecido sin avisar, y se sitúa entre ambos. El amor romano, la lealtad, la seguridad. ¿Cómo ha podido borrar su presencia? Ahora viene a interponerse con fuerza. A medida que entran en la ciudad, se va haciendo más cierta; adquiere una solidez que se impone al alud de sentimientos que acaba de revivir. Dana siente la estupefacción de no reconocerse en sus propios actos. ¿Por qué es tan compleja la vida, si nunca ha pretendido complicársela? Nerviosa, mira a su antiguo amor. Conduce con una sonrisa en los labios. Ella piensa en los sentimientos de los últimos diez años, y siente una pena profunda. «¿Qué proporción de la vida es una década? —se pregunta—. ¿Y, sobre todo, qué intensidad representa?» Los semáforos se suceden. La circulación se asemeja al laberinto de su mente. Querría abrir la puerta y saltar, pero no tiene el suficiente coraje. Llegan a la piazza della Pigna. Ignacio para el motor y hace el intento de salir del coche para abrirle la puerta. Ella le detiene con un gesto y le dice:

–No te muevas. No hace falta.

–¿Cuándo nos volveremos a ver? Tenemos una conversación pendiente.

–¿En serio? –No puede evitar una sonrisa burlona–. Me parece que puede esperar unos días...

–¿Unos días? Necesito que nos veamos pronto. Tenemos que hablar, Dana. Lo sabes muy bien.

–En este momento, no sé nada.

–¿Te paso a buscar mañana?

–No.

–¿Por qué?

–Mañana no puedo verte.

–¿No puedes o no quieres? ¿Qué te pasa?

–Nada. Tendrás noticias mías.

Baja del coche, a pesar de las protestas del otro. Sin volverse, entra en el portal de la casa. En el tramo recorrido desde el vehículo, ha intuido la mirada de Gabriele detrás de las cortinas. Le abre la puerta sin preguntar nada, aunque sabe que, al verla, lo adivina todo. No se atreve a mirarle a los ojos. ¿Es vergüenza, remordimiento o dolor? Probablemente, una mezcla de todo. El hombre con quien vive le pregunta si está cansada, si quiere comer algo. Ella le acaricia la mano antes de decirle que hablarán más tarde, que necesita dormir. Él asiente mientras la abraza. Es un contacto leve, que no pretende retenerla. Adivina su tristeza.

SEXTA PARTE

XXX

Cuando Marcos se despidió de Mónica en el hospital, se perdió por calles luminosas. La luz puede hacer daño. Tras vivir enjaulado durante semanas, el impacto fue brusco. Tuvo que acostumbrarse a una intensidad que proclamaba la vida. Tuvo que adaptarse físicamente. Los primeros días se protegía detrás de las gafas de sol. No se atrevía a mirar las cosas sin la interferencia relativizadora de unos cristales opacos. Fue todavía más difícil asumir que todo continuaba su rumbo mientras él había perdido su propio norte. No podía soportar vivir en el piso que habían compartido. La casa estaba llena de sus pertenencias, pero ella no se encontraba allí. Estaban los libros que habían leído juntos. Se entretenía buscando las notas escritas a lápiz por Mónica. Versos subrayados, algún signo de admiración cuando no podía reprimir el entusiasmo, pequeños comentarios a pie de página. Se imaginaba que eran mensajes. Abría el armario y metía su rostro entre la ropa que conservaba su olor. Dormía con las sábanas entre las que se habían amado.

Fue una inmersión en la nostalgia que no quiso prolongar. Duró quince días escasos, porque tenía el instinto de un superviviente. Antes de ahogarse en la añoranza, se apuntó al primer tren que le pasó por delante. La idea de irse se le ocurrió de repente. Dominaba el italiano. Desde temprana edad había hecho traducciones para pagarse los estudios. Tenía contactos con editoriales en Roma. Hizo unas llamadas, concertó una precaria posibilidad de trabajo, preparó las maletas y se fue sin despedirse de nadie. Dejaba la seguridad por una incertidumbre que significaba cambios. Se marchó de la isla con un sentimiento de liberación que se mezclaba con la pena. Se sentía muy cansado. El azar condujo sus pasos hasta la piazza della Pigna. Vivió entre cajas que no se decidía a desembalar, paquetes que le servían de muebles improvisados. No le importaba. Iba tirando de los ahorros, mientras hacía avances en el aspecto laboral. Procuraba no pensar. Iba de puntillas por la vida. El resultado era que no vivía. Fueron meses de una sobria existencia. Fue vecino de Dana, en un tiempo de confusión.

La madre de Mónica era como un árbol que arraiga en la tierra. Vestida de negro, se instaló en una butaca del hospital. Desde que su hija había salido de la UCI se sentía aliviada, porque podía ocuparse de ella. Habían desaparecido los obstáculos que lo impedían. Por una parte, el aislamiento físico; por otra, aquel hombre que nunca le había gustado nada. Cuando le vio marcharse, pensó: «Cada uno por su lado». El marido y ella se miraron de reojo. Estaban acostumbrados a entenderse sin necesidad de hablar. Hacía muchos años que se conocían, desde que eran niños en el pueblo. No recordaba cómo era la vida cuando él no formaba parte de ella. Tenían una hija. Le costó engendrarla y parirla. Habían llegado a pensar que eran estériles. Hacía veinte años que estaban casados cuando Mónica nació. Lo había deseado tanto que no lo creía. Era menuda, pero tenía los ojos muy abiertos. La sacó adelante con caldo de gallina vieja y una paciencia infinita. Siempre parecía lejana, perdida en historias que tenían poco que ver con la vida real. Su madre la imaginaba con la cabeza llena de pájaros. Estaba orgullosa cuando la maestra les decía que era una niña espabilada.

Le gustaba ir a la escuela, pero también perderse por el campo con un libro bajo el brazo. En casa no ayudaba mucho. Se escabullía de los trabajos o los terminaba deprisa. Le obsesionaba la lectura y reía con facilidad. Aquella risa era un don de Dios. Sólo de oírla, su madre se ponía contenta. Debía de ser porque ella no se reía demasiado, ni tampoco su marido. Nunca habían creído que tuvieran demasiados motivos para hacerlo. Se resignaban a una vida gris, con pocas sorpresas, con situaciones repetidas. Mónica era un punto de luz en el cielo. Sufrieron cuando se fue a estudiar fuera. Vivían pendientes de sus llamadas, de las cartas que les escribía. El marido se las leía en voz alta. Se equivocaba a menudo, aunque leía despacio, con ganas de entender cada frase. Al final, siempre añadía un par de versos. Tenían que repetirlos, hasta que llegaban a entenderlos. A veces, no comprendían casi nada. Se los aprendían de memoria y les reconfortaban hasta que volvía el cartero.

Sentada junto a la cama del hospital, dejaba que el tiempo pasara. No se impacientaba. Lo único que tenía que hacer era esperar: quedaba toda la vida para acompañarla en el sueño. ¿Cómo pudo decirles Marcos que tenían que desconectar los cables que daban vida a Mónica? ¿Qué médicos lo proponían? Los odió. «Jamás», dijo, convencida de que el marido pensaba como ella.

Pasaban los días, uno tras otro. No había partes médicos nuevos, ni ningún hecho extraordinario. Observaba a su hija, mientras se preguntaba si debía de tener frío. Se acostumbró a mirar el cuerpo inmóvil. Nada alteraba el rostro inexpresivo. «Está dormida –pensaba la mujer–. Cuando era pequeña, a veces me contaba una historia. Decía que un hada encantó a una princesa. Le hizo comer una manzana envenenada y parecía muerta. El encantamiento duró muchos años, hasta que un príncipe la salvó. No sé si vendrá alguno. Los hospitales no son lugares por donde se pierdan los príncipes. Si estuviese en un castillo, o en una cabaña en el bosque, sería distinto. Si los médicos me la dejaran llevar a casa, sé con certeza que llegaría a despertarse. Abriría los ojos cuando oyese los ruidos familiares que conoce de memoria: el ladrido de los perros, el canto de los pájaros, las voces de los vecinos, los juegos de los niños por la calle. ¡Pobre hija mía! A ella, que le daba tanto miedo la oscuridad. De pequeña nunca quería irse a la cama. Decía que la habitación se llenaba de fantasmas cuando todo estaba oscuro. Teníamos que dejarle una luz encendida, para que le hiciera compañía. ¿Y ahora? ¿Quién nos lo iba a decir? Siempre dormida, siempre a oscuras.»

Casi no salía de la habitación del hospital. Cuando el marido la obligaba, lo hacía con recelo. En el bar, pedía el menú del día y se lo comía deprisa. Por la noche, los dos salían al pasillo y comían alguna pieza de fruta que su marido había comprado. Tenían que administrar los ahorros para una estancia que podía ser larga. En el pueblo, cultivaban en una huerta verduras y fruta. Siempre podían hacer caldo de gallina o una tortilla de patatas, un plato de legumbres o de arroz. En la ciudad, todo era distinto. Se sentían inseguros, vulnerables. Él había aprendido algunos itinerarios: del hospital al mercado, del hospital a un jardincillo al que, cuando no podía soportar la espera, se iba a tomar el aire. Y de allí, al tugurio donde dormían por cuatro chavos. La mujer se marchaba sólo cuando era absolutamente necesario. Su lugar estaba junto a la cama de Mónica, su actividad principal consistía en observarla con atención. Por las mañanas ayudaba a las enfermeras. Le gustaba peinarla, como si fuera la niña que volvía a recuperar, muchos años después. Su marido era inquieto. No soportaba los espacios cerrados, ni estar demasiado rato sin moverse. Iba y venía, nervioso. Entraba en la habitación esperanzado y salía con la impotencia reflejada en los ojos.

La mirada de una mujer fija en el rostro de otra mujer. Pasaban los días, pero no sabía cuántos. En un hospital, las horas se suceden con una lentitud que confunde la percepción del tiempo. Las mañanas transcurrían con un ritmo más ágil; las tardes se hacían eternas. Nunca se quejó. No demostraba fatiga y ocultaba la tristeza. Se acordaba del cielo del pueblo. Un día, Mónica movió una mano. Fue un movimiento casi imperceptible que sólo ella vio. Se levantó como si le hubieran dado alas. Se acercó a la cama para cogerle la mano que volvía a estar quieta. La observó, pero el gesto no se repitió. Se lo contó a su marido, que frunció el ceño mientras ella le hablaba. Le conocía aquel gesto, entre el escepticismo y la desconfianza. Intuyó que no la creía. Debía de pensar que eran imaginaciones suyas, que la inmovilidad forzada trastorna la mente. Puede suceder que confundamos lo que pasa realmente con lo que desearíamos. Es sencillo inventarse un mínimo gesto cuando queremos que sea cierto. No volvieron a hablar de ello. Al anochecer, cuando apagaron la luz de la habitación de alquiler donde dormían, le preguntó:

—¿Estás segura? —Había un tono de ilusión incontrolable en la voz.

—Sí. —La respuesta fue contundente.

Al día siguiente, el hombre redujo las salidas. Olvidó el recorrido por el mercado y el aire del jardín en donde se sentaba todas las tardes. Cogió una silla y la colocó junto a la butaca de su mujer. Se sentaron ambos con la mirada puesta en la hija.

Apenas hablaban, y continuó la vigilancia, esperando que sucediera un milagro. Volvió a repetirse la escena: la mano izquierda de Mónica se movió. Lo vieron perfectamente. No había posibilidad de error. Cada cual reaccionó de una forma distinta: su madre con una alegría silenciosa, su padre con una expresión de sorpresa casi absurda. Se miraron, y ella se limitó a decirle:

–¿Lo ves?

Él asintió con la cabeza.

Lentamente, los movimientos se fueron haciendo más frecuentes. Mónica movía la mano con una contundencia que no dejaba lugar a dudas. Empezó a agitar los dedos. Los médicos les dijeron que era un síntoma positivo, pero que debían contener el entusiasmo. Se trataba de gestos automáticos, involuntarios; no era consciente, aunque los padres quisieran creer que regresaba al mundo. El rostro se mantenía con la misma inexpresividad a la que habían aprendido a acostumbrarse. La recuperación de los movimientos duró algún tiempo. Los primeros fueron espontáneos. Pronto respondieron al estímulo de los médicos: si le pinchaban un pie, reaccionaba moviéndolo. Ya no era la criatura inerte que se diferenciaba de los muertos porque respiraba. Aquel cuerpo inanimado, que nunca se movía, presentaba indicios de vida. Eran muy sutiles, pero los padres se sentían satisfechos. No abandonaron su lugar de vigilancia. De vez en cuando, la madre murmuraba:

–¿Ves como no estaba muerta? Si ya lo decíamos nosotros...

Con el tono de una letanía, él le contestaba:

–¡Por supuesto que lo decíamos!

Mónica movió los labios. Parecía una tímida sonrisa. Los padres la observaban con una emoción contenida. Serían los únicos testigos:

–Ha sonreído –dijo su madre.

–¿A nosotros? –preguntó él, con una alegría pueril.

–Sí. Creo que sí.

–Se lo tenemos que decir a los médicos.

–Se lo diremos mañana, cuando pasen a verla. Ahora tenemos que hacer otra cosa. Deberíamos haberlo pensado antes.

–¿Qué tenemos que hacer, mujer?

–Hablarle mucho. Hemos estado demasiado tiempo callados. ¿No recuerdas cómo le gustaban las palabras? Ellas nos la devolverán.

Se miraron con una complicidad infinita. Pensaron que se les había contagiado la sonrisa de Mónica. Acercaron las sillas hasta la cabecera de la cama. Ninguno de los dos sabía cómo tenía que empezar. Era gente parca en palabras, demasiado acostumbrada al silencio. Su madre hizo un esfuerzo por recuperar fragmentos de los cuentos que le contaba cuando era una niña. Tuvo que concentrarse, porque casi los había olvidado.

Los relatos surgieron confusos, con una mezcla mágica de personajes y de historias. La Mónica de antes se habría reído a carcajadas si hubiera visto sus esfuerzos para despertarla. La mujer empezó a hablar con inseguridad, pero la entonación fue haciéndose firme. Pronunciaba las frases en voz baja, vacilante, llena de ternura. Le decía que había una vez un príncipe que cabalgaba en un caballo blanco, princesas que se parecían a ella, brujas amables y lobos tristes porque habían perdido los dientes. Le dibujaba un paisaje de palacios maravillosos, de extensos bosques, de hombres diminutos, de mercados en los que se vendían pedazos del arco iris. Le contaba que en un lugar, oculto entre las montañas, había un tesoro, que las hadas volaban entre el polvillo del aire, que había flores que se podían comer porque dejaban en la boca un sabor a limón o a canela.

Pensaba que ella reconocía su voz, que se mostraba satisfecha cuando le hablaba. Pasó tiempo hasta que entreabrió los párpados. A su madre se le quebró una frase y no pudo acabarla. Se sintió contenta y desolada a la vez. ¿Cómo podría describirlo? La mirada que adivinó era mortecina. No tenía nada que ver con la vivacidad del pasado, con la imagen que guardaba en el corazón. Continuó el relato, porque sabía que no le gustaban las historias inacabadas. Luego se lo contó a su marido y a los médicos. Pocos días después, Mónica emitió algunos sonidos guturales. No eran palabras, sino intentos para expresar palabras; tentativas que no tenían éxito, que le recordaban a una niña que todavía no ha aprendido a hablar. Tenía la impresión de que quería imitar sus frases.

La trasladaron a un hospital de rehabilitación. Allí estuvieron más de dos años, porque los avances eran lentos. El padre se acostumbró a ir y venir, porque no podían abandonar la casa ni a los animales a merced de la buena voluntad de los vecinos. Tenía que cultivar la huerta. La madre continuó instalada en una butaca, observando las evoluciones de su hija. Tuvo que aprender a andar. Todos los días hacía ejercicios en dos barras fijas, entre las que había una cinta que la ayudaba a dar los pasos. Aparecieron las primeras palabras, y el rostro macilento de aquella mujer se iluminó. Una logopeda trabajaba el habla. Cuando la oía decir «madre», se imaginaba que era pequeña y la llamaba balbuciente. Había vuelto a la vida con la memoria malograda.

No sabía cómo se llamaba. No recordaba dónde había nacido. Ni siquiera el nombre de sus padres. Se lo tuvieron que enseñar. A veces, pronunciaba alguna palabra incomprensible. Inesperadamente, cuando le dijeron que lo que llevaba en los pies eran unos zapatos, preguntó:

—¿De cristal?

Nadie le respondió, porque no sabían lo que quería decir. Recuperaba el nombre de algún poeta. Era un extraño prodigio. No sabía en qué escuela había estudiado, pero murmuraba «Espriu» o «Leopardi». Eran los restos que quedaban en su cerebro del amor por la poesía. A su madre le extrañaba que nunca recitara ningún verso.

La ayudaban sin éxito a adentrarse en el pozo de la memoria. Era una tarea complicada, porque había muchos espacios oscuros. Les dijeron que tenían que reeducarla. «Como si volviera a la escuela», se dijo la madre a sí misma. Costaba entenderlo y aceptarlo, pero continuaba junto a su hija. Celebraba cada uno de sus pequeños triunfos. Una mañana, sin motivo alguno, Mónica pronunció el nombre del pueblo. Entonces, ella le describió un paisaje de montañas verdes y cielos azules. Su padre disimuló el llanto cuando se lo contó por teléfono. Tenían la sensación de que la vida de su hija se había roto. En aquel edificio, intentaban curarle las llagas, cauterizarle las heridas, los desgarros. Parecía un animalito satisfecho. Comía y bebía con moderación. Hacía los ejercicios sin plantear preguntas. Murmuraba una palabra cualquiera como si fuera un descubrimiento inaudito. Decía otra que ignoraban a qué hacía referencia.

Habitaba un mundo pequeño donde sólo contaba el presente. El pasado era una entelequia. Hacía falta recuperar algunos episodios, reconstruir aprendizajes, encontrar habilidades perdidas, poblar la desmemoria. Lo decían los demás, porque ella no manifestó nunca ninguna prisa. Ni tampoco demasiadas emociones. Su mundo afectivo se había reducido a las personas que la rodeaban. Ninguna figura del pasado aparecía para enturbiar su plácida vida.

Después de dos años, tres meses y veintiocho días en el hospital, con una existencia monótona, casi de clausura, en la que cada jornada era idéntica a la anterior, le dijeron que podía salir los fines de semana. Se iniciaba una etapa nueva de contacto con la realidad, de aproximación a los lugares conocidos. Los padres recibieron la noticia con euforia. Mónica no compartió su entusiasmo, ni experimentó demasiadas ganas de volver al pueblo. Vivía los hechos sin involucrarse, como si mirara los acontecimientos desde lejos. Todo en ella era lento, pausado, porque regresaba de un lugar remoto. Los impulsos y el entusiasmo habían ido hundiéndose en el mar hasta la nada. Tenía poco que ver con la criatura inquieta que había sido. Llegaron una mañana de lluvia. Los tejados de las casas hacían pendiente, y el agua formaba burbujas al caer. Observarlo la hizo sonreír. Desde lejos, vieron el campanario de la iglesia, la plaza, las calles. Su madre esperaba alguna reacción, preguntándose si reconocería los lugares en donde había crecido, pero su rostro permanecía inmutable. Con los ojos semicerrados, como si luchara por recomponer las piezas de un rompecabezas, parecía hacer un esfuerzo. Su padre le dijo:

–No te canses, hija. Te adaptarás.

–Sí –respondió–. He de mirarlo todo. Tengo la sensación de haber estado aquí hace mucho tiempo.

–Claro. ¿Recuerdas algún rincón? ¿Ves aquel banco? Te gustaba sentarte en él con las amigas.

–Sí. Me lo ha contado mamá. No sé si me acuerdo o si sólo recuerdo las palabras de ella describiéndomelo. –Parecía triste.

–Tranquila. Acabamos de llegar. Vamos a casa.

Recorrió el huertecito donde cultivaban tomates. Vio los naranjos, el pozo, el patio por donde corría de niña. Las gallinas se alborotaron al recibirla. Tenía una sonrisa imprecisa. El lugar le resultaba grato, pero no experimentaba ninguna emoción. Tenía ganas de estar tranquila, de no tener que hacer el esfuerzo de recordar; recordar era doloroso. Quería un presente de mañanas soleadas, de pequeños paseos. Rehuía la presencia de conocidos, que acudían a darle la bienvenida. Eran gente extraña, a quien habría querido hacer desaparecer. Con sus padres tenía suficiente. Durante la semana convivía con los médicos que la ayudaban sin coaccionarla, que sabía que eran sus amigos. Los sábados hacía el trayecto hasta el pueblo, que la dejaba rendida.

Tuvo que reencontrarse con los objetos que le habían llenado la vida. En la habitación, estaban los libros de la adolescencia, la fotografía de las compañeras de la escuela, la ropa que olía a armario, la caja de música, con las notas de una canción que, en otros tiempos, había cantado. Recuperar tantas cosas suponía una tarea enorme. A veces, se pasaba un rato observando un objeto cualquiera; lo miraba con unos ojos extraviados, que venían de lejos. Podía ser una muñeca de trapo que debía de tener un nombre que no recordaba. Su madre intentaba ayudarla:

–La llamabas Mireia. ¿Te acuerdas?

–Quizá sí.

Podía ser un libro forrado de piel, un jersey de lana, la esquina desconchada de la cómoda. Se imaginaba que, detrás de cada cosa, había una historia que había formado parte de su vida. Recuperaba fragmentos de recuerdos. Se alegraba sin aspavientos. A menudo le resultaba un esfuerzo inútil. Muchas mañanas, desayunaba debajo del almez del patio. Tomaba la leche con un trozo de torta que iban a comprarle al horno, y que se fundía en la boca. Miraba el periódico. Al principio, las fotografías; después, los titulares. Pasó mucho tiempo antes de que fuera capaz de leer el contenido.

La aproximación a los libros fue muy lenta. Su padre le leía versos en voz alta. Fue idea de su madre, que quería devolverle lo que había querido. No era un buen rapsoda; ni siquiera un lector mínimamente correcto: se le trababa la voz en cada frase, pero continuaba. Se proponía no ponerse nervioso, hablar sin prisa, mientras le sudaban las manos. A Mónica la emocionó más su perseverancia que el reencuentro con los poemas. Verle leyendo con dificultades, sin quejarse, la enternecía. Le gustaba observar su perfil, inclinado sobre las páginas. A través de aquellas lecturas que desvirtuaban el sentido de los versos, que sustituían una palabra por otra, que no encontraban la entonación correcta, recobró la poesía.

Fueron pasando los días, los meses y los años. La vida estaba hecha de rutinas que le resultaban gratas. Cuando le permitieron abandonar el hospital e ir sólo para visitas esporádicas, se instaló en el pueblo. Se levantaba y se iba a dormir con el sol. Aprendió a hacer pasteles de fruta. Releía libros casi olvidados, y volvía a saborear el placer de la lectura. Cuando los vecinos los visitaban, no quería escaparse. Se hizo amiga de la bibliotecaria del pueblo y, algunas tardes, la ayudaba. Los niños iban allí a hacer los deberes al salir de la escuela; se sabía los nombres, conocía sus casas. Consciente de que vivía llena de lagunas, no añoraba nada. Sabía que había vuelto de un sueño que se parecía a la muerte. Se sentía afortunada.

Empezaron las imágenes. Había apariciones esporádicas que se difuminaban en una niebla imprecisa, hasta que fueron tomando forma. La figura que la visitaba formaba parte del pasado; estaba segura. Alguien se esforzaba por abrirse camino en su memoria. ¿Un recuerdo perdido que volvía? Era un rostro de facciones desdibujadas, que se iban perfilando con lentitud. Se alternaban secuencias vividas. Ella y él paseando por unas calles que no eran las del pueblo. Una habitación en donde se sentía cómoda. Hileras de zapatos en un armario. Un cuerpo buscando su cuerpo. Sesiones de cine. Conversaciones. Muchos versos compartidos. La complicidad profunda. Ignoraba quién era y cómo se llamaba. No sabía si había existido alguna vez. ¿Un personaje que había decidido iniciar el viaje de regreso? ¿Se trataba de una invención de la mente? Antes de dormirse, le esperaba. Conjuraba su presencia. Iba adquiriendo precisión. Durante muchos meses, no lo habló con nadie. No se lo dijo a sus padres ni a la psicóloga. Vivía encuentros nocturnos con una ilusión que creía borrada de su vida. Una mañana, mientras metía un pastel en el horno de casa, miró a su madre a los ojos. Entonces le preguntó dónde estaba Marcos.

XXXI

Esquivar a dos personas a la vez no es sencillo. Huir de los intentos de diálogo de Gabriele y de los encuentros con Ignacio se convierte en un ejercicio casi de acrobacia mental. Intervienen el ingenio y la necesidad de ganar tiempo. Dana convierte su vida en una escapada. La historia vivida parece un círculo que vuelve. Hace años, se escabullía de sí misma. Buscaba paisajes que la ayudaran a dejar atrás la tristeza. El tiempo la fue borrando. Ahora huye de dos hombres. Tiene una conversación pendiente con ambos, pero no encuentra fuerzas para enfrentarse a ella. «¿Qué debo decirles?», se pregunta. El pensamiento confuso cae en la contradicción más profunda. El ánimo oscila entre el pesar por la traición a uno y la euforia del reencuentro con el otro. Oscila entre la mala conciencia de quien se siente traidora y la sorpresa en mayúsculas. Se tambalea cuando es incapaz de sostener la mirada de Gabriele, que busca sus ojos. Vacila mientras recorre caminos poco habituales para ir al trabajo, deja de frecuentar los lugares de siempre, da órdenes estrictas a sus compañeros para que, cuando alguien pregunta por ella, digan que no está.

Esconderse por las calles no resulta agradable. Tampoco lo es colgar el teléfono al oír la voz de Ignacio. Se acostumbra a vivir con el móvil desconectado. Si está sola en casa, cierra la puerta con llave y no la abre nunca. Elude cualquier posibilidad de contacto. No quiere volver a verle. Está decidida a no encontrárselo hasta que haya tenido tiempo para reflexionar. La relación con Gabriele pasa por un momento difícil. Se ven todos los días, comparten techo, pero es como si ella no estuviera. Le intuye expectante; nota cómo sigue cada uno de sus movimientos, los gestos, las palabras escasas. Aunque sea un hombre paciente, adivina que la situación le desborda. ¿Qué le dirá cuando le pida explicaciones? Se lo pregunta a menudo. ¿Cómo puede hacerle entender que le quiere como antes, pero que un elemento imprevisible ha interferido en sus vidas? ¿Cómo decirle que lo siente, pero que el pasado irrumpe con fuerza? A veces, se autoflagela. La mala conciencia le golpea el cuerpo como un látigo. A menudo intenta relativizarlo. Se justifica pensando que vivió un momento de locura, que no siempre se puede controlar todo. Recuerda la sensación de vida que experimentó en los brazos de Ignacio, mientras bendice la hora de su regreso. Por un instante piensa blanco, pero enseguida se inclina por el negro. Cuando está a punto de marcar el número de Ignacio para decirle que se marche de Roma, cuelga el aparato. Si se acerca a Gabriele, conmovida y arrepentida, algo desconocido la detiene. Cree estar loca. Desconfía de sus propios actos, duda de lo que quiere. Por eso se escapa, mientras espera que el tiempo –el gran aliado– le devuelva la capacidad de saber qué busca.

Gabriele vive un calvario. Él, que es un hombre de reacciones contundentes, tiene que hacer un esfuerzo por reprimirse. ¿Cuántas veces ha estado a punto de pedirle por compasión, o de exigirle en nombre del derecho que dan la lealtad y la vida en común, que le diga qué piensa hacer? ¿Le abandonará como a un perro, sin ningún pesar? ¿Recuperarán lo que construyeron? Se pregunta cómo ha podido suceder. Las historias no se diluyen en la nada; no desaparecen, perdidas en el aire. Había creído que habitaban en una fortaleza inexpugnable. Procura trabajar muchas horas, porque la compañía de Dana le entristece profundamente. Es otra mujer. Habría querido convencerla. Podría hacer una larga lista de todas las cosas que está a punto de lanzar por la borda. Dosis proporcionadas de prudencia y de orgullo herido hacen que se calle. ¿Cómo ha podido olvidar Ferrara? ¿Cómo se borran diez años en un solo instante? Antes de precipitarse, opta por la contención. No sabe si es una estrategia o un acto de cobardía.

Visita al abuelo moribundo. El hombre conserva un hilo de voz, la cabeza lúcida. Ha sentido el deseo de confesarle lo que les pasa. Le gustaría actuar como el niño que fue: reclinar la frente sobre el pecho del más anciano de los Piletti, sentir su mano cansada dándole consuelo. Querría decirle que no puede soportarlo.

El hombre, incluso enfermo, tiene una intuición difícil de describir. Cuando era un niño, Gabriele estaba convencido de que podía leerle el pensamiento. Como si retrocediera en el tiempo, ahora lo cree de nuevo. Le ha preguntado por Dana. Le ha dicho en un tono preocupado que parece triste. Vencida la tentación de la confidencia, se lo niega. Se esfuerza por improvisar una broma absurda. En el último momento, se calla. Lo ha decidido. Tendrá toda la paciencia del mundo. La esperará por una única razón: es la mujer a la que ama.

Ignacio ha pasado de la euforia al desconcierto. El proceso se ha prolongado durante días de búsqueda y noches de insomnio. Cuando se despidió de Dana, se sentía pletórico. Volvía a ser el hombre de antes, aquel que había llegado a olvidar. Sentía la juventud en sus venas; una inyección de vida en el corazón. Pocas veces la existencia nos ofrece una segunda oportunidad. Era consciente y agradecía al azar, al destino, a los dioses, aquel prodigio. Era un hombre reconciliado con el mundo, dispuesto a reescribir su propia historia.

Al día siguiente inició la persecución. Las primeras llamadas sin respuesta no le alarmaron. La imaginó agobiada, confusa. Era lógico que necesitara tiempo. Aunque hubiera actuado a fuerza de impulsos, intuía que tenía que reprimir tanta excitación. Tras recapacitar sobre el tema, decidió que tenía que actuar con delicadeza. Aprender a ser sutil para no asustarla, para no ponerla entre la espada y la pared. Él había tenido tiempo de hacerse a la idea del encuentro, mientras que Dana no esperaba verle. Partían de posiciones diferentes. Él había preparado una estrategia, pero ella no lo sabía. Tenía que entenderla, no permitir que tuviera miedo.

En cuanto en el Instituto Cervantes le dijeron, por tercer día consecutivo, que no sabían si Dana iría a trabajar, y que les era imposible transmitirle mensajes, Ignacio pasó de la extrañeza a la incredulidad. Recelaba de los compañeros de la mujer, de los vecinos que le espiaban, de aquella estúpida llamada Matilde, convertida en un vigilante que no pierde la pista de su víctima.

Fue a los bares que antes de todo eso le habían asegurado que frecuentaba. Nadie sabía nada. El quinto día se apostó en la puerta del instituto, decidido a interceptar su paso. Avisada por una colega, Dana se encerró en casa. Pretextó un problema de salud para no tener que salir a la calle. No mentía: su estado físico era el de una persona enferma. Tenía el ánimo bajo cero, la tristeza en los ojos. No podía moverse, era incapaz de pensar. La presión de Ignacio le resultaba insoportable. La presión sutil de Gabriele la angustiaba. Una pregunta la obsesionaba: ¿cómo puede desbocarse la vida en un instante? «Diez años para rehacerla y pocos minutos para mandarlo todo al garete», pensaba. No quería ver a nadie.

Ha pasado una semana justa. Siete días enteros de jugar al escondite, de rehuir las conversaciones, de negar la realidad. Son las ocho de la mañana. Gabriele se ha levantado. No ha permitido que el despertador sonara demasiado rato, porque ella tiene el sueño ligero. Antes de meterse en la ducha la ha besado en la frente; un beso suave. Finge estar dormida, aunque no ha podido conciliar el sueño en toda la noche. Inmóvil, su cabeza es una noria de feria. Hay una suma de imágenes que mezclan el pasado y el presente. Los escenarios de la isla se superponen con los de Roma. Se confunden el piso de Sant Jaume y el de la piazza della Pigna. ¿Con quién mantuvo aquella conversación? No tenían demasiados puntos en común. El buen gusto, que se inclina hacia la vertiente más práctica en Ignacio, y que opta por las sutilezas en Gabriele. Los dos saben escoger un buen vino, son generosos, amables. Estas cualidades, que enumeradas genéricamente pueden parecer fáciles de identificar, se distancian a la hora de concretarse en cada uno de ellos.

Nunca lo había pensado, porque ocupaban lugares distintos y no se le ocurría compararlos. La gentileza de Gabriele tiene aires de caballero de otras épocas. Debe de ser la herencia del abuelo, que se prolonga en el nieto, pero que sabe mezclar con una espontaneidad deliciosa. La amabilidad de Ignacio está hecha de gestos seguros, de sorpresas preparadas con delicadeza. Por lo demás, no se asemejan en nada. Son mundos opuestos que ha compartido, en momentos distantes de la vida. Admiraba la actividad frenética de Ignacio, la palabra hábil del abogado con recursos, el ingenio pícaro. Adora la búsqueda constante de Gabriele, su tributo a la belleza, la curiosidad incansable. Uno la traicionó; el otro sería incapaz. Mientras lo piensa, se dice que no tendría que compararlos. ¿A qué viene analizar los paralelismos y la carencia de coincidencias? No tiene que hacer una lista. Los sentimientos que le provocan no pueden describirse enumerando las características de sus formas de ser. Ni siquiera matizándolos; es más complejo. Cuando suena el timbre de la puerta, esconde la cabeza bajo la almohada.

Oye los pasos de Gabriele, que va a abrir. Querría detenerle, porque presiente quién llega. Está a punto de saltar de la cama, pero la vence una cobardía infinita que la hunde aún más entre las sábanas. Percibe las voces de los dos hombres. No puede entender lo que dicen, porque hablan de manera contenida, sin elevar el tono. Son educados: otro punto en común, piensa con cierta sorna, porque, en un momento lleno de tensión, no puede dejar de establecer entre ellos lazos casi invisibles. Distingue quién es uno y quién es el otro por el timbre de voz de unas palabras que no entiende. Le parece que Gabriele controla mejor la situación. Habla con una serenidad que le recuerda al hombre que conoció. Ignacio está más alterado. No se esfuerza por disimular su urgencia de verla. Dana se propone concentrarse, porque querría escuchar cada palabra y saber su significado, hasta que se deja vencer por la impotencia de quien no puede hacer nada.

En el umbral de la puerta, las facciones se endurecen pero las palabras no expresan nerviosismo. Gabriele no se pierde en preámbulos:

–Tú eres Ignacio. Tenía ganas de verte de cerca. ¿Qué buscas en mi casa?

–He venido a verla. Necesito hablar con ella. –Se expresa como si se tragara las palabras.

Tiene el rostro crispado. Son muchos recorridos inútiles, demasiados días de espera. Siente que está al límite, pero no pretende demostrarlo.

–No quiere hablar contigo. Ésa es mi opinión. ¿Te has parado a pensarlo?

–No me dio esa impresión hace una semana. ¿Tengo que describirte los detalles de nuestro encuentro?

–No hace falta. –Pequeños surcos le pueblan la frente–. Si alguien tiene que decirme algo, es ella. Tus versiones no me interesan.

–¿Habéis hablado? –Hay un débil hilo de esperanza en su voz.

El otro puede captarlo y se apresura a tomar posiciones.

–Vive conmigo. No es extraño que conversemos, ¿no te parece? Tú, en cambio, no has vuelto a hablar con ella. ¿No te dice algo su silencio? –Sabe que pisa terreno resbaladizo, pero no quiere que el otro lo adivine.

Se ha dado cuenta de pronto: Dana no sólo se está escapando de él, sino también de Ignacio. Quiere aprovechar la ventaja del descubrimiento para desconcertarle todavía más.

Le escucha con atención:

–He pensado que está confundida. Todo ha sido tan de repente. Debe de sentirse muy angustiada. Reconozco que le hice daño –dice Ignacio.

–Tu comportamiento no fue el propio de un caballero, si me permites el comentario. Han pasado diez años, pero hay cosas que no se olvidan.

–No volverá a suceder jamás.

–Puedes estar seguro. Entre otras razones, porque ahora estoy yo aquí para impedirlo. ¿Contabas con ello?

–Dile que salga. Quiero hablar con ella.

–No es una prisionera en esta casa. Supongo que te lo imaginas. Si no sale a recibirte, es porque no quiere verte. No hay más razones.

–Pero... el otro día...

–El otro día bajó la guardia. No te esperaba, y la sorprendiste. De hecho, ha cambiado mucho. En diez años, la gente se transforma. Sois dos desconocidos; ha reflexionado sobre ello. ¿No crees que, en una semana, hay tiempo suficiente para decidirse? No te quiere ver. No tiene la más mínima intención de saber nada más de ti.

–¿Por qué no me lo dice a la cara? –Ignacio eleva el tono de voz, y la pregunta llega hasta la habitación en donde ella está paralizada.

–No tiene por qué hacerlo. Tú no lo mereces. ¿Qué esperabas? Creo que no tienes muy buena memoria. La dejaste con una llamada telefónica. ¿Te acuerdas? Pocas justificaciones, ganas de deshacerte de un estorbo, ¿no? Reconocerás que no fue un comportamiento muy elegante. ¿Te sientes muy orgulloso de lo que hiciste?

–Me siento avergonzado.

–Sólo te queda un camino.

–¿Cuál?

–Piénsalo.

–No me vengas con adivinanzas. Estoy agotado. Lo he dejado todo por venir aquí. Mi vida se ha roto y yo también soy un hombre roto. –Ha bajado la guardia.

–Estás en una ciudad extraña, con gente que no te quiere, persiguiendo a una mujer que desea borrarte para siempre de su vida. Al fin y al cabo, una situación ridícula. Vete. Aún estás a tiempo de recuperar la dignidad.

–¿Cómo? ¿Qué quieres decir?

–Quiero decir que has perdido. Vamos. Tengo el coche aparcado en la plaza, pasaremos por la pensión, recogerás tus pertenencias, y te acompañaré al aeropuerto. Hoy mismo puedes estar en Palma.

–No, no. ¿Estás loco? Quiero verla.

–Tú eres el loco. ¿Vienes conmigo y salvas los restos de tu vida anterior o te quedas aquí para naufragar por completo? Elige.

–No quiero irme.

–No tengo tiempo que perder. No la verás, y no será porque yo lo evite. Ha sido su decisión. Ahora te toca decidir a ti.

–De acuerdo. No puedo más: marchémonos.

Gabriele conduce con firmeza. Mira la línea gris del asfalto y se concentra. Si se pudieran recorrer distancias con el pensamiento, ya habrían llegado. Con las manos al volante, permanece callado. Lo único que le interesa es llegar al aeropuerto. A través de su agente de viajes, ha llevado a cabo las consultas pertinentes. Faltan dos horas y media para que salga un vuelo con destino a Barcelona. La conexión con Palma es automática. Ha hecho las reservas con una rapidez que desarma a Ignacio. Es sencillo dejar que alguien tome la iniciativa cuando navegas en un mar de dudas. Se perfila la línea del campo romano. Un horizonte en verde, lleno de falsas esperanzas. Ignacio está literalmente hundido en el asiento. Parece un muñeco que ha perdido la compostura. Piensa en los días pasados: la búsqueda incansable, el breve encuentro, el desconcierto y la sensación de derrota. Muchas sensaciones contrapuestas. Se impone un sentimiento de fatiga inmensa. No se hablan, porque no hay nada que decir. Han dejado de lado las formas. La educación es un disfraz que se apresuran a obviar. No les hace falta ser hipócritas cuando están a punto de despedirse. Gabriele no puede evitar una chispa de curiosidad:

–Dime, ¿cómo la encontraste?

–El azar y tú me ayudasteis.

–¿Cómo?

–Fue tu cartera. ¡Ah, sí! No me había acordado de devolvértela.

Se saca la cartera del bolsillo y se la da a Gabriele, que hace un gesto de sorpresa mientras la deja en el asiento de atrás. Exclama:

–La perdí. ¿Dónde la encontraste?

–En el aeropuerto. Tú cogías un avión con destino a Roma. Yo estaba a punto de salir hacia Palma. Estabas sentado frente a mí, leyendo un periódico. Cuando te levantaste, se te cayó. Entonces descubrí la fotografía.

–En el aeropuerto... Es curioso. Nos encontramos en uno y nos despediremos en otro. Me alegra que esto se acabe.

–Me lo imagino.

Se hace el silencio. La expresión de sus rostros es grave. Tiene la rigidez de las máscaras, que no expresan ni alegría ni dolor; rasgos sin vida. Gabriele está impaciente por llegar. Piensa que se asegurará de que coge el avión. Quiere verlo facturar, pasar el control de pasajeros, desaparecer de su vista. Mirará cómo el aparato despega, y volverá a casa con la sensación de que el mundo es nuevo. Esa noche llevará a Dana a un restaurante que han abierto hace poco. Le regalará un collar antiguo de oro y campanillas de cristal. Lo compró en una subasta pensando en ella, pero todavía no ha tenido ocasión de dárselo. Dedicará el resto de su existencia a hacerla feliz. Mientras tanto, una idea se impone al caos que es la mente de Ignacio: se pregunta si quiere renunciar a la mujer que ama. ¿Se siente vencido o ha claudicado en un instante de flaqueza? Vuelve a recordar el cuerpo de ella entre sus brazos. No había mentiras, ni miedos. Compartieron la verdad secreta de un amor que regresa en contra de los demás, pese a sí mismos. La quiere, pero volverá a actuar como un cobarde. Ya lo hizo una vez. La dejó por una vida que no desea, por una historia acabada. Nunca volverá con Marta. Se pregunta cómo ha podido aceptar irse. Si se va, le acompañará para siempre el mal sabor de la derrota, la culpa de la inconstancia. El deseo de hablar toma protagonismo. Exclama:

–Quiero volver a Roma.

El otro tiene una reacción agresiva:

–¿De qué me hablas? Estás loco.

–No me importa lo que pienses, pero no estoy dispuesto a coger ningún avión.

–¿Qué dices?

–Da la vuelta, si no quieres que salte del coche.

–¿Ves como desvarías?

–Para inmediatamente.

Gabriele pisa el acelerador. Una niebla se le pone ante los ojos. No sabe si son nubes o una lluvia de lágrimas. El coche se desvía del carril de la autopista. Intenta controlarlo. Ignacio da un giro brusco al volante antes de que se produzca la catástrofe. Cualquier tentativa es infructuosa. La carrocería choca contra el asfalto. Una, dos, tres vueltas de campana. Se disparan los *airbags*. Todo es oscuridad. El estrépito se oye desde lejos. Quién sabe si llega hasta el verde del horizonte, o incluso más allá.

Acaba de salir de la ducha. Lleva el pelo húmedo y una bata ceñida a la cintura. Se mira al espejo. Ve las huellas de los últimos días. Sin maquillaje, su rostro es un reflejo del miedo. Pese a las facciones desencajada, los ojos imponen su profundidad. Intenta pellizcarse las mejillas, en un afán de recobrar el color. Se pregunta adónde se han marchado, pero no encuentra explicaciones. La sensación de liberación, aunque sea momentánea, vence la curiosidad. Ha oído el ruido de la puerta al cerrarse. Pasa el tiempo. Tras mucho silencio, se ha decidido a salir. Con un temor absurdo, ha recorrido las habitaciones. Ha comprobado lo que ya intuía: no hay nadie en casa. Se para delante de los tres cuadros. Mira a la mujer de la primavera, a la del verano, a la del otoño. Recuerda cuánto las deseó, con qué ilusión acudía a su cita, cuando aún no conocía a nadie en la ciudad. Piensa en Gabriele. Su expresión era alegre cuando fue a visitarla con las pinturas. Es como si lo oyera de nuevo: «La mujer del invierno eres tú». Le tiemblan las manos al evocar aquellos días. Era un amor que nacía para transformarle la vida. Han sido diez años buenos. Piensa que la felicidad debe de ser algo muy parecido. Evoca sus rizos y sonríe sin quererlo. El rostro de Ignacio se superpone al de Gabriele. No es una sustitución de rasgos, sino una suma. Rechaza estos pensamientos al oír de nuevo el timbre.

Hay dos hombres en la puerta de su casa. No los conoce, pero tienen un gesto serio que le inspira desconfianza. Van vestidos de uniforme. «¿La policía?», se pregunta con extrañeza. Son altos, inexpresivos. Se ciñe mejor la bata, cuando los mira. Tiene la impresión de que estuvieran examinándola con la mirada. No adivina curiosidad ni lascivia; una rutina conocida por la que se dejan llevar. Van directos al grano:

–¿Es éste el domicilio del señor Gabriele Piletti?

–Sí.

–¿Es usted familiar suyo?

–¿Por qué? ¿Le buscan?

–No exactamente. Hemos encontrado su documentación.

–Ya lo entiendo. Han encontrado su documento de identidad. –Suspira, antes de continuar–. Hace días que perdió la cartera. Gracias por traerla, son muy amables.

–No, no. Ha habido un accidente en la autopista que va al aeropuerto.

–¿Un accidente?

–En el coche, un Alfa Romeo verde oscuro, viajaban dos hombres. Uno está muy grave. El otro ha muerto.

Dana cae al suelo, desplomada. Ellos se miran. No han tenido tiempo de sujetarla. Antes de perder la conciencia, tiene la sensación de que se le desmenuza la vida.

XXXII

Tumbada en el sofá, Dana recupera la percepción de las cosas. Es un regreso lento, porque no querría despertar. Intuye que significa encararse con el horror, hacerle frente. No abre los ojos ni mueve un solo músculo. Esa quietud contrasta con la marea de los pensamientos, que no descansan. Se concentra en un deseo. Cuando era pequeña, lo hacía a menudo: desear algo con todas las fuerzas, para que se produzca un milagro que nos salvará la vida. Ella quiere que el tiempo dé marcha atrás. Las agujas del reloj tienen que girar al revés. ¿Es una exigencia absurda? ¿Pide demasiado? Está a punto de gritar que no, que unas horas no significan nada en el transcurso del universo, que no es un capricho.

No costaría demasiado. No suplica que pasen años, ni meses, ni que los días vuelvan atrás. Sólo el tiempo justo para que suene el despertador. Gabriele se levantará de la cama como todas las mañanas. Volverá a sentir el roce de sus labios, pero no fingirá estar dormida. Se levantará y le abrirá la puerta a Ignacio. Impedirá que se marchen juntos en un viaje infernal. A través de los párpados cerrados, se le escapan las lágrimas. «¿Quién es el muerto?», se pregunta con angustia. Desde que ha recuperado la percepción de la realidad, no se atreve a formular el interrogante. La pregunta es terrible; la respuesta, demasiado dura. No quiere que haya un muerto. Ese ser anónimo que ya no existe pronto tendrá una identidad. Será uno u otro, no hay más alternativas. ¿Por qué tiene que ser así, inevitablemente? Gabriele o Ignacio han desaparecido del mundo de los vivos. ¿Cómo puede continuar viva, con esa incógnita? Es dolorosa la lucidez con que se da cuenta de lo que pasa, aunque haga creer a los demás que no está consciente. Querría morirse. Lo había deseado hace mucho tiempo, antes de abandonar Mallorca. Cambiaría su propia vida por la de quien, en algún momento, tendrá nombre propio. Será un rostro condenado a vivir por siempre jamás en el recuerdo. No puede soportar pensarlo. Estaría dispuesta a un intercambio sin palabras. Nadie tendría por qué saberlo.

Figuras silenciosas se mueven a su alrededor. Percibe su presencia, pero no las identifica. Hablan en voz baja, como si no quisieran estorbarle el sueño. Forman parte de una escenografía que no reconoce desde esa ceguera autoimpuesta. Haciendo un esfuerzo, abre los párpados, pero el contraste de sombra a claridad es muy brusco. Un fino rayo de luz la deslumbra. En un movimiento instintivo, frunce la frente. Alguien se da cuenta y se apresura a cerrar las cortinas. Un murmullo recorre el salón. Reconoce a Antonia, que tiene una expresión inquieta en los ojos. Intenta incorporarse, pero el movimiento resulta demasiado brusco. Todo le da vueltas. Extiende la mano a la vecina, y le ruega:

–Tú lo sabes. ¿Qué ha pasado? Dímelo.

La otra tiene un aspecto irreconocible. Ha vivido una metamorfosis desafortunada. Golpeada por las circunstancias, la mujer fuerte se ha convertido en una criatura. Le aprieta los dedos mientras la observa con el rostro desencajado. Habla:

–No lo sé. Te lo juro.

–¿Qué haces aquí, entonces?

–Me han avisado. Me han dicho que Gabriele ha tenido un accidente en la autopista. He venido enseguida.

–¿Quién hay aquí?

–La vecina del tercero y una enfermera. Habías perdido el sentido.

–¿Dónde están los policías?

–Hace rato que se han ido. Son personas de pocas palabras. Me he cruzado con ellos en la puerta, pero no me han querido dar explicaciones. Han dejado un papel para ti.

–¿Y Marcos? ¿Por qué no ha venido?

–Tampoco lo sé. Se fue anoche. No me dejó ni una nota. No puedo localizarle.

–Tienes que encontrarle. Tienes que decirle que le necesito, que hicimos un pacto. Recuérdale al *Pasquino*, aunque hayan pasado los años. Tiene que acordarse; hoy más que nunca.

—No contesta a ninguna llamada. Tiene el móvil desconectado. —Antonia baja los ojos—. Ni siquiera sé si está en Roma. ¿Sabes?, yo también le necesito.

—Quiero que se vayan esas mujeres. Hazlas salir.

En ese preciso momento, la enfermera se acerca. Lleva una píldora en una mano. En la otra, un vaso de agua. Dana hace un movimiento de rechazo. La mira con desconfianza, recelosa.

—¿Qué me quiere hacer tomar? —le pregunta.

—Es un tranquilizante. No se preocupe. —Habla en un tono educado.

—¿Que no me preocupe, dice? —La mira con odio—. No me dormirá. He perdido demasiado tiempo, ¿me oye? No permitiré que me deje fuera de juego. Quiero saber lo que pasa. No me ahorraré ni un minuto de sufrimiento, si eso supone no vivir lo que estoy viviendo. ¿Se lo tengo que repetir? Ahora, váyase. Antonia, sé amable y acompaña a estas señoras a la puerta.

Cuando Antonia regresa, la encuentra incorporada en el sofá. Tiene el cuerpo inclinado hacia delante, con el balanceo de quien no se atreve a ponerse en pie. La ayuda a levantarse, ofreciéndole el brazo para que se apoye. Dana se da cuenta de que aún lleva puesta la bata.

—Tengo que vestirme. ¿Puedes acompañarme a la habitación?

—Sí, claro.

—Escucha, ¿qué pone el escrito? Me has dicho que los policías habían dejado un papel para mí.

—Sí. —Es un monosílabo que parece un suspiro.

—Dámelo.

—Vístete primero.

—No. Quiero ver ese maldito papel.

—Haz un esfuerzo por calmarte. No tiene sentido que te precipites. Tienes que ser fuerte.

—¿Qué dice el papel? Lo quiero saber.

—Hay dos direcciones: la de un hospital y la del tanatorio. —La voz se rompe al acabar la frase.

Dana levanta la cabeza mientras se muerde el labio inferior. Da algunos pasos. Mira a la vecina, que rehúye su mirada. Aprieta los puños y murmura:

–Me tengo que vestir enseguida. Iremos al tanatorio.

No se atreve a contradecirla. Por las cortinas, que casi se besan, entra un rayo de luz.

En la habitación, abre el armario con un gesto de autómata. No coordina los movimientos y, de sopetón, descuelga algunas prendas. Son vestidos de colores que le hacen daño a la vista en cuanto los ve. De un manotazo, lo retira todo de su vista. Convierte la habitación en un caos. No se da ni cuenta. Antonia, que querría ser útil, contribuye a aumentar la confusión. Como si actuara a tientas, intenta encontrar un conjunto para ayudarla a vestirse. Hay una blusa que le recuerda la última noche que cenaron los cuatro, y que le produce una profunda tristeza. Las cosas, que antes no tenían significado, que no eran buenas ni malas, adquieren ahora un sentido diferente. Tienen connotaciones calladas que despiertan el dolor. Cada una conserva el recuerdo de un encuentro en el que los dos hombres estuvieron presentes. La vecina se queda inmóvil, con una tela en las manos; parece hecha de humo, como la vida. Se abraza al vuelo de la falda. Querría apoyarse, porque le fallan las fuerzas, pero no dice nada. Dana hace que vuelva a la realidad actuando con la contundencia que había perdido. Elige una falda negra hasta las rodillas, una blusa blanca que le da un aspecto de la colegiala inocente que ya no es. Se pone unas medias oscuras, unos zapatos de puntera fina. Se recoge el pelo en una cola baja. Piensa que no hay más excusas, que ya está a punto para salir a enfrentarse con la muerte. Antonia le dice:

–Llamaré a un taxi.

Es evidente que no están en condiciones de conducir. Se miran en silencio, y las dos se sienten muy solas.

–Si por lo menos estuviera Marcos –murmura Dana.

Se acuerda entonces de Matilde; es la amiga que necesita. La acompañará al tanatorio. Irá con la mirada firme. Exclama:

–Primero tenemos que llamar a Matilde. Tiene que prepararse para acompañarnos. Pasaremos a recogerla por la pensión.

La otra hace un gesto de asentimiento con la cabeza. Tiene la impresión de que la presencia de alguien más es imprescindible. Servirá para aligerarle la carga de estar a solas con Dana. Es la mejor solución. Antonia hace un esfuerzo por mantener la compostura. Querría guardar las formas, ahogar las ganas de decir palabras malsonantes, de esconderse en el último rincón del planeta. Le dice:

—¿No quieres avisar a nadie más?

Dana se encoge de hombros, con indiferencia.

—¿A quién podría pedirle que me acompañara a identificar un cadáver? Mis padres están en Mallorca. La gente del trabajo son compañeros y nada más. Marcos ha desaparecido en combate. Nunca se lo perdonaré.

—Yo tampoco —dice con resentimiento.

—Sé sincera. Tienes que saberlo. La policía te lo tiene que haber comentado. ¿Cuál de los dos está muerto?

—Te he dicho que no lo sé.

—Permitirás que vaya al tanatorio ignorándolo, que lo tenga que comprobar con mis propios ojos.

—La policía te lo habría dicho. Has perdido la conciencia, antes de que pudieran decirte quién había muerto. Seguramente, la familia del muerto está avisada. En el tanatorio no estaremos solas. Hazte a la idea. ¿Lo habías pensado?

—¿Tú qué crees?

—Diría que no. Juraría, además, que no te importa.

—Tienes razón. No me importa quién sea la comparsa. Lo único que me obsesiona es qué muerte tendré que llorar. ¿Te extrañas? ¿Te parezco un monstruo?

—No. Eres una mujer que sufre.

—Llama a Matilde: me fallan las piernas, casi no puedo dar dos pasos seguidos. Necesito que esté allí.

Antonia no hace más preguntas. Querría saber cómo ha podido suceder. ¿Qué caminos les han llevado a ese destino absurdo? Puede sentir muy próximo el dolor de Dana, aunque el propio padecimiento adquiera un protagonismo desmesurado. ¿Dónde está Marcos? Contempla el rostro triste, la cabeza gacha, el cuerpo rendido. La tristeza une más que la alegría. Al fin y al cabo, han sufrido pérdidas semejantes. Una llora la muerte; la otra, la ausencia. Dos formas distintas de ver a alguien irse, sin remedio. Coge el teléfono y marca el número de la pensión.

El timbre resuena por las paredes. Tiene un sonido intenso, largo, que llega a todos los rincones de la casa. La propietaria de la pensión está entretenida dando instrucciones en la cocina. Hace un gesto con la mano que es una mezcla de impaciencia y de ahora voy, el mundo puede esperar. Los años de regentar el negocio le han dado una capacidad extraordinaria de relativizarlo casi todo. Es un hostal familiar, donde a menudo los clientes son las mismas caras que vuelven de forma cíclica. Hay quienes viven allí permanentemente, pero otros pasan largas temporadas. El ambiente es plácido. Matilde está viviendo una mañana tranquila, sentada en una butaca, con una novela en las manos. Ha hecho el ademán de coger la taza de café que tiene humeante en la mesita. El timbre de la puerta reclama ahora la atención de alguien. Sale de la habitación, mientras se pregunta quién debe de ser. En esa casa, las sorpresas forman parte de la vida.

Abre la puerta. Se encuentra con una mujer que le resulta familiar. La entrada no ha sido nunca demasiado luminosa; la luz entra sesgada por una claraboya empañada por la suciedad de las hojas y de los insectos. Además, no lleva las gafas. Están junto a la taza de café que, dentro de unos pocos minutos, podrá saborear. Ve a una figura alta, gorda. Los músculos, que debieron de ser fuertes, recuerdan a un globo cuando se deshincha. La piel de los brazos le cuelga, vencida por la gravedad. Lo mismo ocurre con el rostro, lleno de flacideces. Las facciones aparecen difuminadas, ocultas tras los párpados caídos. Tiene que forzar la vista para mirar los rasgos de la cara. El silencio de la otra le resulta raro. Pese a las proporciones del cuerpo, intuye a una criatura desvalida. Vive un momento de duda. De pronto, la reconoce. Es un instante que le hace daño. Exclama:

–¡María!

La inmensa mujer se desmorona cuando cae en los brazos de la mujer pequeña, con quien compartió un barrio y un mercado. Matilde se hace la fuerte para sostenerla. La abraza para que no caiga al suelo, no lo puede creer. Está tan contenta que querría decírselo, aunque no puede hablar y sujetarla a la vez. Entran en la pensión. María, que tiene los cabellos grises, no es ni la sombra de la mujer gordita, pletórica de gracia en sus prietas carnes, ágil al moverse, vivaz en las palabras. Cuando la ve sentada en el salón, bebiéndose el café que ella había dejado allí, la observa con estupefacción. ¿Cómo puede alguien cambiar tanto? Quien ha llamado a la puerta de la pensión es otra mujer. Adivina que ha pasado un calvario, que es un náufrago engullido por las olas.

Pide que le hagan otro café, que le preparen una habitación con sábanas limpias. Ella misma llena la bañera de agua caliente. Le saca la ropa desgastada, sucia, y la mete desnuda en un oasis de jabón perfumado. Le pone unas gotas de su mejor champú, mientras le lava los cabellos de paja hasta hacerles recuperar la suavidad que tuvieron hace tiempo, cuando eran dos chicas desconcertadas, que se paseaban por el barrio, orgullosas de sentir las miradas de los jóvenes en sus cuerpos adolescentes. La envuelve en una toalla algo áspera, y seca su voluminoso cuerpo, que le recuerda una torre en ruinas. Pone toda su ternura en cada gesto. Sus manos son el filtro que consuela. Se convierte en el refugio que acoge al náufrago que está a punto de perder el sentido, en la roca donde puede aferrarse a la vida. Matilde, que nunca ha tenido hijos, se siente la madre de una persona mayor que regresa después de un largo viaje, convertida en la niña que conoció, cuando ella también era pequeña por las calles del pueblo. La otra no habla. El camino hasta la pensión la ha dejado rendida. Ha agotado las fuerzas que aún conservaba. No tiene ánimo para decir nada. La fatiga le impide manifestar la emoción. Con curiosidad, aunque no quiere agobiarla, le pregunta:

–¿Desde cuándo viajas?

–Hace muchos días –responde.

Matilde recuerda su vida al amparo de un reducido espacio, el puesto de venta del mercado y su casa, la cama conyugal. Sólo la desesperación puede haber provocado que dejara el paisaje que formaba su existencia. La observa con dolor, cuando la otra le pregunta, sin apenas voz:

–¿Por qué no contestaste a mi carta?

Ignora cómo puede contarle la verdad. Hay hechos que han sucedido, pero que parecen mentira. Cuando los contamos, se nos pierden en los labios. Son historias absurdas que nos han transformado el mundo; incidentes que no hemos sabido prever, que nunca habríamos imaginado. Confesarlos esconde siempre alguna trampa. Como a nosotros mismos nos resultan difíciles de creer, ponemos un énfasis especial en las frases, una voluntad innecesaria de convencer que falsea la percepción de los demás, haciéndoles sospechar que los engañamos. Hay mentiras, en cambio, fáciles de creer. Matilde lo piensa. María tenía una fe ciega en el amor de Antonio. Probablemente él nunca la quiso. Acaso, hubo una pasión inicial, que se fue debilitando con el tiempo. Hubo dosis de afecto, dependencia, comodidad. María vivió durante muchos años un amor inexistente, una historia que no tenía nada que ver con sus sueños. Si le dice que la carta se perdió, creerá que le cuenta una absurda mentira, aunque ella siempre sabrá que es la verdad. Érase una vez un cartero que repartía mensajes secretos. Recorría en bicicleta las calles de Roma. Se paraba en las casas para llenar los buzones de sobres. Conocía la ruta de la pensión. Había llevado cartas de pésame, alguna de amor, facturas del ayuntamiento. Una de ellas se perdió: era el mensaje de una mujer desesperada. Nunca una misiva había contenido frases tan amargas. Hizo un largo itinerario que duró demasiado tiempo hasta llegar a su destinataria. Matilde mira a María, y le dice:

—La carta se perdió.

—No es posible. ¿Cómo se pierden las cartas?

—No lo sé. Cuando por fin la recibí, intenté localizarte. Nunca había nadie en tu casa. Te llamé día y noche.

—Me fui a pasar una temporada a casa de mi primo. No soportaba la soledad. Antonio me dejó. Te lo refería en aquella carta. ¿Dices que se perdió?

—Sí. —La abraza.

—Me ha costado encontrarte. No sé moverme demasiado fuera de la isla.

—Me lo puedo imaginar. Me alegra mucho que estés aquí.

—¿Lo dices de corazón? Necesitaba verte, pero temía molestarte.

—Estoy muy contenta de que estés en Roma. De Antonio no hablaremos nunca más. No te merecía.

–Durante muchos años me hizo feliz.

–No. Tú eras feliz porque sabías serlo, pese a él. Volveremos a conseguirlo juntas. Aquí también hay mercados. Me gustará que los conozcas.

–A mí también.

La propietaria de la pensión entra en el salón. Les dice que la habitación está lista. Cuando pasan por su lado, comenta en voz baja a Matilde que tiene que hablarle. Ella hace un gesto de complicidad, pidiéndole que espere un momento. Hace mucho tiempo que se conocen. Tienen una relación de confianza que facilita la convivencia. Cuando María se mete en la cama, se duerme profundamente. Es un sueño tranquilo, que durará muchas horas, y que le ahorrará vivir el calvario de Matilde.

–¿Qué quieres? –pregunta a la patrona.

–Te ha llamado tres veces Antonia, la vecina de Dana. Le he dicho que no podías hablar, pero ha insistido mucho. Me ha dejado su número de móvil. Estaba angustiada.

Marca el teléfono. ¿Qué justifica tanta insistencia? La mayoría de las cosas pueden esperar, sobre todo cuando alguien acaba de reunirse con la amiga que creía perdida. Antonia le contesta enseguida:

–Llevo media hora buscándote.

–¿Qué pasa?

–Estamos llegando a la pensión. Dana y yo vamos en un taxi. –Habla apresuradamente–. Prepárate. Dentro de cinco minutos estamos en tu portal.

–¿Qué dices? ¿Adónde tenemos que ir?

La voz de Dana interrumpe a la otra:

–Baja la escalera. Ya llegamos.

–Dime adónde vamos.

–Al tanatorio. Ha habido un accidente...

–Ahora mismo bajo. No llores.

Tres mujeres entran en un edificio frío, mal iluminado. Son muy distintas. En medio, Dana con el pelo recogido. Es incapaz de levantar la mirada del suelo. Todo el cuerpo le tiembla. A su dere-

cha, avanza Matilde, que quiere hacerle de sostén, mientras con-
trae los músculos del rostro. A la izquierda, camina Antonia, rígida, repitiéndose, una y otra vez, que no puede ser. En la puerta no
encuentran a nadie. Hay un mostrador con una persona que escribe en un ordenador. Es una funcionaria que trabaja sin levantar
los ojos de la pantalla. No las mira cuando se acercan. Tienen que
preguntar por dos nombres; uno u otro aparecerá escrito. Titubean.
Antes de que se decidan a preguntar, alguien sale de las cavernas
remotas del tanatorio. Tiene el rostro desencajado, necesita aire
fresco. Se tropieza con ellas. Se observan sin decir palabra. Hay
presencias que son una respuesta. Cada una reacciona de una forma distinta, porque cada situación se vive con intensidades diferentes. Matilde, en apariencia, no se inmuta, aunque la crispación
de su rostro crece. Antonia se cubre la frente con las manos. Dana
siente dolor físico, certeza de imposibilidad, deseo de muerte, en
ese lugar donde pasan los difuntos para ir al último refugio. El grito se le ahoga entre los labios. No hace nada. Los brazos de Matilde la sostienen, y se refugia en ellos.

XXXIII

La tarde anterior, Marcos caminaba por Roma. No era un paseo tranquilo, como los que se permitía cuando se cansaba de trabajar en casa, encerrado entre cuatro paredes. Aprovechaba los ratos de fatiga frente al ordenador para salir a la calle. Iba al quiosco a comprar la prensa, tomaba un café en el bar, o buscaba el calor del sol. Eran simples actividades sin importancia que le aligeraban el trabajo alegrándole la vida.

La situación ahora era distinta sin pretenderlo. En el cerrado mundo de sus inercias, siempre idénticas, lo suficientemente sencillas para no tener que hacerse preguntas, lo suficientemente gratas para vivir tranquilo, no había lugar para lo inesperado. A Marcos no le gustaban las sorpresas. Todo tenía que ser previsible: las discusiones con Antonia, que le divertían, la compañía de Dana y Gabriele, el trabajo hecho con rigor, las traducciones cada vez más apreciadas por la crítica. No se hacía preguntas absurdas. No se cuestionaba si era feliz. La convivencia con Antonia no podía considerarse un camino de rosas. Tenía la impresión de que eran dos desconocidos que compartían pocos sentimientos. Acaso, el miedo a la soledad. La tarea de traductor, pese al reconocimiento público de los últimos años, era un camino fácil para sobrevivir. ¿Dónde estaban los tiempos en que soñaba con convertirse en un buen escritor? La comodidad se había convertido en la premisa básica. Para vivir ligero de equipaje se necesitaban tener demasiadas expectativas. Bastaba con ir tirando, centrado en una época sin contratiempos.

La llamada telefónica de una mujer le transformó el panorama del mundo. Se identificó como psicóloga, le dijo que tenía que hablarle de un tema delicado. Ayudaba a una persona a reconstruir su vida: era Mónica. Se negó a creerla. Alguien enfermo aparecía para gastarle una broma estúpida. Sin pronunciar palabra, cortó la comunicación. Procuró no pensar en ello, pero las llamadas fueron sucediéndose. Una voz femenina le aportaba datos cada vez más perturbadores: le aseguraba que Mónica no había muerto, le daba detalles sobre una reincorporación lenta a la vida. Después de escuchar algunas frases contra su voluntad, colgaba el aparato. No decía nada. Se limitaba a recibir las explicaciones de la otra en silencio. Cuando Antonia descubrió lo que pasaba, iniciaron una batalla que duró muchos días. En cada discusión, le replicaba que no quería saber nada de aquella historia. Contarla en voz alta era una forma de aclarar la confusión de los pensamientos que le perseguían; una terapia que le hacía reforzar las posiciones, reafirmarse en la actitud de quien no busca problemas. Remover el pasado querría decir, a la fuerza, tener que sufrir. Hacía tiempo que no estaba dispuesto a ello. En una curiosa paradoja, la insistencia de ella propiciaba que los recuerdos tomaran forma. Iban avanzando de puntillas, casi a tientas, por los rincones de su mente.

Era una tarde de suave claridad. Había tenido dificultades con una frase del libro en el que trabajaba, circunstancia que le ponía nervioso. Habitualmente paciente con la aventura de buscar la palabra adecuada, de encontrar la expresión correcta, podía notar cómo ahora las palabras se le escapaban. Decidió recorrer unas calles que nunca le resultaban inhóspitas, porque se imponía la gracia de las plazas. Andaba sin rumbo fijo, perdiéndose por los lugares conocidos, con el deseo de que le retornaran la calma. A medida que avanzaba entre fachadas ocres, Mónica muerta iba persiguiéndole. Era la última imagen que tenía de ella. Un cuerpo inerte, la ausencia de respuesta a cualquier estímulo. Una mujer sin vida que todavía respiraba porque los aparatos la unían a un mundo que ya no era el suyo. Podía evocar la palidez del rostro amado, el esfuerzo con que intentaba hacerle despertar la antigua emoción por los versos, los monólogos sin respuesta en la cabecera de una cama del hospital. Eran secuencias dolorosas que había rechazado muchas veces. Conseguía librarse, pero volvían con precisión. ¿Quién podía asegurarle que Mónica vivía, si él había sido testigo de una muerte lentísima? Atravesaba calles con balcones llenos de flores, tiendas de sedas, de quesos, de libros. En un alud todopoderoso, surgían nuevas imágenes. Mónica le hablaba. Acercaba el cuerpo a su cuerpo, que nunca había sabido acoplarse mejor a otra piel. Volvía el eco de los paseos por Palma. La risa que no había olvidado, que nunca olvidaría. La cabeza de ella inclinada sobre su hombro; la invasión de un olor perdido. Si cerraba los ojos, todavía podía recuperarlo.

Dio vueltas por una Roma laberíntica. Tomó por la via della Stelletta y sonrió, pensando que el nombre habría hecho sonreír a Mónica. El azar le guiaba por calles asimétricas, a través de curvas inacabables. Se paró en l'Antico Caffè della Pace, un local pequeño con las mesas de mármol. El techo y la barra eran de madera. Había un piano. El ambiente le contagiaba una cierta calma, un simulacro de calidez en el aire, a pesar de sus manos de hielo. Pidió un whisky y se lo bebió. Miraba a la gente que llenaba el local, con la sensación de pertenecer a otra galaxia. Él venía de lejos, de una historia que no se acababa de creer. Los otros seguían con su vida normal, inmersos en una cotidianeidad próxima. Se sacó el móvil y el papel que guardaba en el fondo del bolsillo. Había anotado un número de teléfono. Había tenido el impulso de tirarlo, pero lo había ocultado en la americana. Marcó los dígitos. Una mujer le respondió:

–Dígame. –Era la voz que le perseguía. La reconoció.

–Buenas noches. Soy Marcos.

–Me alegra que quieras hablar conmigo.

–Estoy desconcertado. Disculpa mis reacciones. He sido muy descortés, pero la situación es difícil. Para mí, Mónica está muerta.

–Lo entiendo muy bien. Mi obligación era decirte que vive. Cualquier decisión es cosa tuya.

–¿Dónde está?

–En Mallorca, en el pueblo de sus padres.

–¿En Llubí?

–Sí.

–He reflexionado mucho sobre ello. No puedo pensar en nada más desde que me telefoneaste. ¿Crees que tendría que verla?

–No lo sé. ¿Tú qué crees?

–Hay momentos en que me da miedo pensarlo. En otros momentos, vencería cualquier obstáculo para volver a la isla. Me gustaría.

–Tienes que decidirlo tú.

–¿Cómo está? No puedo imaginarme su reacción si me decidiera a ir.

–Te seré sincera: no sé cómo reaccionaría. Lo único cierto es que ella te recordó. Nadie le había hablado de ti. Pregunta a menudo dónde estás, qué haces. Tengo la impresión de que te espera.

–Gracias.

Se sentía cansado. La conversación le había resultado difícil. Ocultó el rostro entre las manos, mientras el ruido de los demás tomaba protagonismo. Se dejó mecer por palabras que pertenecían a historias que no le implicaban. Era grato permitir que le invadiera aquella pereza de vivir. No luchaba contra su propia incapacidad para reaccionar, sino que se dejaba llevar. Le acompañaban las frases simples de la gente: dos amigas que manifestaban alegría por encontrarse; un hombre que insistía para que el camarero le llevara la cuenta; una pareja que decía que se amaba. Observó el perfil de la mujer. El rostro desconocido le recordó el rostro que volvía a revivir. Tenía una forma parecida de inclinar la cabeza mientras insinuaba una sonrisa. Las luces difusas del local acentuaban las coincidencias. Recordó con qué intensidad había llegado a añorarla. Volvió a añorarla con la misma fuerza, quién sabe si con una nueva energía. El desconcierto es capaz de intensificar antiguas sensaciones.

Salió del local y paró un taxi. Le dio la dirección de la piazza della Pigna, porque no quería volver a pie. El trayecto por la ciudad se le habría hecho interminable. Deseaba hundirse en el asiento mientras las fachadas pasaban por su lado. No tenía ninguna prisa. Era fácil imaginarse las facciones tensas de Antonia, los reproches a flor de piel. Estaba cansado de las desavenencias perpetuas. Ya no le hacían gracia unos combates dialécticos que antes le divertían. Quizá porque ya no eran sólo simulacros. El taxista intentó un par de veces iniciar la charla. Desistió pronto cuando se dio cuenta de que estaba lejos. Tenía el pensamiento perdido. Miraba las casas, los peatones. Pese a las ganas de retrasar el encuentro, llegaron. Con un gesto de fatiga, Marcos pagó el importe de la carrera. Abrió la puerta del coche y se inclinó hacia el mundo. Allí le esperaban Antonia y la vida que conocía, que había querido defender. Volvió a cerrarla. Su voz resonó fuerte ante la propia indecisión, frente a una voluntad demasiado débil. Dijo:

–Lléveme al aeropuerto. Deprisa.

Ir a Mallorca significaba recuperar antiguas percepciones. Los acontecimientos se sucedían con una naturalidad prodigiosa. El regreso tenía visos de plan bien definido. Las rutas que no se planifican se perfilan con más contundencia. El azar fue como un viento que sopla a favor del retorno. Tuvo que esperar algunas horas para poder volar hacia la isla, pero no le importó. Amanecía cuando subió al avión. El viaje, que había hecho diez años atrás, se repetía. No era el hombre que se fue, lleno de tristeza. Habían transcurrido los días, las historias. Aun así, todavía pensaba en la misma mujer. La evocaba con nitidez como si la memoria sustituyera el olvido. Miró por la ventanilla. «¿Habrá algún lugar en que el cielo sea del mismo azul?», se preguntó. Cuando optó por vivir en otra tierra, alejó la nostalgia. No se permitía flaquezas inútiles. A la hora de volver, no podía evitar un sentimiento de gratitud. Volvería a encontrarse con su entorno. La cita se producía de una forma calmada; no había aspavientos. Las emociones pueden manifestarse con sutileza, convertidas en gotas minúsculas de agua en los cristales, polvo dorado en el aire o turbación en el pensamiento.

Alquiló un coche en el mismo aeropuerto. Condujo hasta Inca, donde se paró a comer algo. Tenía que tomar el desvío hacia Santa Margalida. Nueve kilómetros de distancia le alejaban del pueblo. Llubí aparecía tras las curvas de una carretera bordeada por árboles. Destacaba el campanario de la iglesia, en uno de los cerros que configuraban el paisaje. Había dos plazas, calles empinadas, gente que observaba el mundo. Buscó la calle Son Bordoi, número 2. Allí vivía la familia de Mónica. En la parte de atrás, había un pequeño huerto donde cultivaban verduras y algunos árboles, y tenían gallinas. Lo recordaba vagamente. Hacía mucho tiempo, fue con ella por primera vez. Eran dos jóvenes enamorados, que proclamaban una ilusión de vivir que se le hacía insólita. Todo le parecía extraño al contemplarlo: las fachadas grises, las cuestas ondulantes, las persianas de un verde carruaje. El entorno no tenía nada que ver con el que acababa de abandonar. La gracia esplendorosa de Roma era sustituida por un encanto mucho menos obvio, hecho de sutilezas y de recuerdos. Llegó hasta el portal, pulsó el timbre. Desde fuera no podía vislumbrar ni una rendija de luz.

Le abrió la madre de Mónica. Era la mujer vestida de negro del hospital. Constató que los años no habían sido benévolos con ella. El paso del tiempo no le había suavizado la expresión. Rictus de fatiga le marcaban la piel. Se preguntó si le había identificado, porque no manifestó que le reconociera. Él gesticuló mucho, como si quisiera hacerse entender sin palabras. Se dio cuenta de que sí sabía quién era cuando le instó a que entrara, tras mirar a la calle, temerosa de que algún vecino descubriera quién los visitaba. La entrada era amplia, con muebles de madera oscura. No le invitó a sentarse, sino que fue directa al grano:

–¿Qué has venido a buscar?

–No lo sé. Me imagino que no me esperaba, después de tanto tiempo. Puedo entender que me reciba con desconfianza. Me telefoneó la psicóloga de Mónica y me dijo que está viva. No podía dejar de pensar... Querría verla.

–¿Habías llegado a creer que estaba muerta? –Había reproche en la voz, que hablaba muy bajito.

–¡Naturalmente! Cuando me fui del hospital, estaba seguro de que se moría. Los médicos me lo aseguraron.

–No pudiste esperar ni una hora, ni un minuto más.

–No, señora, no podía sentarme a verla morir.

–Se salvó.

–Me lo han dicho. Por eso he venido.

–Tendría que echarte de esta casa. Quién sabe si sería lo mejor para ella. Es lo que querría mi marido.

En un extraño juego de coincidencias, se oyeron los pasos de alguien que bajaba la escalera del comedor. Una voz de hombre se impuso:

–¿Quién es? ¿Tenemos visita?

La mujer se apresuró a contestar:

–No, no. Vete tranquilo al huertecito. Estoy hablando con la vecina. Enseguida iré contigo.

Marcos la miró, extrañado.

–¿Por qué no se lo ha dicho?

–No quiero que haya peleas.

–Nadie lo quiere.

–Ella nunca nos habla de ti. Intuye que nos haría daño, que no lo permitiríamos, pero puedo adivinar su tristeza. Pienso en ello todas las noches, antes de dormirme. Esa pobre hija mía, que ha perdido tanta vida, merece ser feliz. No puedes imaginarte lo lento que ha sido su regreso. No se murió, pero la perdimos porque era otra persona. Desde que te recuerda, vuelve a ser la misma. Lo sé.

–Yo también he cambiado.

–Todos cambiamos. Es el paso del tiempo. Su transformación fue mucho más dura. En casa no hablamos mucho: mi marido padece del corazón y se altera fácilmente; por esa razón no he querido que os encontrarais. Se lo diré después. Si le digo las cosas con calma, llega a entenderme. Es un buen hombre que ha padecido mucho. Nunca hiciste ningún esfuerzo por acercarte a él. Mónica y tú erais tan jóvenes. Estabais convencidos de que todos los vientos os irían a favor. Mira por dónde... No es un reproche. Cuando se es joven, la vida parece muy sencilla. ¿Quieres verla?

–Sí.

–Está en la ermita. Va muchos días para andar un rato. Le gusta sentarse a leer versos a la sombra de los pinos. ¿Recuerdas el camino?

–Hay dos.

–Ella siempre va por el más estrecho.

–Iré a buscarla.

–Hazlo con cuidado. Piensa que todo es nuevo para ella. Cuando te vayas, sabré si he hecho bien ayudándote a encontrarla. Este pensamiento me torturará, aunque sé que no podría actuar de otra forma. No hagas que tenga que arrepentirme.

–De acuerdo.

A menos de dos kilómetros del pueblo, sobre una colina, estaba la ermita del Santo Cristo del Remedio. Dos caminos serpenteantes llegaban hasta allí. Uno de ellos, La Canastreta, era peatonal, angosto, y tenía una gran pendiente. El otro era el camino Ancho. Allí, la inclinación se hacía más suave, y podían circular los coches. Los caminos se unían en el puente del torrente, donde nacía una subida que llegaba hasta la ermita. Delante del portal de la entrada, rodeada de pinos, había una cisterna. Al fondo, podía contemplarse la silueta de Llubí. Marcos fue al encuentro de Mónica. Cuando se dio cuenta de que estaba corriendo pendiente arriba, intentó contenerse. Se preguntó a quién buscaba. Tras hablar con la psicóloga, había intuido que era una mujer distinta. Las palabras de su madre se lo confirmaron. ¿Cómo podía no serlo, si había vivido en la desmemoria más profunda? Sería un encuentro curioso: el hombre que quiso olvidar una historia; la mujer que la olvidó sin quererlo. Sus ritmos eran antagónicos, porque mientras él se había esforzado en borrar los recuerdos, ella iniciaba la aventura de redibujarlos. El miedo nos hace sentir absurdos, poca cosa. Se paró de golpe, a punto de dar la vuelta. Podía hacerlo: retroceder unos metros, entrar en el coche y marcharse. Sería fácil desandar el camino hacia el aeropuerto. Volvería a Roma sin haber padecido el dolor de una nueva pérdida. Se refugiaría en los textos que tenía que traducir, en el esfuerzo de volver a la realidad. Miró el azul del cielo, las colinas, las casas. Era capaz de negar que hubiera existido ese día, la hora absurda en que volvió a ser vulnerable. Se lo negaría incluso a sí mismo. «Las cosas acaban siendo como nos dicta la voluntad –se dijo–. Si no lo contamos a nadie, nuestro secreto va perdiéndose entre las arrugas de la piel, a medida que el tiempo nos transforma.»

La vio. Estaba en medio del paisaje. No era una evocación ni un sueño, sino una mujer real. Las contradicciones le habían nublado la vista para que no pudiera reconocerla; habían evitado que se diera cuenta de la proximidad de Mónica, unos cincuenta pasos por delante de él. Vestía una falda oscura y un jersey azul, con las mangas remangadas hasta los codos. Llevaba un libro bajo el brazo. Tenía la figura esbelta de antes, andaba como antes. Reconoció los movimientos, el gesto al inclinar la cabeza hacia la derecha. Imaginaba su respiración, alterada por el paseo. La percibía, aunque no fuera objetivamente posible. Se preguntó por qué había ido allí. Eran los recuerdos que no había sabido borrar. Se dijo que quizá tendría bastante con una conversación. ¿Se reconocerían con las palabras o no sabrían? Decidió controlar el miedo, recorrer el espacio que los separaba. Tan cerca y tan lejos a la vez. Ignoraba cuál era la distancia real donde tenía que situar a Mónica, porque kilómetros de olvido llegan a transformarse en un océano.

La alcanzó. Puso el brazo en la mano de la mujer, mientras susurraba su nombre. Sintió la repentina rigidez de los músculos bajo los dedos, la tensión en el aire. Ella giró la cabeza muy lentamente. Cuando se miraron, el libro que llevaba rodó sobre el camino pedregoso, manchado de hierbas. Iniciaron un movimiento simultáneo para recogerlo. El objeto perdido era una buena excusa para ocultar el desconcierto. El gesto retrasaba el encuentro definitivo, aquel mirarse a la cara, después de diez años. Le había adivinado el miedo en los ojos, pero también que le reconocía. Se preguntó si los recuerdos que habían compartido sólo eran patrimonio suyo. No podía saber qué había reconstruido de la vida pasada. Le conmovió la fragilidad de un pensamiento quebradizo. Le preguntó:

—¿Qué lees? —Se sentía absurdo por hacer una pregunta insustancial, que no decía nada de lo que habría querido contarle, pero que era una tabla de salvación momentánea, un pararse a respirar.

Ella le sonrió mientras le respondía:

—Poemas.

—¿Te gustan tanto como antes?

—Creo que sí, pero no sé muy bien cuánto me gustaban antes. ¿Tú lo sabes?

—Perfectamente. —También le sonrió—. Te encantaban.

—Vengo todos los días hasta aquí. El paseo me sirve para hacer ejercicio. Es un lugar agradable para leer.

Se callaron. Mónica veía a un hombre que encajaba con el hombre que recordaba. ¿Exactamente? No lo sabría decir con certeza. Pensó que tenía una sonrisa cálida, que sus palabras eran suaves. Venían de lejos, pero era bueno escucharlas en un entorno de inmediateces. Del mismo modo que le gustaban los libros, sin saber hasta qué punto le habían emocionado tiempo atrás, Marcos la seducía en el presente. Supo que no sería capaz de describírselo. Le preguntó:

—¿Dónde vives?

—En Roma. —La respuesta fue vacilante.

—¿Todo este tiempo, desde que tuve el accidente?

—Sí.

—¿Por qué te marchaste? —Quería saber por qué razón la había abandonado en el hospital, cuando tan sólo le quedaba un hilo de vida.

—No podía soportar la idea de tu muerte —lo dijo de un tirón.

—¿Creías que estaba muerta? ¿Lo creías de verdad?

—Sí.

—¿Quieres sentarte sobre la hierba? Debes de estar cansado del viaje. No es un asiento demasiado cómodo, si no estás acostumbrado. —Le volvió a sonreír.

Marcos tenía la sensación de estar recuperando un bien perdido, un tesoro que había añorado. Mientras observaba sus gestos, tuvo que contener el impulso de abrazarla. Quiso suavizar el ambiente:

—Me gustas también así.

—¿Cómo?

—Desmemoriada.

Se rieron. El aire les pareció más limpio. No había nadie. Los dos en un paisaje de verdes, de casas lejanas. Se miraron con confianza. En los ojos de él, los recuerdos y el deseo. En los ojos de ella, los recuerdos y un poco de temor. Marcos le acarició el pelo, casi sin quererlo.

XXXIV

Está de pie, ante el cuerpo de Gabriele. El hombre con quien ha vivido diez años reposa en un ataúd de madera oscura. Ha tenido que esperar muchas horas para poder verle. Momentos gélidos llenaban el tanatorio romano. Matilde y Antonia le han hecho compañía. Al llegar, les dijeron que tenían que practicarle la autopsia. Gabriele Piletti había muerto en la carretera, en un accidente de circulación. Antes de dejarlo descansar en paz, tenía que pasar los trámites pertinentes. Aunque las otras intentaron convencerla de que volviera a casa, se negó con esa obstinación que es un signo de desesperanza absoluta. No se movió, hasta que le dijeron que podía pasar a la sala a la que trasladaron el cuerpo.

Inmóvil, contempla su rostro. No nota fatiga en las piernas. De vez en cuando, alguien entra. Han desfilado personas que conoce, pero no les dice nada. Unos empleados de pompas fúnebres han traído coronas, cada una con una cinta en la que está escrito un nombre que recuerda al ausente. Sus padres han estado poco rato. La han abrazado antes de irse, aturdidos por el dolor. El médico les ha recomendado que descansen, tras darles un calmante. Ella ha rehusado cualquier ayuda médica. No quiere que nada pueda alejarla de su lado. No perderá la conciencia de lo que vive; sabe que es tristeza, conoce la profundidad de un dolor que rompe la vida.

Cuando le ha mirado, le ha costado reconocerle. Ha vivido con la absurda esperanza de haber padecido una confusión. Ha creído que no había visto jamás el cuerpo que apenas adivina bajo un cristal. No es él. ¿Cómo ha sido capaz su padre de identificarle? La esperanza no ha durado demasiado. Aquellos rizos no podían pertenecer a nadie más; son los cabellos oscuros de un arcángel rebelde. Las facciones se corresponden a los rasgos que se sabe de memoria. La única diferencia es que la muerte ha dejado su huella: la palidez, el perfil angosto. El convencimiento se impone con una rotundidad que la aturde. Con los puños cerrados, se mantiene erguida. Matilde no quería dejarla sola, hasta que ha comprendido que tenía que marcharse.

Cuando empieza a llorar, hace tiempo que llora por dentro. Las lágrimas se han derramado en ella mucho antes de que llegaran a los ojos. Trazan surcos en sus mejillas, cuando se da cuenta de que todo se ha acabado. Se pregunta cómo puede llegar tan rápida la muerte. Las imágenes del tiempo vivido regresan. No ha pasado mucho tiempo desde que notó la caricia de sus labios en la frente. No ha sabido retenerle. Querría esconderse, pero no irá a ninguna parte. No puede dejarle solo: él y la muerte por compañía. Extiende la mano para tocar su rostro. Encuentra un cristal.

Alguien entra en la sala. Le cuesta reconocer al anciano Piletti, el abuelo de Gabriele que resucita de las sombras. Se pregunta cómo ha llegado hasta allí, de dónde ha sacado las fuerzas. Hace semanas que no abandona su palacio. Es un hombre enfermo, casi moribundo. Le mira como si fuera un fantasma que aparece para hacerle reproches. Agacha la cabeza, dispuesta a recibir todos los castigos. De reojo, ve un cuerpo escuálido, que le recuerda la sombra del señor poderoso que conoció. Él avanza ignorándola hasta llegar a la altura del ataúd. Escoltado por dos hombres de confianza, que le sujetan por los brazos, se inclina para ver a su nieto. Quiere comprobarlo personalmente. Necesita tener la certeza. Cuando su hijo, el padre de Gabriele, ha ido a decírselo, le ha echado de su casa. Ha querido convencerse de que le engañaba, porque siempre ha estado celoso del amor que siente por el nieto. Él le ha dicho que los sentimientos no se pueden gobernar, que no se ganan o se pierden como en una partida de naipes. Después ha permanecido mucho tiempo solo, sin querer ver a nadie, hasta que ha dado la orden de que le ayudaran a vestirse. Ha dicho que tenía que salir.

No lo habría creído si la evidencia no estuviera golpeando hasta romperle el corazón; el corazón de un hombre que espera su propia muerte con resignación, pero que no puede aceptar la de quien ha querido más que a su vida. Al verle, se le doblan las piernas. Se caería, si no fuera porque sus acompañantes lo impiden. Pregunta:

—¿Por qué, Dios mío? ¿Por qué os habéis equivocado de esta manera?

Dana querría llorar de rabia. Es cierto, aunque ni él mismo pueda intuir las causas. Ella también sabe que ha habido un error. Cuando la desesperación se mezcla con los remordimientos, piensa que el muerto tendría que ser Ignacio, el intruso, el hombre que nació para hacerla desgraciada.

El abuelo hace un gesto para que los acompañantes se alejen. Quiere que desaparezcan de su radio de visión, decidido a no manifestar debilidades en público. El orgullo es una especie de bastón que le ayuda a no desplomarse en el suelo, como un muñeco de feria. Los otros dan unos pasos, hasta la puerta. Parecen desentenderse de lo que sucede, a pesar de estar pendientes de ello en todo momento. El viejo Piletti se apoya con las manos en el ataúd. Vuelve a mirarle, con aquella esperanza que Dana ha sentido no hace demasiado tiempo, cuando ella misma se negaba a aceptar la realidad. Conmueve verle mirar a su nieto, empequeñecer los ojos para concentrarse en las facciones que la muerte transforma. Tiene una rigidez acartonada que convierte el cuerpo en una materia desconocida. Hay una blancura de tiza y de luna enferma en su rostro.

Dana se pregunta si existe el Dios justiciero del que le hablaban cuando era una niña. Si es verdad, si ocupa un lugar entre las tinieblas mientras juzga a los vivos y a los muertos, ella puede sentir el peso de su dedo señalándola. Tendrá que cargar con la culpa. Él la hacía feliz, pero le engañó. Era bueno, generoso, alegre. No lo recordó cuando se lanzó a los brazos del pasado. Evocó su propia imagen: una perra en celo cabalgando a otro hombre. Un hombre a quien no veía desde hacía una década. Diez años cambian a las personas. Las células de la piel son otras. No queda rastro de la antigua huella. Nos imaginamos que tiene memoria, pero no es cierto. El cuerpo olvida mientras la mente nos traiciona. El tanatorio, en el Instituto de Medicina Legal, no está muy lejos del hospital Umberto Primo, donde Ignacio permanece ingresado. Matilde le ha dicho que está grave, pero que se salvará. No se ha sorprendido: los mejores siempre mueren jóvenes; los malvados suelen llegar a la vejez. Son paradojas de esta extraña vida que le ha tocado vivir. Se pregunta si se puede pedir perdón a un muerto. Intenta recordar las oraciones que le enseñaron en Mallorca, pero no sabe repetirlas. Las palabras se le escapan. En ese momento, el abuelo se da cuenta de su presencia. Ha procurado permanecer inmóvil para pasar inadvertida, pero las dimensiones de la sala no se lo han hecho fácil. Cuando se vuelve hacia ella, parecen dos criaturas desvalidas. Le dice:

—Vino a verme hace unos días. Hablamos un rato. Lo hacía a menudo, porque era un buen nieto.

—Sí, yo le acompañé una vez.

—Tienes razón. —Hace un vago gesto de disculpa—. Tú estabas en un extremo de la habitación. No me pareció que estuviese de buen humor.

—¿Cómo?

—Le conocía. No habíamos tenido demasiadas conversaciones íntimas, porque siempre me habían enseñado que los hombres no deben expresar sus sentimientos. ¡Qué estupidez!

—Él le quería.

—Lo sé. No me interrumpas. Decía que le conocía bien. No era un mérito mío. Las personas nobles son transparentes. Eso también tiene sus contrapartidas. —Parece pensativo—. Son más vulnerables, sobre todo cuando aman. —A continuación, formula la pregunta de forma brusca, directa—: ¿Le amabas?

—Mucho.

—Le noté triste. Percibía que estaba a punto de hacerme una confidencia. Se reprimió en el último segundo. Tengo que confesar que actué como un imbécil, haciendo como que no me daba cuenta. ¿No era eso lo que tenía que hacer el patriarca de los Piletti? No se tiene que hurgar en las heridas de los demás, ni aunque sea para poner un ungüento curativo. Me enseñaron que es una actitud propia de mujeres sensibleras. ¡Dios me guarde de parecerme a ellas! ¡Desgraciado! Se ha muerto sin decirme la causa de su dolor. Si lo pudiera saber, tal vez entendería lo que ha sucedido.

–Ha tenido un accidente de coche. –Dana habla como una autómata.

–Era un conductor experto, había conducido miles de kilómetros. No me repitas lo que me dicen los demás. Tú le conocías tan bien como yo. No puedes defender la absurda hipótesis que ha querido venderme mi hijo; es un pobre hombre que no llega nunca al fondo de las cuestiones. Se conforma con tener una versión simple, que no le complique la vida. No nos parecemos en nada.

–Una distracción puede tenerla cualquiera. –Sigue hablando en un tono monocorde.

–No se distraía, si no había un motivo. ¿Por qué razón hizo un viraje en un tramo de autopista absolutamente recto? La visibilidad era buena. Había poca circulación. Me he informado, porque no quiero resignarme a las versiones de quienes quieren tranquilizar a un viejo. Sé que acompañaba a alguien al aeropuerto. Tenía que haber controlado la situación. Dime, ¿querías a mi nieto?

–Sí.

–¿En todo este tiempo, habéis sido felices?

–Él me ha hecho feliz. Yo... –Las lágrimas le recorren por dentro, mientras mantiene el rostro inexpresivo–. No lo sé.

–Tengo la impresión de que sabes muchas cosas, pero que no quieres contármelas.

Quiere detenerle, hacerle callar. Le gustaría pedir auxilio para que alguien fuera a rescatarla de las preguntas que sirven para aumentarle la pena. El viejo Piletti le desnuda el alma con los ojos. Él es el fuerte, mientras ella tiembla como antes, en aquellos días lejanos que regresan a su memoria, cuando llegó al Trastevere con un abrigo que arrastraba la tristeza. Se taparía los oídos para no escucharle, pero el hombre continúa implacable.

–¿Qué es lo que te callas?

Ruega que no la interpele, que no siga haciéndole preguntas. Tiene la voluntad débil, e intuye que no resistirá el interrogatorio. El abuelo es de acero:

–Tú tienes que saberlo. ¿Quién era el hombre a quien acompañaba al aeropuerto? ¿Un cliente?

–No lo sé.

–¿No te lo dijo? Me extraña. Era una persona extrovertida, que contaba las cosas que hacía, los negocios que le entusiasmaban. No tenía secretos oscuros. ¿Y tú, los tienes?

–No.

–Sé sincera: conocías al hombre que iba en el asiento junto al conductor. Sabías algo.

Dana se desmorona. No le importa desaparecer en silencio, morirse lentamente. Quiere que se vaya, que la deje tranquila junto a Gabriele.

–Sí, tiene razón. Es mallorquín, como yo. Era el hombre con quien compartía mi vida antes de llegar a Roma, hace diez años. Había vuelto para buscarme.

–Mi nieto lo sabía y estaba desesperado. Me maldigo a mí mismo, porque no supe intuirlo. Espero que la muerte sea compasiva y me lleve pronto. Ella me calmará este dolor. Maldita seas tú también, que le destruiste. Lo único que me consuela es saber que eres una mujer joven. Te queda mucha vida por delante para llorarle.

–Toda la vida –susurró sin voz.

El Cimitero Monumentale del Verano es una construcción de finales del siglo XVIII. Se llega a él por Regina Margarita, tras recorrer un camino de parterres de flores. A Dana le recuerda a Génova, el lugar donde se decidió su destino. Se pregunta si el azar la empujó a Roma, o si los astros lo habían escrito en el firmamento. Quién sabe si todo lo que sucede es imprevisible. Creerlo le serviría de consuelo, pero no puede evitar sentirse la causante. Gabriele no ha muerto por casualidad, sino que la vida le ha conducido a la muerte. La vida, Ignacio y ella, los vértices de un triángulo de traidores. Entrará en el cementerio del brazo de Matilde, que esos días ha envejecido. Ha hecho suyo el dolor; lo comparte con la intensidad de las personas cercanas, que se ponen en el lugar de los demás. También quería a Gabriele. Apreciaba la sencillez con que hacía la vida agradable, las formas exquisitas que se correspondían con la sinceridad de sus sentimientos. Llora por el amigo que se ha muerto, y por la amiga que ha perdido parte de su vida.

Tres portaladas redondas de hierro dan paso al recinto. Alzándose sobre columnas, cuatro figuras de mármol reciben a los visitantes. Son alegorías del Silencio, la Caridad, la Esperanza y la Meditación. Las de los dos extremos tienen una actitud triste. Las de en medio abren los brazos, como una invitación a entrar. Dana va vestida de negro. En el brazo lleva la pulsera de oro y coral que él le regaló. La joya mágica. Cuando bajan del taxi, coge la mano de Matilde. Sus padres la acompañan. Han venido de Mallorca para asistir al entierro de Gabriele. Los mira con tristeza, sin saber qué decirles. La abrazan. Han llegado acompañados por Luisa, la amiga farmacéutica, que ya ha compartido con ella otros dolores. Cuando cruzan la entrada, recorren un camino con una suave pendiente. Las tumbas son de mármol y están rodeadas de cipreses, que dan la bienvenida. En el centro, una explanada abierta como un abanico. Caminos transversales la cruzan. Empieza a llegar gente. Alguien comenta que, a la derecha, en el primer sendero, está la tumba de Garibaldi. La familia y los amigos recorren el camino en silencio, tras el ataúd que llevan en hombros los más íntimos. Dana los observa desde la lejanía, aunque esté junto a ellos. Le cuesta identificar las caras, ponerles nombre. El abuelo no está. El viejo patriarca de los Piletti se ha negado a acudir a la cita. Antonia llega cuando la comitiva ha empezado a andar; tiene el aspecto de quien no ha podido dormir.

Dana se fija en la tumba de una mujer joven; es de mármol oscurecido por los años. Siempre había creído que en los cementerios se respiraba paz, pero en esa lápida puede percibir la desolación. Allí está enterrada la condesa Gina Mattias Benedettini. Su epitafio reza: «*Bella come un angelo / hai lasciato sulla terra / la tua giovinezza*». «*La tua giovinezza*», murmura. Aunque no lo habría creído posible, la tristeza se hace más profunda. Gabriele era demasiado joven para morir. Una sensación de injusticia la llena de furia. Dura poco tiempo: no tiene suficiente espacio en el cuerpo para meter la rabia. En el cementerio hay una plaza rodeada de columnas. Son de color amarillo muy pálido. Aquí y allá, imágenes de ángeles con alas inmensas. Algunas esculturas de mármol representan a mujeres postradas. En el centro, un ángel más grande que los demás. Lleva una túnica, abre los brazos. Intuye que la invita a abrazarlo. Tiene los cabellos rizados de Gabriele.

La tumba es una superficie de mármol. Tiene dos anillas de hierro cubiertas por una pátina verdosa, que indica el paso del tiempo. En la piedra, grabadas con letras mayúsculas, está el nombre de un antepasado: Domenico Piletti. Descubren una abertura vertical en la tierra. Es un abismo profundo. Sin pensarlo, Dana intenta asomarse. Inclina el cuerpo, pero sólo ve oscuridad. Se pregunta cómo puede dejarle allí, en un lugar tan tenebroso. ¿Qué ocurrirá cuando caiga la lluvia y forme regueros sobre la piedra? Tendrá frío, estará solo. Alguien reza oraciones que tienen cadencia de letanía. Con el impulso, está a punto de caer en el agujero. Se dejaría llevar sin temor, con el deseo de ocupar un espacio a su lado. Le contaría historias en voz queda, para que no le diera miedo la negrura. Unos brazos la retienen por los hombros, mientras extiende las manos hacia el féretro. No verá nunca más el rostro que ama. Ha bajado el telón, se apagan las últimas luces de esa absurda representación que es la vida. Es perfectamente consciente de la dimensión de la despedida. Entonces se abraza a la caja con una fuerza que no reconoce como propia. No ve a nadie ni oye ninguna voz. Está sola.

Los brazos que la han sostenido la levantan. Con la espalda apoyada en un cuerpo que todavía no identifica, ve cómo bajan el ataúd a la fosa. Oye el ruido brusco de la piedra al cerrarla, sigue el sonido del albañil que cierra la abertura con cemento. Una niña ha lanzado una rosa blanca. Es una tímida pincelada de luz, que la oscuridad se traga. Las manos que impiden que caiga se hacen todavía más firmes, dispuestas a protegerla. Los ojos de Dana captan con dificultad los movimientos de la gente, los rostros que la rodean. Los presentes susurran palabras de condolencia que parece que escucha, pero que se le deslizan por la ropa, y caen al suelo convertidas en piedrecillas diminutas. Un poco más lejos, le parece distinguir el rostro lloroso de su madre, y se da cuenta de que ha envejecido. Una conciencia feroz del paso del tiempo se impone. Lo agradece en silencio. Algún día se mirará en el espejo y será una mujer mayor. Tendrá la piel del cuerpo rugosa, con los surcos que la vida se habrá entretenido en grabar. No faltará mucho para que le llegue la hora. Una sensación de consuelo la invade momentáneamente.

Las manos que le rodean la cintura la estrechan. Entonces se fija de pronto, y le resultan familiares. Cuando se vuelve, se encuentra cara a cara con Marcos. Ha sido quien la ha retenido junto al abismo de la tumba de Gabriele. No esperaba que estuviera allí. Antonia no había vuelto a hablar de él, ni ella había tenido ánimos de preguntarle. Al verle, oculta el rostro en su pecho. Llora en silencio, sujetándose al cuello de su americana. Tiene la sensación de haber encontrado un refugio. Querría ocultarse de la multitud que rinde homenaje al más joven de los Piletti, escaparse del sol que se atreve a iluminar la mañana, cuando tendría que dejar el mundo en tinieblas. Marcos la abraza, incapaz de pronunciar palabra. Pasan algunos minutos, hasta que le dice:

–Lo siento, querida. Discúlpame por no haber podido estar antes a tu lado. He vuelto enseguida que lo he sabido.

Le mira. Sin demasiada sorpresa, intuye de dónde viene. Se dice que la vida es extraña. Cuando todo parece plácido, sopla un viento del norte que transforma los paisajes. Murmura:

–¿Has ido a buscar a Mónica?

–Sí –le responde él con voz serena.

–¿Y ahora?

–No es el momento de hablar. He vuelto a encontrar a alguien que creía perdida para siempre. Te pareceré un estúpido, pero estoy decidido a retomar aquella historia.

–No eres un estúpido. Eres afortunado: la vida te ofrece la opción de rectificar, de elegir. Eso es un gran privilegio. Yo no tendré nunca esa opción. Mis ojos han visto cómo le enterraban. Gabriele está muerto.

–Nunca me perdonaré haberte dejado sola. Si lo hubiera sospechado, te aseguro que no me habría ido.

–No eres un adivino. Tenías que ir a Mallorca. ¿Estás decidido a vivir allí de nuevo?

–Sí. Pero antes tenemos que volver al *Pasquino*.

–No.

–Hace años nos ayudó. Necesitas vomitar tu dolor, Dana. Las penas que se encierran en el corazón nunca llegan a salir. Ya lo sabes.

–Me gusta sentir tristeza. Es la única sensación real que me llena. Ahora soy incapaz de ir a visitar el *Pasquino*. Cuando pase el tiempo, quizá iré sola.

–¿Por qué sola?

–Tú estarás en Mallorca.

–Había pensado decírtelo más adelante, pero no puedo esperar: quiero que vuelvas conmigo a la isla. Allí tienes a la familia, a los amigos. Es el lugar donde naciste. El entorno ayuda a superar las cosas. Estoy seguro de que el mar de Mallorca te servirá de consuelo.

–El mar está conmigo. A veces, me gusta recordar; cerrar los ojos y contemplarlo. Lo he hecho todos estos años, y volveré a hacerlo. Pero no iré.

–¿Qué te ata a Roma?

–El poco aliento de vida que me queda está en Roma. Es la ciudad que elegí hace diez años, el lugar donde he vivido junto a él. Me retienen los recuerdos, pero también la piedra y el aire. No quiero dejar nuestra plaza. –Se le rompe la voz.

–De acuerdo. Sabía que no era el momento de hablarte. Insistiré más adelante, cuando sea la ocasión oportuna.

Antonia se acerca. La interrupción no resulta demasiado natural, pero nada tiene aires de lógica esa mañana. Abraza a Dana con un punto de teatralidad no deseada. La dureza de los días vividos le modifica el rostro. Lleva escritas las horas pasadas en el tanatorio romano, y el largo tiempo de espera de un Marcos ausente; un Marcos que todavía no ha regresado, aunque esté a su lado. Dana la mira con afecto, porque le agradece la compañía, pero sabe que esa mujer es un volcán. Puede imaginarse sus conversaciones, los reproches, las imprecaciones. Piensa en ello con pesar, pero no le dedica mucho tiempo. Vive una historia demasiado difícil. El padecimiento la recluye en un círculo que no admite fisuras. Cuando la propia piel es delicada como una tela de araña, nadie sabe ponerse en la piel de otro.

Matilde, que ha seguido la escena, se acerca. Le dice a Dana que tienen que irse. La gente va dispersándose en grupos, mientras sus padres esperan en el coche. Quiere que se vayan de ese escenario de dolor. Intuye que Antonia y Marcos todavía tienen algo que decirse. La coge por los hombros cuando se alejan de la tumba de Gabriele. Arrastran los pies por los senderos del cementerio. No ven ángeles ni portales de piedra. Se meten en el coche, sin hablar. Dana se siente muy cansada. Como si se le hubieran acabado las fuerzas, no encuentra ni unas simples palabras de gratitud. Los demás callan también, respetuosos. El vehículo circula despacio. Mira por la ventanilla, pero no ve nada. El paisaje se ha transformado en un caos de materia indescifrable, donde se mezclan los colores. Una figura toma forma ante sus ojos. Está en un rincón, casi en la entrada: el hombre de la camisa amarilla, el titiritero de la piazza Navona. Hacía tiempo que no le veía. Casi le había olvidado. Se da la vuelta, porque le cuesta creer que no sea una invención de su mente. Él tiene una sonrisa triste, mientras le dice adiós con la mano.

XXXV

Han pasado tres lunas llenas desde que murió Gabriele. Hace una mañana luminosa en la piazza della Pigna. Dana no se sorprende cuando la claridad inunda el espacio. Durante los primeros días, la estupefacción se mezclaba con la tristeza. Eso fue lo más difícil: comprender que los ciclos del tiempo continuaban su rueda, aunque él no estuviera. Salía el sol cuando su mundo había quedado a oscuras. Se asomaba por la ventana, contemplando la calle. Veía a la gente que salía de las casas, oía los motores de los coches, las conversaciones de los vecinos. Todo tenía un aire de normalidad insoportable. Recorría la via dei Cestari, hasta el Panteón. Se sentaba en un banco, entre los turistas, mientras lo observaba. Aquel monumento impasible le despertaba un estremecimiento que no encontraba en la vida. Pensaba en los miles de personas que desfilaban por allí. Se quedaban décimas de segundo en comparación con la eternidad de la piedra. Las vidas duran el tiempo de un paseo tranquilo; de ellas queda algún recuerdo.

Tuvo que acostumbrarse a la indiferencia de los demás. La gente vivía escondiendo la cabeza bajo el ala, sin pensar en la muerte. Cuando alguien desaparecía del mapa, todo el mundo pasaba página deprisa. No soportaba la visión de las multitudes que llenaban los cafés, las plazas. Roma estaba habitada por desconocidos que no se detenían a perder el tiempo con el dolor. «¿Qué dolor? —imaginaba que le habrían preguntado—. Cada cual lleva el peso de sus propios muertos. No se aceptan cargas ajenas.» Eran supervivientes que, absurdamente, se aturdían para no recordar a los que se habían ido. Apuraban la copa de la vida con el egoísmo de quienes se apresuran en fortalecer el hilo de su propia existencia, mientras otras muchas se diluyen en la nada. Los odiaba. Detestaba la fragilidad de la memoria, el olvido como refugio, la indiferencia de los vivos. Hacía un esfuerzo para contestar a las llamadas de los amigos que se interesaban por su estado de ánimo. Procuraba serenar la voz mientras hablaba con educación, sin exhibir la pena. Les decía lo que querían oír, tranquilizándolos para que no insistieran en verla. Con la muerte de Gabriele, aprendió que el dolor no está hecho de una materia única, sino que tiene matices, intensidades diferentes.

Le gustaba que Matilde fuera a visitarla. Sentada en el sofá con un libro que no leía entre las manos, esperaba el timbre de la puerta. Iba a abrir con una sensación de alivio en el corazón. Su amiga tenía la costumbre de llevarle una pequeña sorpresa, siempre distinta. Eran obsequios que pretendían distraerla un instante: papel de color azul, un pasador para el pelo, chocolate, una cinta en la que había grabado una antigua canción napolitana, aquella película que dieron por televisión que nunca habría visto sola, una revista que hablaba de arte, o una concha que había encontrado en un cajón, traída años atrás de alguna playa de Mallorca. En la puerta, le ponía el paquete en la mano. Ella lo abría con cierta curiosidad parecida a un rayo minúsculo de luz. Con eso, Matilde tenía suficiente. Suspiraba de satisfacción, mientras observaba en silencio la palidez de su rostro. No le hacía preguntas, ni intentaba forzarla para que dejara de estar triste. Sabía que habría resultado inútil. «De la tristeza, no regresamos nunca por un acto de voluntad. Tiene que pasar el tiempo.» Se limitaba a hacerle compañía.

Acompañar a alguien no es sencillo. Ella en ese arte era una maestra; tenía la intuición suficiente, las dosis de prudencia necesarias. Había tardes muy oscuras. En algunas, era posible rescatar un poco de esperanza. Las primeras se caracterizaban por largos ratos de silencio, por el llanto en su regazo, mientras le acariciaba el pelo. No había palabras. Las segundas, que eran pocas, permitían conversaciones frágiles. Sucedían cuando recordaba algún momento de la vida con Gabriele en voz alta. Le contaba una anécdota que, sin saber la causa, había recordado. Momentos de amor, espacios compartidos, ilusiones u obsesiones que habían vivido. La escuchaba. Había frases que se repetían, balbuceantes, entrecortadas. Había palabras que surgían rotundas, pero que se escapaban al nacer.

De vez en cuando iba con María. Las dos se esforzaban por complacerla, sin hacer demasiados aspavientos. María, que iba recuperando peso, no había perdido aquella ternura de mujer buena. En las visitas, aprovechaba para repasarle la ropa. Miraba si tenía un descosido en una prenda, o si hacía falta reforzarle algún botón. Descolgaba las cortinas para lavarlas; regaba las macetas. Se perdía por los fogones de la cocina preparándole la cena. Estaba convencida de que un buen plato ayuda a soportar el dolor. Le cocinaba tartas, empanadas de carne, de verdura. Mezclaba hierbas aromáticas que olían como si estuvieran en la isla. Cuando la miraba a los ojos, pensaba que era demasiado joven para tanto dolor. Cuando la veía desganada, se esforzaba por mejorar una receta. Como era una persona de pocas palabras, no se atrevía a decir nada. «¿Qué consejos podría darle yo, que casi no sé leer?», se preguntaba. No era capaz de ayudarla con discursos, pero su presencia atenuaba las tristezas.

Cuando se iban, Dana les decía adiós desde la puerta. Habría querido retenerlas, pedirles que se quedaran, que se instalasen en su casa, que se había hecho demasiado grande para ella sola. Temía las horas en una cama donde, inevitablemente, le buscaba. Extendía el brazo esperando encontrarlo. Nunca estaba, sólo las sábanas recibían sus manos. Hundía la cabeza en la almohada mientras se esforzaba por recuperarle. Observaba la oscuridad cuando recordaba el cementerio. Si llovía, se imaginaba el repicar de la lluvia sobre la losa. Volvía a pensar que le había dejado a solas con el frío. No conseguía dormirse. La mayor parte de los conocidos dejaron de visitarla. Los había recibido con una cortesía distante que no invitaba a las confidencias. Tenía la actitud de mujer lejana, que tan sólo se esfuerza en escuchar a los demás siguiendo una norma elemental de educación. La excepción fue la visita de Marcos, a quien abrazó con fuerza, justo antes de que se marchara a Mallorca. Él la llamaba a menudo, recordándole la propuesta de regreso. Los compañeros del trabajo no iban demasiado, porque sabían que prefería la soledad. Los parientes se alejaron, con manifestaciones de amabilidad contenida. Pocas semanas después del entierro, se murió el anciano Piletti. No pudo resistir la ausencia del nieto y se marchó hacia el abismo. Con el recuerdo de la última conversación, Dana asistió a las ceremonias fúnebres. Le costó vencer los recelos, la angustia de revivir los rituales de la muerte. Lo hizo por el amor que Gabriele había sentido por el abuelo. Se vistió de negro, transformada en una criatura traslúcida, en el fantasma de sí misma, mientras atravesaba las portaladas del Cimitero del Verano.

Han pasado tres meses de añoranza. Empieza a reconciliarse con el ciclo del tiempo. Ha aprendido a vivir sin la indignación pueril que podían provocarle una mañana soleada o una noche con estrellas. Cuando ha sabido aceptar que la rueda del tiempo continúa, se ha impuesto la razón. Contempla la vida sin grandes sorpresas. No hace reproches silenciosos a quienes la rodean. Sabe que el mundo está hecho de movimientos, de idas y venidas. Vive una tristeza que no se confunde con la furia. No está resignada; tan sólo más tranquila. Habita una calma que es estupor, incredulidad, conciencia adormecida, pero que no le permite volver a ser como antes. Matilde, que ha vivido este proceso de aceptación de la existencia, conoce bien su melancolía. Es un estadio de la vida que puede prolongarse. Cuando le pone el obsequio en la mano, muestra una sonrisa que es fugaz.

Un hombre baja del taxi en la piazza della Pigna. Llega del aeropuerto. Es una mañana que subraya los perfiles con contundencia: el contorno de las fachadas, de quienes pasan, de Ignacio. No ha tenido que recorrer la Roma laberíntica tras la fotografía de una mujer. Sabe la dirección exacta. Se fue a Palma después de algunas semanas en el hospital. No tiene secuelas del accidente en el cuerpo, pero le quedan en la memoria. Tendrá que convivir con ellas. Se siente como un condenado que tiene que aprender a compartir el espacio de la celda con otro preso. Se despierta con el eco de las últimas palabras de Gabriele. Se duerme oyendo el estrépito del coche cuando chocó, antes de perder la conciencia. Es un ruido que en su mente se multiplica. Regresó a Mallorca, donde borró a Marta de su vida. Entonces dejó que pasara el tiempo. Sin verla, podía sentir a Dana muy adentro en su tristeza. La evocaba con una añoranza profunda, pero intuía que tenía que ser paciente.

Llega a Roma con una actitud distinta. No es el hombre seguro, que se comía el mundo, deseoso de recuperar lo imposible.

Ha entendido que el azar doblega las voluntades. Sabe que no es fácil, pero ama a la mujer con quien hizo el amor en los campos romanos. Ha venido a decírselo. Contempla la plaza. Ha pensado en ella todos los días. Sorprende saber hasta qué punto la memoria conserva un recuerdo. Una imagen puede quedarnos grabada en la retina. Somos capaces de reproducirla mil veces, sin distorsionarla un milímetro. Camina hasta el edificio donde vive Dana. Sube a su piso. Durante el trayecto en el ascensor, procura no pensar. Siente los latidos de su propio corazón, que le flagelan por dentro. Cuando llega a la puerta, respira profundamente. Deja que pasen uno, dos... treinta segundos. Medio minuto de eternidad, con una pregunta sin respuesta. Llama al timbre, y espera.

Los sábados por la mañana no suele recibir visitas. Lleva unos pantalones anchos, un jersey gris. Va a abrir, mientras se ordena los cabellos con un gesto de la mano. Tiene el aire ausente de quien no espera nada. Estaba sentada en una butaca, con un álbum de fotografías, preguntándose si iría al mercado. Va poco, porque le da pereza mezclarse con el barullo de la gente. Al atardecer, espera a Matilde y a María. Verán una película, compartirán un plato exquisito que ella no habrá cocinado. La vida está hecha de minúsculos momentos, que pasan sin dejar huella. No busca nada más. En el umbral de la puerta ve a Ignacio. La figura toma forma real ante sus ojos. No hay claroscuros benévolos que le permitan el margen de la duda, el paréntesis de un instante de incertidumbre. Es él, pero no sabe qué tiene que decirle.

Había imaginado que se encontraban. Siempre sucedía por casualidad. Eran encuentros fortuitos, que vivía con alarma. Improvisaba un choque de contrarios: el hombre que no murió y ella. Uno frente al otro. En cada nueva secuencia de la misma historia, reinventaba los reproches. Le preguntaba si no le daba vergüenza vivir, mientras Gabriele estaba muerto. Le gritaba con ira o lloraba sin palabras. Los sentimientos que había aprendido a contener se desbordaban. Surgían libres, como el aire o el vuelo de los pájaros. Abandonaba el disimulo que había convertido en consigna para sobrevivir. Desaparecía la contención con que se dirigía a los demás. Le decía que habría querido verle metido en un ataúd. Lo repetía, marcando cada sílaba. Tendría que habérselo imaginado; la historia nunca es como habíamos intentado escribirla. Quién sabe si, en el fondo, lo intuía. Verle sólo le causa tristeza.

Ignacio le pregunta:

–¿Puedo entrar?

–Entra.

Le guía por el pasillo, hasta el salón. Él percibe el alejamiento, la ausencia que se adivina en los ojos. Algo definitivo ha cambiado. La mujer fuerte a quien se encontró hace pocos meses tiene la mirada líquida. Por una asociación inesperada de pensamientos, recuerda el castillo de Lavardens. La imagen de Camille Claudel se impone desde la oscuridad de la memoria. Se sientan cada uno en una butaca, mirándose. No puede evitar decirle:

–Al verte, he pensado en Camille Claudel. ¿Te acuerdas de aquel viaje al sur de Francia?

–Sí. Durante una época, lo recordé muy a menudo. Hace tiempo que he procurado olvidarlo.

–Tras visitar la exposición, me pediste que te llamara Camille. Entonces no te entendí. No lo he comprendido hasta ahora.

–Siempre has sido algo lento en tus reacciones. –No hay reproches ni ironía, sólo lo constata–. ¿Qué es lo que entiendes, por fin?

–Hablamos de Camille, de su historia. Tenía tu mirada. Cuando te he visto en la puerta, me ha parecido reconocerla.

–Es una lástima que lo descubras tan tarde.

–Tienes razón: siempre he llegado tarde. Cuando me he decidido a actuar, ha sido para crear el caos. No sabes cuánto me duele. En todos estos meses, he intentado pensar cómo explicarlo. Quería encontrar el tono exacto, las palabras adecuadas. ¿Qué puedo decirte?

–No podemos decir nada. Él está muerto. Nosotros estamos vivos. Me parece una gran injusticia.

–No es una cuestión de justicia. ¿Muere primero quien merece morir? Nadie se lo merece. La vida es una suma de casualidades. El azar nos llevó hasta aquel maldito coche.

–No te engañes: os llevé yo.

–¿Cómo puedes pensar eso?

–También he imaginado nuestro encuentro. Era un encuentro lleno de rabia. En algunos momentos te he odiado.

–Me lo imagino.

–Ahora estoy tranquila. Soy una mujer extraña, que se sorprende a sí misma. Nunca llegaré a conocerme. –Se hace un silencio–. Mira, son las últimas fotografías que nos hicimos. Gabriele y yo en Ferrara, pocos días antes de que vinieras. Éramos felices.

–Lo sé. Yo no había podido olvidarte.

–Habías tenido tu momento, pero lo dejaste pasar. Las cosas son así de sencillas.

–Cuando nos encontramos, mientras hacíamos el amor, creí que me amabas.

–Es probable. Quién sabe si te amé. No lo sé. Aquel episodio me queda muy lejano. No quiero hablar de ello. Mira la fotografía, me había regalado una rosa. Hacía viento. El aire nos empujaba, junto a las murallas de la ciudad. Nos reíamos. No he vuelto a reír.

–¿Cómo puedo encontrar palabras de consuelo que no te suenen a mentira? Te hablo con el corazón: no quieras quedarte anclada en el pasado. Puedo entender tus sentimientos. Sé que estás triste, que todavía le añoras.

–El pasado es él.

–Tendrás que hacer un esfuerzo. Seré paciente. La vida me ha enseñado a serlo.

–¿Paciente? ¿De qué me hablas? No entiendo qué esperas.

–Te espero a ti. No importa cuánto tiempo. Da igual si tiene que ser desde la distancia. Respetaré tu dolor hasta que sobrevivas a la pena. Cuando llegue el momento, te pediré que vuelvas conmigo a Mallorca.

–No me esperes. La respuesta es no.

–¿Con tanta rotundidad?

–No volveré contigo.

–Algún día tendrás que regresar a Palma. ¿Podría telefonearte? Me gustaría conversar, tener noticias tuyas.

–Es mejor que no me llames. Gracias.

–¿Y escribirte? Las cartas son mejores que el teléfono. Podrás leerlas cuando quieras. Aunque sólo sean algunas frases.

–Sería inútil. No leeré las cartas. ¿Pretendes que traicione su memoria, que olvide por qué murió? Déjame tranquila. Que tengas un buen viaje.

Matilde está sentada en el sofá mientras se toma un café. Es una costumbre que repite como si fuera un ritual. No se sorprende cuando le anuncian que tiene visita. Hace semanas que le espera. Desde que supo que había salido del hospital, sospechó que tenían una conversación pendiente. Se imaginó que volvería a la isla, dispuesto a dejar que pasaran los días. El tiempo que todo lo calma tenía que abrir camino. Sabe que su presentimiento fue acertado, pero intuye que le resulta difícil visitarla. Debe de haberle costado recuperarse del accidente. Puede entender la contradicción en que vive. La añoranza, la culpa, el desconcierto. Han sido adversarios, casi enemigos. Es una mujer perspicaz. Le resulta sencillo ponerse en el lugar de los demás, comprender las situaciones que les toca vivir. Lo reconocería ante todo el mundo: hizo lo imposible para que no se encontraran. No fue un capricho, sino el deseo de ser leal. El compromiso con la felicidad de Dana, que todavía es la muchacha perdida que llegó al Trastevere. Habría hecho cualquier esfuerzo para protegerla de la desdicha, pero fue una ingenua. Es absurdo creer que se puede controlar la vida. La existencia se convierte en un laberinto, donde la gente que Matilde quiere avanza a oscuras. María, Dana, ella misma. Incluso Gabriele. Recuerda la sonrisa del hombre joven, lleno de vida. Evoca la intensidad con que amaba la belleza. Junto a la tumba de los Piletti, mientras sufría por la amiga, también lloró por él. La juventud y la muerte forman una pareja incomprensible.

Ignacio ha acudido a visitarla. Cuando le mira, se imagina el encuentro vivido. Tiene los rasgos del rostro desencajados, aun cuando intenta contener las emociones. Piensa que es un hombre acostumbrado a reprimir demasiadas cosas. Habría querido decírselo. Se calla, porque se imagina que él lo sabe. Nunca ha pretendido caer en redundancias. Le mira, está de pie, en el salón de una pensión donde nunca se habría imaginado que iría a parar. Cambió de rumbo por la atracción de una fotografía. Lo recuerda, mientras le observa. Hay objetos que nos transforman todos los paisajes; los de la vida y los de la mente. Hace un gesto, invitándole a sentarse. Aunque el rostro de Matilde ha envejecido desde la última vez que se vieron, tiene una expresión amable. Respira, aliviado, cuando se da cuenta de que es bien recibido. No sabe qué va a decirle. Si no fuera por todo lo que ha ocurrido, se sentiría ridículo. El flemático abogado es incapaz de sostener la mirada de una mujer menuda, que le observa con curiosidad. Murmura:

–No quiere saber nada de mí.

–¿Te extraña? –le pregunta ella con un tono suave que actúa como un bálsamo.

–No tendría que sorprenderme, pero no dejaré nunca de ser un cretino. Esperaba convencerla. Iniciar, por lo menos, un proceso de aproximación. No pido milagros. Sé que, al fin y al cabo, es duro, difícil.

–¿Por qué has venido a verme? No he sido nunca tu cómplice.

–Tienes razón. Todo lo contrario: intentaste alejarme de ella. Tendría que haber seguido tu consejo y marcharme de Roma. ¿Sabes?, la mayoría de las veces no hago caso de lo que me dicen los demás. En el fondo, siempre he hecho lo que me ha dado la gana. No sé por qué te lo cuento. Tampoco sé qué impulso me ha traído a visitarte.

–Te esperaba.

–¿Qué dices? Ni yo mismo sabía que vendría.

–Soy un gato viejo. Además, puedo leer las manos de la gente. No. –Sonríe–. Esto es una broma, poco conveniente en estas circunstancias. Cuando Dana llegó al Trastevere, jugábamos a leer la mano de los huéspedes de la pensión. Le divertía que inventara historias. Lo hacía para que se alegrara. En aquel momento ella vivía muy triste; casi tanto como ahora.

–Lo sé. Le he causado mucho dolor. Es curioso, a la persona a quien más he querido, sólo he sabido hacerla sufrir. Había soñado con hacerla feliz, y ya lo ves.

–Cuando las cosas no se pueden cambiar, no hay que hacerse reproches. No es verdad que pueda leer las manos. En cambio, sé lo que hay escrito en una mirada. Tus ojos me dicen cómo te sientes.

–No quiere llamadas ni cartas. Me habría gustado escribirle. Describirle en un papel mi vida en Mallorca, cómo pasaba los días pensando en ella.

–No está preparada para recibir tus cartas. No las leería.

–Me lo ha dicho. Nunca podré hacerle llegar mis escritos.

–Quién sabe.

El pensamiento de Matilde vuela. Recuerda la carta que María le mandó, y que se perdió. Dio vueltas inciertas durante meses. No supo intuir que su amiga la necesitaba, mientras las palabras escritas viajaban perdidas. Palabras vagabundas, de la bolsa del cartero a bolsillos indiferentes, a cajones olvidados. Siente un pinchazo en el fondo del corazón. No tendría que ser posible que lo que escribimos para alguien no llegue a su destinatario. Las palabras no son guijarros que tiramos en aguas profundas. Si no se leen, pierden su fuerza. Se mueren en un papel ajado. Las historias vividas se difuminan; aquellas que quizá nunca volveremos a vivir. La rebeldía de la mujer que fue se despierta. Hay olvidos que no permitirá. Piensa en Dana, sola con los recuerdos. Mira a ese hombre, que viene de la isla, deseoso de escribirle. Intuye que vivirá triste. Tragarse las ganas de ser feliz es terrible.

«Voy a darle la oportunidad de convertir los sentimientos en palabras. Así no morirán», piensa. Se esforzará para evitar la muerte. Le dice:

–Escríbele. Dile palabras tiernas, las que te dicte el corazón.

–No quiere leerlas.

–No puede hacerlo. Envíalas a la dirección de la pensión, a mi nombre. Guardaré las cartas. No se perderá ninguna. Te lo juro.

–¿Por qué ibas a hacer eso por mí?

–Tengo paciencia. Sé que el paso del tiempo es el único remedio para el mal de amores. Supongo que pasarán meses, quizá años. No sé cuánto tiempo.

–¿Y qué sucederá?

–Un día se acabará el luto. Dana abrirá los ojos a la vida. Mirará por la ventana sin sufrir.

–¿Cuándo llegará ese momento?

–No puedo decírtelo. Pueden rodar muchas estaciones. Si eres capaz de esperarla, si eres constante, paciente, guardaré tus cartas. Docenas, centenares... no importa. Cuando llegue el momento, se las daré a Dana.

–¿Harías eso por mí?

–Lo haré por vosotros, si tú quieres.

–Le escribiré todos los días. Le hablaré de la isla, de nuestro amor, de mí. Le contaré cómo vivo esperándola.

–Hazlo. Ahora vete tranquilo.

–¿Cómo puedo agradecértelo?

–No tienes que agradecérmelo.

Se despiden en la puerta de la pensión. Ignacio sale a la calle. Vive una sensación de alivio. Lo tenía todo perdido, porque no había caminos que le acercaran a Dana. Ahora sabe que podrá escribirle unas cartas que no serán malogradas. Tiene todas las palabras del mundo para hacerle entender que la quiere. El tiempo no importa. La esperanza le relaja la tensión del rostro, la fatiga de los días vividos. El sol le ciega por un instante. Se para. Está en el Trastevere romano, donde vive la mujer que se ha convertido en su amiga. Cuando los ojos se le acostumbran a la luz, mira hacia arriba. Se ha entreabierto la cortina de una ventana. Adivina el perfil de Matilde, que le dice adiós. Se han hecho cómplices, porque tiene el corazón grande. Él también la saluda con una sonrisa. Se pregunta si algún día volverá. Hay un tiempo para el regreso, un tiempo para la partida. Ahora es la hora de marcharse. Camina hasta el taxi que le espera en una esquina y que le llevará al aeropuerto. En la piazza della Pigna, Camille Claudel va pasando las hojas de un álbum de fotografías.

Diseño: Eva Mutter
Fotografías de la sobrecubierta:
© Atsushi Tsunoda/Imagina/Alamy y © Bill Ross/Corbis
Foto de solapa: Agencia EFE

Círculo de Lectores, S. A. (Sociedad Unipersonal)
Travessera de Gràcia, 47-49, 08021 Barcelona
www.circulo.es
5 7 9 6 0 0 2 8 6

Licencia editorial para Círculo de Lectores
por cortesía de Editorial Planeta, S. A.
Está prohibida la venta de este libro a personas que no
pertenezcan a Círculo de Lectores.

© Maria de la Pau Janer, 2005
© Editorial Planeta, S. A., 2005

Depósito legal: B. 3064-2006
Fotocomposición: gama, s. l., Barcelona
Impresión y encuadernación: Printer industria gráfica
N. II, Cuatro caminos s/n, 08620 Sant Vicenç dels Horts
Barcelona, 2006. Impreso en España
ISBN 84-672-1696-4
N.º 35907